Nicole C. Vosseler

Mariposa

Nicole C. Vosseler

MARIPOSA

Bis der Sommer kommt

cbj

cbj Kinder- und Jugendbuchverlag
in der Verlagsgruppe Random House

MIX
Papier aus verantwortungsvollen Quellen
FSC® C014496

Verlagsgruppe Random House FSC® N001967
Das für dieses Buch verwendete
FSC®-zertifizierte Papier *Super Snowbright*
liefert Hellefoss AS, Hokksund, Norwegen.

1. Auflage 2015

Umschlaggestaltung: Formlabor, Hamburg,
unter Verwendung von Bildern von © Shutterstock/Subbotina Anna,
Ihnatovich Maryia, Angie Makes, Daniiel
KK · Herstellung: AJ
Satz: Uhl + Massopust, Aalen
Druck: GGP Media GmbH, Pößneck
ISBN: 978-3-570-15536-3
Printed in Germany

www.cbj-verlag.de

Für alle, die den Tag herbeisehnen,
an dem sie ihre Flügel entfalten
und fliegen lernen.

Mein Kokon wird zu eng, Farben kitzeln mich,
meine Fühler tasten nach der Luft.
Ein dämmriger Raum, zu klein für Flügel,
schmäht das Kleid, das ich trage.

Die Macht des Schmetterlings muss
die Fähigkeit zu fliegen sein,
majestätischen Auen Gunst gewährend
und leichthin über den Himmel streifend.

So rätsel ich über den Fingerzeig,
und muss das Zeichen entschlüsseln,
manch einen schweren Fehler begehen,
falls endlich ich den göttlich Faden aufgreif.

Emily Dickinson

Kann der Flügelschlag eines Schmetterlings wirklich einen Tornado am anderen Ende der Welt entfesseln?

Ich habe viel darüber nachgedacht – später, nachdem mein Leben durcheinandergewirbelt worden war wie Herbstblätter im Sturm.

Dass nach dem Ende des Winters manches für mich anders werden würde, hatte ich immer gewusst. Veränderungen, die mir ein bisschen Angst machten, aber auf die ich mich mehr als alles andere freute.

Ich hatte mein ganzes Leben Zeit gehabt, mich darauf vorzubereiten.

Nur auf die Zufälle war ich nicht vorbereitet, die der Herbst mit sich brachte.

Zufälle, die eigentlich nichts mit mir zu tun hatten. Die in ihrer Summe jedoch so weite Kreise zogen, dass sie mein Leben streiften und aus seiner vorgezeichneten Bahn warfen.

Es war dieser eine Herbst, in dem wir früher nach Hause zurückkehrten als in den Jahren davor. Nicht viel, nur ein paar Wochen, aber ein Rest Sommer lag noch in der Luft.

Ein heißer Sommer war es gewesen, der die Gräser in den Tälern der Sierra Nevada zu Stroh ausblich. Nach Sonne und Staub und warmem Stein roch es, nach dürren Blättern und trockenen Kiefernnadeln.

Und nach Rauch, ätzendem, beißendem Rauch.

Nicht mehr als der Flügelschlag eines Schmetterlings war diese eine winzige Entscheidung, die ich an jenem Herbsttag traf. Aus Neugierde und ohne groß zu überlegen.

Im Rückblick denke ich, es war diese Laune eines Augenblicks, die mein Leben später aus dem Gleichgewicht brachte. Die mir im Lauf des Winters weitere, irgendwann nicht mehr ganz so kleine Entscheidungen aufzwang.

Bis ich vor der Wahl stand, den Weg weiterzugehen, der mir vorherbestimmt war.

Oder den schützenden Kokon abzustreifen, in dem ich mein bisheriges Leben verbracht hatte.

In den Abgrund zu springen und zu hoffen, dass meine neuen Flügel tragen würden.

Ich. Nessa.

Herbstfeuer

Wenn nichts sich jemals veränderte,
gäbe es keine Schmetterlinge.

Anonym

Die Zeit bleibt nirgends stehen.
In Mariposa scheint sie jedoch
nur langsam voranzukommen.
Deshalb, lieber Reisender,
verweile einen Augenblick…
Willkommen in Mariposa!
Welcometomariposa.net

Mariposa [mari'posa]
Kleinstadt in Kalifornien

Höhe über dem Meeresspiegel: 1.953 ft
Einwohnerzahl: 1.769
Kreisstadt von Mariposa County

Bars / Saloons: 3
WIFI Hotspots: 2
Bushaltestellen: 3
Tankstellen: 1
Geldautomaten: 4
Ampeln: 0
Kirchengemeinden: 24
(von »Apostolic Power House« über »Lighthouse Fellowship« bis »Living Water: Pentecostal Church of God«)

Entfernung nach San Francisco, Kalifornien: 170 Meilen
Entfernung nach Los Angeles, Kalifornien: 288 Meilen
Entfernung nach Las Vegas, Nevada: 466 Meilen

40 Meilen südwestlich des Yosemite Nationalparks gelegen.
Ungefähr.
Kommt darauf an, wen man fragt.

1

Jake

Rauch. Überall Rauch.

Meine Augen brannten. Mein Hals war wundgekratzt, selbst durch das Bandana hindurch, das ich mir vor Mund und Nase gebunden hatte. Feucht klebte es auf meinem Gesicht; unter der Jacke, den Zipper bis oben hin zugezogen, kochte ich in meinem eigenen Saft.

Die einzigen Geräusche waren das Zischen, das Knistern und Prasseln, das aus allen Richtungen kam. Das Fauchen der Flammen irgendwo hinter mir, wo die Bäume zum Himmel loderten wie Fackeln. Manchmal das weit entfernte Knattern eines Helikopters. Das wummernde Dröhnen eines Flugzeugs.

Ich legte den Kopf in den Nacken.

Ein helles Scheibchen schimmerte durch die Rauchwolken hindurch. Die Sonne, knochenbleich gegen den Widerschein des Feuers.

Wie nach der Apokalypse.

Ich hatte keinen Plan, wo ich war. Wie ich hier wieder rauskommen sollte. Mit halbwegs heiler Haut. Nicht als Beef Jerky.

Ganz in meiner Nähe knackste es. Aus dem Augenwinkel bemerkte ich einen Schatten, der durch den Rauch flog. Ein Tier, das sich genauso verirrt hatte wie ich?

Mit dem Rücken des Arbeitshandschuhs wischte ich mir über die Augen, rieb dabei Ruß hinein und blinzelte heftig.

Wie ein Mädchen sah dieser Schatten aus. Ein Mädchen, das zwischen den Bäumen hindurchrannte.

Mach, dass du fortkommst! Hier brennt alles lichterloh!

Ich hatte gut reden.

Meine Beine waren schwer, als ich ansetzte, ihr nachzulaufen. Die Axt rutschte mir zwischen den Fingern des Handschuhs hindurch, und ich ließ sie einfach fallen.

Wie durch Jell-O bewegte ich mich. Glühend heißes Jell-O. Während sie leichtfüßig über den Boden hüpfte, blass leuchtend und schattenhaft zugleich. Ihre langen Haare züngelten über ihren Rücken wie Flammen. Ein Leuchtfeuer, dem ich hinterherstolperte, durch den Qualm hindurch.

Auch dann noch, als es sich immer weiter von mir entfernte.

Hinter einem mächtigen Baumstamm verlor ich sie. Etwas, das an mir vorüberflatterte, hatte mich abgelenkt.

Ein Schmetterling.

Verwirrt folgte ich ihm mit meinem Blick.

Genau wie dem zweiten, dem dritten, die vor meiner Nase herumtänzelten, dann durch den Rauch davonsegelten.

Ich rieb mir wieder über das Gesicht, dieses Mal mit dem Ärmel, und wankte dann weiter. Wie ferngesteuert. Dorthin, wo die Schmetterlinge verschwunden waren und der Rauch sich allmählich aufzulösen begann. Wo es nach und nach heller wurde und der Wald sich zu einer Lichtung öffnete.

Jetzt konnte ich Stimmen hören, laut und aufgeregt; sie riefen meinen Namen.

Ich taumelte vorwärts und riss das Bandana herunter.

Hier. Hier.

Ich hustete, um meine verklebten Stimmbänder freizubekommen. Mehr als nur ein heiseres Krächzen rauszukriegen.

»Hier. Hier! Ich bin hier!«

Verschwommen sah ich jemanden auf mich zustürmen.

Woodgate. Es musste Woodgate sein.

Zum ersten Mal war ich erleichtert, diesen Öko zu sehen. Diesen Baumumarmer.

»Tickst du noch ganz richtig?«, brüllte er mir entgegen.

Sein penetrantes Dauergrinsen war weggewischt; er schubste mich kräftig, einmal, zweimal, bevor er mich packte und schüttelte.

»Keine Alleingänge, hab ich gesagt! Wenn du dich unbedingt umbringen willst, dann nicht in meiner Schicht! Nicht unter meiner Aufsicht!«

Ich wollte ihm frech ins Gesicht lachen, doch es geriet zu einer Grimasse. Meine Beine waren aus Gummi, und ich rang nach Luft.

»Die Sanis sollen dich gleich durchchecken.«

Eine Hand in meine Jacke gekrallt, die andere auf meiner Schulter, zerrte er mich fort.

Ich warf einen Blick zurück.

Zwischen den Nadelbäumen waberten Rauchschwaden hervor, quollen in schmutzigen Blumenkohlwolken über den Wipfeln heraus, von flackerndem Feuerschein gespenstisch beleuchtet.

Das Mädchen.

Irgendwo da drin ist noch ein Mädchen.

Ich hatte den Mund schon aufgemacht, als ich begriff, wie behämmert sich das anhören musste. Alle Straßen und Wege, die in diesen Teil des Nationalparks führten, waren seit zwei Tagen abgeriegelt. Nur Ranger, Feuerwehrmänner und freiwillige Helfer kamen noch rein. Keiner war so bescheuert, dort auf eigene Faust herumzugeistern. Außer mir vielleicht.

Der Rauch hatte mir das Hirn vernebelt. Ich konnte kein Mädchen gesehen haben. Und noch viel weniger wollte ich etwas von Schmetterlingen faseln.

»Meine Anweisungen waren ja wohl klar und deutlich«, knurrte Woodgate neben meinem Ohr. »Wie konntest du Idiot uns aus den Augen verlieren?«

Ich hatte nicht den leisesten Schimmer.

Ich fragte mich sowieso, wie ich überhaupt hier hatte landen können. In dieser verfluchten Pampa, in der es nichts gab außer Bergen und Bäumen.

In Yosemite.

2

Nessa

Müde schleppte ich mich nach Hause.

Alle paar Schritte verfingen sich die groben Sohlen meiner Stiefel im Rocksaum und brachten mich ins Stolpern. Bis ich in den Pfad einbog, der sich zwischen wilden Hecken hindurchzwängte, konnte ich mich kaum noch auf den Beinen halten.

Nur mein Pulsschlag wollte sich nicht beruhigen. Sturmgleich brauste er in meinen Ohren, pochte dumpf in meiner Kehle. Als hätte ich einen Falter verschluckt, der mit seinen staubigen Flügeln schlug, um sich zu befreien, und mir dabei die Luft zum Atmen nahm.

Mit einem erleichterten Seufzen trottete ich auf das Holzhaus zu, das sich zwischen wuchernden Sträuchern und alten Bäumen und hinter einem schmutziggrauen, verwitterten Zaun versteckte.

Ein Rascheln, dicht neben mir; eine Hand schoss aus dem Gebüsch hervor, packte mich und zog mich durch eine Lücke im Geäst.

»Wo warst du?!«

Ein drohendes Grollen vibrierte in Haydens Stimme, tiefer noch als im vergangenen Jahr, wie weiter seinen knochigen Hals hinabgerutscht. Seine Augen, in ihrer Härte schwarz glänzende Kiesel, bohrten sich in meine.

»Du riechst, als wärst du durch den Kamin gekrochen, und du bist voller Ruß. Sag jetzt bloß nicht, dass du zum Feuer gelaufen bist!«

Sein schmales Gesicht war blasser als sonst, die Sommersprossen auf seiner Nase glimmernd wie Goldstaub. Ich sah ihm an, wie viel Kraft es ihn kostete, nicht die Beherrschung zu verlieren. Ich merkte es an der Art, wie seine überschlanken Finger meinen Arm umklammerten, fester als unbedingt nötig.

Es hatte lange gedauert, bis wir als Kinder lernten, heftige Gefühle im Zaum zu halten. Ich tat mich bis heute schwer damit, ich war auch noch ein bisschen jünger als er.

Ich senkte den Kopf und presste die Lippen zusammen.

»Nessa!« Er schüttelte mich leicht. »Warst du dort?«

Ich deutete ein Nicken an.

Er ließ mich los, und ich schielte unter den Lidern hervor.

Mit gespreizten Fingern fuhr er sich durch die Haare. Sein ausgeleiertes Sweatshirt rutschte dabei hoch und enthüllte die scharfen Hüftknochen, auf denen die Cordhose gerade noch so Halt fand. Den harten, nach innen gezogenen Bauch mit dem Nabelgrübchen. Alle hatten wir an Gewicht verloren während unseres Trecks den Sommer über; es würde Wochen dauern, bis wir wieder etwas davon zulegten.

Er ließ die Hände sinken, und seine Haare fielen ihm zurück ins Gesicht. Genauso dicht und glatt wie meine waren sie, nur heller, mehr erdbeerblond als rot.

»Warum machst du so was?« Verwundert klang er. Beinahe traurig.

Ich schwieg. Ein wenig Trotz war dabei, weil ich mich ärgerte, dass er sich eben so aufgespielt hatte. Nur weil er die Aufgaben ernst nahm, die er als einziger Mann im Haus mit diesem Herbst übertragen bekommen hatte, war er noch keiner der Ältesten, und überhaupt hatte allein Ma hier das Sagen.

Aber ich wusste auch gar nicht, wie ich ihm das Sehnen erklären sollte, ein einziges Mal ein solches Feuer aus der Nähe zu sehen. Nicht nur die Überreste der kleinen Waldbrände eines jeden Sommers, der von den Rangern gezielt eingesetzten Feuer: Baumstämme, die sich als verkohlte Streichhölzer in den Himmel reckten, und Strauchskelette wie versteinerte Asche, während aus der nackten Erde bereits frisches Grün spross.

»Es ist ja nichts passiert«, murmelte ich schließlich.

Ich dachte an den Jungen, der mich dort gesehen hatte, und der Falter in meiner Kehle, gerade zur Ruhe gekommen, begann von Neuem zu flattern.

»Nein«, gab Hayden trocken zurück. »Du hast nur vergessen, dass du heute mit Dana nach Merced fahren wolltest.«

Erschrocken sah ich zum Haus hin. »Ist sie …«

»Sie ist mit Lantana und den Kindern gefahren.«

Ein klammes Gefühl machte sich in mir breit. Seit ich ganz klein gewesen war, war ich mit Ma zu Belinda's Beads gefahren, um Material zu kaufen. Ich liebte dieses Lädchen, das hinter seiner Fassade in Rosa und Pistaziengrün einer Schatzkammer glich, in der Perlen über Perlen in allen Farben um die Wette schimmerten und glitzerten. Wie konnte ich das nur vergessen haben?

Hayden hob die angerostete Gartenschere vom Boden auf.

»Ich hab gesagt, du wärst in die Stadt gegangen. Dich in den Läden umschauen. Ideen sammeln.«

Unter dem scharfen Schnippen der Schere fuhr er damit fort, die Sträucher zurückzuschneiden, die übers Jahr ihre gierigen Laubarme nach dem Haus ausgestreckt hatten.

»Danke«, raspelte ich aus enger Kehle.

Seine hellen Brauen zusammengekniffen und einen festen Zug um den Mund, nickte Hayden, ohne mich anzusehen.

»Geh dich mal besser duschen und umziehen. Sie sind sicher bald zurück.«

Ich wollte mir einreden, dass die Unbeholfenheit zwischen uns normal war. Teil des holprigen Übergangs zwischen unserem Leben im Sommer und dem im Winter, bis sich wieder eine gewisse Routine eingestellt hätte. Doch ich spürte, dass Hayden genauso viel darüber nachdachte, was uns im kommenden Jahr erwarten würde, wie ich.

Niedergeschlagen schlich ich die Stufen der Veranda hinauf. Das Holz war an einigen Stellen abgesplittert, an anderen morsch. Von der Hauswand schälte sich die dunkelgrüne Farbe in dicken Spänen und pellte die darunterliegenden Schichten anderer Grüntöne mit ab. Spuren der Generationen, die das Haus vor uns bewohnt hatten. Im Frühling wollte Hayden die Renovierung in Angriff nehmen. Vielleicht würde sogar einer der Ältesten dableiben, um ihm dabei zu helfen; insgeheim hoffte ich, dass es mein Vater sein würde.

»Nessa.«

Ich drehte mich um.

Zu seiner ganzen schlaksigen Größe aufgerichtet, sah Hayden mich an. Einen sehnsüchtigen Glanz in den Augen, die wieder so weich wirkten, wie ich es von ihm kannte, in der Farbe von reicher, satter Erde.

»Hat es sich denn gelohnt?«

Weil ich seit zwei Tagen an nichts anderes mehr denken konnte als an den brennenden Wald, hatte ich die Fahrt nach Merced verpasst. Ich gönnte Lissa und Mitch, dass sie in diesem Jahr mitdurften, aber ich hatte mich selbst um das gebracht, was für mich das Schönste in jedem Herbst war.

Ich wollte schon den Kopf schütteln, da erinnerte ich mich an das Fauchen der Flammen und an die Hitze des Feuers. An den überwältigenden Geruch von Rauch, von brennenden Kiefernnadeln und kokelndem Holz. Diese berauschende Mischung aus Verlockung und Gefahr, die mein Herz auf eine ganz neue, fremde

Art höher schlagen ließ, und an das Gefühl des Waldbodens unter meinen nackten Füßen.

Ich nickte.

Das kleine Lächeln, das sich auf Haydens Gesicht abzeichnete, zeigte mir, dass er mich verstand.

Und für den Moment war es zwischen uns wieder wie früher.

Während ich mir den Ruß aus den Poren schrubbte, den Brandgeruch aus den Haaren spülte, bis der Boiler leer war, und danach meine Sachen in die altersschwache Waschmaschine stopfte, versuchte ich, die Bilder zu verscheuchen, die sich in meinem Kopf festgehakt hatten. Auch dann noch, als ich aus meinem schlechten Gewissen heraus die Werkstatt bis in den letzten Winkel ausfegte, die Tische abrieb und das Werkzeug auspackte, überprüfte und wenn nötig ölte.

Die eines Jungen in dunkler Jacke, ein Tuch vor Mund und Nase gebunden.

Mit Haaren so blond wie sommergebleichtes Gras, und Augen, die blau waren wie der Lake Tahoe.

Es gelang mir nicht.

3

Jake

Ich knallte die Tür des Motelzimmers hinter mir zu.

Als ich unter der Dusche gewesen war, hatte Gonzalez sich die Fernbedienung gekrallt und zappte seither mit glasigem Blick durch sämtliche Kanäle, um irgendwo Frauen mit möglichst wenig Klamotten zu erwischen. Okay, hier blieb ihm vermutlich keine Alternative. An sich nicht mein Problem.

Außer, dass er ESPN als einzigen Kanal dabei ausließ.

Die Hände in den Taschen meines Hoodies vergraben, polterte ich die Treppen hinunter, in den zur Straße hin offenen Hof.

»Guten Abend, Jake. Gehst du noch aus?«

Mr Fields lud gerade Kisten aus dem Kofferraum seines Yukon; was ich von deren Inhalt erspähen konnte, war wohl für das Frühstück im Wisteria Arbors gedacht.

Ich hatte nicht die geringste Ahnung, warum die Fields ein Zimmer für Typen wie Gonzalez und mich zur Verfügung stellten. Bezahlte der State of California entsprechend viel dafür? Oder sahen sie darin einen wohltätigen Dienst an der Gemeinschaft? Hätte ich ihnen zugetraut.

»Abend, Mr Fields. Wissen Sie vielleicht, wo ich hier irgendwo Sport gucken kann?«

Und ein Bier dazu kriege.

Das Bassettgesicht von Mr Fields verzog sich besorgt. »Ist etwas mit dem Fernseher auf dem Zimmer?«

»Neenee. Stress mit meinem Zimmergenossen.«

»Ach so.« Er schmunzelte.

»Guten Abend, Jake.«

Mrs Fields, wie ihr Mann eine Fleecejacke über einem karierten Oberteil, die grauen Haare in fast dem gleichen praktischen Kurzhaarschnitt wie er, kam aus dem kleinen Haus, in dem Rezeption und Frühstücksraum untergebracht waren.

»Wenn du magst, kannst du gerne bei uns fernsehen. Oder, Brantley?«

Meine Nackenhaare stellten sich auf.

Mr Fields lachte dröhnend. »So stellt man sich in dem Alter garantiert einen gemütlichen Abend vor, Carol! Mit alten Leuten wie uns vor dem Fernseher zu sitzen.«

Er reichte eine Kiste Äpfel an seine Frau weiter und deutete dann auf die Straße hinaus.

»Links runter gibt's auf der anderen Straßenseite eine Sports Tavern. Das Golden Nugget. Hat jede Menge Flatscreens, auf denen ESPN läuft, und du kannst dort auch was essen. Sind wohl zu Fuß so fünf Minuten.«

»Vielen Dank«, rief ich ihm im Gehen zu. »Schönen Abend noch.«

Ich konnte ja, wenn ich wollte.

Auf dem Bürgersteig steckte ich mir eine Zigarette an, und der Tabakrauch mischte sich mit dem Brandgeruch, der vom Nationalpark herüberwehte.

Der Anblick der grün gestrichenen Tankstelle gegenüber mit den beiden mannshohen Plastikbären neben den Zapfsäulen ließ mich wieder mal die Stirn runzeln.

Grizzly Gas Station. Wer kam denn auf so was?

Das Stück der Hauptstraße rechts von mir kannte ich. An der übernächsten Ecke, wo in einem Hexenhaus auf der Wiese ein Internetcafé mit Öffnungszeiten nach Laune des Chefs untergebracht war, sammelte Woodgate jeden ekelhaft frühen Morgen Gonzalez und mich mit seinem SUV ein. Und mit seiner nervtötenden guten Laune, die ich um diese Zeit noch weniger vertrug als sonst; zu Hause war ich selten vor elf aus dem Bett gekrochen.

Das war das Beste, was mir meine Solotour im brennenden Wald eingebracht hatte: vom Doc für ein paar Tage krankgeschrieben zu werden, vorsichtshalber. Erst Montag würde ich Woodgates Grinsen wieder ertragen müssen.

Ich fischte mein Handy aus der Jeans. Gerade mal ein Balken Empfang.

Lou und die anderen hingen um die Zeit sicher gerade zusammen ab. Wie immer. Auch ohne mich.

Mein Daumen flog über die Tasten.

Hey Bro! Was geht?!!

Ich drückte auf *senden*, und der Balken verschwand.

Netzverbindung verloren.

Fluchend schwenkte ich das Handy in alle Richtungen, aber der Empfang blieb weg.

Jedes Mal das gleiche idiotische Spiel.

Die Straße hinunter, die behauptete, ein Highway zu sein, sahen die Häuser aus wie die bunt angestrichene Kulisse eines Westerns, mal abgesehen von den dicht bepflanzten Blumenkübeln davor; überall hing das Sternenbanner. Auf meiner Seite war der Bürgersteig erhöht und führte unter von Holzsäulen gestützten Vordächern hindurch.

Ein großes Werbeschild für UGG-Boots. Antiquitäten. Kunsthandwerk. Souvenirs. Wandersachen.

49er Club. Dine & Dance. Square Dance oder was?

An einem Schaukasten blieb ich stehen und warf einen Blick auf die ausgehängten Zettel, um herauszufinden, ob hier überhaupt mal irgendwas los war.

Oh ja, genau so spannend hatte ich mir das vorgestellt. Alle zwei Wochen Mariposa Art Hop in den Räumen der Handelskammer (»Komm und erlebe unseren kreativen Spirit!«), Kaffeestunde für Veteranen und Ehegatten jeden Montag im Happy Burger Diner, und – Achtung, Highlight! – ein hawaiianisches Luau in der Community Hall von Greeley Hill übernächsten Samstag. Fantastisch, da steppte der Bär … Sogar ein wöchentliches Pfannkuchenfrühstück der Feuerwehr gab es, für fünf Dollar pro Nase.

Ein weiterer Aushang versprach für nächsten Freitag ein »Familien-Fun-Event« mit der *Geschichtenerzählerin der Extraklasse* Alison Wonderland, ebenfalls in der Community Hall von Greeley Hill.

Wo immer das auch sein mochte.

Und unter *Yosemite Outdoor Adventures* waren Termine für geführte Wanderungen und Exkursionen in den Park aufgelistet; der letzte Termin war schon fast zwei Monate her.

Nur auf der Fahrbahn war gut was los, hauptsächlich SUVs und Pick-ups, ihre Scheinwerfer, die rot glühenden Rücklichter Leuchtspuren in der blauen Dämmerung.

Sonst war alles tot, dabei war es noch nicht mal acht.

Elende Pampa.

Stars and Stripes flankierten auch die Veranda des Golden Nugget. Die Stimmen der Kommentatoren von ESPN schwappten mir entgegen, als ich die Tür aufriss, und Musik.

*Country*musik.

Durch das gedimmte Licht steuerte ich die Bar in der Mitte an, pflanzte mich auf einen der Hocker und zog mir den Hoodie über den Kopf.

»Hi, Hon. Was kriegst du?«

Eine Frauenstimme, jung und zuckrig. Mein Kopf ruckte hoch.

»Hall-loooh«, raunte ich mit hochgezogenen Brauen.

Das erste weibliche Wesen hier unter dreißig und ohne Zahnspange.

Große blaue Augen. Nettes Lächeln. Bisschen Farbe im hübschen Gesicht, aber nicht angemalt. Lange dunkle Locken.

Genau mein Typ.

Ich setzte mein lässigstes Lächeln auf. »Ein Bier bitte.«

Sie begutachtete mich, ein Blick, dem ich gelassen standhielt. Ich besaß zwar einen frisierten Führerschein, brauchte ihn aber so gut wie nie; ich hatte das unverschämte Glück, deutlich älter auszusehen als siebzehn, dabei aber absolut harmlos.

»Corona oder Budweiser?«

»Bud.«

»Hier, Hon. Cheers.«

»Danke.«

Ich nuckelte an meinem Bier und schenkte meine Aufmerksamkeit zur Hälfte einem Zusammenschnitt der jüngsten Footballspiele, zur anderen Hälfte der Bedienung, die an der Theke mit Gläsern und Flaschen hantierte. Anfang, Mitte zwanzig war sie wohl, und was Stretchhose und Glitzerpulli ahnen ließen, sah vielversprechend aus.

Meine Augen wanderten durch den Raum. »Rustikal« eingerichtet mit viel hellem Holz, Stühle mit geschnitzten Lehnen an den Tischen inklusive. Wandmalereien von irgendwelchem Historienkram, dazwischen alte, gerahmte Fotos und Schießeisen.

The wild, wild West.

Fehlten nur noch Cowboyhüte, gezackte Sporen an Stiefelhacken und draußen ein angebundener Gaul.

Yihaah.

Der Laden war mäßig besucht, hauptsächlich von Einheimischen, die irgendwie alle gleich aussahen. Harte Kerle mit sonnengebräunten Gesichtern in Karohemden oder T-Shirts der Giants, die ESPN verfolgten und über den Waldbrand diskutierten. An einem der Tische saß ein Ehepaar in Wanderklamotten vor leer gegessenen Tellern; auf einer ausgebreiteten Karte fuhren ihre Zeigefinger die bunt markierten Routen durch den Park nach.

Wer war so bekloppt, hier freiwillig sein Wochenende zu verbringen?

Aus dem Nebenzimmer dudelte ein Spielautomat herüber, und auf dem hektisch blinkenden Flipper stützte sich ein Typ in meinem Alter ab. Eine halbe Portion, die mit dem verwaschenen T-Shirt einer Band und Nietenarmbändern auf Rocker machte. Eine unordentliche dunkelbraune Mähne hing ihm ins spitze Gesicht, aus dem er neugierig zu mir herüberschielte.

Ich sah weg und konzentrierte mich wieder auf die Bedienung, die gerade eine Runde Drinks mixte. In Gedanken spielte ich noch ein paar bewährte Aufhänger für Smalltalk durch, als sie den Kopf hob und über das ganze Gesicht strahlte.

»Hiii«, kiekste sie begeistert durch den halben Laden.

»Hi, Kellie.«

Die tiefe Männerstimme kam mir irgendwie bekannt vor.

»Hi, Jake. Geht's gut?« Eine Hand senkte sich auf meine Schulter. »Ich darf doch.«

Ohne meine Antwort abzuwarten, hockte er sich neben mich.

Der Waldschrat. Woodgate.

Ich verschluckte mich fast an meinem Budweiser.

»Hallo, Josh«, girrte Kellie, lehnte sich mit durchgedrückten Schultern über die Theke und strich über sein Handgelenk, das locker auf dem Tresen lag. »Schön, dass du vorbeischaust.«

Die zwei hatten was am Laufen? Nee, oder?

Sie warf einen Seitenblick auf die Bierflasche in meiner Hand.

»Sag mir jetzt bitte nicht, dass das einer deiner Schützlinge ist«, flüsterte sie und zwinkerte verschwörerisch.

Meine Wangen brannten.

»Geht schon in Ordnung. Nehm ich auf meine Kappe.«

Ein angedeutetes Grinsen auf dem markigen, sonnengebräunten Gesicht, zog er die Hand unter ihren Fingern hervor und ratschte den Zipper seiner Jacke auf.

»Gibst du mir bitte auch ein Bud?«

»Wie steht's dort draußen?« Kellie nickte in Richtung des Nationalparks, als sie die Flasche öffnete und vor ihn hinstellte. »Gibt's was Neues?«

»Ist unter Kontrolle. Morgen oder übermorgen kriegen wir's wahrscheinlich ganz gelöscht.«

Der hingerissene Blick, mit dem sie Woodgate dabei geradezu auffraß, löste bei mir Brechreiz aus.

Was fand sie bloß an dem?

Zugegeben, er war noch kein total alter Knacker, nicht viel älter als Kellie, und ohne seine dämliche Waldläuferuniform in Grün und Grau sah er gar nicht so übel aus. Während er sich aus der Trekkingjacke pellte und sie an den Haken unter der Tischplatte hängte, zeigte das Longsleeve ein breites Kreuz, wie das eines Schwimmers, und ziemlich viel Muskeln. Deutlicher ausgeprägt als meine, das musste ich neidlos anerkennen. Entweder lag's am Job oder er verbrachte seine Freizeit mit Fitness.

Ich griff mir die laminierte Speisekarte und tat so, als könnte ich mich nicht zwischen Rib Eye Steak und Fish and Chips entscheiden.

»Die Burger hier sind ganz okay«, drückte mir der Waldschrat ungefragt aufs Gehör. »Aber in Eugenes Diner sind sie um Längen besser.«

»Hey, das hab ich gehört!«, rief Kellie gespielt verärgert und schlug mit einem Geschirrtuch nach ihm.

Woodgate lachte, und ich verdrehte die Augen.

»Cheers.« Er hielt mir seine Bierflasche unter die Nase.

Mit einem übermäßig kräftigen *Klonkk* stieß ich meine dagegen.

»Keinen Kräutertee?«, konnte ich es mir nicht verkneifen.

Verblüfft sah mich Woodgate über sein Bud hinweg an und grinste.

»Bin ich krank?«

Um meine Mundwinkel zuckte es; ich spannte sie schnell wieder an.

Woodgate beobachtete Kellie, die einen Stiernacken im Karohemd mit Budweiser versorgte und dabei ein Schwätzchen hielt. An seinem Kieferknochen bewegte sich ein Muskel, als ob es in ihm arbeitete, dann drehte er sich auf dem Hocker halb zu mir um.

»Ist ganz gut, dass wir uns noch mal über den Weg gelaufen sind, bevor du Montag zum Dienst zurückkommst«, sagte er leise. »Ich krieg das nämlich nicht aus dem Kopf. Deinen Alleingang vorgestern. Ist dir auch nur halbwegs klar, wie gefährlich das war?«

Den Unterarm auf der Theke, rieb er mit dem Daumen über den Flaschenhals und musterte mich abwartend, seine dunklen Augen unter den starken Brauen noch schmaler als sonst.

Ich zuckte mit den Schultern und trank einen großen Schluck.

»Kann das sein …« Er atmete tief durch und fuhr sich mit einer Hand durch seine kurz geschnittenen braunen Haare. »Kann es sein, dass du uns absichtlich verloren hast? Die Nähe zum Feuer bewusst gesucht hast?«

Diesen Tonfall kannte ich. Vorsichtig herantastend. Verständnis heuchelnd. Lauernd.

Das Gelaber der Lehrer und des Counselors an der Highschool hatte genauso geklungen. Die blöden Fragen der Sozialtussen, die unangemeldet vor der Tür standen. Sich mit gerümpfter Nase umschauten, unnötig lange die leeren Pizzakartons und schmutzigen Socken auf dem Boden in Augenschein nahmen. Den Riss im Polster der Couch, aus dem die Füllung hervorquoll. Die zerknüllten Bierdosen, den übervollen Aschenbecher und die Tür mit dem Fliegengitter, die schief in den Angeln hing, bevor sie sich mit spitzem Mund Notizen auf dem Klemmbrett machten.

White Trash, war das Urteil in ihren Augen zu lesen.

Nur eine schmale und wackelige Stufe über dem Abschaum der Trailer Parks.

Knapp.

Ich spülte den beißenden Geschmack in meinem Mund mit einem kräftigen Zug Budweiser hinunter.

»Ich kenn das, Jake. Das Gefühl, unsterblich zu sein. Sich mit Naturgewalten messen zu wollen. Ich kenne den Kitzel, der von der Gefahr ausgeht. Um sich den Kick zu holen. Überhaupt wieder irgendwas zu fühlen. Aufmerksamkeit zu kriegen.«

Bla. Bla. Bla.

»Hast du dich deshalb freiwillig für den Einsatz gemeldet? Ich bin nicht nur dein Boss in diesem Projekt, Jake. Dein Aufpasser. Ich bin auch deine Vertrauensperson. Du kannst jederzeit mit mir über alles …«

Ich sprang von meinem Hocker auf, warf ein paar zerknüllte Dollars auf den Tresen und schnappte mir Hoodie und Bierflasche.

»Leck mich!«

Der Schließer am Eingang, der die Tür beharrlich im Zeitlupentempo und vor allem geräuschlos hinter mir zuschob, versaute mir meinen effektvollen Abgang.

Draußen trat ich ein paar Mal mit voller Wucht gegen eine der Säulen aus Holz und brachte damit die blinkenden Lichterketten über mir zum Zittern.

Ich zündete mir eine Zigarette an und blies bei jedem Zug den Rauch heftig aus, um Dampf abzulassen. Die kühle Abendluft machte mir Gänsehaut auf Armen und Rücken, während ich innerlich brodelte vor Wut.

»Hast mal Feuer?«

Der Typ vom Flipper war neben mir aufgetaucht, eine Selbstgedrehte im Mundwinkel.

»Danke.«

Er inhalierte tief und reichte mir mein Zippo zurück. Ein Zwerg war das, einen ganzen Kopf kleiner als ich.

»Du bist nicht aus der Gegend, oder?«

Er hatte eine seltsame Stimme, hoch, fast fistelig, dabei kratzig. Wie noch nicht ausgewachsen und doch schon von zu vielen Zigaretten vernarbt.

Ich lachte auf. »Ne, sicher nicht!«

»Wo kommst du her?«

»L. A.«, floss es genüsslich über meine Lippen.

Ich weidete mich an seinen aufgerissenen Augen und dem offen stehenden Mund, konnte in seinem Gesicht die Spiegelung des Films sehen, der in seinem Kopf ablief.

Hollywood. Stadtautobahnen und Palmen. Malibu, Santa Monica und Venice Beach.

Skater, die gestählten Bodys der Surfer und braun gebrannte Beachbabes auf Rollerblades.

Californication und *Navy CIS L. A.*

Luxusviertel und schicke Villen, Ghettos und graffitibeschmierte Betonbunker und Schießereien zwischen Straßengangs. Gangsta Rapper mit viel Bling-Bling, scharfen Bräuten und dicken Schlitten.

Sonnenuntergang am Strand und eine funkelnde Skyline.

»Ohne Scheiß?« Heiser war er vor Ehrfurcht.

»Ohne Scheiß.«

Ich sah keinen Grund, sein Bild von L. A. geradezurücken.

»Machst du hier Urlaub?« Seine Augen klebten auf meinem Gesicht, während er an seiner Zigarette zog. »Bei uns im Yosemite?«

»Bin ich bescheuert?«

»Was machst du sonst ... Heyhey, warte, ich weiß!«

Er schnippte mit den Fingern.

»Du bist einer von den Jungs aus dem Modellprojekt, oder? Wurde viel drüber geredet. Stand auch was in der Zeitung.«

Ich zuckte nichtssagend mit den Schultern.

Ein Grinsen zog seinen dünnen Mund in die Breite. »Was hast du denn ausgefressen?«

Eine Menge. Ist immer alles gutgegangen. Nur ein einziges Mal eben nicht.

Die roten und blauen Lichtblitze des Streifenwagens flackerten vor meinen Augen. In meinem Kopf hallte die raue Stimme des Cops wider, der mich anbellte, bevor er mich packte und mir die Arme auf den Rücken drehte. Die Karosserie des Autos presste sich hart gegen meinen Wangenknochen, und kalter Stahl schloss sich um meine Handgelenke.

Ich war drauf und dran, damit zu prahlen. Das Ganze noch aufzupimpen.

Jake Keane, der obercoole Macker. *Rebel without a cause.*

Fast & Furious.

Ich bekam es nicht hin. Wie er mich anstarrte, sensationsgierig, fast bewundernd, hätte ich mich geschmeichelt fühlen müssen; stattdessen war es mir unangenehm.

»Ist doch egal.« Ich warf meine Kippe auf den Holzboden und trat sie aus.

Die Zigarette im Mundwinkel, knöpfte der Zwerg seine Jeansjacke mit Lammfellkragen zu und vergrub die Hände in den Hosentaschen.

»Ich arbeite bei meinem Onkel. An der Grizzly Gas. Wenn du Bock hast, komm doch mal vorbei. Ich geb dir eine Cola aus und wir können abhängen oder so.«

»Hast du keine Freunde?«, ätzte ich und kippte Bier nach.

»Doch«, kam es hastig von ihm; zu schnell, um überzeugend zu sein. Ein vorsichtiges Grinsen blitzte auf seinem Gesicht auf. »Aber ein Kotzbrocken wie du fehlt noch in meiner Sammlung.«

Ich musste loslachen, und erleichtert stimmte er mit ein.

Schweigend musterten wir uns ein paar Augenblicke, irgendwie verlegen.

»Ich bin Jake.«

»Travis. Travis Beaver.«

Mit hochgezogenen Brauen beäugte ich die Hand, die er mir entgegenstreckte. Man konnte es auch übertreiben.

Er ließ sie wieder sinken.

Meine Wut war verraucht, aber das fiese Gefühl in meinem Bauch, das Woodgates Gelaber hinterlassen hatte, blieb. Gonzalez schwor Stein und Bein, dass die bunten Pillen, die er in San José vertickte, von den Bullen einkassiert worden waren, als sie ihn hopsnahmen, und zwischen seinen Klamotten hatte ich auch nichts gefunden.

»Weißt du, wo ich hier Gras herkrieg?«

»Gras?«

Travis' struppige Brauen rutschten in Richtung Haaransatz, während er seine Zigarette brav im Aschenbecher ausdrückte.

»Dope. Pot. Hasch«, erklärte ich ungeduldig. »Marihuana, Mann!«

Travis begann zu lachen, ein hohes, keckerndes Lachen.

»Gras!«, wieherte er und schüttelte den Kopf. »Nach Gras fragst du! Oh Mann! Das einzige Gras, das du hier rauchen könntest, sind die Süßgräser auf den Wiesen!«

Klasse. Ich würde Lou überreden müssen, mir ein Päckchen zu schicken.

»Bei Alk sind wir hier nicht so streng wie im Rest von Kalifornien, aber sonst …« Travis deutete auf die Straße hinaus, auf einen weißen SUV mit Aufschrift, der gemächlich vorbeirollte. »Da fährt gerade unser Sheriff. Sheriff Buller. Pünktlich auf die Minute, wie immer. Kannst deine Uhr danach stellen. Mehrmals am Tag. Immer dieselben Runden.«

Das Gefühl in meinem Bauch wurde richtig übel; mein Bedarf an Kontakt mit Cops und Co. war fürs Erste gedeckt.

»Willkommen in Mariposa!«

Mit seinem keckernden Lachen klopfte mir Travis auf den Rücken, bevor er über die Veranda davonschlenderte.

Ich steckte mir die nächste Zigarette an, und während ich mein Bud austrank, starrte ich auf die Straße hinaus.

Ich vermisste die Straßen von Green Meadows. Den Geruch nach Beton und rostigem Metall in der Hitze des Tages, nach verdorrtem Unkraut und Benzin. Den angriffslustigen, atemlosen Beat der Stadt. Lou und Ace und meine anderen Kumpels. Breanna und ihre Kids. Sogar Denny, seltsamerweise.

Sechs Monate. Sechs verfluchte Monate saß ich hier fest.

In diesem Kaff am Arsch der Welt.

4

Jake

»Und was machst du da so?«

Die eng stehenden Augen zusammengekniffen, trank Travis einen Schluck Cola.

Wir hockten auf dem niedrigen Betonabsatz an der Schmalseite der Tankstelle, weit genug von den Zapfsäulen entfernt, dass wir hier rauchen konnten.

Den Blick auf den Maschendrahtzaun und die braune Ödnis eines umgegrabenen Grundstücks dahinter gerichtet, zuckte ich mit den Schultern.

»Meistens Müll einsammeln. Manchmal auch kleinere Baumarbeiten. Mit Säge und Axt und so.«

»Klingt ja spannend.«

Eine geseufzte Bemerkung, irgendwo zwischen Mitleid und Spott.

In einem verächtlichen Laut blies ich die Luft aus.

»Weil Tankbelege rauslassen, Kühlschränke auffüllen und Autoscheiben putzen so ein aufregender Job ist.«

Mit dem Daumen deutete ich auf das Schild hinter uns an der Wand, das den Weg zu den Toiletten auf der Rückseite wies.

»Kloschüsseln schrubben nicht zu vergessen.«

»Hey«, rief Travis gekränkt. »Die Tanke ist eine Goldgrube! Die nächste ist in El Portal, und danach gibt's erst wieder welche in Wawona, Tuolumne Meadows und Crane Flat!«

Ich zuckte noch einmal mit den Schultern, drehte die fast leere Colaflasche in den Händen und betrachtete meine ausgelatschten Chucks.

Keine Ahnung, warum ich doch auf Travis' Angebot, mal an der Grizzly Gas vorbeizuschauen, eingestiegen war. Vielleicht, weil ich nicht noch einen Sonntag zwischen den grellgeblümten Vorhängen und Bettüberwürfen des Motelzimmers verbringen wollte. In der Gegenwart von Gonzalez, der sich endgültig zum Herrscher über die Fernbedienung erklärt hatte, auf seinem Bett zwischen siffigen Klamotten herumgammelte und die Raumluft mit abartigen Chipssorten, Dr Pepper und deren fatalen Auswirkungen auf seine Verdauung verpestete.

Travis jedenfalls hatte sich ehrlich gefreut, als ich unter dem Gebimmel der Türglocke hereinschneite, und sein Onkel Mason, ein Kerl wie ein Stahlschrank, hatte mich begrüßt wie den verlorenen Sohn. Lachend hatte er mir mit einer seiner schaufelähnlichen Hände die Rechte zerquetscht, während er mir mit der anderen so fest auf die Schulter schlug, dass mir kurz die Knie wegknickten.

Ich beobachtete den regelmäßigen Strom an Autos, der die Hauptstraße hinauf und hinunter floss, während die Bürgersteige leer gefegt waren.

»Ist ja nicht besonders viel los hier.«

»Das täuscht«, widersprach Travis zwischen zwei Schlucken Cola. »Ist gerade das Mittagsloch. Heute Morgen hatten wir schon gut zu tun, und gegen Abend wird's auch wieder mehr. Tagestouristen und Wochenendausflügler, die nach Hause zurückfahren. Im Sommer ist hier von früh bis spät die Hölle los.«

Ich musste grinsen. »Ne, ich meinte in Mariposa. Was stellt ihr hier abends denn so an?«

»Abends?«

Wie Travis die Brauen zusammenzog, hatte etwas Ratloses.

»Also, ich geh immer ins Golden Nugget. Kennst du ja schon. Manchmal auf einen Burger oder eine Pizza zu Eugene. Auf dem Parkplatz davor ist Freitag und Samstag Party. Vor dem Liquor Store. Da stehen alle mit den Autos, Scheiben runtergefahren, Anlage aufgedreht, und trinken was.«

»Klingt gut«, sagte ich hoffnungsvoll.

»Na ja.« Travis schien neben mir zu schrumpfen. »Ich geh da nie hin. Sind alles Kids von der Highschool oder schon Ältere, die vorglühen, bevor sie in irgendeinen Club nach Merced fahren. Davon kenne ich keinen so richtig.«

»Auch die Schule geschmissen?«

In einem Aufwallen von Sympathie hob ich meine Flasche, zum Anstoßen unter Gleichgesinnten.

»Hä?« Travis Kopf ruckte hoch. »Nenee. Hab den Abschluss seit diesem Sommer in der Tasche. Aber ich will auf kein College. Ich will hier nicht weg.«

Die Flasche, die ich eben ansetzen wollte, verharrte auf halbem Weg in der Luft.

»Warum das denn?!«

Travis sah mich verdutzt an.

»Wieso nicht? Mir gefällt's hier. Ist ja nicht nur der Tankstellenjob. Wir machen manchmal auch Abschleppdienst und Autoreparaturen. Hab ich Spaß dran und ist gut verdientes Geld.«

Ich schüttelte den Kopf und kippte den Rest Cola hinunter.

»Wenn ich frei hab, geh ich im Park klettern oder so mal in den Wald. Manchmal auch angeln.«

Jetzt war es an mir, Travis verdutzt anzugucken. »Wozu?«

»Weil's cool ist. Kannst ja mal mitkommen.«

Er stand auf und streckte die Hand nach meiner leeren Flasche aus.

»Willst du noch eine?«

Ich nickte und kramte in meiner Hosentasche herum, aber Travis winkte ab.

»Lass stecken. Geht aufs Haus.«

»Danke«, murmelte ich möglichst lässig, wie nebenbei.

Die paar Kröten, die ich für den Community Service bekam, waren dazu gedacht, mich an den Tagen, an denen ich nicht im Park aß, selbst zu versorgen, Kleingeld für Waschmaschine und Trockner im Wisteria Arbors mit eingerechnet. Im winzigen Lebensmittelkramladen des Yosemite Village bekam ich zwar zehn Prozent Rabatt, aber das galt blöderweise nicht für Zigaretten; ich war froh um jeden Dollar, der übrig blieb.

»In Mariposa ist mehr los, als du denkst. Wirst sehen«, warf Travis mir grinsend zu, bevor er um die Ecke verschwand.

Das Brausen der vorüberfahrenden Autos verdichtete sich zu einer Melodie in meinem Kopf; lautlos sang ich sie mit. Ein Rhythmus schob sich darunter und pulsierte durch meine Adern. Sachte nickte ich mit dem Kopf dazu, trommelte mit den Fingern auf den Betonabsatz und wippte mit den Knien.

In meinen Oberschenkeln zwickte es; ächzend stemmte ich mich in die Höhe, schüttelte die Beine aus und streckte meine schmerzenden Muskeln. Ich hatte mich immer für ziemlich trainiert gehalten, aber der Dienst im Park schaffte mich.

In der ersten Woche dachte ich noch, ich hätte es ganz gut erwischt. Besser als Suarez, Mickelson und Carney, die im Park wohnten und morgens um sieben damit anfingen, im Visitor Center Toiletten zu putzen und Böden zu wischen. Inzwischen beneidete ich sie fast, wenn sie in unserer Runde erzählten, was sie die Woche über so gemacht hatten und wie es ihnen damit ging.

Ich bohrte die Fäuste in die Taschen meiner verratzten Jeans und kickte gegen das Fundament der Tankstelle.

Auch so eine Plage: samstags genauso früh aufstehen und in

den Park fahren zu müssen wie unter der Woche, um mit den anderen und den Betreuern im Kreis zu sitzen und zu reden.

Reden.

Was für ein Bullshit.

Das große Los hatte eindeutig Washington gezogen, der im Deli des Yosemite Village Vollkornbrot, Truthahn und Käse zu Sandwiches stapelte und die Regale mit Schokolade und Müsliriegeln auffüllte; dabei war er hier, weil er den Neuen seiner Ex beinahe ins Koma geprügelt hatte. Während der Waldschrat Gonzalez und mich triezte, wo er konnte, uns das Unterholz nach jedem noch so winzigen Fitzelchen Plastik oder Alu absuchen ließ. Bis ich nach dem Abendessen im Park durchgeschwitzt und auf allen vieren zu Woodgates SUV kroch; ein paar Mal war ich während der Rückfahrt sogar eingenickt.

Die Sonne, so viel gleißender als zu Hause, knallte vom klarblauen Himmel herunter und brannte mir im Gesicht. Ich blinzelte über die Straße hinweg, zu den fahlbraunen Hügeln hinüber, mit Strauchbüscheln übersät wie Aknepusteln. Dahinter – Meilen und Abermeilen nichts als Wälder und Felsen und Berge. Ungezähmte, unbezähmbare Wildnis.

Ich kapierte nicht, warum Travis hier nicht wegwollte. Aus dieser Einöde, in der sogar die Kids zu schlafmützig für irgendwelche Action waren und die Luft glatt und scharf, wie poliertes Glas.

Ohne den Staub, der L. A. in goldenes Licht tauchte, die großspurige Geometrie der Stadt zum Strahlen brachte und ihre Kanten schliff. Ohne die beißende, aufputschende Droge aus Autoabgasen, heißem Asphalt und dem Chlor der Swimmingpools.

Ich war auf Entzug.

Ein bulliger Wagen in Matschbraun, mehr Panzer als Pick-up, fuhr von der Straße ab und schaukelte unter asthmatischem Motorgeröchel auf die Tankstelle zu.

Ich schlenderte um die Ecke. Der Dodge hatte mindestens zwanzig Jahre auf seinem rostgesprenkelten, von Schrammen und Beulen vernarbten Buckel, wenn nicht mehr. Eine Frau stieg aus, ihr langer Zopf in derselben krassen Farbe wie Breannas Haare nach einem missglückten Experiment mit stechend riechenden Flüssigkeiten.

Wie die vertrocknete Schale einer Orange.

Etwas Sonderbares ging von ihr aus, selbst für einen Ort wie Mariposa, etwas, das ich nicht richtig greifen konnte. Vielleicht, weil sie in ihrem langen Rock und dem übergroßen Strickpulli zu zerbrechlich wirkte, um mit so einer schwerfälligen Karre klarzukommen. Blass war sie, fast durchscheinend, aber wie sie sich die Zapfpistole griff und damit hantierte, hatte etwas Zupackendes, Zähes. Durch das offene Seitenfenster unterhielt sie sich lebhaft mit dem Beifahrer, den ich nicht sehen konnte, weil die Frontscheibe spiegelte. Was unter dem Surren der Zapfsäule von ihrer Stimme zu mir herüberdrang, klang nach Silber und Kristall.

Energisch hängte sie die Zapfpistole ein und schraubte den Tankdeckel zu; genauso energisch marschierte sie auf das Tankstellenhäuschen zu, kramte dabei in ihrer quer umgehängten Stofftasche und die Beifahrertür ging auf.

Feuer. Haare wie Feuer.

Einen Geschmack von Rauch und Asche auf der Zunge, starrte ich das Mädchen an, das sich neben der Zapfsäule bückte und wieder aufrichtete, dann versteinerte. Und zurückstarrte.

Fast unheimlich war die Ähnlichkeit zwischen ihr und der Fahrerin des Dodge. Wie ein und dieselbe Person, einmal in noch frischen, kräftigen Farben, einmal über die Jahre ausgeblichen und abgeschmirgelt; Mutter und Tochter, eindeutig.

Travis bewegte sich in mein Gesichtsfeld, rief mir aufgekratzt etwas zu.

Onkel… Abend… Macaroni and cheese… Lieber Chili?

Mehr kam nicht bei mir an. In meinen Ohren rauschte es; es fauchte wie der heiße Santa-Ana-Wind an der Küste.

Was auch immer sich gerade bei mir ausgeklinkt hatte – als Travis sich neben mich stellte und mir mit einem Ellenbogenstoß eine Cola hinhielt, schnappte es zurück.

»Du tropfst!«, rief ich dem Mädchen zu.

Mit einem Kopfrucken wies ich auf den triefenden Fensterwischer in ihrer Hand.

Ein nasser Fleck hatte sich auf ihrem Rock ausgebreitet; Wasser perlte von ihren Schuhspitzen und sammelte sich in einer kleinen Pfütze.

Mein Lachen hallte grell in meinem Kopf wider, machte mir ein flaues Gefühl im Bauch.

In ihrem Gesicht flammte es auf. Tropfen spritzten umher, als sie hastig mit dem Wischer zu hantieren begann, das Wasser aus dem Schwamm über die Frontscheibe schwappte, sie mit dem Abzieher die Überreste zerplatzter Mücken und Fliegen nur noch fester gegen das Glas presste.

»Ist das nicht eigentlich dein Job?«

Travis verzog das Gesicht und öffnete zischend seine Cola.

»Nicht bei denen. Die haben's lieber, wenn man Abstand hält.«

Das Mädchen pfefferte den Wischer zurück in den Eimer und sprang hinter die spiegelnde Scheibe. Scheppernd schlug die Tür hinter ihr zu.

»*Die*?«, kam es als lahmes Echo von mir.

Über seine Cola hinweg zwinkerte Travis mir zu.

»Eins der Geheimnisse von Mariposa.«

Stumm sah ich zu, wie die Frau mit dem orangegelben Zopf wieder in ihren Wagen stieg. Der Anlasser jaulte auf; hustend sprang der Motor an und unter Gerassel rollte der Dodge auf die Straße zu.

Travis stupste mich an. »Und – isst du jetzt heute Abend mit uns?«

»Klar«, murmelte ich.

Der Dodge fädelte sich in eine Lücke im Verkehr ein und gab röhrend Gas. Im Sonnenlicht blitzte die Scheibe auf der Beifahrerseite klar auf; dahinter schimmerte ein blasses Gesicht. Ein Paar Augen, die meine festhielten und dann wieder in der Spiegelung verloschen.

»Lieber Mac and cheese oder doch Chili?«

Wie das Intro eines Songs, das einem unaufhörlich im Kopf herumspukt.

Nur ein paar Beats, ein Gitarrenriff.

Ohne dass man es greifen könnte.

So fühlte es sich an, als ich dem Dodge hinterherschaute.

5

Nessa

»Arme Lissa«, murmelte ich, als ich neben Hayden in die ruhige, von hohen Bäumen gesäumte 10th Street einbog, viel später, als wir eigentlich vorgehabt hatten.

Gleich nach dem Frühstück hatte Lissa sich in der Küche übergeben, und während Lantana sie mit einer Wärmflasche ins Bett steckte und tröstete, ich sauber machte und Ma Kräutertee mischte und aufbrühte, hatte Hayden Mitch abzulenken versucht, dessen Gesicht ebenfalls schon eine grünliche Färbung angenommen hatte. Bis wir endlich loskamen, war es schon fast Mittag.

»Spätestens in ein paar Tagen hat sie's überstanden. Uns ging es früher doch auch nicht anders.«

Ich wusste, dass Hayden recht hatte; trotzdem hatte es mir wehgetan, Lissa so leiden und kläglich weinen zu sehen.

Ich erinnerte mich noch gut an das Reißen in meinem Bauch. An die Wellen von Übelkeit, die mich als Kind irgendwann in den ersten Wochen des Herbstes immer wieder fortspülten. Bis mein Magen gelernt hatte, die Umstellung von unserer Kost den Sommer über auf die des Winters zu verkraften. Ein Preis, den wir für unsere Art zu leben zahlten.

Fast über Nacht hatten sich die ersten Blätter von mattem Grün zu Bernstein gefärbt. Nicht mehr lange, und die Laubwälder hier im Tal würden feurig golden und rot leuchten, bevor das Farbenspiel verglühte, dumpfes Braun und Grau übrig blieb, das dunkle Oliv der Nadelbäume und borstiger, immergrüner Sträucher.

Meine Schritte verlangsamten sich.

»Ich … ich glaube, ich warte draußen auf dich.«

Abrupt blieb Hayden stehen.

Eines unserer festen, unverrückbaren Rituale in jedem Herbst: die Plastikkarten mit unseren Namen und einer langen Nummer aus der Schublade zu holen und in die County Library zu gehen. Früher mit Ma, die mit uns die Bücher aussuchte, seit letztem Jahr allein.

Seine Augen wanderten zwischen mir und dem verwinkelten weißen Gebäude unter schiefergrauem Dach hin und her.

»Warum?«

Ich zuckte mit den Schultern.

»Wir haben so viele Bücher zu Hause, die ich noch nicht gelesen habe.«

Bücher, von vorigen Generationen sorgfältig zusammengetragen und wie ein Schatz gehütet, als es noch keine County Library gab; Ma erzählte oft voller Stolz, dass sie die Erste von uns gewesen war, die als Kind einen Büchereiausweis besessen hatte. Nach all den Sommern in einem verlassenen, ungelüfteten Haus mürbe und muffig gewordene Bücher, ihr Inhalt zu verstaubt, als dass sie noch einen Reiz auf mich ausübten.

Ich konnte Hayden kaum in die Augen schauen.

Sein Blick unter gerunzelter Stirn hatte etwas Bohrendes, flackerte dabei jedoch unruhig, fast unsicher.

»Und was willst du solange machen?«

Ich lächelte und blinzelte in den blauen Himmel.

»Mich an der Sonne freuen.«

Das wenigstens war die Wahrheit; zumindest so dicht dran, soweit ich mich momentan selbst noch verstehen konnte.

Wie Hayden den Schwerpunkt von einem seiner langen, dünnen Beine auf das andere verlagerte, verriet seine Zerrissenheit.

»In Ordnung«, gab er zögerlich von sich.

»Du brauchst dich auch nicht zu beeilen«, warf ich ihm schnell hinterher, als er sich umdrehte und auf das säulengestützte Vordach zuging. »Vielleicht komme ich noch nach!«

Er nickte nur, den Blick gesenkt, wie enttäuscht, sein sonst gemächlicher Schlenderschritt jedoch plötzlich zielstrebig, beinahe schwerelos.

Mit einem sanften Klicken schnappte die Glastür hinter ihm zu.

Den Kopf in den Nacken gelegt, schloss ich die Augen, beobachtete die schillernden Kreise, die das warme Sonnenlicht über die Innenseite meiner Lider tanzen ließ wie Seifenblasen.

Ich versuchte, mir den Sommer vorzustellen.

Einen reinen, echten Sommer. Nicht den schon kupfern gefärbten Nachglanz an der Schwelle zum Herbst.

Einen Himmel, so blau wie jetzt, oder noch blauer. Eine Sonne, die heiß herunterbrannte, die Luft zum Glühen brachte und bis weit, weit unter meine Haut drang. Ein kurzes Kleid zu tragen oder vielleicht ein dünnes Hemdchen und Jeans; ich hätte so gerne eine Jeans gehabt. Zu spüren, wie mein Blut sich aufheizte und Schweiß über mein Gesicht, meinen Rücken rann, ohne fürchten zu müssen, dass ich mich dabei überhitzte.

Barfuß über warme Erde zu springen. Durch Gras zu laufen. In einem See schwimmen zu gehen. Laue, balsamische Nächte in sanftem Sternenglanz und milden Sommerregen.

Etwas davon musste ich in den ersten drei Sommern meines Lebens kennengelernt haben, hier, in Mariposa. Ohne dass ich mich daran erinnern konnte; ich wusste nur davon, weil Ma mir davon erzählt hatte. Wie ein auswendig gelerntes Wort für etwas, das man nie gesehen, nie erlebt hat.

Meine Sommer bestanden aus einem Geschmack überwältigender Süße, manchmal ein bisschen krautig. Einem schwindelerregenden Farbenrausch, der mich in den ersten Tagen danach alles fahl und blass sehen ließ, bis meine Augen wieder feinere Nuancen wahrnahmen. Aus einem absoluten, vollkommenen Gefühl der Freiheit, an dessen Rändern immer eine Ahnung von Gefahr sirrte.

Das war alles, woran ich mich jedes Jahr im Herbst noch erinnerte.

Ein Brummen näherte sich, machte unmittelbar vor mir halt und erstarb, und ich öffnete die Augen.

Zwei Bücher in der Hand, stieg ein Mann aus dem Auto, das er auf dem Parkplatz abgestellt hatte. Während er auf seinen Schlüssel drückte und die Türen unter einem elektronischen Tschilpen verriegelte, musterte er mich mit hochgezogenen Brauen; nicht herablassend, aber belustigt.

»Schönes Wetter heute, nicht?«

Ich deutete ein Nicken an und flüchtete, die Straße hinunter. Erst als ich die County Library hinter mir gelassen hatte und um die Ecke gebogen war, ging ich langsamer.

Hübsche Häuser gab es hier, entweder noch neu oder gut gepflegt. Licht und freundlich sahen sie aus, nicht nur durch ihren weißen oder zartgelben Anstrich. So viel Raum, so viel Luft umgab jedes dieser Häuser; trotz der hohen Bäume, der Sträucher in den großen Gärten lagen sie offen zur Straße hin.

Als hätten ihre Bewohner nichts zu verbergen.

Ich reckte den Hals, um vielleicht durch ein geöffnetes Fenster oder eine Tür einen Blick hineinzuwerfen. Herauszufinden, ob es darin so aussah wie in den Magazinen, die in der Bücherei auslagen.

Zu spät bemerkte ich die Frau, die auf der Veranda eines der Häuser mit ihren Topfpflanzen beschäftigt war und zu mir herüberschaute. Sie richtete sich auf, strich sich mit dem Handrücken eine Haarsträhne aus der Stirn und nickte mir schließlich zu. Freundlich, aber auch mit einer gewissen Scheu.

Ein Teil von mir wollte möglichst unauffällig weitergehen, ein anderer umkehren. Ihrem neugierigen Blick entfliehen. Mich unsichtbar machen.

Hin- und hergerissen zwischen zwei entgegengesetzten Richtungen stolperte ich über meine eigenen Füße, konnte mich gerade noch fangen.

»Alles okay bei dir, Sweetie?«

»Ja. Alles in Ordnung. Danke.«

Nichts war in Ordnung.

Nicht nur, dass ich mit meinen brandroten Haaren auf eine Meile Entfernung als eine von uns gezeichnet war – ich hatte dazu noch das unglaubliche Talent, ständig unangenehm aufzufallen.

Mich zum Gespött zu machen.

Ich floh, in Richtung des einzigen Ortes, der mir außer unserem Zuhause Sicherheit versprach.

Zwischen den Bücherregalen der County Library konnte ich unsichtbar sein. Ausblenden, dass wir anders waren. Dort waren wir einfach nur eine lesehungrige Familie, die ausgeliehene Bücher immer pünktlich zurückgab und die man nie ermahnen musste, leise zu sein.

»Hi?« Eine tiefe Stimme, erstaunt, fast fragend.

Ich lief unbeirrt weiter, ich konnte nicht gemeint sein, ich kannte hier niemanden.

»Hey, warte! Warte doch mal! Ich will dich was fragen!«

Mitten im nächsten Schritt fror ich ein.

Du tropfst!

Meine Wangen wurden heiß. Ich war mir nicht sicher, noch nicht einmal, ob ich es wirklich wissen wollte, trotzdem drehte ich mich langsam um.

»Ich weiß nicht, ob du dich erinnerst – wir haben uns an der Grizzly Gas gesehen. Letzte Woche.«

Wie hätte ich das vergessen können.

Diese Augen, selbst im Rauch des brennenden Walds noch leuchtend blau, die an der Tankstelle jedoch zugefrorene Seen gewesen waren.

Offen blickten sie jetzt, wie der Himmel über mir, aber ich traute diesem Jungen nicht über den Weg.

Ich senkte den Kopf und ließ die Bündchen meiner grünen Kapuzenjacke weiter über meine Hände rutschen, ballte sie zu Fäusten. Wappnete mich gegen eine weitere spöttelnde Bemerkung, einen erneuten Ausbruch hässlichen Gelächters, bereit, ihm im nächsten Augenblick den Rücken zuzukehren und wegzugehen.

Die Sohlen meiner Stiefel waren wie mit dem Asphalt verschmolzen.

»Geht's da zur County Library?«

Ein paar zusammengerollte Blätter in der kräftigen Hand, wies er hinter mich.

Ich nickte.

»Vielleicht weißt du das zufällig … Die kostenlosen Internet-Terminals dort – kann ich da einfach so dran?«

Ich schüttelte den Kopf.

Obwohl Mrs Applewhite früher, als wir noch klein gewesen waren, Hayden und mir Lollys aus dem bauchigen Glas auf ihrem Schreibtisch zugesteckt hatte, wenn Ma gerade nicht hinschaute, und uns dabei durch ihre dicke Brille hindurch zuzwinkerte, hielt sie sich streng an ihre eigenen Vorschriften. Und Ma unterschrieb Hayden und mir das Formular nicht, darin blieb sie hart.

»Verdammt.«

Mit der Papierrolle klopfte er ungeduldig gegen sein Bein; durch den ausgefransten Riss in seiner Jeans konnte ich eine starke Kniescheibe erkennen und ein Stück Oberschenkelmuskel.

Mühselig trug ich im Geiste Wort für Wort zusammen, bis ich endlich den Mund aufbekam.

»Du brauchst einen Büchereiausweis. Den kannst du dir dort umsonst machen lassen und dann die Terminals nutzen. Solange du noch keine achtzehn bist, brauchst du dafür aber die schriftliche Genehmigung deiner Eltern.«

Steif und langweilig hörte ich mich an, als ob ich eines der Informationsblätter der Bücherei vorlas.

»Ach so. Okay.« Ein erleichtertes Grinsen blitzte aus seiner Stimme hervor.

Eine volle Stimme war es, tief vibrierend und weich, mit gerade so viel an Kantigkeit, dass sie nicht allzu soft klang. Von weit unten aus seinem Brustkasten strömte sie herauf, an dem das fadenscheinige graue T-Shirt breite Schultern und kompakte Muskeln nachzeichnete; der ausgeleierte Ausschnitt ließ massive Schlüsselbeine sehen, einen starken Hals.

Den Kopf schräg gelegt, blickte er zu mir herunter, und so etwas wie ein Lächeln kräuselte seinen Mund.

»Du musst nicht zufällig auch in diese Richtung?«

Ich schüttelte wieder den Kopf, heftiger dieses Mal.

»Verrätst du mir noch, wie du heißt?«

Nessa.

Ich musste es zu leise gesagt, vielleicht auch nur gedacht haben, denn mit gerunzelter Stirn umfasste er eine seiner Ohrmuscheln.

»Wie?«

In seinen Augen funkelte es, und unwillkürlich bogen sich meine Mundwinkel aufwärts.

»Nessa«, wisperte ich.

»Jake.«

Laute, die die Widersprüche seines Gesichts einfingen und spiegelten. Die schwere Kinnlinie, die weit auseinanderstehenden, hohen Wangenknochen, an denen jedoch nichts Scharfes war. Und dagegen seine gerade, ein bisschen zu lange und spitze Nase, die ihm etwas Freches gab. Wie sein flacher Mund, der fein gezeichnet war, aber hart wirkte, selbst wenn ein Lächeln ihn umspielte.

Ein Widerspruch, der sich wiederholte, als er, der kraftstrotzend mit beiden Beinen fest auf der Erde stand wie eine Eiche, eine Hand in der Jeanstasche vergrub und die entsprechende Schulter hochzog.

»Ich hab das Wochenende frei. Du hast nicht irgendwann mal Lust auf einen Kaffee oder so?«

Ich starrte ihn nur an; das war das Letzte, womit ich gerechnet hätte. Ich wusste nicht, was ich darauf sagen sollte. Sagen wollte.

»Nessa.«

Ich fuhr herum.

Eine von den Kanten und Ecken der Bücher ausgebeulte Stofftasche über der Schulter, hielt Hayden weitere Bücher in der Armbeuge an sich gedrückt, unter zusammengezogenen Brauen unverhohlene Missbilligung im Blick.

»Morgen«, flüsterte ich Jake rasch zu. »Vor dem Sugar Pine Café. Um zehn.«

Hayden stellte sich dicht hinter mich, legte mir eine Hand auf die Schulter; zum ersten Mal in meinem Leben empfand ich Widerwillen bei einer Berührung von ihm.

»Hi«, ließ Jake betont locker fallen.

Seine Augen wanderten zwischen Hayden und mir hin und her.

Eine greifbare, giftig zischelnde Spannung lag zwischen den beiden in der Luft. Unwillkürlich duckte ich mich.

»Wir müssen gehen«, sagte Hayden.

Unter dem Druck seiner Hand setzte ich mich in Bewegung.

»Bis dann?«, hörte ich Jakes Stimme; er klang irritiert.

Ich traute mich nicht, mich nach ihm umzudrehen.

»Da, hab ich dir mitgebracht.« Schroff hielt mir Hayden den kleinen Bücherstapel hin.

»Danke.«

Ich presste die Bücher vor meine Brust, aber in Wirklichkeit drückte ich etwas anderes wie einen Schatz an mich.

Jake.

Sugar Pine Café. Morgen.

Wortlos bog Hayden in die Bullion Street ein, schweigend trottete ich neben ihm her. Immer wieder schielte ich zu ihm hinauf. Nur langsam wich die Verärgerung auf seinem Gesicht einem grüblerischen Ausdruck.

»Hayden…«, begann ich zaghaft.

»Ich glaube nicht, dass ich dazu etwas zu sagen brauche«, fiel er mir schneidend ins Wort.

Nein. Ich kannte die Regeln.

Von denen die oberste, die wichtigste war, Fremde nicht zu nahe kommen zu lassen.

Unser Geheimnis zu bewahren.

6

Jake

»Bye, Eugene«, rief Travis, als er die Tür des Diners aufschob.

In einem grauen Hemd, eine weiße Schürze vor seinen gewaltigen Bauch gebunden, hob Eugene eine seiner Pranken von der Kuchentheke, die er gerade abwischte.

»Byebye, Guys, viel Spaß noch! Und Grüße an Mason!«

»Richt ich aus!«

Nur ein schmaler, faseriger Lichtstreifen aus den Fenstern des Diners fiel auf den dunklen Parkplatz, als wir uns vor der Tür eine Zigarette ansteckten. Umso heller leuchteten die Scheinwerfer der Autos, die vor der kobaltblauen Neonreklame des Liquor Store kreuz und quer abgestellt waren. In das Wummern der Bässe mischten sich Stimmen und raues Gelächter; eine weibliche Stimme kreischte auf und verschluckte sich dann beinahe an ihrem Kichern.

Klang wie eine Party nach meinem Geschmack.

»Und – war lecker, oder?«, erkundigte Travis sich triumphierend.

»Hammer«, stimmte ich zu.

Chili bei den Beavers – selbst gekocht, nicht aus der Mikrowelle! – und der klotzige, saftige Burger mit Fritten bei Eugene waren die ersten ordentlichen Mahlzeiten gewesen, die ich hier bekommen hatte. Das Essen im Yosemite Village war an sich nicht übel, nur grauenvoll bio; braunes Brot, braune Nudeln und vor allem ekelhaft grünzeuglastig. Sogar die Pizza.

Was man eben von Läden erwarten konnte, deren Servietten aus Recyclingpapier bestanden und mit Sojatinte bedruckt waren.

»Na klar haben wir alles hier«, nahm Travis den Faden an der Stelle wieder auf, an dem uns Eugene mit der Rechnung unterbrochen hatte. »Nicht nur den Sheriff, der auch den Rechtsmediziner macht, und seine Hilfssheriffs. Staatsanwalt, Gericht, Knast – alles da. Und natürlich Bewährungshelfer. Ist doch schließlich die Hauptstadt des ganzen County.«

Die Freude auf das freie Wochenende hatte Woodgate mir gründlich versaut, als er mich anwies, mich am Freitag im Probation Office zu melden. Dass mich der Bewährungshelfer in Khakiuniform, ein sardonisches Lächeln unter dem Schnauzbart, mit einem Plastikbecher zur Toilette schickte, obwohl ich nicht wegen Drogen hier gelandet war, hatte mir den Rest gegeben. Meinen Plan, mir von Lou Gras schicken zu lassen, konnte ich jedenfalls knicken, einmal jeden Monat würde ich dort antanzen müssen. Wenigstens hatte Foothill nicht allzu viel Müll gelabert, während er Woodgates ersten Bericht mit mir durchging; allemal noch besser als die bescheuerte Samstagsrunde sonst.

So betrachtet vielleicht doch kein ganz schlechter Deal.

Ich zuckte mit den Schultern und schnickte Asche auf den Parkplatz.

»Ich mein ja nur – für mich sieht's nicht so aus, als ob hier besonders viel passieren würde.«

Das Sirenengeheul von Polizei, Feuerwehr und Rettungsdienst, das 24 Stunden am Tag in den Straßen von L. A. widerhallte, hatte ich hier noch kein einziges Mal gehört.

»Na ja, ist ja für das ganze County. Das dehnt sich doch ganz schön aus, vom Lake McClure bis zum Eastman Lake und weit in den Yosemite hinein.«

Unter beifälligem Gejohle heulte ein PS-satter Motor im Stand hochtourig auf.

Herzrasen und Gänsehaut pur.

Ein Verlangen, das in den Knochen schmerzte.

Ich unterdrückte ein Seufzen und folgte Travis die Straße entlang, in der sich hier am Ortseingang die Highways 49 und 140 in einem spitzen Winkel bündelten.

Mein Blick fiel auf ein beleuchtetes Schild am Nachbargebäude.

Partners in Grime. Cleaning Services.

Sehr witzig.

»Bei euch in L.A. geht's sicher total anders zu«, sagte Travis unter dem Brausen der vorbeischießenden Autos.

Aber so was von.

»Für den letzten Mord im County müsstest du wohl im Archiv der Mariposa Gazette wühlen. Jahrgang 1940 oder so. Ab und zu wird mal eingebrochen, gerade in den abgelegenen Häusern irgendwo weiter draußen. Geklaut wird einiges. Autos zum Beispiel. Das gibt's hier öfter, dass die geknackt werden.«

Ich ballte die Hand in meiner Hosentasche zur Faust und zerstampfte im Gehen die Kippe auf dem Asphalt.

Travis passte eine Lücke im Verkehr ab und wir überquerten die Straße.

»Sonst sind es meist Fahrer, die sternhagelvoll über den Highway gondeln oder ihre Mühle dabei gegen einen Baum setzen. Bissige Wachhunde, Schlägereien, mal eine angeschossene Kuh oder eine illegal gekaufte Knarre. Ist manchmal 'ne raue Gegend hier.«

Grinsend zog er die Tür des Golden Nugget auf.

»Aber du bist hier schließlich auch im Wilden Westen!«

»Hi, Travis«, rief Kellie, als wir uns an die Bar hockten, und wuschelte ihm durch die dunklen Haare, was er sich mit einem verlegenen Lachen gefallen ließ. »Hi …?«

Auffordernd hob sie die Brauen.

»Jake«, brummte ich, während ich mir den Hoodie über den Kopf zog.

Schien eine Gewohnheit von ihr zu sein, ihre männlichen Stammgäste anzutatschen, machte sich bestimmt auch beim Trinkgeld bemerkbar. Was Woodgate wohl davon hielt?

»Jake ist aus L. A.!« Travis' spargelige Gestalt plusterte sich auf vor Stolz.

»Ach.«

Mit einem Tonfall von Wodka on the rocks und einer zum scharfen Dreieck hochgezogenen Braue zeigte Kellie sich wenig beeindruckt; trotz meiner hellblonden Haare sah ich vermutlich zu wenig nach Surfer aus.

»Zwei Bud für euch?«

»Das war kein Witz eben«, sagte Travis nach unserem ersten Schluck Bier. »Hier ist der alte Wilde Westen noch lebendig! Mariposa war schon ein County, bevor Kalifornien überhaupt ein Staat der USA wurde.«

»Aha.« Ich gab mir keine Mühe, meine Gleichgültigkeit zu verbergen.

»Eine echte Goldgräberstadt war Mariposa damals – so wie in den Western! Zwei Minen gibt's noch, und manchmal finden sie dort heute noch Gold. Kristallines Gold. Nicht viel, aber besonders schönes und wertvolles.«

»Wow.«

»Wir können ja mal ins History Museum. Ist vollgestopft mit Kram aus den alten Zeiten und so hergerichtet, dass man sich richtig gut vorstellen kann, wie das hier früher mal war. Oder ins Mining Museum!«

»Ja, super. Unbedingt.«

Das Strahlen auf seinem Gesicht verriet mir, dass meine Ironie komplett an ihm vorbeigegangen war.

Travis schien echt ein netter Kerl zu sein. Offenbar wohnte er bei seinem Onkel, zumindest war das mein Eindruck gewesen, als ich letzte Woche bei den beiden zum Essen war und wir danach noch mit einem Bier auf der weiß gestrichenen Veranda saßen. Von irgendwelchen Eltern war jedenfalls nie die Rede, und ich wollte auch nicht nachbohren. Keine Gegenfrage provozieren.

Ich war froh, wenn ich nicht an meine Alten denken musste.

»Sag mal«, begann ich langsam und knibbelte am Etikett herum, das sich an einer Ecke von der Flasche gelöst hatte. »Die zwei neulich an der Tanke ... Was waren das für welche?«

»Welche zwei?« Travis sah mich verständnislos an.

Dieses Mädchen. Das Mädchen mit Haaren wie aus Feuer.

Ich hatte keine Ahnung, wieso ich sie gefragt hatte, ob sie sich mit mir treffen wollte. Warum ich sie überhaupt angesprochen hatte. Mitleid vielleicht; so was wie Neugierde sicherlich.

Oder einfach Langeweile.

»Die zwei Rothaarigen. In einem klapprigen Dodge.«

»Ach so. Die.« Er grinste und lehnte sich zu mir herüber, senkte seine Stimme zu einem wichtigtuerischen Raunen. »Das große Geheimnis von Mariposa!«

»Was ist ein Geheimnis?« Eine Stimme hinter uns, gefärbt von Jack Daniels und Zigaretten.

Eine Blondine älteren Datums, die Bluse im Westernstil, die Beine der Röhrenjeans in Cowboystiefel gesteckt, legte einen Arm um Travis, als wollte sie ihn in den Schwitzkasten nehmen, eine auf ruppige Art liebevolle Geste.

»Hi, Betty. Das ist Betty, der Boss hier – mein Freund Jake.«

Ich zuckte zusammen.

Ich war nicht hier, um Freunde zu finden; in ein paar Monaten war ich sowieso wieder weg.

Zurück in meinem Leben, in dem ich frei umherdriften konnte, ohne dass mir jemand sagte, was ich wann zu tun oder zu lassen hatte.

»Freut mich, Jake.«

Ich bekam einen kräftigen Hieb in den Rücken und beinahe mein Bier in den falschen Hals.

»Jake hat bei uns an der Grizzly zwei dieser rothaarigen Freaks gesehen. Du weißt schon – diese Hippies aus dem Wald!«

»Dann klär deinen Freund mal auf – über unser geheimnisvolles Mariposa!«

Unter heiserem Lachen klopfte Betty ihm auf die Schulter und setzte die Runde durch ihr Lokal fort.

»Alsooo«, gab Travis von sich und setzte sich auf dem Hocker zurecht; in einem seiner Mundwinkel lauerte ein kleines Grinsen. »Das sind wirklich totale Freaks! Leben komplett abgeschieden in einem Waldstück vor der Stadt und bleiben am liebsten für sich. Mein Onkel war zweimal dort. Einmal, um die olle Karre abzuschleppen, als die keinen Muckser mehr machte, und einmal, um sie wieder hinzubringen, nachdem er sie repariert hatte. Die haben noch nicht mal ein Telefon! Auch keine Kreditkarte. Bei uns zahlen sie immer nur bar, und genauso im Pioneer Market. Da kaufen sie ab und zu ein. Nie wirklich viel, nur Gemüse und ein bisschen Obst, alles bio, und Katzenfutter.«

Mit einem großen Schluck Bier feuchtete er seine Kehle an und rutschte näher, schaute mir beschwörend tief in die Augen.

»Was ich wirklich unheimlich finde … Die sehen alle irgendwie gleich aus! Bleich und rothaarig und merkwürdig dunkle Augen dazu. Und nur Frauen und Kiddies leben dort. Voll die Kommune! Höchstens mal ein Junge in unserem Alter, der früher oder später aber wieder verschwindet. Es gibt wohl auch Männer, aber die sind nur zwischendurch ein paar Tage da. Und …«

Vielsagend hob er die Brauen, seine Stimme ein finsteres Raunen.

»Und sie kommen immer nur mit dem Herbst nach Mariposa. Spätestens, wenn oben auf den Bergen der Schnee schmilzt, sind sie wieder weg. Wenn du mich fragst«, er rutschte noch näher und tippte mit dem Finger auf die Tischplatte, »gehören die irgendeinem obskuren Kult an. Noch schräger als die Kirchengemeinden, die wir sonst hier haben.«

Großartig. Ich hatte morgen ein Date mit einer Sektentussi.

Sofern das überhaupt ein Date war. Mit einem Mädchen, das kaum den Mund aufbekam und viel zu jung aussah, um irgendwas mit ihm anzufangen.

Das ich noch nicht einmal hübsch fand.

Über meinem Bud sah ich zu Kellie hinüber, die mit der Hüfte an der Theke lehnte und Gläser polierte; nebenher schäkerte sie mit einem weißbärtigen Opa, der sich an seinem Whiskey festhielt. Die schwarzen Jeans ließen ihre Beine noch länger wirken, und die Bluse mit Rüschen sah an ihr kein bisschen spießig aus, sondern ziemlich heiß.

Ich brauchte da morgen ja nicht hinzugehen.

Mir reichte es gerade für ein paar Züge an der Zigarette, während ich über den Hof vom Wisteria Arbors lief, da sah ich sie schon an der Straßenkante vorne stehen. In dieser grellgrünen Kapuzenjacke, die ihre Haare noch feuriger lodern ließ und in der sie beinahe ertrank, und in einem formlosen Ungetüm von langem Rock.

Verloren wirkte sie und tapfer, und ein Anflug von schlechtem Gewissen streifte mich. Ich hatte gehofft, sie würde schon wieder weg sein, wenn ich mich genug verspätete; das wäre eine geschmeidige Lösung gewesen. Für uns beide.

Ich zögerte, überlegte, einfach kehrtzumachen und wieder ins Zimmer hinaufzugehen, Gonzalez hin oder her, als sie den Kopf wandte.

Ein Leuchten glitt über ihr Gesicht, sanft und weich wie eine aufglimmende Kerzenflamme.

Das schlechte Gewissen nagte stärker an mir.

Eine Stunde über einem Kaffee würde ich wohl rumkriegen. Bevor ich zu einer bewährten Floskel griff.

Du bist echt ein tolles Mädchen – aber ich will ehrlich sein: Bin momentan nicht bereit für was Festes.

Es liegt nicht an dir. Es liegt an mir.

Lass uns einfach Freunde sein, ja?

Seufzend setzte ich mich wieder in Bewegung, blies den Rauch aus und schnippte meine Kippe auf die Straße.

»Hi«, warf ich ihr zu, meine Stimme ein wenig schroff, noch trocken und heiser nach den Bieren gestern im Golden Nugget, den Zigaretten zwischendurch vor der Tür. »Geh'n wir rein?«

Im Nachhinein war es mir seltsam vorgekommen, dass sie ausgerechnet das Sugar Pine Café vorgeschlagen hatte, den niedrigen Anbau auf der linken Seite des Motels, dessen Leuchtreklame abends zu uns ins Zimmer schien.

Nicht, dass ich mir da eine Stalkerin angelacht hatte.

»Haben die hier guten Kaffee?«, wollte ich wissen, die Tür schon in der Hand.

Ihre Wangen färbten sich. »Ich war da noch nie drin. Mir … mir gefällt nur der Name.«

Meine Brauen rutschten hoch. Nervös schielte ich über die Straßenseite, zur Grizzly Gas, vor deren Zapfsäulen einige Autos Schlange standen; ich hatte wenig Lust darauf, dass Travis mich hier mit ihr sah.

»Willst du jetzt rein oder nicht?«, entfuhr es mir grob.

Sie machte einen langen Hals und spähte durch die Scheibe in den lang gestreckten Raum mit den schwarz-weißen Fliesen und den rot gepolsterten Nischen, etwas Furchtsames im Blick, ihre Haltung Ausdruck von Unschlüssigkeit.

»Dann nicht«, knurrte ich und drehte mich um. »Laufen wir eben ein Stück.«

Schweigend gingen wir die Straße entlang, und genauso schweigend hockten wir uns auf den erhöhten Bürgersteig, hinter uns ein Schaufenster mit pausbäckigen Porzellanpuppen, Stoffblumensträußen und einem monströsen Grizzly auf seinen Hinterbeinen, der einen Fisch quer im Maul hatte.

Eine Weile schauten wir den vorbeirollenden Autos nach.

»In welche Klasse gehst du?«, fragte ich irgendwann, nur, um überhaupt was von mir zu geben.

»Ich gehe nicht auf die Highschool hier. Homeschooling.«

Ich beäugte sie misstrauisch von der Seite.

Wollte sie mir tatsächlich weismachen, dass sie schon im Highschool-Alter war, fünfzehn oder sogar darüber? Mit dem Pferdeschwanz, zu dem sie ihre roten Haare zusammengezurrt hatte, sah sie nämlich nicht älter aus als zwölf.

»Ist dir nicht zu warm?«, fragte ich mit Blick auf ihre bis zum Hals zugezogene Jacke; obwohl wir im Schatten saßen, war es alles andere als kühl.

Easy, Alter. Sonst hält sie dich womöglich noch für einen von der netten Sorte.

Sie schüttelte lächelnd den Kopf, dass ihr Pferdeschwanz hin- und herpendelte, und vergrub wie zum Beweis die Hände tiefer in den Taschen.

»War das gestern dein Bruder?«

Ihr Lächeln vertiefte sich; so etwas wie ein gehauchtes Lachen flog aus ihrem Mund.

»Nein.«

»Dein Freund?«

Das Lächeln verlosch. Ihr Kopf bewegte sich, halb ein Kopfschütteln, kein wirkliches Nicken. Die Unterlippe zwischen die Zähne gezogen, rieb sie mit der Sohle ihres Stiefels über die Kante der Stufe unter uns. Schnürstiefel waren es, fast wie Doc Martens, aber nicht annähernd so cool.

»Das ist … kompliziert«, sagte sie schließlich.

»Aha«, machte ich und runzelte die Stirn.

Ich fischte die Zigarettenschachtel aus der Hosentasche und zündete mir eine an. Ich hatte gerade zwei Mal dran gezogen, als ich neben mir ein ersticktes Husten hörte.

Okay, das reichte; mit so einer empfindlichen Zicke musste ich mich echt nicht rumschlagen. Ich setzte dazu an, aufzuspringen und abzuhauen, sie einfach sitzen zu lassen.

»Was ist das an deinem Arm?«

Verwirrt hob ich die Hand, besah mir meinen Arm von allen Seiten.

»Wo? Ach so. Das ist ein Tattoo.«

Sie lachte leise, ein helles, goldenes Lachen. Wie Sprenkel aus Sonnenlicht, die auf dem Wasser tanzten.

»Das sehe ich. Darf ich es mir anschauen?«

»Klar.«

Ich reckte den Arm vor, drehte ihr die Innenseite zu.

Sie streckte die Hand aus, sah mich an, als wollte sie um Erlaubnis bitten, bevor sie langsam über die schwarze Tinte fuhr. Wie eine Blinde, die sich durch Braille buchstabiert.

no regrets

Die Berührung ihrer schlanken Finger war kaum zu spüren.

Ein leiser Windhauch. Ein Grashalm. Der Luftzug eines flügelschlagenden Insekts.

Die Nervenenden auf meinem Arm zogen sich zusammen, machten mir Gänsehaut.

Ihr ovales Gesicht war sanft, obwohl so gar nicht weich; alles an Konturen und Linien in diesem Gesicht war klar und schnörkellos. In ihrer milchweißen Haut konnte ich keine einzige Pore entdecken, stattdessen tummelten sich staubfeine Sommersprossen auf ihren Wangen, sammelten sich auf ihrer kleinen Nase. Ein sehr junges Gesicht, und doch alterslos.

Verstohlen drückte ich die angerauchte Zigarette unter der Schuhsohle aus.

Ich wartete auf eine pseudo-tiefsinnige Frage wie *Was würdest du am meisten in deinem Leben bereuen?* oder auf ein flirtendes, lidflatterndes *Echt jetzt? Keine Reue? Nie?*

Stattdessen bildete sich eine steile Falte zwischen ihren feinen Brauen, von blasserem Rot als ihre Haare, und sie nahm die Hand fort.

»Ist was?«

Sie deutete ein Kopfschütteln an, lehnte sich vor und umschlang ihre Knie.

»Ich habe nur gerade gedacht … Was, wenn Reue kein zu hoher Preis dafür ist, dass man überhaupt die Wahl gehabt hat?«

»Was für eine Wahl? Zwischen was?«

Der Pferdeschwanz schlängelte sich auf ihrem Rücken hin und her.

»Das spielt keine Rolle. Einfach nur die Wahl zu haben. Sich entscheiden zu können.«

Ich schaute zum Golden Nugget hinüber; ein kleiner blonder Junge turnte am Geländer der Veranda. Vor den vollgestopften Schaufenstern von *Yosemite Gifts* parkte ein schlammbespritzter Pick-up, Plastiktonnen und eine riesige Kabelrolle auf der Ladefläche, und unter den grüngestreiften Markisen von *Shockley Designs Un-Limited* drängten sich Schaukelstühle, regenbogenbunte

Quilts, Blümchenporzellan und Lampen mit Fransenschirm aneinander.

Ich dachte an Green Meadows, wo *Gras* immer nur Dope bedeutete; bis auf die handtuchschmalen, von Müll und von Hundehaufen übersäten öffentlichen Rasenflächen das Grünste, was dieser Teil von L. A. zu bieten hatte. Die verkrüppelten Bäumchen, irgendwann einmal mit viel gutem Willen gepflanzt, verwendeten ihre Energie lieber darauf, mit ihren Wurzeln wütend den Asphalt zu verformen und zu sprengen, als darauf, mehr als nur ein paar zerknitterte Blattlappen auszutreiben.

Eine robuste, raue Gegend, geformt von Ellbogen und Fäusten und nichts für Schwächlinge. In der die Zeit sich darin maß, wie lange man auf den nächsten Lohn wartete, den nächsten Job; auf die Fürsorge oder auf eine Unterhaltszahlung, die wieder einmal nicht eintraf.

Deren Regeln man schnell lernte, schon als Kind.

Das Recht, sich für oder gegen etwas zu entscheiden, gehörte nicht dazu; es gab nie eine Alternative.

In Green Meadows hatte man keine Träume, man holte sich ein High.

Ich warf einen Seitenblick auf Nessa, in ihre eigenen Gedanken versunken.

Das war mit Abstand das bizarrste Date, seit Sheryl mich damals mit in das Thai-Nagelstudio am Sunset geschleift hatte.

»Ich hab hier noch eins«, sagte ich hastig, um die Stille zum Schweigen zu bringen, und schob den Ärmel meines T-Shirts hoch.

Ihre Augen wanderten über den in der Mitte zerbrochenen Stacheldraht, von dem schwarze Vögel aufflogen. Meistens wollten die Mädchen wissen, ob das Tattoo unter meinem Shirt weiterging. Was es auch tat; der letzte der Vögel breitete seine Schwingen in meinem Nacken aus.

Travis hatte recht, es war merkwürdig, dass jemand mit feuerroten Haaren so dunkle Augen hatte.

Nicht blau, nicht grün oder grau. Sondern dunkelbraun, fast schwarz.

Bitterschokolade.

Zu schmelzen schienen diese Schokoladenaugen jetzt, während ihr Mund, verblüffend rosig in ihrem blassen Gesicht, sich zu einem wehmütigen Lächeln verzog.

»Ich kenne dieses Gefühl«, flüsterte sie.

Das definitiv krasseste Date, seit Jodis Bruder uns beim Rummachen erwischt und mich mit gezogener Knarre aus dem Fenster gejagt hatte.

Verlegen wandte ich den Blick ab, strich mir die Haare aus der Stirn, knetete meine Hände.

Seltsam angespannt fühlte ich mich; irgendwo zwischen dem beißenden Drang, hochzuschnellen und wegzulaufen, und dem verwirrenden Wunsch, einfach sitzen zu bleiben, die nächste Stunde, den ganzen Tag.

Meine Knie begannen zu wippen.

»Magst du Musik?«, schoss es aus mir heraus.

Sie neigte den Kopf, als müsste sie erst darüber nachdenken. Dann nickte sie, ein winziges Lächeln um die Mundwinkel.

»Was für Musik? Beyoncé? Rhianna? Lana Del Rey?«

Leere machte sich in ihren Augen breit.

»5 Seconds of Summer? Miley Cyrus?« Verzweifelt kramte ich aus dem Gedächtnis alles zusammen, was die Chicks von Green Meadows so hörten. »One Direction?«

Keine Chance.

»Warte.«

Ich holte mein Handy aus der Tasche, angelte aus einer anderen die Kopfhörer und stöpselte sie ein, hielt ihr einen der Earbuds hin.

Sie zögerte, dann glomm es in ihren Augen auf und sie steckte ihn ins Ohr.

Miteinander verkabelt, fing ich mit einer der Playlists an, die wir immer laufen ließen, wenn Mädchen dabei waren.

Unter dem ersten Intro zuckte sie zusammen, bekam große Augen, dann wackelten ihre Schuhspitzen zu Beyoncé. Bei Rhianna ruckte ihr Kopf, und Lady Gaga erntete erst ein Augenrollen, dann ein abwehrendes Kopfschütteln.

Ich grinste und schwenkte auf die Sachen um, die wir Jungs immer beim Abhängen auf voller Lautstärke gehört hatten. Tayo Cruz entlockte ihr ein vergnügtes Kräuseln der Nase, die sie bei Snoop Dogg jedoch rümpfte; Pharell Williams brachte sie zum Kichern. Bei Linkin Park stand ihr Mund offen, und als Chester Bennington »Numb« ins Mikro röhrte, formten ihre Lippen etwas, das für mich wie ein stummes *Wow!* aussah.

Ich mochte es, wie sie mit der Musik mitging und was sich auf ihrem Gesicht dabei spiegelte. Sicher gehörte sie zu den seltenen Mädchen, die selbstvergessen vor sich hin tanzten und ganz in ihrer eigenen Welt abtauchten. Anstatt mit raumgreifenden Bewegungen, herausfordernden Blicken und wackelndem Po eine Show abzuziehen und stumm dabei zu rufen: *Schau mich an! Find mich toll!*

Ich wurde mutiger und pickte ein paar meiner Lieblingstracks heraus.

Maroon 5. Passenger. The Donkeys, eine Indie-Band aus San Diego, die in Green Meadows außer mir wohl keiner kannte. Und als sie bei »A Sky Full of Stars« von Coldplay die Augen schloss, ihre Brauen im Takt der Musik verwarf und selig lächelte, ging es mir einfach nur gut.

Der letzte Ton war verhallt.

Ihre Lider hoben sich, und langsam, wie widerstrebend, zog sie den Earbud heraus.

»Danke«, wisperte sie, ein Zittern in der Stimme, und stand auf. »Ich muss gehen.«

Das Hochgefühl von gerade eben war zerplatzt; irgendwo in meiner Magengegend fühlte es sich dumpf und hohl an. Ich starrte auf Handy und Kopfhörer, schob mich dann ebenfalls in die Höhe.

»Können wir ja wieder mal machen«, sagte ich leise.

»Vielleicht nächste Woche?« Zaghaft klang sie, und vorsichtig.

»Da kann ich nur Sonntag.«

»Dann Sonntag. Hier. Wieder um zehn?«

Ich dachte nicht einmal darüber nach. »Geht klar.«

Um ihren Mund zuckte es, als müsste sie ein Lächeln zurückdrängen. Die Hände tief in den Taschen ihrer Kapuzenjacke, tat sie ein paar Schritte die unterste Stufe entlang, dann machte sie auf den Fußballen eine halbe Drehung.

»Aber nur, wenn du wieder Musik mitbringst!«, rief sie.

Ein Lachen strahlte auf ihrem Gesicht auf wie die Sonne, die sich plötzlich und unerwartet hell durch Wolken schiebt.

Ich wollte etwas antworten, irgendwas Witziges, Schlagfertiges, aber mein Kopf war leer, meine Zunge taub. Ich konnte ihr nur noch hinterherschauen, wie sie über die Straße rannte.

Sie drehte sich nicht mehr um.

7

Nessa

Mein Kopf war voller Musik. Immer noch.

Dumpfes, langsames dunk-dunk-dunk, schnelleres dit-dit-dit; darüber goldfarbene oder silbrige Klänge, Laut gewordene Gefühle. Frauenstimmen, stark und furchtlos und verführerisch, und Männer, die ihre Seele in der Stimme bloßlegten, wütend, verletzlich, zärtlich.

Worte und Satzfetzen, die mir im Gedächtnis geblieben waren.

I'm searching
I'm changing
Happy
Every step that I take
You light up the path
Happy

Manchmal, wenn Ma mich um die Mittagszeit schickte, Neunkornbrot zu holen, und die Schüler von der Highschool oben auf dem Hügel in die Stadt ausschwärmten, fielen etliche davon lärmend und lachend in die Jantz Bakery ein. Berauscht vom verbotenen Duft der Blaubeerscones, Cupcakes und Cheesecakes, Muffins und Apple Pies, hatte ich mich immer gefragt, wie es wohl sein müsste, Musik aus diesen winzigen Knöpfen zu hören. Nicht nur den scheppernden, verzerrten Nachhall, der davon nach außen drang. Mehr als die Bruchstücke, die aus dem geöffneten Fenster eines vorbeibrausenden Autos flatterten und so schnell verwehten.

Jetzt wusste ich es.

Als wäre ein bisschen Musik durch den Ohrstöpsel in meinen Körper getröpfelt, war ich ständig versucht, mit den Schultern zu rucken oder dem Kopf zu nicken, vor mich hin zu summen und unter dem Tisch in der Werkstatt mit den Füßen zu wippen. Sogar das Surren der Neonröhren an der Decke schien ein Teil der Musik in meinem Kopf zu sein.

»Hast du noch was übrig, Nessa?«

Die Augen groß und rund wie Kastanien, stand Lissa neben mir, ihre Haare in der Farbe von Ringelblumen zu zwei strammen Zöpfen zusammengebunden. Wie aus Transparentpapier geschnitten sah ihr stupsnasiges Gesichtchen noch aus, aber es ging ihr schon viel besser; sie hatte sich seit zwei Tagen nicht mehr übergeben und war auch sonst ganz munter.

Ich klaubte lächelnd ein paar längere Drahtreste in verschiedenen Stärken zusammen und fegte die Perlen, die unter der Lupe kleine Fehler und Einschlüsse gezeigt hatten, in ein Plastikschälchen. Strahlend tapste Lissa mit ihrem Schatz zurück in ihren Winkel, wo sich auf dem Boden bereits perlenverzierte Drahtschnörkel verteilten.

Ich schaute zu Hayden hinüber, der seine Arbeit beiseitegeschoben und Mitch auf seine Knie gehoben hatte. Einen Arm um den Jungen gelegt, half er dessen kleinen, noch ungeschickten Händen dabei, zwei Stücke festeren Drahts mit dem Lötkolben zu verbinden. Mit leiser Stimme erklärte er ihm etwas dazu; die Zunge auf die Oberlippe geheftet, die kupferblonden Brauen konzentriert zusammengekniffen, nickte Mitch, ohne die Augen von seiner Bastelei abzuwenden.

Über den neuen Entwürfen auf noch weißem Papier, den alten, von Generation zu Generation weitergereichten Musterzeichnungen auf vergilbten und eingerissenen Blättern trafen sich unsere Blicke, und ein kleines Lächeln glitt über Haydens Gesicht.

Ich sah mich selbst, früher, als ich wie Lissa jetzt auf dem Boden saß, mit Drahtresten und ausgemusterten Perlen spielte und von den fragilen, kunstvollen Gebilden träumte, die ich später einmal schaffen würde, während Hayden schon das Löten und Hämmern lernte.

Damals wurde nicht nur am Nachmittag in der Werkstatt gearbeitet, sondern schon morgens; es waren genug Hände da. Ich konnte mich an eine Zeit erinnern, in der das Haus wie erleuchtet war von all den Haarfarben zwischen Fuchsrot, Karotte, Kürbis und Kakifruchtgelb. Fast zu klein für all die Frauen, die Mädchen und jungen Männer und uns Kinder, die wir aneinandergekuschelt in einem großen Bett schliefen. Solange die Ältesten im Herbst noch mit hier waren, mussten wir sogar noch enger zusammenrücken, und dann wieder, sobald sie im Frühling zurückkehrten.

Jahr um Jahr gab es mehr Platz im Haus, fehlten vertraute Gesichter. Manche ließen sich andernorts nieder, um die Aufmerksamkeit von uns allen abzulenken, weil wir einzeln und über das Land verstreut einfach weniger auffielen als im ganzen Clan; manche, um dort ihr Kind großzuziehen. Elada, Dorcas und Arizona überwinterten jetzt im Napa Valley, Flora und Sachem in der Nähe von Salinas. Phoebe und Sierra schrieben mir jeden Winter eine Karte aus Santa Barbara, und Titania und Lorquin waren nach Oregon gezogen, nach Florence, direkt am Meer.

Andere verschwanden spurlos auf unserem Treck zwischen Norden und Süden oder verloren ihr Leben dabei. Wie Haydens Mutter Sonora damals und Chara, die so alt gewesen war wie ich. Oder Mitchs Eltern vor zwei Jahren; Gray hatte wohl noch versucht, Georgia zu retten, war aber selbst dabei umgekommen.

Mehr wusste ich darüber nicht. Man erzählte uns nicht alles, um uns zu beschützen und nicht unnötig zu ängstigen. Höchstens alte Geschichten wie aus dem Winter 1950, dem strengsten Winter in Mariposa seit Menschengedenken, der so vielen von uns den Kältetod gebracht hatte. Zu weit von unserem heutigen Leben entfernt, um mehr als Schauermärchen zu sein. Aus demselben Stoff gemacht wie die Legenden über uns, die weit in die Vergangenheit zurückreichten.

Dabei wussten wir um die Gefahren, wir wuchsen damit auf, hatten es im Blut.

Es sind diese Zeiten, Dana, hatte mein Vater einmal auf der Veranda zu Ma gesagt, seine Stimme in der milden Frühlingsnacht noch rauer und dunkler als sonst. Düster geradezu. *Diese Zeiten, die es uns nicht nur immer schwerer machen, unentdeckt zu bleiben. Sie bringen uns Bedrohungen, die sich unsere Eltern, unsere Großeltern nie hätten vorstellen können. Es wird noch schlimmer werden in den nächsten Jahren.*

Wir waren ein aussterbendes Volk.

Ein Gedanke, der mich in die Gegenwart zurückholte. Zu Hayden, der fragend den Kopf schräg legte.

Obwohl ich in Lissas Alter gewesen sein musste, als er zu uns kam, vier, höchstens fünf, schien Hayden immer dagewesen zu sein, solange ich zurückdenken konnte; immer zwei Jahre älter, immer zwei Schritte voraus.

Ihn so mit Mitch zu sehen, ließ mich an die Zukunft denken. An das kommende Jahr, die Jahre darauf.

Etwas Unbehagliches setzte sich in meinem Nacken fest, ließ mich die Schultern hochziehen.

Haydens Augen verhärteten sich, und er senkte sie wieder auf Mitch und seine Lötarbeit.

Mir schoss das Blut ins Gesicht, als ich daran dachte, wie ich mich aus dem Haus gestohlen hatte, um Jake zu sehen. Anstatt mit einem Buch in einem stillen Winkel des Hauses zu sitzen, wie Hayden Schritt um Schritt daran gewöhnt, mein Wissen selbstständig zu erweitern, während Lissa und Mitch bei Ma und Lantana Lesen, Schreiben und Rechnen lernten.

Schuldbewusst blickte ich zu den beiden hinüber, die Seite an Seite an der Werkbank unter dem Fenster saßen, die Köpfe über ihre Arbeit gebeugt; Ma mit ihrem langen Zopf in der Farbe von Orangen, Lantanas Haarflut, um die ich sie immer beneidete, weil sie die sanfte Farbe reifer Aprikosen hatte, zum Knoten geschlungen.

Hastig stand ich auf, wandte mich ab, tat so, als müsste ich unbedingt den alten Apothekerschrank nach etwas ganz Bestimmtem absuchen, das mir eben erst eingefallen war.

Eine Schublade nach der anderen zog ich auf, um in den Fächern mit aussortierten, übrig gebliebenen und versehentlich gekauften Perlen all der Generationen vor uns herumzusuchen, bis mein Gesicht sich wieder abgekühlt hatte.

Eine ovale Glasperle fiel mir dabei ins Auge, ungefähr so groß wie einer meiner Fingernägel und von tiefstem, leuchtendem Blau. Ein kostbares, altes Stück, wie sie heute kaum mehr hergestellt wurden; selbst zu Zeiten meiner Großmutter oder Urgroßmutter musste sie teuer gewesen sein. Obwohl ich schon oft einen Blick in diese Schubladen geworfen hatte, war sie mir früher nie aufgefallen.

Vielleicht, weil ich zuvor noch nie in solch blaue Augen geschaut hatte.

Meine Fingerspitzen strichen über die Perle, ließen sie dann heimlich in meine Rocktasche gleiten.

Ich sollte Sonntag da nicht wieder hingehen.

Einen Pappbecher in der Hand, eine brennende Zigarette in der anderen, saß er auf der obersten Stufe vor dem Souvenirladen von *The Company Store*, ein Knie in einem schnellen Takt auf- und abfedernd.

Er zuckte zusammen, als er mich über die Straße hasten sah, sprang halb auf, ließ sich aber mitten im Schwung zurückfallen und warf die Zigarette weg.

»Hallo«, gab er ruppig von sich, den Blick auf einen Punkt irgendwo neben meiner Schulter gerichtet.

Mein Mut sank; plötzlich war ich unsicher, ob ich etwas falsch verstanden hatte. Er sich nur mit mir traf, um sich hinterher über mich lustig zu machen. Noch schlimmer: aus Mitleid.

Er griff hinter sich.

»Ich hab dir einen mitgebracht«, erzählte er dem zweiten Pappbecher, den er mir entgegenstreckte. »Ich hoffe, er ist noch heiß.«

Vorwurfsvoll klang er. Als hätte ich ihn zu lange warten lassen.

Mit einem gemurmelten Danke nahm ich ihm den Becher ab. Die Pappe strahlte eine kräftige Wärme ab, die wohlig in meine Fingerspitzen floss. Und auch in meinem Bauch wurde es warm, als ich den Schriftzug darauf entdeckte.

Sugar Pine Café.

»Willst du dich nicht hinsetzen?«

Ich spürte seine Augen auf mir, als ich mich neben ihm auf der Stufe niederließ.

»Erst als ich an der Theke stand«, sagte er rau, wie gegen einen inneren Widerstand, »fiel mir ein, dass ich keine Ahnung habe, wie du deinen Kaffee trinkst. Ich hab ihn so bestellt, wie ich dachte, dass du ihn vielleicht magst. Mit Milch und irgendwie …« *Süß.*

Ein Räuspern zermalmte das letzte Wort bis fast zur Unhörbarkeit; mit der flachen Hand rieb er dabei über seinen Oberschenkel.

Vorsichtig hob ich den Deckel aus Plastik an, betrachtete die fluffige Wolke obenauf. Ein Geruch wie verbrannte und dann gewässerte Erde strömte mir entgegen; ein Geruch nach warmem

Tier und Fett und künstlicher Klebrigkeit. Mein Magen krampfte sich zusammen.

»War das okay?«

Ich nickte fahrig; ich wollte nicht zugeben müssen, dass ich noch nie Kaffee getrunken hatte. Noch nie Kuhmilch. Beherzt setzte ich den Becher an.

Der erste Schluck verbrühte mir die Zunge, schmeckte finsterbitter, und der lauwarme, aber schleimige Milchschaum machte es nicht besser; beinahe hätte ich alles wieder ausgespuckt.

Der zweite Schluck rutschte leichter hinunter, beim dritten schwappte eine kräftige Süße mit, die mir in den Zähnen ziepte.

»Schmeckt gut. Danke.«

Das kaum unterdrückte Lächeln, mit dem er den Blick abwandte, rechtfertigte meine Lüge.

Schweigend trank er seinen Kaffee weiter, kämpfte ich mit meinem. Bis mein Hals sich gleichzeitig spröde und verklebt anfühlte, ich beinahe platzte und fand, jetzt könnte ich ihn ohne schlechtes Gewissen beiseitestellen.

Auch Jake setzte seinen Becher ab, holte sein Handy und die Kopfhörer aus den Hosentaschen und hielt mir einen der Ohrstöpsel hin.

»Ich hab's nicht vergessen.«

Seine blonden Haare trug er kurz und ein bisschen verstrubbelt, vorne etwas länger fielen sie ihm in die Stirn. Wie er darunter hervorlächelte, ein solch kleines, vorsichtiges Lächeln, seine Augen lichtblau glänzend, brachte mein Herz ins Stolpern.

»Shit«, murmelte Jake, als die Musik irgendwann jäh abbrach, die helle Oberfläche seines Handys abrupt schwarz wurde. »Kein Saft mehr.«

Ich zog den Stöpsel aus meinem Ohr. Ich hätte noch Stunden weiter Musik hören können, so gierig war ich nach den Taktschlägen, den Melodien. Nach den Stimmen und was sie mir erzählten. Fragmente dieser Stimmen und Klänge sprangen wild in meinem Kopf umher; ich barst beinahe vor lauter Musik, die durch meinen Körper vibrierte und pulsierte.

Es war anstrengend, dabei halbwegs ruhig sitzen zu bleiben, nicht über die Straße zu tanzen.

»Tut mir leid.« Er grinste schief. »Ich hab vergessen, den Akku über Nacht zu laden.«

Hinter uns schlug die Turmuhr des Court House.

»Das macht nichts. Ich muss auch bald gehen.«

»Jetzt schon?« Die Brauen zusammengezogen, wickelte er das Kabel auf. »Musst du in die Kirche?«

Ein Kichern sprudelte aus mir hervor; es klang wie ein Schluckauf.

Ich wusste nicht, was mit mir los war. Mein Kopf fühlte sich ganz leicht und ein bisschen schwummrig an. Vielleicht war der Kaffee daran schuld.

»Ich muss noch arbeiten«, rutschte es mir heraus.

»Ach so. Okay«, erwiderte Jake tonlos. »Auch am Sonntag?«

Ich nickte nur, die Hände zwischen die Knie gepresst, um mich zur Ruhe zu zwingen.

»Was arbeitest du denn?«

»Wir machen …«

Ich fand auf die Schnelle keine Worte, um das zu beschreiben, was über jeden Winter in unserer Werkstatt entstand. Was uns mehr bedeutete als nur ein Broterwerb.

Mein Blick fiel über die Straße, zur schwarz gekachelten Fassade von *Yosemite Gifts*, deren Tür einladend offen stand. Mit einem Auflachen sprang ich in die Höhe, kribbelig von Kopf bis Fuß, fast übermütig, es musste einfach am Kaffee liegen.

»Komm mit, vielleicht kann ich's dir zeigen!«

»Hallo, Janelle.«

Hinter der hohen Theke aus Glas und massivem Holz reckte sich Janelles honigblonder Kopf; ein freundliches Lächeln zeigte sich auf ihrem sonnengetönten Gesicht.

»Hi, Nessa. Geht's gut?«

»Ja, danke. Ich wollte nur fragen, ob ihr zufällig noch etwas von uns da habt.«

Janelle legte ihre Zeitschrift zur Seite und stand auf.

»Nicht mehr viel. Wir hoffen ja, dass ihr bald die ersten Stücke nachliefert. Am besten noch vor dem Weihnachtsgeschäft, damit wir sie rechtzeitig für unsere Website fotografieren können – aber das hat Mike deiner Mutter sicher schon gesagt. Zwei sind noch da, eins davon ist allerdings reserviert. Die Kundin wollte mir spätestens morgen per E-Mail Bescheid geben. Sind dort drüben.«

Ich drehte mich zu Jake um, dessen Augen ziellos durch den bis in den letzten Winkel vollgestopften Raum wanderten, an den sich zwei weitere, ähnlich überfüllte Räume reihten.

»Jake.« Unwillkürlich hatte ich geflüstert.

Indianerschmuck, Modeschmuck, Schmuck aus Muscheln und Korallen. Traumfänger, Tomahawks und Räuchersalbei. In Amethystgeoden eingelassene Uhren. Fossilien, aus Horn geschnitzte Figürchen und Totenköpfe aus Olivenholz. Pins, Aufkleber und Aufnäher, Magnete und Blechschilder mit der Aufschrift *Route 66* oder *California,* mit *Yosemite*, *Mariposa* und *Smokey the Bear*, den es auch aus Plüsch gab. Zerfledderte Bücher aus zweiter Hand. Metallknöpfe mit keltischen Knoten. T-Shirts für Wanderfreunde und Hippies, für Rocker, Biker und solche, die voller Nostalgie die Erinnerung an Zeiten zelebrierten, als Mariposa noch eine raue Goldgräberstadt, der Westen wild und der Laden hier ein Saloon gewesen war.

»Hm?« Er blinzelte, runzelte die Stirn. »Was wolltest du mir zeigen?«

Ich führte ihn in eine Ecke des Ladens, wo sie von der Decke herabhingen: zwei Windspiele, spinnwebfein und fragil, aus Perlen, winzigen Spiegelstücken und Glasscheibchen.

Selbst in diesem Winkel des Ladens, bar jeden Luftzugs, schienen sich die zarten, komplizierten Gebilde zu bewegen.

Mein Stolz auf das, was wir jeden Winter schufen, war in sich zusammengesunken; armselig kam es mir vor und sinnlos. Bang schielte ich zu ihm hinauf.

In seinen Augen lag jedoch nichts Herablassendes, nichts Verächtliches; er wirkte höchstens ein bisschen verwundert.

Ich schöpfte Mut, blies eines der Windspiele sachte an. Licht fing sich in den Glasscheiben.

Zu Kristallen gebündeltes farbiges Licht. Regenbogensplitter, wie von Feenhänden verflochten.

Sonnenstrahlen, die durch Blätter fielen. Blinzelnde Sterne und tanzendes Herbstlaub. Das Glitzern frisch gefallenen Schnees. Die Farben, die sich im stillen, unbewegten Mirror Lake spiegeln. Licht, das auf einem Fluss funkelt, und Wildblüten, die im Wind zittern.

Jake blieb stumm, schaute nur.

Seine Finger jedoch waren in Bewegung; kleine, behutsame und kraftvolle Bewegungen, in denen sie über seine Beine strichen und den Takt zu den perlenden Geräuschen der kleinen Scheiben und Splitter klopften.

Als wollten sie die Töne greifen und festhalten.

Das Sprudeln des Merced River durch sein steiniges Bett und das Lied des Bridal Veil Falls im Frühling. Wind in den Gräsern und den Bäumen. Der Klang von Schneekristallen. Das Schlagen von Flügeln, zart wie Seide.

Unsere Augen trafen sich.

Und obwohl sich keiner von uns von der Stelle gerührt hatte, war Jake mir plötzlich sehr, sehr nahe.

8

Jake

Wolkenfasern wie aus Watte klebten am Himmel, der nach wie vor blau war.

Aber das Licht hatte sich verändert, troff über die Bäume und Dächer wie geschmolzener Käse aus einem Nacho.

Nebel empfing mich oft morgens im Park, hing zäh in den Wäldern; ein feuchtgrauer Gespensteratem, der mein Gesicht streifte. Bis die Sonne sich durch das jeden Tag spärlichere Laub der Bäume kämpfte, den Teppich aus Blättern und Gräsern kupfergolden leuchten ließ, bevor der Abend rauchblau und kühl aufzog.

Beim nächsten Regen würde es oben auf den Bergrücken und Pässen wohl schneien, hatte Woodgate erklärt.

Ich konnte mir nicht vorstellen, wie es im Park sein würde mit Schnee und Eis; der einzige Schnee, den ich kannte, war das weiße Pulver, das sich die reichen Kids in den Clubs durch die Nase zogen. Und noch weniger konnte ich mir vorstellen, was ich den Winter über dort zu tun haben würde.

Die schwarze Goretex-Jacke mit Innenleben aus Fleece, die Strickmütze und die dicken Wanderstiefel, die Woodgate mir gestern mit einem Satz neuer Uniformhosen und Hemden in den üblichen Kackfarben in die Hand gedrückt hatte, hatten jedenfalls meine Hoffnung auf einen weniger anstrengenden Job in geheizten Räumen zunichtegemacht.

Woodgate würde sich schon irgendeine fiese Fronarbeit für Gonzalez und mich einfallen lassen, da hatte ich keinen Zweifel.

Schneeschippen vielleicht. Oder Eiszapfen zurechtfeilen.

Missmutig kippte ich einen Schluck Cola hinunter.

»Wie sind die Mädels in L. A. denn so?«

Irritiert schaute ich Travis an, der neben mir auf unserem Stammplatz neben der Tanke hockte.

»Wieso willst du das wissen?«

»Nur so.«

Travis konzentrierte sich angestrengt darauf, mit dem Daumennagel in der Riffelung des Flaschendeckels herumzukratzen.

Ich hatte keine Lust, an Sheryl, Bethany, Jodi, Kelsie oder eines der anderen Chicks zu denken, die mal mehr, mal weniger Teil unseres Haufens gewesen waren oder sonstwie meinen Weg gekreuzt hatten. Und mein letzter Streit mit Laney hatte damit geendet, dass die Cops mich morgens um drei mit der geklauten Karre auf dem Strip abgefangen und eingebuchtet hatten. Ich erinnerte mich nicht einmal mehr, worum es in diesem Streit gegangen war; hier war ich Lichtjahre von alldem entfernt.

Ich zuckte mit den Schultern. »Wahrscheinlich genauso wie überall sonst auch.«

»Und die Rothaarige, mit der du dich triffst?«

Ein Blick von mir reichte. Travis zog den Kopf ein, hob mit verlegenem Grinsen die Hand.

»Hey, ist 'ne kleine Stadt hier!«

Ich zuckte wieder mit den Schultern und sah demonstrativ in eine andere Richtung.

»Erzähl doch mal. Wie ist die denn so?«

Ich knallte die Plastikflasche so heftig auf die Betonumrandung, dass der Rest Cola darin hochschwappte und aufschäumte.

»Ich muss pinkeln.«

In langen, wütenden Schritten stiefelte ich um die Tankstelle herum.

Ich wusste selbst nicht, warum ich so krank war, mich jeden Sonntag um halb zehn vom peitschenden Intro zu »Paint It Black« aus dem Bett werfen zu lassen, damit ich dann wenig später mit zwei Bechern Kaffee auf der Treppe vor *The Company Store* sitzen konnte.

Ich mochte es einfach, mit Nessa Musik zu hören. Zu sehen, wie es ihr damit ging.

Sie kam ohne die Balzrituale aus, die bei Mädchen so viel komplizierter und unberechenbarer waren. Wo ein Schritt zu viel oder zu wenig, zu früh oder zu spät oder haarscharf an der falschen Stelle alles vermasseln konnte. Während bei uns Jungs das Ganze so simpel war wie Baseball.

First Base. Second Base. Third Base. Homerun.

Bei Nessa war alles … anders.

Sie fragte mich nie, woher ich kam, und nie, wohin ich gehen würde; bei ihr war es immer Heute, immer Jetzt, von einem Sonntag zum nächsten.

Bei Nessa konnte ich atmen.

Nichts, was ich Travis unbedingt auf die Nase binden wollte. Überhaupt niemandem.

Ich trödelte absichtlich auf der Toilette herum und bremste beim Rausgehen den Türschließer mit der Hand aus, um noch mehr Zeit zu gewinnen.

Hinter der Tankstelle parkten wie immer ein dunkelblau lackierter Pick-up und ein Jeep in Tarngrün, gleich neben Masons Werkstattgebäude, einer Kreuzung aus Scheune und großzügig angelegter Garage.

Das Tor stand offen.

Die Hände in den Hosentaschen, schlenderte ich hinüber, spähte neugierig hinein.

Der Dunst von Metall, Öl, Gummi und einer Spur Benzin schlug mir aus dem Halbdunkel entgegen, aus dem sich nach und nach um eine kleine Hebebühne die Details einer komplett ausgestatteten Autowerkstatt schälten.

Ich wollte mich schon umdrehen, als ich aus dem Augenwinkel etwas erahnte, das mich einen langen Hals machen, dann um die Werkstatt herumgehen ließ.

Da stand er, auf dem ungemähten, sonnenverbrannten Wiesenstück hinter der Werkstatt.

Ein VW Käfer. Ketchuprot.

Nicht der seelenlose Plastikklon, über den ich immer Spott und Häme ausschüttete, wenn ich einen auf der Straße sah.

The real thing.

Langsam wanderte ich um ihn herum. Alle vier Reifen waren platt, die Radkappen ebenso rostnarbig wie die Stoßstangen, die mehrere Knicke aufwiesen. Mit der Handkante rieb ich ein Guckloch in eine der blinden Scheiben. Ein Riss im Himmel ließ die weiße Kunststoffverkleidung in Fetzen herabhängen, und ein Grauschleier verschmierte das Schwarz-Weiß der Sitzbezüge.

Ein *Mexicano.*

Ich bückte mich und zog am Griff der Heckklappe, die sich kreischend hob, musterte das Herz darunter. Wohl nur irgendwas um die 40 PS, aber warm gelaufen und mit dem richtigen Motoröl ein satt schnurrendes Kraftpaket. Das sich leicht mit ein paar anderen Bauteilen noch dopen ließ.

Ich ließ die Heckklappe zuschnappen und legte die Hand über die Schlitze im Metall, als könnte ich darunter das ungeduldige Schütteln des Motors spüren.

»Wer dich so zurückgelassen hat, hat dich nicht verdient«, murmelte ich. »Bei mir hättest du's gut. Ich würd mich um dich kümmern, Baby. Mit dir in den Sonnenuntergang fahren.«

Liebe auf den ersten Blick. Überwältigend, herzklopfend und verzehrend.

Hoffnungslos.

»Jake?«

Ich konnte mich nicht von dieser verwundeten, schlafenden Schönheit trennen. Oder auch nur die Hand davon lassen.

»Jake?«

»Hier hinten!«

Grinsend bog Travis um die Ecke.

»Ich dachte schon, du bist ins Klo gefallen und hast dich aus Versehen runtergespült.«

»Gehört der deinem Onkel?«

»Der hier?« Travis trat leicht gegen einen der in sich zusammengesunkenen Reifen. »Sozusagen. Zwei Collegekids wollten vor ein paar Jahren damit in den Yosemite zum Zelten, und gleich hinter El Portal hat er schlapp gemacht. Wir haben ihn abgeholt, und weil die nicht so viel Geld hatten, nur notdürftig geflickt. Aber die Kids haben sich nie mehr blicken lassen. Mein Onkel wollte ihn zum Ausschlachten oder Herrichten verscherbeln, kam nur nie so richtig dazu. Seitdem rostet er hier vor sich hin.«

Das Grinsen, mit dem er mich ansah, ließ ihn listig aussehen wie einen Graufuchs.

»Wenn ich Mason frage, ob er ihn dir billig überlässt und dir vielleicht dabei hilft, ihn wieder flottzukriegen – machen wir dann mal was zusammen, du, die Rothaarige und ich?«

Meine Hand zuckte zurück, als hätte ich mich tatsächlich verbrannt.

»Ich mache keine Deals«, entgegnete ich heiser.

Ich ließ Travis einfach stehen und ging davon.

»Jake! He, Jake! Wart doch mal!«

Im Laufschritt holte Travis mich ein, joggte im Rückwärtsgang vor mir her.

»Tut mir echt leid, Mann! War nicht so blöd gemeint, wie es geklungen hat. Ich frag meinen Onkel auch so. Okay?«

»Ich hab so oder so nicht genug Kohle dafür«, stieß ich heiser hervor.

»Ich frag ihn trotzdem einfach mal, ja?«

Unschlüssig ging ich langsamer, blieb schließlich stehen.

»Und ich würd trotzdem gern mal was mit euch beiden machen. Was trinken gehen oder zu Eugene, was auch immer.«

Ich schob meine Hände tiefer in die Hosentaschen. »Warum?«

Travis verzog das Gesicht.

»Neugier, schätze ich. Ich hatte ja noch nie näher mit einem von denen zu tun, obwohl ich hier wohne. Ich häng echt gern mit dir ab, aber das wär doch auch sicher mal witzig, ein Mädchen dabeizuhaben. Wenn du dich mit ihr triffst, scheint sie ja ganz okay zu sein.«

Mit einem entschuldigenden Lächeln sah er mich an, bis seine Augen sich ungläubig weiteten.

»Oder sind das etwa *Dates* bei euch?«

Ich starrte auf die angegrauten und zerschrammten Kappen meiner Chucks.

Natürlich nicht.

9

Nessa

Seufzend drehte ich mich unter der Decke um und kuschelte mich tiefer in die Kissen. Versuchte, ruhig zu atmen. Schwer zu werden. Mich von der Stille der Nacht einlullen zu lassen.

Der Schlaf, der sonst zuverlässig kam, sobald ich mich hingelegt hatte, ließ mich erneut im Stich; ich schien es verlernt zu haben, ihn herbeizurufen.

Ein hohes, dünnes Jammern draußen, wie von einem weinenden Kind, rüttelte mich endgültig wach.

Für gewöhnlich war es Ma, die sich erbarmte, doch ich hörte nicht, dass sich die Tür zu ihrem Zimmer öffnete. Nicht das zärtliche Raunen, unter dem sie die Katzen ins Haus ließ, gleich wie spät es war.

Das Jammern steigerte sich zu einer herzzerreißenden Klage, und mit einem weiteren Seufzen schob ich mich unter der Decke hervor.

Auf dicken Wollsocken tapste ich über den Holzboden ins Wohnzimmer hinüber, wo mir durch die Glastür zwei Paar gelbe, spitz zulaufende Augen entgegenleuchteten.

Die erste Katze schoss an mir vorbei, kaum dass ich die Tür einen Spalt geöffnet hatte, während die andere schnurrend um die Beine meines Flanellpyjamas strich.

»Hallo, Katze«, flüsterte ich und bückte mich, um ihr über das nachtschwarze Fell zu streichen.

Wir hatten es längst aufgegeben, ihnen Namen zu geben; es waren doch fast jedes Jahr andere, die sich zur selben Zeit wie wir hier einfanden. Um an einem warmen, behaglichen und sicheren Ort zu überwintern und zu Kräften zu kommen, bevor sie mit dem Frühling wieder zu ihren Streifzügen aufbrachen.

Genau wie wir.

In zwei, drei schnellen Sätzen sprang die Katze auf den nächstgelegenen Sessel und blinzelte zufrieden vor sich hin.

Ich fragte mich, ob ein oder zwei von diesen Streunern auch im nächsten Frühjahr hierbleiben würden. So wie Ma, Hayden und ich.

Über meinem Kopf knarzte es im Gebälk; es kam aus der Richtung, in der Haydens Zimmer lag.

Verschlossen und in sich gekehrt wirkte er in der letzten Zeit. Abweisend.

Ich spähte in die Diele. In Mas Zimmer war es noch immer still, noch immer dunkel.

Ich schlich die Treppe hinauf.

Auch bei Lantana, bei Lissa und Mitch war es ruhig. Nur unter Haydens Tür schimmerte ein Streifchen Licht hervor. Zart klopften meine Fingerspitzen gegen das Holz, und atemlos wartete ich, bis ich sein geflüstertes Ja hörte.

»Störe ich?«, wisperte ich und drückte die Tür hinter mir zu.

Einen Arm aufgestützt, hatte er sich auf dem Teppich ausgestreckt und in eine Wolldecke gewickelt; wir froren so leicht. Er klappte das Buch zu, in dem er im Schein der Nachttischlampe gelesen hatte, und schüttelte den Kopf.

»Du störst nie.«

Trotzdem verbarg er das Buch unter einem Zipfel der Decke, als ich mich neben ihn hinkniete. Es versetzte mir einen Stich; wir hatten nie Geheimnisse voreinander gehabt.

Das Fenster dicht über dem Boden rahmte vor der Schwärze des nächtlichen Gartens eine durchscheinende Spiegelung von uns beiden ein.

»Weißt du noch, wie wir hier früher manchmal in die Sterne geschaut haben?«

Ich wollte nach der Vergangenheit greifen, um ihm wieder näher zu sein. Die Erinnerung an die Zeit zurückbringen, als wir beide, unzertrennlich und herzenseinig, in diesem Zimmer unter dem Dach geschlafen hatten. Bis wir zu groß dafür geworden waren.

»Natürlich weiß ich das noch.« So dunkel, so leise kam es heraus, dass es kaum zu hören war. »Auf Sternschnuppen haben wir gewartet und sie gezählt.«

Davon geträumt hatten wir, einmal den Sternschnuppenregen der Perseiden im August zu sehen.

Das schwache Licht im Zimmer zeichnete die Konturen seines Gesichts weicher, aber ich war nicht sicher, ob der Zug um seinen Mund hart auf mich wirkte oder sanft. Aus seinem Blick konnte ich nichts herauslesen, er hielt ihn gesenkt.

»Warum darf ich nicht wissen, was du liest?«

Er ruckte unwillig mit dem Kopf. »Weil es albern ist.«

»Das glaube ich nicht.«

Hayden war mir immer wie der Klügere vorgekommen, scharfsinniger, wissbegieriger und belesener, nicht nur, weil er älter war. Sensibler vor allem.

Sein Gesicht war in Bewegung, als ob er mit sich rang. Ohne die Augen anzuheben, zog er schließlich das Buch unter der Decke hervor, schob es mir zu.

Ein Reiseführer von Kalifornien.

Als ich darin zu blättern begann, verstand ich ihn.

San Diego. Orange County. Los Angeles. Big Sur. Monterey. San Francisco. Sacramento.

Orte, die wir niemals zu Gesicht bekommen würden. Nicht in dieser Gestalt.

Nicht als Hayden und Nessa.

Hayden kannte sonst nur die Gegend um Lagos de Moreno, in Mexiko, aus seinen ersten Jahren, bevor sein Vater ihn zu uns gebracht hatte.

Und ich kannte nichts weiter außer dem Lake Tahoe, an dem meine Eltern mit mir auf dem Weg nach Süden immer eine Rast eingelegt hatten, solange ich noch zu klein gewesen war, um die letzte Etappe an einem Stück zu schaffen.

Mariposa und der Yosemite waren alles, was wir beide jemals erleben würden.

»Darf ich es mit dir zusammen anschauen?«

Wortlos hob er die Decke an und ich schlüpfte darunter, drückte mich der Länge nach an ihn.

Den Ellbogen aufgestützt wie er, betrachtete ich die Bilder, die Hayden nach und nach aufblätterte.

Ein stilles, sanftes Glück durchrieselte mich, als ich an die Zeit dachte, die vor uns lag.

In der wir uns das ganze Jahr über immer so nahe sein konnten und durften; nach dem großen Fest im Frühling sogar noch näher.

Bis uns die endgültige, unwiderrufliche Trennung bevorstand. Wir uns nur noch ein paar Tage, ein paar Nächte jeden Frühling, jeden Herbst sehen würden.

Für den Rest unseres kurzen, zerbrechlichen Lebens.

Ich ergriff Haydens Hand, hauchte einen Kuss darauf und presste sie an mich; seinen anderen Arm um mich geschlungen, vergrub er das Gesicht in meinen Haaren, atmete tief und ein bisschen wackelig ein.

Wie dumm, wie herzlos von mir, auch nur eine Stunde davon an jemand anderen zu verschenken.

Ich musste aufhören, mich mit Jake zu treffen; ich durfte nicht länger von Dingen träumen, die ich nicht haben konnte.

Von einem Leben, das niemals meines sein würde.

10

Nessa

Meine Stiefel in der Hand, schlich ich auf Strümpfen durch die Diele.

Lantana war noch in der Küche beschäftigt, und im Wohnzimmer konnte ich Ma eine Frage stellen hören, bei deren Antwort Lissa und Mitch sich gegenseitig kreischend zu übertönen versuchten.

Fast lautlos zog ich die Haustür hinter mir zu und atmete auf.

Dieses eine Mal noch, sagte ich mir, als ich meinen Rock raffte, in die Stiefel stieg und sie zuschnürte.

Nur noch ein einziges Mal.

Leichtfüßig sprang ich die Stufen hinunter und lief durch das raschelnde Laub, auf das Tor im Zaun zu.

»Wo gehst du hin?«

Mit verschränkten Armen lehnte Hayden an der Veranda, als hätte er nur auf mich gewartet.

»Ich … ich wollte mir ein ruhiges Plätzchen suchen und lesen.«

Eine seiner Brauen krümmte sich spöttisch. »Ohne Buch?«

Ich lief bis unter die Haarwurzeln rot an.

Langsam kam er auf mich zu, seine Schritte weniger schlendernd als heranpirschend. Belauernd.

»Du triffst dich mit diesem Jungen, oder? Mit dem ich dich vor der County Library gesehen habe.«

Ich schob das Kinn vor und schwieg.

»Das ist keine gute Idee, Nessa«, sagte er leise. »Mir ist nicht wohl dabei.«

»Er wird mir schon nichts antun«, gab ich patzig zurück.

»Das meine ich nicht.« Er berührte mich leicht am Ärmel meiner Kapuzenjacke. »Und das weißt du auch.«

Zu Fäusten geballt, bewegten sich meine Hände unruhig in den Jackentaschen.

Ja, ich wusste genau, was er meinte, aber ich wollte nicht daran denken.

»Lass mich wenigstens mitkommen.«

»Auf keinen Fall!« Zornig drehte ich mich auf dem Absatz um.

Hayden packte mich, riss mich zurück.

»Ist dir auch nur einmal der Gedanke gekommen, dass ich mich genauso für dieses andere Leben interessieren könnte, das du durch ihn kennenlernst? Sonntag für Sonntag? Dass ich von dem, was er dir zeigt und erzählt, auch etwas abhaben will? Ein kleines bisschen nur? Solange noch Zeit dafür ist?«

Sein Griff lockerte sich; unsicher und zittrig fuhr er über meinen Arm.

»Bitte, Nessa. Einmal wenigstens.«

Seine Augen schimmerten feucht, und ich spürte auch in meinen Tränen aufsteigen.

In mir tobte es, ein zorniges Aufbegehren gegen das, was ich war. Eine wilde Sehnsucht nach dem, was ich nicht sein konnte.

Mein Kopf begann sich zu drehen; ein schneller und schneller rotierender Strudel, der seine Fangarme nach mir reckte, mich auseinanderzureißen begann.

Ich war dabei, den Boden unter den Füßen zu verlieren. Auf die Kante zuzuschlittern, hinter der die alles auslöschende Schwärze lauerte; ich stählte mich gegen den scharfen, bis ins Mark schneidenden Schmerz, der gleich einsetzen würde.

Haydens Finger schlossen sich hart um meine Arme.

»Tief durchatmen, Nessa. Durch die Nase ein, durch den Mund wieder aus. Ein. Aus. So ist's gut. Ganz ruhig. Ein. Und wieder aus. Du schaffst das. Du hast das im Griff.«

Langsam, langsam klarte sich das Schwindelgefühl auf, versickerte tief in mir. Schwer atmend bekam ich festen Grund unter meine Stiefel.

»Geht's wieder?«

Haydens Hand legte sich an meine Wange, und ich nickte matt.

»Gut.«

Er ließ die Hand sinken und trat einen Schritt zurück.

»Bitte entschuldige, dass ich dich eben so bedrängt habe«, flüsterte er. »Das war nicht fair von mir. Vergiss es einfach.«

Die Traurigkeit in seinen Augen war tief genug, um darin zu ertrinken.

Ich schüttelte den Kopf, packte ihn bei der Hand und zog ihn mit fort.

Auch Jake war nicht allein.

Ein dunkelhaariger Junge stand bei ihm, kleiner und schmaler als er, in T-Shirt und Jeansjacke. Sein spitzes Gesicht hellte sich auf, als er uns die Straße überqueren sah. Ich kannte ihn vom Sehen, er arbeitete an der Tankstelle.

»Hi«, rief er fröhlich, blies den Rauch seiner Zigarette aus und zertrat sie auf der Treppe, streckte mir eine kühle Hand entgegen. »Ich bin Travis. Freut mich, dich kennenzulernen, Nessa. Und du bist … ?«

»Hayden.«

Ich wagte es kaum, Jake anzusehen; doch soweit ich es unter gesenkten Lidern erkennen konnte, ging er auch ganz darin auf, mit der Schuhspitze seinen Zigarettenstummel zu einem faserigen Klumpen zu zerreiben.

»Und – was wollen wir machen?« Travis wippte auf den Fußballen auf und ab.

Ein befangenes Schweigen war die Antwort, das ihn jedoch nicht zu kümmern schien.

»Was haltet ihr davon, wenn wir zu Eugene gehen? Der hat auch gutes Frühstück.«

Ich rückte auf dem Halbkreis der Polsterbank unter dem Fenster nach hinten durch. Zu Travis, der auf dem Weg hierher ohne Unterbrechung über seine Arbeit an der Tankstelle und das Wetter geredet hatte und jetzt auch gleich aufzuzählen anfing, was er uns hier zum Frühstück empfehlen konnte.

Ich hörte ihm nur mit halbem Ohr zu, sah mich stattdessen aufmerksam um. Ich war noch nie in einem solchen Lokal gewesen.

Die Tische waren mit Tassen und Besteck gedeckt. Beiderseits unserer Polsterbank zogen sich an zwei Seiten des Raums weitere Nischen entlang; der beigefarbene Bezug der Bank unter mir klebte ein bisschen unter meinen Handflächen, gab ein schmatzendes Geräusch von sich, als ich die Hände davon löste und in den Schoß legte.

Gerahmte Fotografien an den rot gestrichenen Wänden zeigten Ansichten des Yosemite-Parks, verfremdet durch die Abstufungen von Schwarz, Weiß und Grau. Wie an einem trüben, lichtlosen Wintertag; ich erkannte die felsige Kuppel des Half Dome und die schartige Felsmauer des Bridal Veil Falls.

Dickfaserige Spinnweben zogen sich über die Theke, in denen riesige Plastikspinnen und Fledermäuse saßen, und aus sämtlichen Ecken grinsten mir Kürbisgesichter entgegen, es ging auf Halloween zu.

Ein Geruch nach Gebratenem und nach Kaffee hing in der Luft, fettig, beizend, und nach einer schwachen, zuckrigen Süße, aber nicht allzu schlimm; angenehm warm war es hier. Ich öffnete den Reißverschluss meiner Jacke und zog sie nach kurzem Zögern dann ganz aus.

»Morgen, Travis! Hey Guys! Was kann ich euch denn bringen?«

Ein sehr dicker Mann, der mich mit seinem fast kahlen Schädel und dem grauen, herabhängenden Schnauzbart an ein Walross erinnerte, stellte eine Glaskanne mit Kaffee vor uns ab und zwinkerte uns vergnügt zu; ich erriet, dass das Eugene sein musste.

»Also, ich nehm die Eier Benedict«, verkündete Travis. »Mit Hash Browns. Und du, Nessa?«

Ich zuckte zusammen, studierte die Plastikkarte, die neben meiner Tasse auf dem Tisch lag. Alles ungewohnte Namen und gelbstichige Abbildungen von Essen, das mir fremd war.

Hilfe suchend schaute ich zu Hayden hinüber, der ein Kopfschütteln andeutete.

»Ein Glas Wasser, bitte«, piepste ich.

»Für mich auch, bitte«, kam das Echo von Hayden.

»Bist du nicht so für Frühstück zu haben oder machst du gerade Diät?« Travis musterte mich von der Seite. »Nötig hast du's nämlich echt nicht.«

Ich wurde rot und zog die Ärmel meines braunen Unterziehrollis und der rosafarbenen Bluse weiter über die Hände; ich wünschte, ich hätte meine Jacke anbehalten.

Beschämt schielte ich zu Jake, der auf der anderen Seite neben mir saß und etwas von *Eiern* und *Speck* und *bloß keine Hash Browns* murmelte, während er an einem Papiertütchen mit Salz die Kanten umknickte.

»Ihr seid doch nicht Vegetarier oder so?« Travis blickte zwischen Hayden und mir hin und her.

Hayden drehte seine Tasse in den Händen, betrachtete sie von allen Seiten. »Veganer.«

»Ach so. Okay. Na dann.«

Ratlosigkeit breitete sich auf Travis' Gesicht aus; damit verstummte auch er.

Hayden litt unter den starken Gerüchen von Eiern und Speck, Schinken und geschmolzenem Käse und der weißen Soße auf Travis' Teller, das sah ich ihm an.

Mir machte es nicht ganz so viel aus; während ich Jake und Travis zusah, wie sie sich hungrig über ihr Frühstück hermachten, verspürte ich nur so etwas wie Neid bei der Vorstellung, essen zu können, was und wie viel man wollte. Ohne die Angst, etwas Falsches zu sich zu nehmen. Zu viel zu wiegen.

Einen Teil seines Seins dadurch zu verlieren.

»Willst du echt nichts?«, hörte ich Jake unvermittelt fragen, und automatisch schüttelte ich den Kopf.

»Nicht wenigstens mal abbeißen?«

Eine Scheibe Toast mit Marmelade schwebte vor meiner Nase. Unter Haydens warnendem Blick schüttelte ich erneut den Kopf, aber mit einem aufglimmenden Funken von Trotz im Bauch.

»Vielleicht einen Schluck Kaffee«, erklärte ich.

Grinsend schenkte Travis mir ein, und während der Kaffee heiß meine Kehle hinabrann, schaute ich Hayden fest in die Augen.

»Hi, Jake.«

Eine volle Männerstimme, stark und geschmeidig.

Er mochte wohl ein paar Jahre älter sein als wir, aber nicht viel. Das dichte, kurz geschnittene Haar braun wie die Rinde der Schwarzeichen, ging etwas Robustes, Erdverhaftetes von ihm aus; er gehörte an einen Ort wie den Yosemite.

Jake versteifte sich spürbar neben mir. Einen erbitterten Zug um den Mund, murmelte er etwas, das ebenso ein Gruß hätte sein können wie eine Verwünschung.

»Ich bin Josh. Jakes Boss. Hi.«

Zögerlich ergriff ich die Hand, die er mir über den Tisch entgegenstreckte, meine kräftig, aber behutsam drückte.

Ein markantes, männliches Gesicht, offen und freundlich. Ein empfindsamer Mund. Augen, von fast so dunklem Braun wie Haydens und meine. Lächelnde Augen.

Unverwandt sah er mich damit an, unverhohlen neugierig, aber auf eine Art, die ich sonst nicht kannte, unbefangen und warmherzig.

Ich mochte ihn sofort.

11

Jake

Stumm sah ich zu, wie Woodgate sich einfach an unseren Tisch setzte.

Als wäre es nicht schon nervig genug gewesen, dass ich heute Travis im Schlepptau hatte. Nur, um zu beweisen, dass das mit Nessa keine wirklichen Dates waren.

Dann brachte sie diesen Typen mit.

Hayden.

Der die ganze Zeit mit verschränkten Armen dasaß, alles in seinem überschmalen Gesicht so scharf, dass man sich die Finger blutig ritzen konnte. Bis auf den vollen Mund, den er aber angespannt hielt, während er alles um sich herum in Augenschein nahm.

Ein schnöseliger Typ, bis hin zu seinem fransigen Pilzkopfhaarschnitt; sogar noch in seiner schluffigen Kapuzenjacke und der verbeulten Cordhose hatte er etwas von einem Hipster, den der Türsteher eines angesagten Clubs ohne ein Wimpernzucken durchwinkte.

Ihr Nicht-Bruder.

Vielleicht-Freund.

Mit dem es kompliziert war.

Und jetzt auch noch Woodgate.

Murphy's Law.

Der Waldschrat, der in Jeans, klobigen Bikerboots und einer schwarzen Lederjacke über weißem T-Shirt einen Marlon-Brando-Verschnitt gab. Mit seinem Grinsen und seinem Gelaber über den Yosemite und seinen Job im Park. Der sich bei den anderen einschleimte, indem er so tat, als interessierte er sich für sie. Sie ausfragte. Ihnen weismachen wollte, er wäre ein guter Kumpel, der beste Freund. Wie er es wieder und wieder bei mir versuchte, während der Fahrt in seinem SUV, in den Arbeitspausen.

Travis kam aus dem Reden und Lachen gar nicht mehr raus, und sogar Hayden, der für Woodgate zur Seite gerutscht war, machte ab und zu den Mund auf, gab mit seiner irritierend tiefen Stimme einen kurzen Satz von sich, die Augen starr auf die Tischkante geheftet und so etwas wie ein scheues Lächeln im Gesicht.

Am meisten ärgerte ich mich über Nessa, die mit glänzenden Augen und roten Backen dasaß, an ihrer Tasse herumspielte und immer wieder an ihrem Pferdeschwanz zupfte, wenn Woodgate sie ansprach, sie leise und zögernd antwortete und dann wieder an seinen Lippen hing. Dabei schien sie von innen heraus zu leuchten; beinahe hübsch sah sie aus.

In einer Blase gefangen, die mich unsichtbar machte, so saß ich da, während ich ein Tütchen mit Pfeffer, mit Salz nach dem anderen aufriss, ausleerte und zur Ziehharmonika faltete.

Wie früher, nur dass es da viel schlimmer war, weil unser Haus unter Gebrüll, unter Keifen erzitterte und dazwischen Geschirr zu Bruch ging. Wenn mein Alter sich danach das nächste Bier aufmachte und Denny ebenfalls eins in die Hand drückte, die beiden sich vor die Glotze verzogen und ihre Ruhe haben wollten, während unter der Tür des Schlafzimmers lautes Weinen hervordrang.

Ich hatte auf die harte Tour gelernt, wie gefährlich es sein konnte, diese Blase der Unsichtbarkeit zu zerreißen.

Was es an Härte brauchte, sich trotzdem zu trauen. Und wie

tough man sein musste, um die Folgen auszuhalten. Zu lernen, sich irgendwann achselzuckend umzudrehen und sich einen Dreck darum zu scheren. Bei den Kumpels, über einem hübschen Mädchen alles zu vergessen. Sich mit Bier und Kippen und Joints ein Stück vom Regenbogen zu erjagen.

»Können wir dann mal endlich zahlen und weiterziehen?«, ranzte ich in die Runde.

Die plötzliche Stille knisterte auf meiner Haut; ich ignorierte die erstaunten, die befremdeten Blicke der anderen, konzentrierte mich ganz darauf, Woodgate finster anzustarren.

Zufrieden sah ich, dass ihm das Grinsen vergangen war.

»Sicher doch. Ich wollte euch auch gar nicht aufhalten. Ihr habt bestimmt noch was vor.«

Er stand zwar auf, lungerte aber im Hintergrund des Diners herum, während Eugene uns die Rechnung brachte. Sobald wir uns Richtung Tür bewegten, klebte er wieder an uns, einen Motorradhelm in der Hand.

»Bye, Eugene!« rief er über die Schulter, als er neben mir rausging. Ich spürte seine Augen auf mir. »Hat mich gefreut, mal deine Freunde kennenzulernen.«

Unwillig schüttelte ich ihn mit ein paar schnellen Schritten ab.

»Einen schönen Sonntag euch!«

Grüßend hob er den Helm und tat ein paar Schritte Richtung Liquor Store.

»Whoaaaa!«, brüllte Travis auf. »Ist das deine?«

Mit großen Augen wanderte er um die geparkte Maschine herum, neben der Woodgate stehen geblieben war, betrachtete jedes noch so kleine Detail daran und raunte fortwährend *geil, geil geil* vor sich hin.

Eine alte Harley. Fett. Schwarz. Chromglänzend.

Das Maximum an Coolness.

»Yeah.« Woodgate strich über den ausladenden Lenker, ebenso

stolz wie bescheiden. »Ich hab nur leider viel zu wenig Zeit dafür. Deshalb bin ich meistens mit dem SUV bei euch an der Grizzly Gas. Ich wollte heute noch mal mit ihr rausfahren, bevor das Wetter nicht mehr mitmacht.«

Locker spielte er den Helm von einer Hand in die andere, schaute uns der Reihe nach an.

»Hat einer von euch Lust, eine kleine Runde mit mir zu drehen?«

Ein Strahlen explodierte auf Travis' Gesicht; er hatte den Mund schon offen, da stieß ich ihn mit dem Ellbogen zwischen die Rippen.

Nicht dein Ernst?, empörte sich sein Blick, bevor er ihn auf seine Sneakers fallen ließ.

»Vielleicht ein anderes Mal«, murmelte er niedergeschlagen.

»Ich würde gerne.«

Rote Flecken auf den Wangenknochen, zerrte Hayden an der Kordel seiner Kapuzenjacke.

Woodgate musterte ihn überrascht, aber nicht abweisend.

»Dann komm. Steig auf.«

Er warf ihm den Helm zu, den Hayden ungeschickt fing, und schwang sich auf das Motorrad.

»Hayden, nicht.« Nessa versuchte ihn am Ärmel zurückzuhalten.

Er sah sie nur herausfordernd an, bevor er sich in den Helm zwängte und hinter Woodgate auf die Harley kletterte.

Der Motor sprang an. Das kraftvolle Tuckern vibrierte in meiner Magengegend, und gierig sog ich den Geruch von Öl, brennendem Benzin und sich aufheizender Kraftmaschine ein.

»Halt dich gut an mir fest«, rief Woodgate über seine Schulter, eine Ray Ban über seinem Grinsen, als er mit der Harley zurücksetzte, dann unter dem knatternden, ohrenkitzelnden Bass des Motorrads einen großzügigen Bogen über den Parkplatz beschrieb.

Die Maschine kurvte auf den Highway stadtauswärts und gab Stoff. *Richtig* Stoff.

Der typische, legendäre Harley-Sound brüllte in meinen Ohren. Ein grollendes, unbändiges Röhren, rebellisch und nie ganz rund.

Ein Funkenregen rieselte meinen Rücken hinunter und wieder hinauf.

Auch dann noch, als die Harley hinter der Biegung verschwunden, der letzte Motorenklang über den Wipfeln der Bäume zerplatzt war.

Der Klang von weitem Land und endlosen Highways. Von absoluter, himmelsstürmender Freiheit. Ohne einen Blick zurück, bereit, jederzeit der ganzen Welt den Mittelfinger zu zeigen.

Mir war übel vor Neid.

Travis zahlte mir meinen Ellbogenstoß von gerade eben heim, sogar noch eine Spur kräftiger.

»Was hast du denn für ein Problem, Mann? Der Typ ist doch schwer in Ordnung!«

Mein Problem war, wie Nessa mitten auf dem Parkplatz stand und den Stoff ihrer Kapuzenjacke zwischen den Händen knetete, in ängstlicher Haltung, die Sorge um Hayden ins Gesicht geschrieben.

Ich wünschte mir, irgendjemandem auf dieser Welt würde so viel an mir liegen.

Nessa sollte so viel an mir liegen.

Ich reagierte nicht auf Travis' Rufen, versuchte Nessas Blicke abzuschütteln, die ich in meinem Rücken spürte, ich ging einfach weiter.

Ziellos wanderte ich durch die Handvoll Straßen, bis ich zum dritten Mal in Sichtweite der Grizzly Gas irgendwo rauskam, schließlich vor der Übersichtlichkeit Mariposas kapitulierte und mich in den Hof des Wisteria Arbors flüchtete.

Unschlüssig hing ich vor der Rezeption herum, rauchte eine nach der anderen, bis ich mich zusammenriss und hineinging.

»Hallo, Jake.« Mrs Fields lächelte mich über den Tresen hinweg an, auf dem Flyer zu den Sehenswürdigkeiten von Mariposa und des Nationalparks ausgebreitet lagen. »Geht's gut?«

»Hallo. Ja. Ähm … Kann ich hier irgendwo telefonieren? Nach L. A.? Mit meinem Handy hab ich keinen Empfang.«

»Ja, das ist hier ein bisschen schwierig«, seufzte sie. »Am besten ist es noch mit Golden State Cellular, aber leider nicht überall. Sogar im Yosemite ist es teils besser als hier in Mariposa. Natürlich kannst du telefonieren! Nimm einfach das Telefon auf dem Zimmer und wähl … Oh.«

Die Strahlenfächer unter ihren Augen vertieften sich.

»Du möchtest *ungestört* telefonieren. Nimm das hier.«

Sie hielt mir ein Mobilteil hin.

»Reicht bis vor die Tür.«

Ich brauchte eine weitere Zigarette auf der Veranda, bis ich den Mut zusammengekratzt hatte, Breannas Nummer zu wählen.

Hoffentlich war sie zu Hause und nicht auf der Arbeit, bei einem ihrer zwei oder drei Jobs. Einen gelangweilten, kaugummiblasenknallenden Babysitter namens Kandee oder Sandee mit der Aufmerksamkeitsspanne einer Schmeißfliege konnte ich jetzt echt nicht vertragen. Vielleicht nahm wenigstens Chase ab; sein in den Hörer geträllertes Mantra *Hallojake, Hallojake*, mit dem er mich nicht zu Wort kommen ließ, war eigentlich ganz witzig, und manchmal erzählte er mir aufgekratzt irgendwas von einer Baustelle in der Nachbarschaft oder von einem Unfall ein paar Straßen weiter.

Es klickte.

»Hallo?« Außer Atem klang sie.

»Hi, Bree. Ich bin's. Jake.«

Ein Moment des Schweigens.

Dann sprudelte sie los.

»Jake! Hi! Mit dir hab ich gar nicht gerechnet! Tut mir total leid, dass ich dich nicht mehr gesehen habe, bevor du ...«

»Schon okay.« Ein Betonklotz, der ihren Redefluss ausbremste.

Es musste die XX-Kombination in ihren Genen sein, die sie dazu getrieben hatte, mit sechzehn ein paar Klamotten und CDs und ihre Schminksachen zu schnappen und zu ihrem Freund zu ziehen. In den sechs Jahren danach sahen und hörten wir uns wenig; ich wusste auch nie genau, wo sie gerade wohnte, weil sie im Schnitt alle paar Monate in einer anderen Ecke von Green Meadows Unterschlupf fand. Bei ihrem jeweiligen Freund, bei Freundinnen; bei Mädels, die im selben Drugstore, derselben Bar, auf derselben Putzstelle jobbten, bei Leuten, die sie kaum oder gar nicht kannte. Seit letztem Jahr hatte sie es geschafft, konnte sie sich von ihren Jobs und dem Unterhalt, den sie sich zäh von den Erzeugern der Kiddies erstritten hatte, die Miete für ein Häuschen leisten.

»Wie geht's dir?« Ein Rascheln und Schaben, als ob sie den Hörer zwischen Schulter und Kinn einklemmte, nebenbei klapperte sie mit irgendwas; im Hintergrund hörte ich eine Polizeisirene jaulen. »Bist du okay?«

Ihr Tonfall, nicht gerade weich, ein bisschen ungeduldig, aber doch voller Wärme, erinnerte mich an die Zeiten, in denen sie uns etwas zu essen machte, wenn unsere Mutter wieder den ganzen Tag nicht aus dem Bett gekommen war und der Alte sich irgendwohin zu den Nachbarn verzogen hatte, zu Bier, Barbecue, Baseball.

Ich kniff die Augen zu.

Ich bin nicht okay.

»Jake?«

»Ich ...«

Hinter Breanna schepperte es hässlich.

»Chase! Leg das weg! Sofort!« Gespenstisch, wie ähnlich ihre Stimme dabei Moms Keifen klang. »Sorry, Jake! Geht's dir denn einigermaßen gut im ... Chase!! Was hab ich gerade gesagt?!«

Ich sah Chase vor mir, der die gleichen blauen Augen wie Breanna hatte, wie ich. Denselben eckigen, skandinavischen Einschlag im Gesicht, dazu aber pechschwarze Haare, dunkelgoldene Haut. Jäh setzte am anderen Ende ein Kreischen ein, weniger schmerzerfüllt als zornig: Piper, die in ihren Farben von Kaffee, Milchschokolade und Toffee ganz nach ihrem Vater kam, aber Breannas Launen geerbt hatte.

»Sorry, Jake, ich kann gerade nicht, die beiden nehmen mir hier die Bude auseinander! Wir telefonieren ein anderes Mal, ja? Halt die Ohren steif!«

Klick.

Ich ging ins Golden Nugget, weil ich nicht wusste, wo ich sonst hinsollte.

Schwer ließ ich mich auf einen der Barhocker fallen; ich zog nicht einmal meinen Hoodie aus.

»Hi Jake! Allein heute? Hat Travis Spätschicht? Ein Bud, wie immer?«

Ich war dankbar, dass sich Kellies Fragenkette mit einem einzigen gebrummten Ja beantworten ließ.

Das Spiel der 49ers gegen die Green Bay Packers konnte mich erst mal von diesem beknackten Tag ablenken, obwohl zwischen den sich überschlagenden Stimmen der Kommentatoren immer wieder irgendwelches Countrygesülze durchsickerte. Klebrigsüße Mädchenstimmen, die etwas von *teardrops* und *heartbreaking* schluchzten; weinerliche Kerle, die nicht klarkamen damit, *lonesome* zu sein, und zu Gitarrengeschrammel ihren *angel of my heart* beschworen, mit ihnen auf dem *desert highway* in die Nacht zu fahren.

In einer Werbepause löste ich meinen Blick vom Flatscreen über mir und streckte die Hand nach der Schale mit Erdnüssen aus, die ich aus dem Augenwinkel registriert hatte.

Keine Armlänge von mir entfernt lehnte Kellie an der Theke und sah mich an, während sie Gläser polierte. Lächelnd und mit blitzenden Augen warf sie ihre Haare zurück.

»Du bist also aus L. A., ja?«

12

Nessa

Die dumpfen Schläge waren bis ins Haus zu hören, das Splittern, das Poltern. Zornig klang es und zerstörerisch, beinahe verzweifelt.

Mit einem Glas Wasser ging ich zum Schuppen hinüber, wo Hayden seit dem Frühstück Holz spaltete. Holzscheite häuften sich auf dem Boden, und das Gras war übersät mit abgeschälten Spänen, mit Flocken aus Baumrinde. Bevor unsere Väter mit den anderen Ältesten nach Mexiko weitergezogen waren, hatten sie bereits einen großen Vorrat Feuerholz angelegt, aber Hayden war das offenbar nicht genug. Als rechnete er mit einem langen, kalten Winter hier im Tal.

Er schien mich nicht bemerkt zu haben. Ein Holzstück nach dem anderen stellte er auf den Block und zerteilte es mit der Axt, die sehnigen, lang gestreckten Muskeln seiner Arme unter dem aufgekrempelten Hemd zum Zerrreißen angespannt. Seine Wangen glühten, und in seinen Augen gloste es; ein schwarzes Feuer, das mir ins Herz schnitt. Ich wusste, wie es sich anfühlte, so zu brennen vor Zorn.

Endlich machte er eine Pause, richtete sich keuchend auf, und ich hielt ihm das Glas hin.

Sein knochiger Adamsapfel hüpfte auf und ab, als er das Wasser in wenigen Zügen herunterstürzte, bevor er mir das Glas zurückgab und sich den Mund abwischte.

»Danke.«

Er griff sich das nächste Holzstück, und noch immer mied er meinen Blick.

»Hayden … Wegen Sonntag …«

»Ich will nicht darüber reden!«

Die Axt krachte in das Holz und ich trat einen Schritt zurück, um nicht von den Stücken getroffen zu werden, die in alle Richtungen spritzten.

War gut. Mehr hatte er nicht gesagt, nachdem er vom Motorrad gestiegen war, obwohl die Fahrt so lange gedauert hatte. Das Gesicht gerötet, noch vom Druck des Helms gezeichnet, hatte er stumm zu Boden geblickt, während Travis freudestrahlend den Platz hinter Josh einnahm, uns zuwinkte und die beiden davonbrausten.

Keinen Ton gab er von sich, als wir nach Hause gingen, einen Ausdruck seligen Staunens auf dem Gesicht, zwischen den Brauen eine feine Spur von Verwirrung. Den restlichen Tag, die Tage darauf, blieb er einsilbig, mit einer zunehmenden Härte. Als ob er sich hinter eine glatte, kalte Wand zurückzog, um allein zu sein.

Obwohl Licht in seinem Zimmer brannte, antwortete er nicht, wenn ich abends an seine Tür klopfte, und zwei Mal war er gleich nach dem Frühstück einfach verschwunden. In die County Library, hatte Ma beiläufig gesagt.

Hayden war noch nie ohne mich dorthin gegangen. Ohne mich wenigstens zu fragen, ob ich mitwollte.

»Hayden …«

Er hieb die Axt in das nächste Holzstück und ließ sie darin stecken; er riss die Arme auseinander und fuhr zu mir herum.

»Was willst du hören? Dass ich es gut finde, wenn du dich mit ihm triffst? Dass ich ihn mag? Das ist ja wohl ein bisschen viel verlangt!«

Ängstlich schaute ich zum Haus hin, ob Ma oder Lantana gerade auf der Veranda an einem offenen Fenster standen und ihn hören konnten.

»Es ist nicht … *so*«, flüsterte ich.

Hayden schnaubte und holte aus. »Vielleicht weiß ich nicht, wie das bei denen so ist. Aber ich hab gesehen, wie du ihn angeschaut hast.«

Ich zuckte zusammen, als das Holz mit einem Knall zerbarst.

»Und ich hab auch gesehen, wie er dich angeschaut hat.«

In meiner Brust begann es zu pochen und mein Gesicht wurde heiß; ein Lächeln breitete sich auf meinem Gesicht aus, für das ich mich sofort schuldig fühlte.

Er bückte sich, um das nächste Holzstück aufzuheben und hinzustellen, sah mich dabei von der Seite her an.

»Du weißt, dass er in ein paar Monaten wieder fort ist?«

Ich nickte; das hatte ich aus dem, was Josh über das Projekt erzählte, herausgehört, und mir hatte es dabei den Magen umgedreht.

»Denkst du überhaupt jemals daran, was das für dich bedeuten könnte, wenn du ihn noch öfter siehst? Du ihm näherkommst? Wie gefährlich das für uns sein kann? Für ihn?«

Ich starrte auf das leere Glas in meinen Händen, als ob es nicht nur unser Geheimnis enthielt, sondern auch das Gift, das in meinen Adern floss.

»Ich versteh dich doch«, sagte er nach einer Weile weich, seine Stimme wie durchsetzt mit meinem eigenen Kummer. »Seit Sonntag sogar noch ein bisschen besser. Ich verstehe, dass du das jetzt ausprobieren willst. Einmal erfahren, wie es wohl ist, ein anderes Leben zu führen, als wir es haben. Anders zu sein. Aber das führt zu nichts. Du kannst nicht ändern, wer oder was du bist. Am Ende wird dir doch nichts anderes übrig bleiben, als im Frühling den Weg mit mir zu gehen, der uns bestimmt ist.«

Wie grausam von ihm, mir das zu sagen.

Weil es die Wahrheit war.

Ich mied den Schatten. Wo ich nur konnte, suchte ich auf meinem Weg die sonnigen Abschnitte und hielt das Gesicht in die Wärme. Als könnte ich so viel wie möglich davon aufsaugen und für den Winter in mir aufbewahren.

Dabei wusste ich doch, dass ich nach diesem Winter den Sommer erleben würde.

Einen richtigen, echten Sommer, wie ich es mir immer erträumt hatte. Danach noch einen, vielleicht sogar einen weiteren. Seit Jahren freute ich mich auf diese Zeit meines Lebens, fürchtete mich auch nicht vor den Veränderungen, die dieser Sommer mit sich brachte. Vor der Verantwortung, die ich dann schultern musste; ich hatte ja immer gewusst, dass ich dabei nicht allein sein würde.

Mittlerweile fragte ich mich, ob der Preis für diese Sommer nicht zu hoch war.

Ich blieb stehen und blickte über die Straße.

Ich hatte nicht damit gerechnet, nachdem er sich letzte Woche einfach umgedreht hatte und gegangen war, ohne ein Wort, einen Blick zurück. Aber da saß er, auf unserem Platz, den Stufen des *Company Store*, vor einem schief grinsenden Chor aus Kürbisköpfen. Wie jeden Sonntag, in der einen Hand einen Kaffeebecher, in der anderen eine brennende Zigarette.

Er hatte mich noch nicht gesehen; mit gesenktem Kopf und ernster Miene schien er über etwas nachzugrübeln.

Dies wäre der beste Moment, um der letzte zu sein.

Ein wehes Gefühl im Herzen, versuchte ich, mir alles an ihm einzuprägen.

Das Wippen seines Knies in der zerrissenen Jeans. Wie ihm seine blonden Haare in die Stirn fielen und er die Augen zusammenkniff, wenn er an der Zigarette zog. Diese Augen, die noch blauer aussahen gegen den grauen Kapuzenpulli, den er über dem T-Shirt trug; selbst für ihn war es inzwischen kühl geworden.

Dieses Bild wollte ich in mir einschließen, bevor ich mich umdrehte und ging und ihn nie wiedersah.

Ich wünschte nur, ich könnte auch etwas von seiner Stimme mitnehmen. Diese Stimme, die so weich war, dass ich mich immer darin einhüllen wollte wie in eine Decke; gerade kratzig genug, um sicher zu sein, dass sie aus echter Wolle war, nicht aus Plastikfasern, und einen auch wirklich wärmte. Und von seinem Geruch, der nichts glich, was ich sonst kannte. Frisch roch er und ein wenig kühl, *blau* irgendwie. Wie seine Augen. Wie ich mir den Geruch des Meeres vorstellte. Mit einer Spur von kräftigem Sonnenlicht, manchmal gewürzt mit dem Rauch seiner Zigaretten und dem dunklen, herben Hauch von Kaffee.

Er hob den Kopf, schaute zu mir herüber. Ein zaghaftes Lächeln zuckte über sein Gesicht, gewann dann rasch an Sicherheit, und meine Füße trugen mich über die Straße.

13

Jake

»Dein Kaffee.« Sobald sie sich gesetzt hatte, reichte ich ihr den Becher und griff hinter mich. »Und da ist noch was für dich.«

Die Brauen zusammengezogen, sah sie fragend zwischen mir und der braunen Papiertüte hin und her.

»Schau einfach rein.«

Angespannt sah ich ihr zu, wie sie den Kaffeebecher abstellte und in die Tüte hineinspähte. Ich konnte den Ausdruck in ihrem Gesicht nicht deuten, als sie hineinlangte, den Cupcake auf ihre Handfläche stellte und ihn betrachtete. Erst als ihre Mundwinkel sich aufwärts bogen, atmete ich auf.

Ewig war ich vor der Theke im Sugar Pine Café gestanden und hatte die Cupcakes unter ihren Glaskuppeln betrachtet. Ich wusste ja nicht, was sie mochte, und Mädchen waren bei so was manchmal eigen. Die aus Schokolade schienen mir zu schwer, zu mächtig für ein zartes Wesen wie sie, Vanille zu farblos, und bei den Kürbis-Cupcakes hatte ich Bedenken, sie könnte das als fiese Anspielung auf ihre Haarfarbe verstehen.

Blieb nur noch Erdbeere. Etwas an ihr schien zu Erdbeeren zu passen, vielleicht auch nur, weil diese kleine rosafarbene Wolke eine ähnliche Farbe hatte wie die Bluse, die sie letzte Woche angehabt hatte.

»Ich weiß gar nichts über dich.«

Sie warf mir einen schnellen Seitenblick zu, und ihr Lächeln vertiefte sich.

»Du weißt, welche Musik ich mag.«

»Aber sonst weiß ich nichts von dir.«

Sie drehte den Cupcake in ihrer Hand und zupfte an seiner Papiermanschette herum.

»Wenn du jede Menge Dinge über mich weißt«, sagte sie leise, »heißt das denn auch, dass du mich wirklich kennst?«

»Wie soll ich dich denn sonst kennenlernen?«

Ihr war unbehaglich zumute, das sah ich daran, wie ihre Schultern unter der Jacke ruckten, wie sie blinzelte. Schließlich holte sie tief Luft.

»Wenn ich dir sage, dass ich nie zuvor Kaffee getrunken hatte, bis du mir das erste Mal einen mitgebracht hast, was weißt du dann schon über mich? Wenn ich dir sage, dass ich so was«, sie hob den Cupcake leicht an, »noch nie gegessen habe … kennst du mich dann besser?«

»Wenn du mir verrätst, warum nicht – dann vielleicht schon. Kaffee könnte ich ja noch nachvollziehen. Aber wieso hast du noch nie einen Cupcake gegessen? Bist du krank oder so was?«

Sie war wirklich unnatürlich blass, die Sommersprossen wie aufgestäubt, und ihre extrem schlanken Finger ließen erraten, wie dünn sie unter ihren zu großen Klamotten sein musste.

Etwas Kaltes bohrte sich in meine Brust.

Sie lachte, ein Lachen, das nur halb fröhlich war.

»Nein, ich bin nicht krank. Bei uns zu Hause gibt es so etwas nicht.« Sie zuckte mit den Schultern, ratlos irgendwie, und fast ein bisschen angriffslustig. »Wir essen solche Sachen einfach nicht.«

»Du musst den auch nicht essen, wenn du nicht willst.« Ich stieß mich selbst daran, wie beleidigt ich mich anhörte. »War nur so eine Idee von …«

Sie streckte die Zunge heraus und stippte sie in die Creme. Vorsichtig kostete sie ein paar Mal, schleckte an der Creme, bevor sie erst zaghaft in den Cupcake biss, beim zweiten Mal schon herzhafter.

Ich war wie hypnotisiert.

»Du tropfst«, hörte ich mich irgendwann raunen.

Es musste bei ihr so angekommen sein, wie ich es gemeint hatte. Den Mund übervoll mit Cupcake, gab sie ein gedämpftes Lachen von sich und wischte sich die Creme vom Kinn.

Ihr Lächeln hatte etwas Verschmitztes, fast Diebisches, als sie mir den Cupcake vor den Mund hielt. Ich zögerte, ich stand nicht so auf dieses Cremezeug, biss trotzdem ab.

»Du tropfst auch.«

Eine sachliche Feststellung, mit nur einer Andeutung eines Kicherns darin.

Vielleicht konnte man diese Dinger nicht anders essen, vielleicht hatte sie nachgeholfen, aber bevor ich mir selbst die Unterlippe abwischen konnte, fuhr Nessa mit dem Daumen darüber und leckte dann die Creme von ihrem Finger.

Eine kleine, nebensächliche Geste und wie selbstverständlich, kein bisschen flirtend und noch nicht einmal verführerisch, die trotzdem auf meiner Haut kribbelte.

Ich wollte sie küssen.

Nicht, damit ich überhaupt wieder einmal ein Mädchen küsste.

Ich wollte sie küssen, weil sie Nessa war.

Verwirrt nahm ich meinen Kaffee, beobachtete sie aus dem Augenwinkel, wie sie ihren Cupcake aufaß, und mit jedem Schluck, den ich trank, wurde mir heißer.

Mir war noch nie aufgefallen, wie lang und dicht ihre tiefbraunen Wimpern waren, der Flügelsaum eines jungen Vogels.

Sie war wirklich nicht hübsch.

Frauen wie Kellie waren hübsch, Mädchen wie Sheryl und

Laney. Nett anzusehen, weich und weiblich, selbst wenn sie wie Sheryl ein Mundwerk wie eine Kettensäge hatten; sich ihrer Reize bewusst und immer zu einem Flirt aufgelegt.

Nessa war schön.

Auf eine geradlinige, pure, fremde Art schön. Ungewöhnlich, weshalb man ihre Schönheit so leicht übersah, und kostbar. Fast ein bisschen überirdisch.

Sie knüllte die leere Papiermanschette zusammen und versenkte sie in der Tüte, die sie gewissenhaft zusammenfaltete, bevor sie ihren Becher in die Hände nahm.

Schweigend tranken wir unseren Kaffee und beobachteten den Verkehr. Ein mit Baumstämmen beladener Laster, der trotz seines gemächlichen Tempos hallend vorbeidonnerte. Der Wagen des Sheriffs. Die für Mariposa so typische Mischung austauschbarer SUVs und Pick-ups. Ein schnittiger Mustang der Highway Patrol. Ein paar Lieferwagen.

»Ich weiß auch nicht viel über dich«, sagte Nessa nach einer Weile und ohne mich anzusehen. »Und ich habe das Gefühl, du würdest es nicht mögen, wenn ich dir zu viele Fragen stelle. Vielleicht erzählst du mir einmal mehr über dich. Vielleicht auch nicht. Mir ist das nicht wichtig, ich kann mit beidem gut leben. Aber ich weiß, dass du in dir drin immer Musik hörst, auch ohne Ohrstöpsel. Dass du es nicht leiden kannst, wenn jemand nett zu dir ist. Und dass du sehr wütend bist und selbst nicht weißt, warum oder auf wen. Oder du hast es vergessen.«

Ich starrte auf den Becher, um den sich meine Hände gekrampft hatten. Meine Wangen brannten, während ich Nessas Blick auf mir spürte, wie behutsam tastend.

»Wenn du magst, zeige ich dir etwas von mir«, hörte ich sie flüstern. »Nächsten Sonntag?«

Ich konnte nur nicken, sie nicht einmal ansehen.

So etwas wie Enttäuschung sickerte von ihr zu mir herüber.

Oder war es Hoffnung?

Schwer zu sagen, für mich war beides das Gleiche.

Unter dem Bimmeln der Glocke zog ich die Tür zur Tankstelle auf.

Ich murmelte einen Gruß in Richtung Kasse, wo Porter, der noch zur Highschool ging und stundenweise hier jobbte, gerade einen Kunden abfertigte. Er schob sich die Brille mit den dicken Gläsern ein Stück die Nase hinauf.

»Travis! Da ist jemand für dich!«

Travis' Kopf schnellte hinter einem der Regale mit Schokoriegeln, Keksen und Chips hoch.

»Hey Mann«, rief er grinsend. »Cool, dass du vorbeikommst!«

Ich nickte, die Hände tief in den Hosentaschen zu Fäusten geballt; ich hoffte, Travis hatte mir die Nachricht bei den Fields' hinterlassen, weil es um den Käfer ging.

»Mason!«, brüllte Travis quer durch die Tankstelle.

Die Tür hinter der Kasse ging auf. Der massive Schädel von Mason Beaver, überzogen von angegrauten Haaren in raspelkurzem Army-Schnitt, schob sich heraus, ein Lächeln auf seinem wuchtigen Gesicht.

»Hallo, Jake. Du kommst wegen des Volkswagens, richtig? Moment.«

Travis' Grinsen verbreiterte sich und er reckte beide Daumen in die Höhe.

Die Tür öffnete sich weiter, auf den Wust aus Papieren, Ordnern und Ablagekörben eines Büros, einen alten PC auf dem Schreibtisch. Ich hörte Mason vor sich hin murmeln, herumkramen, Schubladen aufziehen und wieder zudrücken, bevor er mit einem Schlüsselbund in der Hand auf mich zukam.

»Dann wollen wir uns den mal zusammen anschauen.«

»Verstehst du was von Autos?«, wollte er wissen, während wir um die Tankstelle herumgingen.

»Ein bisschen«, brummte ich; das Aufbrechen und Kurzschließen einer Corvette hatte er bestimmt nicht gemeint.

»Wart kurz, bin gleich wieder da.«

Mason verschwand in der Werkstatt und kam mit einer Autobatterie unter dem Arm zurück, die er mir in die Hände drückte.

»Halt mal. Die hab ich irgendwann abgehängt, tut dem ja nicht gut, wenn er nur hier rumsteht.«

Er schloss die Tür auf, klappte den Fahrersitz um und zwängte sich dahinter, um die Rückbank hochzustemmen und die Batterie darunter anzuschließen.

»Dann wollen wir mal sehen.«

Schwerfällig faltete er sich hinter dem Lenkrad zusammen und drehte den Zündschlüssel um.

Es klickte. Sonst tat sich nichts.

»Mist. Hab ich mir gedacht. Du wirst wohl als Allererstes einen neuen Anlasser brauchen.«

Ächzend schraubte er sich aus dem Auto in die Höhe; einen Fuß auf das Trittbrett gestellt, tätschelte er das Dach.

»Das Gute an so einem Mex ist, der ist relativ simpel gebaut. Alles stabile Basics. Kein komplizierter, empfindlicher Schnickschnack, den man alle naselang austauschen muss. Kann man mit bisschen Werkzeug und Knowhow gut selber machen. Wir können ihn gern mal auf der Hebebühne hochfahren und schauen, wie er von unten aussieht. Nicht, dass das Bodenblech schon irgendwo fault.«

Kritisch begutachtete er das Wageninnere.

»Klar, um ihn so hinzukriegen, dass er wieder nach was aussieht, brauchst du eine Menge Zeit. Da läppert sich auch finanziell ganz schön was zusammen. Aber wenn du erst mal einfach nur willst, dass er wieder fährt, ist das problemlos und für wenig Geld zu machen. Gebrauchte Teile kannst du überall im Netz kriegen. Ist heutzutage ja kein Thema mehr.«

Meine Hände waren feucht, meine Kehle trocken.

»Was soll er denn kosten?«

Ich hatte mir noch nie etwas so ersehnt wie dieses Auto.

»Tja.«

Masons Kinnlade schob sich vor; die buschigen Brauen zusammengezogen, starrte er auf die Baufläche nebenan hinaus, rieb sich gedankenverloren über seinen Brustkasten im Karohemd.

»Ich hab ja so ein bisschen was über dich mitgekriegt, seit wir uns kennen, und Travis hat auch das eine oder andere erzählt. Ich weiß, wie das so ist mit euch Kids, ich hab Travis ja bei mir, seit er acht ist. Und ich hab gedacht, ich mach dir einen Vorschlag.«

Mit dem Daumennagel kratzte er sich in den Querfalten auf seiner Stirn.

»Porter hört demnächst bei mir auf, weil er über den Winter viel pauken muss, für seinen Schulabschluss nächstes Jahr. Du könntest seine Schichten übernehmen. Am liebsten abends für ein, zwei Stunden, bevor wir zumachen und auf Automat umstellen, und sonntags. Wann du eben Zeit hast, da finden wir schon eine Regelung. Ich zahl dir das Gleiche wie ihm, und du kannst dazu noch die Werkstatt nutzen. Jetzt im Winter hab ich da nicht so viel zu tun, und für die paar kleinen Sachen, die anfallen, reicht der Platz. Auch wenn der hier«, mit dem Fingerknöchel klopfte er gegen das rote Blech, »mit drinsteht.«

Das Herz schlug mir bis zum Hals; ich war kurz davor, in eine Pfütze der Zuversicht hineinzustolpern, dass mir vielleicht doch mal etwas gelang, etwas gut ausging.

»Natürlich muss ich im Probation Office nachfragen, ob die dort einverstanden sind.«

Ich ließ den Kopf hängen.

Natürlich.

Es war immer ein Haken dabei. Immer gab es ein Aber. Einen dickflüssigen Zement grauer Realität, in dem ich unweigerlich stecken blieb und versank, wenn ich auch nur daran dachte, einen kleinen Schritt vorwärts zu machen.

»Na, jetzt schau nicht so belämmert!« Mason gab mir einen Klaps auf die Schulter. »Ist reine Formsache! Was sollten die denn schon dagegen haben! Wer ist dein Bewährungshelfer?«

»Foothill«, murmelte ich.

»Luther Foothill? Bei dem hab ich noch was gut für die Arbeit, die mir sein Bronco gemacht hat. Also Kopf hoch, ja?«

Ich nickte, wenig überzeugt.

»Ach so, du wolltest ja noch wissen, was der Käfer kostet. Für den hätte ich gern zwanzig Dollar.«

Ich starrte Mason an.

Ungläubig. Misstrauisch.

Beiläufig zuckte er mit der Schulter.

»Er steht hier doch nur herum. Ihn irgendwie abzustoßen war mir nie die Mühe wert, und umsonst würdest du ihn ja sicher nicht haben wollen. Also, zwanzig. Abgemacht?«

Er streckte mir seine Pranke entgegen und ich schlug ein.

Mason klappte die Tür zu und schloss sie ab.

»Die Schlüssel gibt's natürlich erst, wenn du bezahlt hast. Bar auf die Hand. Aber wenn du willst, kannst du gleich anfangen, dir von Porter zeigen zu lassen, was du hier zu tun hast.«

Ich nickte und streckte die Hand aus, senkte sie so langsam auf das Dach, als müsste ich fürchten, der Käfer würde sich unter meiner Berührung in Luft auflösen.

Doch er blieb solide; starkes, dickes, unwiderstehliches Blech unter meiner Hand.

Und er gehörte mir.

14

Nessa

Die Petroleumlampe auf dem Nachttisch verbreitete einen zuckenden, messinggelben Schein.

Strom war für Ma ein notwendiges Übel, damit wir an den Wintertagen, an denen es so früh dunkel wurde, weiter unserer Arbeit nachgehen konnten. Der uns allen in Form von Waschmaschine und Trockner das Leben ein wenig leichter, ein bisschen bequemer machte. Ein Luxus moderner Zeiten, den sie uns nicht verwehrte. Für sich selbst bevorzugte sie jedoch das sanfte, lebendige Licht dieser alten Lampe, das die Flicken des Quilts auf dem Bett leuchten ließ wie einen prächtigen Sonnenuntergang.

»Was ist?«

Über den Rand ihrer schmalen Lesebrille sah sie mich an, wie ich im Türrahmen ihres Schlafzimmers lehnte. Letzten Winter hatte sie sich diese Brille von einem Drehständer im Pioneer Market gekauft; die Sehkraft der Augen war das Erste, was über die Zeit bei uns nachließ.

Im Rücken von Kissen gestützt, hielt sie unter der Bettdecke die Knie angezogen und ein aufgeschlagenes Buch daran gelehnt. Mit einer Hand kraulte sie die schwarze Katze, die sich auf ihrem Schoß zusammengerollt hatte, die Augen in zufriedener Schläfrigkeit zu Schlitzen verengt.

»Ich kann nicht schlafen.«

Ma lächelte. »Bist du aufgeregt?«

Ich nickte, obwohl ich nicht auf diese Weise aufgeregt war, wie Ma meinte.

Nicht aus diesem Grund.

Sie streckte die Hand nach mir aus. »Komm her.«

Ich schlüpfte zu ihr unter die Decke und kuschelte mich in ihre Armbeuge. In ihren Duft nach frisch gewaschener Wäsche, wie Heu und Wildblumen.

»Du brauchst nicht aufgeregt zu sein. Was jetzt auf dich zukommt, ist die schönste Zeit überhaupt.«

Ich schaute zu Ma hinauf, während ihre Augen hinter den Brillengläsern über die Zeilen glitten.

Sie schien den Winter jedes Jahr zu genießen. Die kurzen Tage, die langen Nächte im warmen, behaglichen Haus. In Sicherheit und mit Büchern, mit Katzen und uns Kindern.

Ich wusste, dass ich ihr sehr ähnlich sah. Die Form meiner Nase und meiner Augen. Die Konturen meines Gesichts; auch ihre Haare waren einmal brandrot gewesen.

Von meinem Vater schien ich nur die Augenfarbe geerbt zu haben. Viel dunkler als Mas Nussbraun, ein starker Kontrast zu seinen Haaren, die sich seit meiner Kindheit von Grapefruitrot zu Safrangelb entfärbt hatten. Jeden Herbst, jeden Frühling beobachtete ich ihn, sein jedes Mal härteres, kantiger gezeichnetes Gesicht, um noch mehr Ähnlichkeiten zu entdecken. Ich glaubte auch meinen Mund von ihm zu haben und wie er damit lächelte und ihn anspannte, wenn er verärgert war.

Vielleicht beobachtete ich meinen Vater aber auch deshalb so genau, um so viel wie möglich von ihm im Gedächtnis zu behalten. Die Tage mit ihm waren so wenige, viel zu kurz, zu betriebsam, die Erinnerungen zu schnell verblasst.

»Vermisst du Pa manchmal?«, flüsterte ich.

Ihre Augen kamen mitten auf der Seite zur Ruhe.

»Jeden Tag«, sagte sie leise. »Deshalb bedeutet mir jeder Tag, den ich mit ihm verbringen kann, auch so viel. Aber ich hab ja dich.«

Sie drückte mich an sich, gab mir einen Kuss auf die Stirn.

»Mein großes Mädchen.«

Nicht mehr lange, und ich würde eine Aufgabe nach der anderen von ihr übernehmen. Bis ich es war, die mit Mike und Janelle von *Yosemite Gifts* verhandelte und mit dem Geld wirtschaftete, das die Windspiele einbrachten. Die das Haus hier führte und sich mit ein, zwei anderen Frauen um die Kinder kümmerte.

Sofern es bis dahin noch Kinder unseres Volkes gab.

Ich war nicht mehr sicher, ob ich schon bereit dafür war. Ob ich jemals bereit dafür sein würde, die Dinge, von denen so viel für uns abhing, auf dieselbe tatkräftige Weise in die Hand zu nehmen wie Ma.

In diesem Moment hätte ich das Erwachsensein, so lange herbeigewünscht und endlich zum Greifen nahe, am liebsten wieder eingetauscht. Gegen die Abfolge von großen und kleinen Abenteuern, die mein Leben als kleines Mädchen gewesen war, in einer ausgeglichenen Balance zwischen Geborgenheit und Freiheit.

Ich hatte nichts anderes gekannt. Nichts vermisst. Nichts anderes ersehnt.

»Erzählst du mir eine Geschichte?«, wisperte ich.

Wie früher, als ich oft hier, in diesem Bett, in ihrem Arm lag, Hayden in ihrem anderen, während es draußen regnete oder der Sturm um das Haus fauchte. Wie Lissa und Mitch heute bei Lantana die gleichen Geschichten hörten, in nie denselben, aber immer vertrauten Worten.

Die alten Legenden, wie unser Volk einst in die Welt kam. Von den Träumen, die wir in unserer anderen Gestalt auf unseren Streifzügen sammelten und den Menschen für die Nacht auf das

Fensterbrett legten, dafür ihre geheimsten Wünsche und Sehnsüchte mitnahmen und niemand anderem verrieten als dem großen Schöpfer, denn wir waren verschwiegen. Und viele Geschichten drehten sich um die Essenz unseres Seins: einmal im Jahr die Seelen der Toten zu ihren Lieben zurückzubringen, für ein paar Tage des Wiedersehens, bevor wir sie wieder ziehen ließen.

Geschichten, wie sie auch die Menschen in alten Zeiten einander erzählten, so hatte Ma einmal gesagt, die aber nach und nach, von Generation zu Generation, in Vergessenheit geraten waren.

So wie wir.

Auch wenn es für uns ein Segen bedeutete, im Verborgenen zu leben.

Nur in einzelnen Landstrichen des Südens und in Mexiko war die Erinnerung an dieses Erbe noch lebendig, wie untrennbar mit der spanischen Sprache verbunden.

»Die Geschichte von Vanessa und ihren Schwestern«, flüsterte ich.

Lächelnd schob Ma ihre Brille hoch und legte das Buch beiseite; sie wusste, wie sehr ich diese Geschichte immer geliebt hatte. Wie stolz ich darauf gewesen war, nach unserer Ahnfrau benannt worden zu sein.

»Es war einmal, vor langer, langer Zeit, als die Wälder am Fuß der Sierra Nevada noch undurchdringlich und wild waren, dass tief in einem dieser Wälder eine Blockhütte stand. Dort lebte Vanessa mit ihren beiden Schwestern Imogene und …?«

Um meinen Mund zuckte es; sie erinnerte sich noch an unser altes Spiel.

»Chrysalis«, murmelte ich.

»… Imogene und Chrysalis. Der Sommer neigte sich dem Ende entgegen, die Bäume glänzten schon wie Gold, leuchteten wie gelblicher Topas und Rubin, und die drei Schwestern warteten sehnsüchtig auf die Rückkehr ihrer Männer aus dem Norden. Sie waren den Sommer über hiergeblieben, denn Chrysalis erwartete ihr erstes Kind, das sie zur Welt bringen würde, sobald das letzte Blatt vom Baum gefallen war …«

Ich schloss die Augen, und unter dem Schnurren der Katze lauschte ich Mas Stimme.

»Eines Abends, der Nebel hing schwer und dicht wie weißer Rauch im Wald, klopfte es an die Tür.

Ein Trapper war es, ein Bündel Waschbärfelle über seiner Schulter, durstig, hungrig und müde. Er hatte seinen Weg im Nebel verloren und wollte sich erkundigen, wo er sich befand.

Als er aber die drei Schwestern sah, mit ihrer milchweißen Haut und den glutvollen Augen, Imogene mit ihrem Haar wie gealtertes Gold, Chrysalis mit ihrem Topashaar und Vanessa, deren Haar rubinrot gloste, besann er sich anders und bat sie obendrein um eine Mahlzeit und ein Obdach für die Nacht.

Die Schwestern berieten sich. Chrysalis war dagegen, Imogene unentschlossen, und schließlich entschied Vanessa, die älteste der drei, dass er bleiben durfte.

Nur für diese Nacht, sagte sie, *bei Morgengrauen musst du wieder gehen. Du wirst niemandem erzählen, dass du hier warst oder uns gesehen hast. Und du wirst nichts außer einer Mahlzeit und einer Schlafstatt von uns verlangen oder einfordern.*

Der Trapper versprach es und bedankte sich, stärkte sich mit der Mahlzeit aus Wurzeln und Nüssen und Beeren, die ihm die drei Schwestern bereiteten, und stillte seinen Durst mit klarem Flusswasser, bevor er sich auf dem Lager aus Stroh zur Nachtruhe begab.

Schlaf aber fand er keinen. Die Schönheit der drei Frauen hatte ihn betört, und die ganze Nacht hindurch überlegte er, wie er eine davon für sich gewinnen oder auch nur einen Kuss erbeuten könnte.

Bei Morgengrauen verließ er die Hütte wie versprochen. Doch anstatt seines Weges zu gehen, den ihm die Schwestern gewiesen hatten, versteckte er sich hinter einem Baum und wartete.

Die Sonne hatte den Nebel zerstreut, stand schon hoch, als sich die Tür öffnete und die drei Schwestern heraustraten. Der Trapper folgte ihnen, lautlos und unsichtbar, bis zu einer Lichtung, die bedeckt war von Blüten in Purpur und Weiß. Erstaunt beobachtete er, wie die drei Frauen ihre Menschenhaut abwarfen und sich verwandelten. Als Geschöpfe aus Licht und Farbe tanzten sie über die Wiese und labten sich an den Blüten.

Endgültig verzaubert von diesem Anblick, griff sich der Trapper rasch eine der Menschenhäute und verschwand wieder in seinem Versteck.

Als die Sonne sank, streiften sich Vanessa und Imogene ihre Haut über und verwandelten sich zurück, Chrysalis jedoch blieb in ihrer anderen Gestalt gefangen. Verzweifelt suchten Vanessa und Imogene überall zwischen Gras und Blüten nach der menschlichen Hülle ihrer Schwester.

Chrysalis' Haut in der Hand, trat der Trapper schließlich aus dem Gebüsch.

Ich gebe euch das hier wieder, verkündete er, *wenn eine von euch mit mir kommt.*

Wenn eine von uns mit dir kommt, sagte Vanessa, *verliert sie ihren Zauber, noch bevor sie eine Meile mit dir gegangen ist. Sie wird welken wie eine Blüte ohne Wasser, sodass du sie nicht mehr haben willst, und dann sterben, weil sie den Weg zu den anderen nicht mehr zurückfindet.*

Nun gut, sprach der Trapper, der sich nicht so leicht geschlagen geben wollte. *Dann bin ich auch mit einem Kuss von einer von euch zufrieden.*

Im Tausch gegen die Haut meiner Schwester gebe ich dir gerne einen Kuss, erwiderte Vanessa stolz. *Doch er wird dir nicht bekommen.*

Für uns sind diese Blüten eine Köstlichkeit, für deinesgleichen aber das reinste Gift. Ein Gift, das wir in uns tragen. Noch ehe meine Lippen sich von deinen gelöst haben, wird dein Verstand im Wahnsinn ertrinken, und dann hat auch schon dein letztes Stündlein geschlagen.

Der Trapper glaubte ihr kein Wort und lachte.

Das ist es mir wert, solange ich nur einen Kuss von dir bekomme.

Er warf Chrysalis' Haut Imogene vor die Füße und sah Vanessa erwartungsvoll an.

Lächelnd trat sie zu ihm und küsste ihn, lang und zärtlich. Kaum hatte sie ihre Lippen von seinen gelöst, senkte sich der Schleier des Wahnsinns über ihn und trübte seinen Verstand. Grauenvolle Visionen suchten ihn heim, von Teufelsfratzen und Dämonengestalten, vor denen er in den Wald floh.

Meilenweit hallten seine Schreie von den Bäumen wider und verschreckten die Tiere, bis er tief, tief in den finsteren Wäldern erschöpft zusammenbrach und sein Leben aushauchte.«

Mas Stimme war schon lange verklungen, als ich endlich blinzelte und die Augen öffnete.

Die Brille wieder auf ihrer Nase, las sie weiter in ihrem Buch und kraulte die Katze, die eingedöst war.

Sie war nicht viel älter gewesen als ich jetzt, als sie mich bekommen hatte. Es tat mir weh zu sehen, wie der Treck eines jeden Sommers sie abzunutzen schien, ihre Züge schärfer schliff. Wie ihre Haare zunehmend zu diesem Orangeton ausgeblichen waren. Keiner von uns lebte lange genug, um auch nur die erste Spur von Grau aufzuweisen, wir verblassten einfach gegen Ende unseres Lebens.

Ich versuchte mir vorzustellen, wie es für Ma damals wohl gewesen war, in ihrem letzten Winter als Mädchen. Ob sie vielleicht auch einmal Verbotenes getrunken und gegessen hatte wie ich Kaffee und Cupcake und von einer Jeans träumte. Ob es für sie immer nur meinen Vater gegeben hatte oder doch auch einen anderen Jungen; vielleicht einen von uns, vielleicht einen aus Mariposa.

»Ma?«

»Hmm?« Knisternd blätterte sie eine Seite um.

»Wie wäre die Geschichte ausgegangen, hätten sie sich ineinander verliebt, der Trapper und Vanessa?«

Eine steile Falte zwischen den Brauen starrte sie mich an; ich spürte, wie ich rot wurde.

»Warum hätten sie sich ineinander verlieben sollen?«

»Hätte doch sein können.«

Unter Mas durchdringendem Blick begann ich zu glühen und schob mich trotzdem unwillkürlich tiefer unter den Quilt.

»Nein, Nessa. Es mag wohl vorkommen, dass einer von den Anderen glaubt, sich in eine von uns verliebt zu haben. Dabei ist er nur von unserer Fremdartigkeit betört. Ein Lockruf, dem der eine oder andere einfach nicht widerstehen kann. Ein Rausch, der schnell nachlässt. Der verhängnisvoll ist, weil er danach unweigerlich versuchen wird, uns zu zähmen. Uns einzusperren und gefangenzuhalten, und das ist unser Tod. So wie die Milch, die wir als Kinder bekommen, ihnen den Tod bringt, kommen sie uns zu nahe.«

»Aber vielleicht …«

»Nichts *vielleicht*.« Sie klang ungeduldig. »Nichts auf der Welt wird etwas daran ändern, wer und was wir sind. Und sie und wir – das geht einfach nicht zusammen.«

Sie richtete den Blick wieder auf die Buchseiten und deutete dabei ein Kopfschütteln an. Als wollte sie mir zu verstehen geben, wie dumm meine Frage gewesen war, kaum gemildert durch das Lächeln, das sich gleich darauf in ihre Mundwinkel stahl.

»Ich weiß gar nicht, warum du dir solche Gedanken machst. Zwischen dir und Hayden war von Anfang an so viel Liebe. Ihr wart schon immer ein Herz und eine Seele, noch bevor die Ältesten entschieden, dass ihr zusammengehört. So war es auch bei deinem Vater und mir damals, und ich bin froh, dass euch dasselbe Glück vergönnt ist.«

Ich ahnte, warum ich gerade diese Geschichte hatte hören wollen. Um mir noch einmal in Erinnerung zu rufen, wo die Grenzen lagen, die meine Natur mir setzte.

Wo ich hingehörte.

Natürlich liebte ich Hayden. Immer schon, und daran hatte sich auch nichts geändert.

Aber was war dann das, was ich für Jake fühlte?

Ich spielte mit dem Feuer.

Seit dem Tag, an dem ich im brennenden Wald gewesen war, und seitdem schien ich damit nicht mehr aufhören zu können.

Jake oder ich – einer von uns beiden würde dabei verbrennen, wenn ich nicht achtgab.

15

Jake

Der Boden unter meinen Füßen war weich. Ein dicker Teppich aus braunen Nadeln, der bei jedem Schritt nachgab, noch feucht vom Regen.

Wenn ich mit Woodgate und Gonzalez zur Arbeit fuhr, leuchteten in der Ferne die Bergrücken grellweiß; die Tioga Road, die quer durch den Park führte, war ein paar Tage lang oben auf dem Pass wegen Schneefalls gesperrt gewesen.

Die himmelhohen, mächtigen Stämme der Sequoias rückten dichter zusammen, je tiefer Nessa mich in den Wald führte, irgendwo hinter der grobsteinigen Fassade des Best Western Motels am Rand von Mariposa.

Hintereinander schlängelten wir uns zwischen den roten Baumsäulen hindurch, ihre Hand in meiner, die sie sich irgendwann einfach genommen, die ich ihr gelassen hatte.

Dabei war ich noch nie der Typ fürs Händchenhalten gewesen.

Die Baumwipfel verflochten sich zu einem Gewölbe; es wurde dunkel, obwohl noch nicht Mittag.

»Du bist doch keine gut getarnte Axtmörderin, die mich gleich hinter dem nächsten Baum zerhackt und dann in Einzelteilen irgendwo verscharrt?«

Über ihre Schulter warf mir Nessa einen verwirrten Blick zu, der in ein Lächeln mündete, bevor sie den Blick wieder nach vorne wandte. Ihr Pferdeschwanz pendelte über ihren Rücken.

An einem Baumstumpf, breit wie eine Parkbank, blieb sie schließlich stehen, ließ meine Hand los und setzte sich.

»Und jetzt?«, fragte ich, als ich mich neben sie hockte.

Sie legte den Zeigefinger an ihre Lippen.

»Mach die Augen zu«, flüsterte sie dahinter hervor.

Die Stille machte mich unruhig. Kratzte in meinen Knochen, zerrte an meinen Muskeln, noch mehr in meiner vorübergehenden Blindheit. Ich lehnte mich vor und presste die Unterarme auf die Knie. Um sie ruhig zu halten. Etwas irgendwo tief in meiner Magengegend abzuschirmen, das schutzlos dalag. Angreifbar.

Langsam, ganz langsam kräuselte sich das tonlose Nichts und schlug Wellen. Formte sich in das Rauschen der Äste über mir. In ein Rascheln, ein Knistern, zu leise, zu sacht, zu weit entfernt, um bedrohlich zu sein. Das feine Trillern eines Vogels, unter dem es tief und dunkel vibrierte, als hätte der Wald eine Stimme.

Einzeln und nacheinander gezupfte Gitarrensaiten. Eine leise, nur gemurmelte, nur gesummte Melodie, tief aus der Kehle, der Brust kommend.

Ich hielt den Atem an, um diese Melodie nicht zu verscheuchen. Sie wieder und wieder zu hören, zu lernen. Mit meinem Gehör, meinen Fingern.

»Das ist meine Musik«, hörte ich Nessa irgendwann wispern.

Ich nickte.

Solche Klänge hatten die beiden Windspiele von sich gegeben, die sie mir gezeigt hatte. Klänge, wie sie sich manchmal in ihre Stimme, ihr Lachen woben.

Ich machte die Augen auf.

Die Hände in den Jackentaschen, ein schüchternes Lächeln auf dem Gesicht, schaute sie mich an; womöglich die ganze Zeit schon.

Ich ließ meinen Blick zu Boden fallen, fuhr mir durch die Haare.

»Heute hab ich dir was mitgebracht.«

Sie hielt mir ein Säckchen aus transparentem braunem Stoff hin, durch den etwas Blaues hindurchschimmerte.

Ich leerte es in meiner Hand aus.

Eine ovale Perle. Blau wie meine Augen, aufgefädelt auf einer verknoteten Lederschnur.

Es gefiel mir. Einfache, ungeschliffene Schönheit. Ein Stück Himmel und Meer, an einem Band wie Erde.

Ich war stumm, mit einem Kloß im Hals. Überwältigt, dass sie mich so gut kannte.

Mich so sah.

Ich streifte mir die Schnur über den Kopf und fummelte an den kompliziert aussehenden Knoten auf beiden Seiten der Perle herum, bis Nessa leise lachte.

»Warte, ich zeig's dir. Du kannst sie einfach hin und her schieben und damit enger oder weiter machen. Siehst du – so.«

Ihre Finger so dicht an meinem Hals ließen eine Ader heftig pochen, und jedes Mal, wenn sie meine Haut dabei streifte, jagte es mir heiß den Rücken hinunter.

Sie war so schön.

Ihr sanftes, klares Gesicht. Ihre weiße, goldgesprenkelte Haut. Das Leuchten ihrer roten Haare.

Feenhaft, irgendwie.

Vorsichtig schlossen sich meine Finger um ihre Arme; viel dicker, grüner Stoff, darunter dünne Handgelenke.

Fragend hoben sich ihre Brauen, die Augen groß und dunkel und so glänzend, dass ich mich darin spiegelte.

Wenn es je einen perfekten Moment für einen Kuss gegeben hatte, dann war es dieser.

Ich lehnte mich vor, ein aufgeregtes Zucken im Bauch; es war Ewigkeiten her, dass mich ein Kuss nervös gemacht hatte.

Mein Mund berührte ihren, so sachte, dass ich gerade noch spüren konnte, wie weich er war, etwas Süßes schmeckte, wie Honig, da flog ihr Kopf zur Seite.

»Nicht!«

Ich bekam einen Stoß vor die Brust, der mich beinahe umkippen ließ, und sie sprang auf.

»Tu das nie wieder! Hörst du?! Nie wieder!«

Zitternd rieb sie sich mit dem Handrücken über ihren Mund.

Genauso gut hätte sie mir eine Ohrfeige verpassen können.

Mir ins Gesicht schleudern, dass sie mich eklig fand.

Etwas Hässliches quoll in mir hoch, sprudelte aus einem Riss hinter dem Brustbein hervor.

»Macht man das nicht in eurer komischen Sekte? Oder erst nach der Hochzeit? Ist dir etwa im letzten Moment dein Freund eingefallen? Daran hättest du auch schon früher denken können! Bevor du mich in den Wald gelockt hast!«

»Es ist nicht wegen Hayden«, murmelte sie hinter ihrer Hand hervor.

»Was ist es dann?!«

16

Nessa

Ich blieb stumm, eine Hand zur Faust geballt, dass es schmerzte, die andere noch immer vor den Mund gepresst. Als könnte ich diesen halben, allzu flüchtigen Kuss damit festhalten.

Einen Kuss, den ich nicht hatte kommen sehen, weil ich von Jakes Händen auf meinen Armen abgelenkt war. Vom weiten Blau seiner Augen.

Dieser Kuss, von dem ich nicht gewusst hatte, wie sehr ich ihn ersehnte, bis ich Jakes Mund spürte, seinen Atem; ein kräftiger Sonnenstrahl, der auf schattigen Waldboden trifft.

Ein Kuss, mit dem ich ihn getötet hätte.

Er gab einen verächtlichen Laut von sich.

»Ach so. Du spielst einfach gern. Okay. Kannst du haben. Aber ohne mich. Ich hab für solche Scheißspiele nichts übrig.«

Hilflos sah ich zu, wie er in die Höhe schnellte, und seine langen, stampfenden Schritte auf dem Waldboden verklangen zwischen den Sequoias.

Mir war schlecht vor Angst. Elend vor Sehnsucht.

»Und wie komme ich hier jetzt wieder raus?! Verdammte Scheiße!«

Sein Gebrüll, das durch den Wald hallte, brach den Bann. Ein hysterisches Kichern perlte aus meiner Kehle herauf, und ich lief los.

Ich hatte Mühe, ihn einzuholen.

Er bebte vor Wut; mit dem blauen Feuer seiner Augen hätte er bei jedem ausgreifenden Schritt den Waldboden in Brand stecken können.

»Jake«, sagte ich leise, als ich es nicht mehr aushielt, und fasste ihn am Ärmel; unwillig riss er sich los.

»Jake«, versuchte ich es noch einmal. »Bitte.«

»Was?!« Jäh blieb er stehen, funkelte mich böse an. »Was willst du noch?!«

»Es tut mir leid«, wisperte ich.

»Was tut dir leid? Dass du mich an der Nase herumgeführt hast? Dass ich so ein Trottel war und geglaubt habe, da wäre was zwischen uns? Dass ich einen Moment lang so blöd war und gedacht habe, du wolltest von mir geküsst werden?«

Auch in mir begann Wut heraufzusimmern.

»Das wollte ich doch auch!«, platzte ich heraus.

»Aber?«

So stolz sah er aus in seinem Zorn, so hart, aber in seinen Augen flackerte es unsicher. Mit einem schwachen Aufglimmen von Hoffnung, das so jung, so verletzlich wirkte, dass es mir in der Seele wehtat.

»Dachte ich mir, dass da nichts mehr von dir kommt«, knurrte er.

Ich konnte nicht mehr zurück; so stellte ich es mir vor, wenn man auf einem zugefrorenen See ins Schlittern geriet.

»Ich bin Gift für dich«, raspelte ich.

Er lachte auf, höhnisch und bitter.

»Ja, allerdings! Chicks wie du, die Nein sagen, wenn sie Ja meinen, und Ja sagen, wenn sie eigentlich doch nicht wollen, sind das pure Gift!«

Abrupt wandte er sich ab, wollte davonmarschieren. Ich krallte mich in den Ärmel seines Kapuzenpullis, stemmte die Hacken in den weichen Boden und zerrte ihn zu mir herum.

»Nein, Jake! Ich habe genau das gemeint, was ich gesagt habe. Wenn du mich küsst, dann …«

Ich zitterte, konnte nur noch spröde flüstern.

»Dann stirbst du.«

Seine Brauen zogen sich zusammen, glätteten sich wieder; tief und still wirkten seine Augen.

»Du spinnst doch«, stieß er heiser hervor.

»Nein, Jake. Das ist die Wahrheit.«

Seine Hände bohrten sich in meine Schultern, und ich krachte mit dem Rücken gegen einen der Sequoias.

17

Jake

Ich hatte noch nie ein Mädchen zu etwas gezwungen.

Ich hatte auch noch nie ein Mädchen wie Nessa gekannt.

Mit meinem Körper quetschte ich sie gegen den Baum und presste meinen Mund auf ihren, fest und unnachgiebig.

Ich wollte ihr wehtun.

Wie sie mir wehgetan hatte.

Sie zwingen, mich zu schlagen, zu treten, zu schreien. Damit ich fühlte, dass sie mich nicht mochte. Anstatt sich mit irgendwelchem Mist herauszureden.

Mit einem erstickten Laut, beinahe ein Schluchzen, blies sie meine Wut fort und ich schämte mich dafür, sie war doch so zerbrechlich. Aber loslassen konnte ich sie nicht.

Ich versuchte es wiedergutzumachen.

Indem ich ihr Gesicht streichelte, die Haut so glatt und zart unter meinen Fingern, die Knochen von Wangen und Kiefer so fein, dass es mich weich in den Knien machte.

Mit einem Kuss, der beschämend ungeschickt ausfiel, wie bei einem Anfänger. Vielleicht murmelte ich dabei ihren Namen, ich war mir nicht sicher, vielleicht klangen auch nur meine Atemzüge danach.

Mein Herz zuckte auf, als sie diesen Kuss erwiderte, genauso unbeholfen, aber kein bisschen schüchtern, sie dann die Arme um meinen Hals schlang.

Nach Wind und Regen schmeckte sie, nach Blumen und wie ein Regenbogen, und ich lächelte gegen ihren Mund.

18

Nessa

Ich hatte keine Angst vor ihm, als er mich mit seinem ganzen Gewicht gegen den Baum drückte; er tat mir nicht wirklich weh.

Meine Angst war eine andere, eine wütende, verzweifelte, schwindelerregende Angst.

Sein Mund versiegelte meinen, und jeder Schrei, jedes Nein, jedes Aber blieb in meinem Kopf gefangen.

In einem einzigen, erbarmungslos klaren Augenblick verstand ich die Warnungen, mit denen ich aufgewachsen war. Die Gefahr, die von uns ausging. Von einem Jungen wie Jake.

Ich kämpfte.

Nicht gegen Jake. Gegen mich.

Ich war nicht stark genug.

Ich gab auf.

Starkes, warmes Sonnenlicht auf meiner Haut, in meinem Mund.

Blühende Wiesen, ein goldenes Kornfeld unter blauem Himmel und ein schwacher Hauch von Salz, wie vom Meer.

Sommer.

Jake schmeckte nach dem Sommer in meinen Träumen.

Mein erster Kuss. Der Hayden versprochen gewesen war.

Nur ein Kuss.

Jake verdiente es nicht, deshalb sterben zu müssen.

19

Jake

Es war wie der allererste Kuss überhaupt.

Der schönste Kuss, den ich je gehabt hatte.

Neben dem alle anderen Küsse zu Bedeutungslosigkeit verblassten.

Der zum schlimmsten Kuss wurde, als Nessa zu weinen anfing.

20

Nessa

Er ließ mich los und trat einen Schritt zurück, nahm dabei alle Wärme mit sich fort.

Ich presste die Hand auf meinen Mund, vielleicht, um mein Schluchzen zurückzudrängen, vielleicht, um diesen Kuss ungeschehen zu machen oder ihn für immer in mir einzuschließen, ich wusste es nicht.

Durch meine Tränen sah ich verschwommen, wie Jake mich anstarrte und den Kopf schüttelte.

Was stimmt bloß nicht mit dir?, klang das, was er vor sich hin murmelte. *Du hast sie doch echt nicht mehr alle.*

Dann drehte er sich um und ging.

Ich rief seinen Namen, schrie ihn durch den Wald, und meine Stimme wurde grell von den Baumstämmen zurückgeworfen.

Die Sequoias begannen um mich herumzutanzen. Dunkelheit sickerte zwischen ihren Stämmen hervor, schlängelte sich auf mich zu, reckte sich nach mir.

Ich klammerte mich an einen der Bäume, versuchte, ruhig und gleichmäßig zu atmen. Schluchzend und mit laufender Nase scheiterte ich kläglich; ich war zu aufgewühlt, um mich jetzt noch vor dem schmalen Grat zu retten, der meine eine Gestalt von der anderen trennte.

Ich schrie leise auf, als der altvertraute scharfe Schmerz durch mich hindurchschoss, meine Knochen splitterten, es in meinen Organen riss.

Besänftigend und wie eine Erleichterung war das Rascheln und Knistern, das zu mir durchdrang, halb Papier, halb Seide, sonst zu leise für das menschliche Ohr.

In einem letzten Aufflackern von Bewusstsein war ich froh, dass es hier passierte, tief im Wald, abseits aller Pfade.

Dass Jake nicht dabei gewesen war.

Finsternis senkte sich herab und löschte mich aus.

Mich. Nessa.

21

Nessa

Vom Grund des weiten dunklen Ozeans trieb ich herauf und schwamm mich weiter frei.

Zurück in die Welt, in der mein menschlicher Wille regierte, nicht der Instinkt.

Ich blinzelte, auf der noch empfindlichen Netzhaut meiner Augen tat mir sogar das dämmrige Licht des Waldes weh. Die feuchte Kälte des Waldbodens saugte sich unter meine Haut, zog mir bis ins Mark; zitternd stemmte ich mich hoch, einen pochenden Schmerz in den Knochen, den Muskeln.

Mir war übel. Diese spontanen Verwandlungen waren die schlimmsten, jäh und gewalttätig. Brutaler als früher, in meinem Kinderkörper, der nicht nur kleiner und leichter gewesen war, sondern auch biegsamer.

Gehetzt schaute ich mich um. Ich war allein, unentdeckt geblieben.

Zähneklappernd und mit steifen Gelenken griff ich zu meinen Sachen und zog mich hastig an; ich wischte nicht einmal die Nadeln weg, die auf meiner Haut klebten.

Meine Stiefel nur nachlässig zugeschnürt, stolperte ich zwischen den Sequoias hindurch.

Ich wusste, ich hätte nach Jake Ausschau halten sollen, doch genauso gut wusste ich, ich würde ihm keine Hilfe sein; ich konnte froh sein, wenn ich es bis nach Hause schaffte.

Eine Ewigkeit brauchte ich für meinen Weg durch den Wald, während ich am Morgen den Umweg über die Stadt noch so leichtfüßig zurückgelegt hatte; erst beflügelt von den Gedanken an Jake, dann von seiner Nähe. Mehrere Male sackten mir die Beine weg, musste ich an einem Baumstamm Halt suchen, bevor ich weitertaumelte.

Kraftlos schloss ich das Gartentor hinter mir, schleppte mich die Stufen hinauf und ließ mich schwer von innen gegen die Haustür fallen. Ich war zu erschöpft, um mir Sorgen zu machen, was Ma wohl dazu sagen würde, wenn sie mich dabei erwischte, wie ich mich ins Haus zurückschlich. Hinter der Tür zum Wohnzimmer wob sich ihre Stimme fröhlich in die Stimmen von Lantana, Lissa und Mitch, in deren Lachen.

Aus dem Augenwinkel nahm ich oben auf der Treppe eine Bewegung wahr.

Eine Hand auf dem Geländer, sah Hayden zu mir hinunter.

Er musste mich nicht fragen, was passiert war, ich wusste, ich sah aus, wie wir immer danach aussahen. Das Gesicht durchscheinend blass, wie ausgehöhlt, und Schatten unter den Augen, die durch die geweiteten Pupillen tiefschwarz waren.

Fast lautlos flog er auf seinen dicken Socken die Stufen hinab und zog mich in mein Zimmer, wo er mich auf der Bettkante niederdrückte und eine Wolldecke um meine Schultern legte.

»Ich bin gleich wieder bei dir.«

Starr vor Erschöpfung und Entsetzen saß ich da, konnte ihn leise in der Küche hantieren hören, bevor er mit einer Wärmflasche und einer Tasse Tee zurückkehrte und die Tür schloss.

Mit beiden Händen umfasste ich die Tasse, die mit ihrer Hitze meine Finger auftaute, hielt das Gesicht in den Dampf und trank die ersten Schlucke, die heiß meine Kehle hinabflossen, während Hayden die Wärmflasche unter die Decke schob und aus der Kommodenschublade ein paar grob gestrickte Socken holte.

Er kniete sich hin und zog mir Stiefel und klamme Socken aus, rieb meine eisigen Füße und Unterschenkel warm; die Strumpfhose wieder anzuziehen, hatte ich nicht mehr geschafft, sie einfach in meine Jackentasche gestopft.

»Hat dich jemand gesehen?«, wollte er wissen und streifte mir die frischen Socken über.

Ich schüttelte den Kopf und trank weiter meinen Tee, Mas Spezialmischung aus Minze, Mountain Pride, dem Butterweed der Sierra und den lila blühenden Shooting Stars.

»Wie ist es passiert?«

Ich schwieg und starrte angestrengt in die Tasse, als könnte ich mich darin verkriechen.

»Nessa.« Er legte die Hand auf mein Knie. »Irgendwas muss doch vorher gewesen sein.«

Ich habe Jake getötet.

Die Oberfläche des Tees erzitterte, als frische Tränen in die Tasse tropften.

»Jake.«

Verglichen mit der Schuld, die ich heute auf mich geladen hatte, schien es verzeihlich, Hayden wehtun zu müssen.

»Er … er hat mich geküsst.«

Hayden erstarrte, seine Hand erschreckend schwer auf meinem Bein.

»Es tut mir so leid«, wisperte ich erstickt, schluchzte dann auf.

Er atmete tief durch und nahm mir die Tasse ab, griff nach einem Zipfel des rotgrünen Quilts und stupste mich an.

Zitternd kroch ich unter die Decke. Hayden legte sich zu mir, zog mich in seine Arme und ließ mich an seiner Brust weinen.

»Weißt du zufällig, wo er wohnt?«, flüsterte er nach einer Weile.

»Im Motel von Wisteria Arbors«, schniefte ich gegen den tränennassen Fleck auf seinem Pullover. »Glaube ich.«

»Dann geh ich nachher dorthin und erkundige mich nach ihm.« Er strich über meinen Kopf.

»Vielleicht geht es ihm ja gut. Trotz allem.«

Seine Stimme klang genauso schwach, genauso hoffnungslos, wie ich mich fühlte.

22

Jake

Mir ging es dreckig, während ich durch den Wald irrte, mich schließlich an dem Summen, dem Brausen des Highways orientierte; krank bis auf die Knochen fühlte ich mich, bis tief in meine Magengrube hinein.

Die Hände in den Hosentaschen, die Schultern hochgezogen und den Kopf gesenkt marschierte ich die Straße entlang. Wie um einem Sturmwind zu trotzen, und wie im glühenden Santa-Ana-Wind brannte es in meinen Augen.

Es war nicht die erste Abfuhr, die ich gekriegt hatte, aber mit Sicherheit die ätzendste.

Ich war selbst schuld; ich hätte es besser wissen müssen, als mich mit einer Sektentussi einzulassen, die ihr ganzes Leben schon einer Gehirnwäsche ausgesetzt gewesen war. Ich hätte gewarnt sein müssen. Von ihren schrägen Klamotten, ihrem immer schon seltsamen Verhalten.

Wie sie zuletzt meinen Namen geschrien hatte, gellte mir noch im Ohr; Gänsehaut auf meinen Armen, hob ich die Schultern unter meinem Hoodie noch weiter und zündete mir eine Zigarette an.

Ich konnte froh sein, dass ich sie los war.

Wenigstens könnte ich jetzt schon am Sonntagmorgen an der

Grizzly Gas arbeiten statt ab dem Nachmittag, wenn Mason einverstanden war; ich war entschlossen, so viele Stunden und damit Kohle dort abzugreifen wie möglich, bevor mir das Probation Office einen Strich durch die Rechnung machte.

Ich überlegte kurz, ob ich schon rübergehen sollte, aber ich hatte wenig Lust, mich jetzt von Travis löchern zu lassen, warum ich so ein Gesicht zog und mies drauf war. Lieber legte ich mich noch kurz aufs Ohr oder beamte mich auf meinem Bett mit Musik weg, bis zum Anschlag aufgedreht.

Je brüllender, je aggressiver, desto besser.

Ich schleuderte die Kippe auf die Straße und bog in den Hof vom Wisteria Arbors ein.

»Jake! Jake! Hast du einen Moment?«

Mrs Fields stand auf der Veranda vor der Rezeption und winkte eifrig.

Missmutig schlenderte ich über den Hof und stapfte die Stufen hinauf, zwischen Spinnweben, Fledermäusen und Kürbisfratzen hindurch; gestern war ich auch Mason dabei zur Hand gegangen, die Tanke für Halloween zu dekorieren und aus den beiden Plastikbären neben den Zapfsäulen eine Hexe mit Schlapphut und ein kettenrasselndes Gespenst zu machen.

»Du hast nämlich Post«, erklärte Mrs Fields, während sie auf dem Schreibtisch herumsuchte, mir dann eine Ansichtskarte über den Tresen reichte. »Gestern gekommen. Ich wollt's dir gleich geben, aber ich seh dich überhaupt nicht mehr, seit du zusätzlich noch bei Mason arbeitest.«

Irritiert betrachtete ich die Postkarte.

Eine grell funkelnde Skyline. *Greetings from Las Vegas.*

Ich kannte niemanden in Vegas, und weder Denny noch Lou waren der Typ, der von irgendwoher Karten schrieb.

Ich drehte sie um, immer noch irritiert, dass sie an mich hier im Wisteria Arbors adressiert war.

Lieber Jake,
ich musste neulich mit Deinem Vater telefonieren, um ein paar Dinge zu regeln. Er hat mir erzählt, was passiert ist und wo Du gerade bist.

Es tut mir ehrlich leid, dass Du die ganze Zeit nichts von mir gehört hast. Die einzige Entschuldigung, die ich anzubieten habe, ist die, dass es mir lange sehr schlecht ging und ich mich erst mal um mich kümmern musste. Vielleicht

Die Buchstaben verschwammen vor meinen Augen, ich wollte auch gar nicht weiterlesen. Mein Magen dehnte sich aus, bis ich mich ganz hohl fühlte, einen sauren, beißenden Geschmack im Mund.

»Schlechte Nachrichten?«, erkundigte sich Mrs Fields besorgt.

Ich schüttelte den Kopf, zerknüllte die Karte in der Faust und ließ sie in den Mülleimer neben der Tür fallen.

Ich kannte wirklich niemanden in Vegas.

»Kommst du noch mit zu uns?«, wollte Travis wissen, während er das Geld in der Kasse zählte. »Mason hat Enchiladas gemacht.«

»Bin groggy«, murmelte ich und füllte die letzten Lücken im Kühlschrank mit Wasser und Cola auf; heute war viel los gewesen. Als ob halb Kalifornien noch mal den Yosemite sehen wollte, bevor es dort oben endgültig Winter wurde.

»Will früh ins Bett.«

»Oder hast du noch ein *Date*?«, warf mir Travis mit einem Grinsen in der Stimme zu, als hätte er meine Antwort gar nicht mitbekommen.

Ohne ihm auch nur einen Blick zu gönnen, pfefferte ich die Plastikhülle in den Eimer neben der Kasse.

»Bin weg«, gab ich genauso schwerhörig zurück und drückte die Glastür auf.

Während ich mir auf dem Bürgersteig eine Zigarette anzündete, lenkten mich meine Schritte automatisch in Richtung des Golden Nugget. Hoffentlich kam Travis später nicht auf die gleiche Idee; ich war froh gewesen, dass der Betrieb heute keine Zeit zum Quatschen gelassen hatte und wir uns auch bei den Pausen abwechseln mussten.

»Hi, Jake«, begrüßte Kellie mich mit einem strahlenden Lächeln und stellte mir gleich schon ein Bud hin. »Harten Tag gehabt?«

»Aber so was von«, knurrte ich und stürzte einen großen Schluck Bier hinunter.

»Du glaubst ja nicht, was für Gäste wir dieses Wochenende hier hatten.«

Sie lehnte sich über die Theke und erzählte von dem Ehepaar, das gestern Abend in angetrunkenem Zustand und mit gezückter Kreditkarte Betty dazu überreden wollte, ihnen die gesamte Innendeko des Golden Nugget zu verkaufen, für das Westernzimmer ihrer Villa in Pacific Palisades. Und von dem Touristen aus Pasadena, der eigens angereist war, weil er irgendwo im Internet gelesen hatte, im Golden Nugget würden Elchsteaks auf der Speisekarte stehen, und dann einen Aufstand gemacht hatte, weil es doch keine gab.

An sich alles nur mäßig witzig, aber wie Kellie es erzählte, mit lebhaften Gesten und Grimassen, mit verteilten Rollen und verstellten Stimmen, lachte ich trotzdem, während ich Bier trank und Erdnüsse einwarf.

Kellie sprühte vor Energie und Lebenslust bis in den kleinen Finger; ich mochte, wie sie ihre Haare zurückwarf und wie ihre Augen funkelten. Wie ihr Mund lächelte, lachte, sich belustigt kräuselte, sie manchmal die Zungenspitze in den Mundwinkel klemmte.

Ich hatte diesen beschissenen Tag schon fast vergessen, als

Kellie plötzlich verstummte. Den Blick auf einen Punkt irgendwo hinter mir geheftet, richtete sie sich auf, sah mich dann mit auffordernd zuckenden Brauen an.

Ich drehte mich um und stöhnte genervt auf.

Hayden stand hinter mir, die Lippen zusammengepresst und einen fiebrigen Glanz in den dunklen Augen. Das Oliv seiner Jacke gab seinem Gesicht einen grünlichen Anstrich, und obwohl sie ihm mindestens zwei Nummern zu groß war, schaute an den Ärmeln noch ein Stück Strickpulli hervor; sogar in diesem Hobo-Look sah er noch irgendwie lässig aus.

Wortlos drehte ich mich wieder um.

»Ich hab dich im Motel gesucht«, sagte er heiser, wie atemlos. »Der Mann an der Rezeption hat mich zur Tankstelle geschickt, aber die hatte schon geschlossen. Sonst könntest du noch hier sein, meinte er.«

»Was du nicht sagst.«

Ich zerknackte Erdnüsse einzeln zwischen den Zähnen.

Als er sich dicht neben mich stellte, lehnte ich mich zur anderen Seite.

»Bist … bist du in Ordnung?«, flüsterte er mir zu. »Ich meine – geht's dir gut?«

»Jetzt fang du nicht auch noch mit dem Scheiß an«, zischte ich. »Ja, mir geht's gut! Siehst du doch! Zumindest bis du gerade hier aufgekreuzt bist!«

»Dir ist nicht schlecht oder so? Kein Fieber oder Schwindel? Oder Atemnot?«

Ich hatte genug, fuhr auf meinem Barhocker herum.

»Das Einzige, was mir gerade Übelkeit macht, bist du! Also hau einfach ab und lass mich in Frieden, okay?!«

Die Haut um seinen Mund wirkte noch weißer, als er die Lippen fester zusammenpresste. Kampflustig wirkte er, fast so wütend wie ich.

»Okay«, erwiderte er schließlich leise, irgendwo zwischen samtweich und beinhart. »Aber lass du Nessa von jetzt ab in Ruhe. Du tust ihr nämlich nicht gut.«

Ich schnaubte und drehte mich wieder zum Tresen um.

»Keine Sorge. Kannst sie behalten. Ich wollte sowieso nichts von ihr.«

Jetzt war es raus; ich hätte erleichtert sein müssen.

Während ich mein Bier hinunterkippte, sah ich aus dem Augenwinkel, wie Hayden zögerte, als wollte er noch etwas sagen, bevor er kehrtmachte und ging. Kellie sah mich abwartend von unten herauf an und faltete ein Geschirrtuch zusammen.

»Ich wusste gar nicht, dass du einen von denen kennst.«

»Nicht wirklich.« Ich hielt ihr die leere Bierflasche hin. »Krieg ich bei dir auch was Stärkeres?«

»Nope.« Kellie zog ein bedauerndes Gesicht. »Bier ist okay, aber härtere Sachen gibt's hier erst ab einundzwanzig.«

»Schade auch.«

Kellie öffnete ein frisches Bud und stellte es vor mich hin; eine Hand in die Hüfte ihrer engen grauen Jeans gestützt, reckte sie mir ihren Ausschnitt entgegen.

»Bei mir zu Hause bin ich da allerdings nicht so streng. Und ich hab in einer Stunde Feierabend.«

Ihren Kopf auf meiner Brust, zeichnete Kellie mit dem Finger das Tribaltattoo nach, das sich um meinen linken Bizeps schlängelte; ihre Atemzüge klangen wie ein Schnurren.

Benommen fühlte ich mich. Von Jack Daniels und Cola im Duett, dann Jack solo. Von dem albernen Gelaber auf dem Sofa des kleinen Apartments, das schon wieder vergessen war, während wir uns noch vor Lachen ausschütteten.

Davon, dass Kellie mich irgendwann an meinem T-Shirt packte und küsste.

Hör auf zu reden. Dafür bist du doch nicht mitgekommen.

Taub fühlte ich mich. Obwohl die letzten schwachen Spuren des Rausches durch meinen Körper pulsierten, es unter meiner Haut noch kribbelte. Wie gelähmt war ich.

Bis es kalt durch mich hindurchjagte. Mein alter Fluchtreflex aufflammte.

»Ich muss gehen. Muss früh raus.«

Ich spürte Kellies Augen auf mir, während ich in meine Boxershorts stieg und im schummrigen Licht der Nachttischlampe meine restlichen Klamotten vom Boden des Schlafzimmers zusammensuchte.

»Du bist echt ein hübscher Kerl. Aber das weißt du ja sicher.«

Ich zuckte mit den Schultern; mir war nicht mehr nach Rumflirten.

»Gegen eine Wiederholung irgendwann hätte ich nichts einzuwenden.«

Ich erstarrte.

»Jetzt erschrick doch nicht gleich!« Sie lachte lauthals. »Ganz unverbindlich natürlich. Für was Festes bist du mir definitiv zu jung.«

Ich ließ mich auf die Bettkante fallen, um meine Chucks zuzubinden.

»Dann pass bloß auf, dass dein Freund davon nichts mitkriegt. Sonst lässt der mich demnächst noch Tannennadeln einzeln aufklauben.«

Einen Augenblick lang war es still.

»Josh?«

Sie brach in Kichern aus, und ich drehte mich um.

Den Kopf aufgestützt, zog sie die Decke fester um sich, malte dann Kreise in den gelben Stoff.

»Da ist nichts mit Josh. Wenn Schweine fliegen könnten – dann vielleicht.«

Ihr Gesicht glühte noch; ihre Augen glänzten, und ein sehnsüchtiges Lächeln kräuselte ihren Mund.

Sie war toll. Mitreißend und auf kumpelhafte Art sexy; ich hätte mich glücklich schätzen sollen, mit ihr im Bett gelandet zu sein.

»Er spricht zwar nie drüber, aber ich glaub, er hat eine Freundin. In San Francisco. Da ist er zumindest manchmal an den Wochenenden.«

Das eventuell vorhandene Privatleben des Waldschrats interessierte mich kein bisschen; ich stand auf und schob die Hände in die Hosentaschen, um irgendeine Idee verlegen, wie ich mich am besten verabschiedete.

Kellie gähnte herzhaft und blinzelte zu mir hoch.

»Findest du allein nach Hause?«

Vor der Haustür steckte ich mir eine Zigarette an und wanderte den perfekten Halbkreis der Straße entlang, vorbei an anderen zweistöckigen Apartmenthäusern. So richtig kapierte ich immer noch nicht, wo die knapp zweitausend Einwohner stecken sollten, die Mariposa angeblich hatte. Obwohl ich inzwischen wusste, dass es hier mehr als sieben Straßen gab.

Mindestens vierzehn.

Sirrend verbreiteten die Straßenlaternen einen kränklich fahlen Schein; sonst war alles dunkel.

Und still. Gespenstisch still.

Vor mir erstreckte sich der Highway unter dem finsteren Nachthimmel, so verlassen, so leer, wie ich mich fühlte.

Hinter meiner Nasenwurzel prickelte es, und energisch rieb ich mit dem Ärmel über meine juckenden Augen.

Ich wusste, es war nicht weit bis zum Wisteria Arbors, und trotzdem kam mir die Strecke endlos vor. Ich kannte den Weg, und trotzdem fühlte es sich an, als hätte ich mich verirrt.

Schon vor einiger Zeit.

23

Jake

Feuchtkalt war es im schattigen Wald, in dem ich auf dem Boden kauerte, am Rand der asphaltierten Straße, über die den ganzen Morgen noch kein Auto gekommen war.

Mein Atem machte Wölkchen vor meinem Gesicht und meine Nase lief, während mir unter der Jacke das Hemd auf dem Rücken klebte und ich in meinen Arbeitshandschuhen schwitzte.

Die durchgemachte Nacht steckte mir noch in den Knochen.

Bis ich auf meinem Zimmer angelangt war, hatte es gerade noch gereicht, um unter der Dusche Zähne zu putzen und mit dem Wasserkocher Instantkaffee zu brauen, den ich kochend heiß hinunterschüttete, damit aber nicht das wattige Gefühl auflöste, das der Jack Daniels in meinem Kopf hinterlassen hatte.

»Nicht das da, Jake!«, rief Woodgate. »Das direkt daneben ist das Unkraut! Schon vergessen?«

Ich warf ihm einen finsteren Blick zu, wie er grinsend und mit überkreuzten Armen an einem Baumstamm lehnte, löste meine Finger von dem Gewächs und packte das benachbarte, um es rauszureißen.

»Und legt mal einen Zahn zu!« Er klatschte mehrmals anfeuernd in die Hände. »Bis Mittag will ich hier fertig sein!«

»Sklaventreiber«, murrte ich und genoss das Knacken, mit dem die Wurzeln aus dem Boden brachen.

»Hallo! Entschuldigung! Hallo!«

Ein älteres Ehepaar in Trekkingklamotten, mit Rucksäcken und Wanderstöcken ausgestattet, kam winkend auf der Straße anmarschiert.

Woodgate löste sich von seinem Baumstamm und ging ihnen entgegen.

»Morgen, Ma'am. Morgen, Sir. Kann ich Ihnen helfen?«

Über einer aufgefalteten Karte erklärte er ihnen den Weg und erzählte noch eine Menge nebenbei. Das Ehepaar hörte interessiert zu, warf immer wieder etwas ein, nickte lachend und strahlte Woodgate an. Ein Bild wie aus einer Infobroschüre des Nationalparks.

Unsere Ranger. Deine Helfer und besten Freunde.

Ich gab einen verächtlichen Laut von mir.

»Wo warst'n du letzte Nacht?«, hörte ich Gonzalez' Reibeisenstimme hinter mir.

»Geht dich nichts an.«

Verbissen zerrte ich an dem Kraut, das sich mit Widerhaken festzukrallen schien.

»Bei dem Karottenkopf? Mit dem du immer mal in der Stadt rumlungerst?«

Ich warf einen Blick über meine Schulter, genauso überrascht, dass er von Nessa wusste, wie von der Tatsache, dass er wohl doch ab und zu sonntags das Motel verließ. Vielleicht waren ihm zwischendurch Chips und Dr Pepper ausgegangen.

Ein Grinsen stand auf Gonzalez' vernarbtem Pitbullgesicht, in seinen schwarzen Augen glitzerte es. Mit seinen nach hinten gegelten schwarzen Krissellocken sah er immer total fies aus; ich konnte nie so recht glauben, dass er wirklich ein ganzes Jahr jünger sein sollte als ich.

Ich drehte mich wieder um.

»Wie ist die denn so im Bett?«

»Halt die Klappe.«

»Wie man sich's über Rothaarige so erzählt? Scharf wie Chili?«

»Halt. Die. Klappe«, presste ich hinter zusammengebissenen Zähnen hervor, während ich an dem widerborstigen Stängel riss und zerrte.

»Obwohl sie ja nicht viel hermacht. Ist auch nicht so viel an ihr dran, oder? Kurventechnisch, mein i-…«

In meinem Hirn schlug funkenspritzend eine Sicherung raus.

Ich machte einen Satz in seine Richtung und nietete ihn mit meinem Schwung mühelos um, obwohl er bestimmt dreißig Pfund mehr auf den Rippen hatte als ich.

»Halt endlich dein dreckiges Maul«, keuchte ich über ihm, schüttelte ihn grob. »Noch ein Wort über sie, und…«

Seine Faust krachte mir ins Gesicht, und ich holte zum Gegenschlag aus.

»Whou! Heyheyhey!«

Kräftige, schnelle Laufschritte hinter mir; starke Hände packten mich, zerrten mich in die Höhe und von Gonzalez weg.

Ich brüllte, wand mich, schlug um mich, bis ich mit dem Rücken gegen einen Baumstamm knallte, dann urplötzlich keine Luft mehr bekam.

Keuchend versuchte ich, Woodgate von mir wegzuschieben, der mich gegen den Baum presste, eine Hand gegen meine Schulter gedrückt, einen Unterarm erstickend schwer auf meiner Kehle.

»Verdammt, Jake! Krieg dich wieder ein!«, herrschte er mich an.

Zornschnaubend zappelte ich herum, mühte mich ab, irgendwie auszuholen, mit einem Arm, einem Bein; ich hatte keine

Chance, er musste wohl irgendeine Nahkampfausbildung haben.

»Easy, Jake. Easy. Versuch, ganz ruhig zu atmen.«

Ich starrte ihn böse an, während ich nach Luft schnappte.

Wie denn? Du zerquetschst mir gerade die Gurgel!

»Ganz ruhig.«

Meine Augen verbissen sich in seinen; ernst schaute er, aber nicht unfreundlich.

Der Starkstrom, der eben noch durch meinen Körper gejagt war, floss zischend aus mir heraus.

Meine Hände fielen schlaff herunter, ein Muskel nach dem anderen lockerte sich, ich konnte wieder atmen.

»Manchmal«, sagte Woodgate leise, »musst du einfach nachgeben, um nicht zu zerbrechen.«

Er klopfte mir mit der flachen Hand gegen die Brust und ließ mich los, ging ein paar Schritte zurück.

»Ihr zwei seid wohl nicht ausgelastet?«, donnerte er. »Das können wir ändern! Morgen früh, halb fünf, steht ihr abholbereit an eurer Ecke. In Sportklamotten und Turnschuhen, eure Arbeitssachen im Gepäck.«

Bei der Aussicht auf zwei Stunden weniger Schlaf wälzte sich Gonzalez stöhnend auf dem Waldboden. Er warf mir einen finsteren Blick zu.

»Und wenn ich auch nur ein Wort davon höre, dass ihr diesen Streit in eurer Unterkunft fortsetzt, lasse ich euch sämtliche Straßen im Park mit der Zahnbürste abkehren. Habt ihr mich verstanden?! Los jetzt, weitermachen!«

Einen meiner Handschuhe hatte ich verloren; ich befühlte mein pochendes Gesicht und betrachtete meine Finger, ob ich irgendwo blutete.

Ich zitterte.

Nicht so sehr unter meinem gerade abgeebbten Wutausbruch

oder bei dem Gedanken, was das gerade eben für meine Bewährung bedeutete.

Es war die Art, wie Woodgate mich vorhin angesehen hatte, sein Gesicht dicht an meinem.

Da war etwas in seinen Augen gewesen, das mich verstörte. Mir peinlich war.

Als ob er verstand, was mit mir los war.

24

Nessa

Eine Wolldecke um die untergeschlagenen Beine gewickelt, verfolgte ich fast ohne zu blinzeln den knisternden Tanz der Flammen im Kamin; der struppige nebelgraue Kater, der sich auf dem Sofa neben mir zusammengerollt hatte, wärmte meine Füße.

»Alles in Ordnung?«, fragte Hayden leise.

Die Ärmel meines Strickpullis bis weit über die Finger gezogen, umklammerte ich meine Tasse. Der Tee darin war kalt geworden, und dem aufgeschlagenen Buch in meinem Schoß hatte ich schon eine Weile keinen Blick mehr geschenkt.

Haydens bestrumpfte Zehen gruben sich unter mein Bein, stupsten mich an.

»Nessa? Ist alles in Ordnung?«

Ich nickte, ohne die Augen vom Feuer zu lösen.

Natürlich war alles in Ordnung.

Ich hatte Jake nicht getötet.

Hayden war gestern so lieb gewesen, noch einmal an der Tankstelle vorbeizulaufen und sich aus der Ferne zu versichern, dass es ihm auch wirklich gut ging.

In der Küche konnte ich Ma und Lantana hören, die bei einer Kanne Tee zusammensaßen, an neuen Pullovern für uns strickten und dabei eifrig miteinander redeten, immer wieder leise und einstimmig lachten. Wie so oft, nachdem sie Lissa und Mitch ins Bett gebracht hatten.

Ich fragte mich, was sie sich abends noch zu erzählen wussten, wo sie doch schon den ganzen Tag miteinander verbracht hatten.

»Nessa?«

Etwas an der Art, wie er meinen Namen ausgesprochen hatte, so behutsam wie eine Katze auf ihren Pfoten näher schleicht, ließ mich den Kopf wenden.

Eine Decke wie ein Zelt über die angezogenen Knie gebreitet, ein Kissen zwischen Rücken und Armlehne gestopft und sein Buch vor die Brust gepresst, hatte er die Schläfe gegen das Sofa gelegt und sah zum Fenster hinaus, in die Finsternis des letzten Abends im Oktober; wir hatten vergessen, die Vorhänge zuzuziehen.

»Hast du dich schon mal gefragt«, flüsterte er, »ob das alles stimmt, was sie uns erzählen?«

»Ob was stimmt?«, flüsterte ich zurück.

Unruhig rieb er die Wange am Cordbezug der Lehne und ließ sich Zeit, bis er weiterflüsterte.

»Die Herzglykoside von Milkweed sind hauptsächlich eine Gefahr für grasende Schafe, Rinder oder Pferde. Ein durchschnittlich schweres Schaf muss zwischen 30 und 100 Gramm junger, saftiger Blätter zu sich nehmen, um eine tödliche Dosis zu erhalten. Ein weibliches Schaf wiegt im Schnitt 150 Pfund, ein Schafbock 200 Pfund.«

Er schielte mich von der Seite her an.

»Was schätzt du, was Jake wiegt? 150, 170 Pfund?«

»Keine Ahnung.«

Er schwieg ein paar Augenblicke.

»30 Gramm frischer Blätter, Nessa. Jetzt denk an die paar Tropfen in unserem Multivitaminsaft damals. Die wir seit unserem zwölften Winter nicht mehr bekommen.«

Er drehte den Kopf und schaute mich an.

»Was glaubst du, wie viel Glykoside noch in deinem Körper vorhanden sind? Und wie viel davon du bei einem Kuss weitergeben kannst?«

»Unsere Körper sind anders. Es hat ja seinen Sinn, dass wir die Tropfen als Kinder bekommen.«

»Ja.« Er richtete den Blick wieder zum Fenster hinaus. »War nur ein Gedanke von mir.«

»Woher weißt du das alles?«

Den Pulloverärmel über die Hand gezogen wie ich, rubbelte er sich über das Gesicht.

»Hab ich irgendwo gelesen.«

Er sah müde aus. In den letzten Tagen war er oft in der County Library gewesen und hatte zu Hause fast ununterbrochen die Nase in irgendein Buch gesteckt gehabt, schien ansonsten ähnlich tief in seinen Gedanken versunken zu sein wie ich in meinen.

Ich stellte die Tasse auf den Tisch und rutschte näher zu Hayden, lehnte mich an seine Beine und legte wie er die Wange gegen das Sofa.

»Warum«, unwillkürlich warf ich einen Blick zum Türrahmen und horchte in Richtung Küche, in der Ma und Lantana gerade in Kichern ausbrachen, »warum sollten sie uns anlügen?«

Eine seiner feinen Brauen hob sich spöttisch.

»Um uns von den Verlockungen der feindseligen, rohen Außenwelt fernzuhalten?«

Ein Grinsen flackerte auf seinem Gesicht auf, bevor er wieder ernst wurde.

»Sie können nicht riskieren, einen von uns zu verlieren. Dafür hängt viel zu viel von uns ab.«

Seine Stimme war schwer, ein Gewicht, das ich auch auf mir spürte; meine Kehle war eng.

»Vielleicht tun sie es nicht einmal aus böser Absicht«, murmelte er und zuppelte an seinem Pulloverärmel herum. »Sondern sind einfach davon überzeugt, dass es so ist. Weil sie es von ihren Eltern so übernommen haben und die wiederum von deren Eltern. Generation um Generation weitergegeben, und keiner hat es je hinterfragt.«

Schweigend schauten wir über die Sofalehne hinweg zum Fenster, in die Dunkelheit hinaus.

»Heute ist Halloween«, raunte Hayden irgendwann.

»Ich weiß.«

»Als was würdest du dich verkleiden an Halloween?«

Ich lächelte. Unser altes Spiel an diesem Abend, jedes Jahr.

»Als Schmetterling natürlich«, antwortete ich. Wie jedes Jahr.

»Lügnerin!«

Grinsend knuffte mich Hayden, und ich knuffte zurück; er fing meine Hand und hielt sie fest.

»Du solltest noch einmal zu Jake gehen.«

Er hielt seinen Blick auf unsere Finger gesenkt, die sich ineinanderflochten.

»Wozu?« Ich hatte es nur gehaucht.

Dass ihm dieser eine Kuss nicht geschadet hatte, musste nicht bedeuten, dass es beim zweiten Kuss genauso wäre. Beim dritten.

Und früher oder später würde ich ihn wieder küssen wollen. Das wusste ich genauso sicher wie dass morgen früh die Sonne wieder aufging; dafür war dieser Kuss zu schön gewesen, zu überwältigend. Mir zu tief unter die Haut gegangen.

»Um mit ihm zu reden.«

Haydens Zeigefinger hakte sich unter meinen, schaukelte meine Hand hin und her.

»Um wenigstens zu versuchen, das zwischen euch in Ordnung zu bringen. So gut es eben geht.«

Ich starrte ihn an, für den Moment sprachlos.

»Warum sagst du das?«, würgte ich schließlich hervor. »Ausgerechnet du?«

Er hob die Schultern und ließ sie wieder fallen.

»Es scheint dir ja ohne ihn noch schlechter zu gehen als mit ihm. Und vielleicht ist es gar nicht verkehrt, wenn du noch etwas anderes kennenlernst, bevor …«

In seinem Gesicht zuckte es; er ließ meine Hand los und griff wieder zu seinem Buch.

»Im Frühling krieg ich dich ja doch.«

Trotzig klang er, fast unwillig, und ich wusste nicht, ob es Spaß war oder Ernst.

Ich kuschelte mich tiefer in das bucklige Sofa und schaute wieder ins Kaminfeuer.

Nachdenklich kraulte ich den Kopf des Katers, der inzwischen aufgewacht war und schon eine ganze Zeit maunzend und pfotentatschend versucht hatte, mich auf ihn aufmerksam zu machen.

No regrets.

Von etwas nur zu träumen und es nie zu erfahren, sich mit dem zufriedenzugeben, was war.

Oder etwas Wunderbares zu erleben und zu wissen, dass es bald schon wieder unwiederbringlich vorbeisein musste.

Was würde ich mehr bereuen?

Wintersonne

*So unversehens schienen sie das Glück gefunden zu haben
wie einen Schmetterling im Winterwald.*

Edith Wharton

Mariposa [mari'posa]
Substantiv, f, Spanisch für:
Schmetterling

25

Jake

Schnaufend stolperte ich durch den Wald, die Bäume finstere Schatten, drohend in der Morgendämmerung.

Die nasskalte Luft kratzte in meiner Kehle, biss in meinen Lungen; in meinen Oberschenkeln, meinen Schienbeinen brannte es. Mein Blut kochte, und der Schweiß lief mir überall in Strömen herunter.

Mit meinem Turnschuh blieb ich an einem Ast hängen, der auf dem Boden lag; ich strauchelte, taumelte, fing mich fluchend wieder.

»Nicht schlapp machen«, rief Woodgate im Laufen über seine Schulter. »Pause ist in Sicht!«

»Ich hasse dich«, keuchte ich vor mich hin, während ich weiterstolperte.

Er lachte. »Ich weiß!«

Zweimal die Woche jagte Woodgate mich durch den Wald, so früh, dass es gerade erst hell wurde, wenn wir losliefen. Zu einer Uhrzeit, in der die lautstarken Touristen und kreischenden Schulklassen noch nicht eingefallen waren, der Nationalpark ungestört und vollkommen still dalag.

Gonzalez war nur das allererste Mal dabei gewesen; nachdem er schon nach wenigen hundert Yards mit roter Birne und Schnappatmung geschwächelt hatte, lud Woodgate ihn jetzt stattdessen am Valley Wellness Center ab, wo wir uns nach dem Joggen auch unter die Dusche stellten.

Mein Neid darauf, dass Gonzalez es sich im Fitnessstudio gemütlich machen durfte, war in dem Moment verflogen, in dem ich den Ranger sah, der vor der Tür auf ihn wartete, um ihm wenigstens ein Basislevel an Kraft und Kondition anzutrainieren. Bärtig und kahlköpfig, die Sportklamotten von sehnigen, harten Muskelpaketen ausgebeult, wirkte er wie ein Drill Instructor mit sadistischen Neigungen. Dementsprechend fertig war Gonzalez hinterher beim eiligen Frühstück und bei der Arbeit und jammerte mir abends auf unserem Zimmer die Ohren voll.

Allerdings hatte ich auch nicht viel von meiner Schadenfreude, dafür war das Joggen morgens zu sehr Folter, ich mittags irgendwann schon platt, durch fiesen Muskelkater oft auf Zeitlupentempo ausgebremst; die Stunden abends an der Tanke überstand ich nur mit literweise Cola und Kaffee.

Woodgate lotste mich auf einen asphaltierten Weg, der uns aus dem Wald hinausführte, auf eine offene Wiese, die noch gelb war vom Sommer, zerschnitten von einer der Durchgangsstraßen im Park.

Erleichtert seufzte ich auf, als Woodgate langsamer lief, schließlich für Dehnungsübungen stehen blieb.

Ich beugte mich vor und ging in die Knie, hielt mir japsend die Seite, die bei jedem Atemzug schmerzte, als rammte mir jemand ein Messer zwischen die Rippen.

»Rauch weniger«, empfahl Woodgate lachend. »Oder hör besser ganz damit auf!«

Er schubste mich. Verärgert schubste ich zurück, wie im Reflex.

»Noch nicht genug? Noch nicht ausgepowert?« Grinsend winkte er mich mit lockeren Fingern beider Hände zu sich heran, umtänzelte mich wie ein Boxer. »Dann komm!«

Wütend starrte ich ihn an, unsicher, was ich jetzt tun sollte. Wie weit ich gehen konnte. Er war nicht nur mein Boss; ich hatte nicht vergessen, wie gezielt er mich neulich mit ein paar Griffen außer Gefecht gesetzt hatte.

»Na los, komm schon!«

Er schubste mich wieder, kräftiger dieses Mal, fast aggressiv, dass ich beinahe das Gleichgewicht verlor, und ich stürzte mich auf ihn.

Wie Ringer umklammerten wir uns, rangelten keuchend miteinander um die Oberhand.

»Wer zuerst am Boden liegt, hat verloren«, rief Woodgate neben meinem Ohr.

In seinen schnellen Atem mischte sich ein Lachen, das auf mich übersprang. Die Rauferei mit ihm hatte nichts von den Kämpfen gegen Denny; verbissen, aber spielerisch war sie, nicht bösartig bis aufs Blut, machte Spaß.

Gekonnt kickte er einen meiner Füße unter mir weg und in einem Knäuel purzelten wir zu Boden. Lachend boxte Woodgate mich gegen die Schulter und rollte sich auf seinen Rücken.

Schwer atmend schaute ich in den Himmel hinauf, der sich zu einem fahlen Grau aufgehellt hatte, verfolgte mit den Augen die Wolkenfetzen, die darüber hinwegglitten. Mit jeder Woche, die verging, zog der Schnee von den Bergen tiefer ins Tal herab.

Die Kälte des Bodens, die durch meine Jogginghose drang, durch die Laufjacke, die Woodgate mir geliehen hatte, tat gut in meinen überhitzten, überanstrengten Muskeln, ich hatte mich schon lange nicht mehr so wohlgefühlt.

»Hast du noch Geschwister?«, fragte Woodgate nach einer Weile.

»Steht doch sicher in meiner Akte.«

»Ich will es aber von dir hören.«

Ich verdrehte die Augen.

»Eine Schwester, einen Bruder«, leierte ich herunter. »Sechs und vier Jahre älter.«

»Kommst du gut mit ihnen klar?«

Ich dachte an mein Telefongespräch mit Breanna, und mein Magen ballte sich kalt zusammen.

»Geht so.«

Dass er darauf nichts sagte, war mir unangenehm.

»Meine Schwester hat genug mit ihren Kids zu tun«, sagte ich deshalb, leicht gereizt, als müsste ich sie verteidigen.

»Du bist schon Onkel?«

»Seit ich dreizehn bin.« Ich grinste. »Chase ist eine echte Nummer, und Piper total Zucker. Eine Mini-Zicke.«

»Und dein Bruder?«

Das Grinsen auf meinem Gesicht fiel in sich zusammen, als ich an Denny dachte. Immer größer, immer stärker und noch wütender als ich, der mich manchmal mitten in der Nacht aus dem Schlaf prügelte. Der dicke war mit unserem Alten, weil er den Dreh raushatte, wie er ihm in den Hintern kriechen konnte. Es war eine Ungerechtigkeit, die zum Himmel stank, dass er immer mit allen seinen krummen Touren durchkam, während ich erwischt worden war.

»Ist ein Riesenarsch«, raunte ich heiser.

»Yeah.« Woodgate lachte trocken auf. »Kenn ich. Ich hab drei von der Sorte.«

Ich schielte ihn von der Seite her an, misstrauisch, ob das wieder so eine Taktik war, auf guten Kumpel zu machen, mir mehr über mich aus der Nase zu ziehen.

Aber er sagte nichts weiter, fragte nichts mehr, schaute nur entspannt zum Himmel hoch.

Womöglich stimmte sogar, was er mir gerade erzählt hatte.

Ich hatte immer gedacht, dass bei ihm alles perfekt wäre, weil er selbst so perfekt rüberkam. Jemand, der auf der Sonnenseite des Lebens großgeworden war und auch nichts anderes kannte.

Ein durchtrainierter Naturbursche, der sogar ein echtes Sixpack unter seinen Klamotten versteckte. Ein Sonnyboy mit genau dosiertem Rockertouch. Ein Gutmensch, der wahrscheinlich in seiner spärlichen Freizeit noch ausgesetzte Welpen rettete, regelmäßig Blut spendete und für Obdachlose sammelte.

Der keine Probleme hatte und auch nie welche machte. Den jeder auf Anhieb mochte. Außer mir.

Er warf mir einen kurzen Blick zu, ein schnelles Lächeln, und meine Mundwinkel bogen sich ebenfalls aufwärts.

»Triffst du dich eigentlich noch mit Nessa?«

Mein Blick wanderte wieder an den Himmel hinauf und ich kniff die Augen zusammen. Ich wusste gar nicht, warum ich liegen blieb, während er mich zulaberte; wahrscheinlich nur, weil meine Beine komplett aus Gummi waren.

»Nein.«

»Warum nicht?«

Ich zuckte mit den Schultern. »War einfach nichts.«

»Schade. Sie schien mir was Besonderes zu sein.«

Ich tastete nach der blauen Perle, die sich unter der Jacke in die Kuhle an meinem Hals schmiegte. Keine Ahnung, warum ich sie immer noch trug, ich hätte sie schon längst ablegen sollen.

Am besten sofort, und in die Wiese hinauspfeffern.

Ja. Sollte ich.

Jetzt gleich.

Ich ließ die Hand wieder fallen.

»Jake.«

Woodgate hatte nur geflüstert und setzte sich auf, deutete mit dem Kinn zum Waldrand.

Ich hob den Kopf, richtete mich ebenfalls auf.

Eine Hirschkuh stand in einiger Entfernung von uns mit ihrem Kalb auf der Wiese und schaute gelangweilt zu uns herüber, bevor beide weiterzuckelten.

Die Hirsche im Yosemite kannten überhaupt keine Scheu. In Zen-gleicher Gemütsruhe trotteten sie durch den Park, schienen dabei zielstrebig den Wegen zu folgen, die sie in ihren Köpfen hatten, und verschwendeten nicht mehr als einen Seitenblick, wenn einer dieser Wege sie nur wenige Schritte an einer Touristenhorde vorbeiführte. Als es noch warm gewesen war, waren wir einmal an einem massigen Hirsch vorbeigekurvt, der eine Pfütze mitten auf der Straße erst als Tränke, dann als Badewanne benutzt hatte, umringt von einem Dutzend Touristen mit gezückten Kameras, die ihre Autos kreuz und quer auf der Wiese abgestellt hatten.

Richtig dreist waren dafür die Eichhörnchen, die aussahen wie aus graubraunem Plüsch und bei denen man aufpassen musste, dass sie einem in der Arbeitspause nicht das Snickers aus der Hand klauten. Und ein paar Mal war unterwegs ein Kojote neben unserem Jeep hergelaufen, die spitze Schnauze in aufgeregtem Wittern in die Luft gereckt.

The great American Wilderness.

Manchmal kam ich mir hier vor wie ein Statist in einer Doku auf Nat Geo Wild.

Keine Ahnung, ob ich mich im Ernstfall daran erinnern könnte, was man uns ganz am Anfang über das Verhalten gegenüber Schwarzbären oder bei der extrem unwahrscheinlichen Begegnung mit einem Berglöwen eingetrichtert hatte. Ich konnte nur hoffen, dass dann Woodgate in der Nähe war, der sicher auch einen Bären mit bloßen Händen niederringen konnte; vielleicht war er auch ein Bärenflüsterer, wie Grizzly Adams.

Bis jetzt war ich jedenfalls froh, deutlich mehr bärensichere Mülleimer zu Gesicht bekommen zu haben als hungrige Bären.

Ich spürte Woodgates Augen auf meinem Gesicht.

»Luther Foothill hat mir neulich gemailt«, sagte er leise.

Mein Puls schoss wieder auf hundertachtzig hoch, und meine Muskeln spannten sich an.

»Wegen deines Jobs an der Grizzly Gas.«

Nachdem ich so lange nichts gehört und Foothill bei unserem Termin letzten Freitag auch nichts gesagt hatte, hatte ich schon gehofft, die ganze Sache wäre in irgendeinem Papierkorb gelandet und ich könnte unter dem Radar des Probation Offices weiter bei Mason arbeiten.

Ich zog die Knie ein Stück heran; die Schultern nach vorne gekippt, bohrte ich einen Finger unter die Schnürsenkel meines Turnschuhs und wartete.

Darauf, dass im nächsten Moment Ärger über mich hereinbrechen würde, weil ich mich wieder mal in die Scheiße geritten hatte.

»Ich habe deshalb bei Mason vorbeigeschaut. Er sagt, du machst deinen Job gut, bist pünktlich und zuverlässig. Und er hat mir erzählt, dass du jede freie Minute damit verbringst, ein altes Auto wieder herzurichten. Jeden Dollar, den du bei ihm verdienst, da reinsteckst.«

Wenn ich diesen Job jetzt verlor, würde ich es in den vier Monaten, die ich noch hier war, nicht mehr schaffen, den Käfer zum Laufen zu bringen. Ich würde ihn hierlassen müssen.

Ich duckte mich über meinen Knien und blinzelte.

»Foothill und ich haben uns zusammengesetzt und das Ganze durchgesprochen. Wir haben beide an das Gericht in L.A. geschrieben, eine Empfehlung ausgegeben und unsere Berichte beigelegt. Gestern kam die Antwort. Du kannst deine Stunden im Community Service reduzieren, wenn du dafür dann entsprechend viele Stunden an der Tankstelle arbeitest. Mason ist einverstanden und hat versprochen, ein Auge auf dich zu haben. Ich würde vorschlagen, du bleibst ab jetzt mittwochs in Mariposa und fährst freitags dann schon nach dem Lunch mit dem Bus zurück.«

Woodgates Worte spulten sich in Dauerschleife in meinem

Kopf ab; trotzdem war ich noch unsicher, ob ich mich nicht verhört hatte.

»Ich dachte, ich arbeite im Winter sowieso schon weniger Stunden. Weil es später hell und früher dunkel wird.«

»Trotzdem, Jake. Das haben wir schon mit eingerechnet.«

»Wo ist der Haken?«, gab ich spröde von mir und bohrte den Finger tiefer zwischen die Schnürsenkel.

»Kein Haken.«

Zweifelnd beobachtete ich ihn, wie er über die Wiese schaute und mit den Händen durch das sonnenverdorrte Gras strich, Halme wie Klingen aus brüchigem, glanzlosem Gold.

»Du hast Mist gebaut, Jake, und musst jetzt dafür geradestehen, klar. Aber uns geht's in diesem Projekt nicht darum, dass ihr eure Strafe hier nur abarbeitet und danach einfach weitermacht wie bisher. Ihr sollt hier etwas anderes kennenlernen als bei euch zu Hause. Lernen, Verantwortung zu übernehmen. Etwas hier mitkriegen, das euch vielleicht helfen kann, wieder auf die Füße zu kommen und in Zukunft solchen Blödsinn zu lassen. Und nach allem, was Mason mir erzählt hat, bist du da auf einem guten Weg.«

Was er sagte, klang nicht annähernd wie die halb wohlwollende, halb säuerliche Moralpredigt des Richters, der mich zu diesem Projekt verknackt hatte.

Auch nicht wie das pseudo-verständnisvolle, eigentlich aber gleichgültige Profi-Gelaber der Sozialtussen und Sozialheinis.

Woodgate klang, als ob ihm wirklich etwas an mir lag.

Mein Gesicht wurde heiß; mit zusammengezogenen Brauen zerrte ich an meinen Schnürsenkeln.

»Alles okay, Jake?«

»Warum hast du das gemacht?«, brummte ich. »Warum hast du dich darum gekümmert?«

Woodgate schwieg einige Augenblicke.

»Du kennst das nicht, dass sich jemand für dich einsetzt, oder? Einfach so?«

Ich wartete darauf, dass einer der Schnürsenkel jeden Moment reißen würde.

»Du kannst auch einfach nur Danke sagen.«

Um meinen Mund zuckte es, aber ich brachte es nicht heraus, es war wie unter meiner Zunge festgeklemmt.

Woodgate stieß mich an und ich hob den Kopf. Lächelnd streckte er mir die Rechte hin.

Das konnte ich, das bekam ich hin. Ich schlug ein, drückte kräftig seine Hand.

Grinsend sprang er auf und zog mich mit sich in die Höhe.

»Gern geschehen!«

Er schlug mir auf den Rücken und spurtete dann los.

»Auf geht's! Frühstück wartet! Hopphopphopp!«

Stöhnend trabte ich hinter ihm her, in Richtung der massiven Felswand, in deren Riefen sich Wolkenfetzen fingen und von der das feine Band eines zarten Wasserfalls hinabflatterte.

Ich fluchte, als er einen Zahn zulegte, das Brennen in meinen Beinmuskeln erneut einsetzte, und gleichzeitig breitete sich ein Grinsen auf meinem Gesicht aus; leicht fühlte ich mich, und voller Energie.

»Ich hasse dich trotzdem!«, rief ich ihm hinterher.

Woodgate lachte nur.

26

Nessa

Die Sohlen meiner Stiefel machten ein quietschendes Geräusch auf dem blank gebohnerten Boden, während ich neben Ma hertrottete, die einen vollen Einkaufswagen durch den Pioneer Market schob.

Ein Geräusch, das in meinem Kopf sein Echo in einer Melodie fand; lautlos summte ich sie mit, ein wehes Gefühl hinter meinem Brustbein.

Mir fehlte nicht nur Jake. Mir fehlte auch seine Musik.

Verstohlen reckte ich den Hals nach der Kühltruhe, in der schrillbunte Törtchen und Kuchenstücke in Plastikkartons schlummerten. Ein sehnsüchtiges Ziehen entlang meines Kiefers, unter meiner Zunge ließ mich schlucken. Ich schämte mich selbst für die Gier, die dieser eine einzige Cupcake bei mir ausgelöst hatte.

Kurz vor den Kassen blieb Ma stehen und hielt sich den Einkaufszettel dicht vor die Nase.

»Äpfel«, murmelte sie mit zusammengekniffenen Augen. »Gurken, Salat, Tomaten. Katzenfutter. Orangen, Bananen, Melonen. Ananas. Karotten.« Sie stutzte, warf einen Blick in den Wagen. »Ich hab die Karotten vergessen. Nessa, würdest du bitte schnell…«

Ich lief den umgekehrten Weg zurück, an der Käsetheke und

der mit Fleisch und Fisch vorbei und durch die Gänge mit neonbeleuchteten Kühlschränken. Zurück zum Obst und Gemüse, das gegen das Holz der Einrichtung verlockend bunt leuchtete. Ich griff mir ein Bündel Karotten nach dem anderen und stapelte sie in meine Armbeuge.

»Hi, Nessa.« Eine hohe, kratzige Jungenstimme hinter mir.

Beinahe hätte ich die Karotten fallen gelassen; ich fuhr herum und wurde rot, brachte nur ein Wispern heraus.

»Hallo, Travis.«

»Lang nicht mehr gesehen.«

Ich nickte; er schien genauso verlegen wie ich.

»Wie geht's dir?«

Ich bewegte den Kopf auf eine Weise, die zwischen *gut* über *in Ordnung* bis hin zu *schlecht* alles hätte bedeuten können.

Er seufzte; einen Fuß auf den Holm unten gestützt, lehnte er sich auf seinen leeren Einkaufswagen, rubbelte mit beiden Händen über den Metallrahmen.

»Ich will mich ja nicht einmischen ... Aber seit ihr euch gezofft habt, Jake und du ... Also, er nimmt's total schwer, ist seitdem unausstehlich. Er würd's nie zugeben – aber er vermisst dich.«

Ein wildes Trommeln in meiner Brust, presste ich die Karotten fester an mich.

Travis richtete sich auf und rieb über den Plastikgriff des Wagens, als wollte er ihn säubern.

»Er ist jetzt viel bei uns an der Grizzly Gas. Kannst ja mal vorbeischauen, wenn du in der Nähe bist, und Hallo sagen.«

Ich kaute auf meiner Unterlippe herum, zog die Schultern unschlüssig hoch.

»Überleg's dir einfach. Bis dann.«

Er lenkte den Einkaufswagen weg von mir und warf einen Blick auf die Karotten in meinem Arm. Einer seiner Mundwinkel hob sich zu einem Grinsen.

»Steht dir übrigens gut!«

Ich starrte ihm hinterher, dann auf die Karotten hinunter.

Eine Bemerkung, die als Anspielung auf meine Haarfarbe gehässig hätte gemeint sein können. Bei Travis hatte es jedoch ganz anders geklungen; nett irgendwie.

Meine Mundwinkel hoben sich, und ich gluckste in mich hinein.

Mein Herz schlug Purzelbäume, als ich um das Gebäude der Tankstelle herumging.

Musik wummerte aus dem offen stehenden Tor der Scheune. Noch vor der Türschwelle strömte mir ein Geruch entgegen, der verwandt war mit dem in unserer Werkstatt zu Hause, nach Metall und Glas, Öl und Lötzinn. Dunkler jedoch und schärfer war der Geruch hier und überwältigend intensiv.

Jake hatte mich noch nicht entdeckt. Rücklings lag er auf dem Boden, halb unter einem Auto, das mit einem Wagenheber am hinteren Ende hochgebockt war; mit konzentrierter Miene werkelte er daran herum. Es war ein schönes Auto, trotz seines jämmerlichen Zustands, kurvig und sanft geschwungen, in einem verschossenen Tomatenrot, das mir gut gefiel.

Jake schien es warm zu sein. Zu seinen Jeans trug er nur ein schwarzes Trägershirt, und das Spiel seiner Muskeln ließ die Tattoos auf seinen Armen wie lebendig wirken. Mein Herz stoppte für einen Augenblick, als ich sah, dass er die Lederschnur mit der blauen Perle noch trug, taumelte dann wie verrückt durch meine Brust, als sein Blick auf mich fiel.

Mitten in der Bewegung erstarrte er und musterte mich, seine Augen hell und klar. Blaues Glas, und genauso kühl.

Mein Mund war trocken, meine Kehle rau. Als ich den Mund

aufmachte, kam nur ein dürres Flüstern heraus, wie Herbstlaub auf einer staubigen Straße.

»Hallo, Jake.«

27

Jake

Ich hatte nicht damit gerechnet, sie wiederzusehen.

Höchstens mal noch irgendwo in der Stadt, von Weitem, oder durch einen blöden Zufall während meiner Schicht an der Tanke. Situationen, die ich in Gedanken zigfach durchgespielt hatte. Wie ich sie dann einfach ignorieren würde oder ihr geschäftsmäßig die kalte Schulter zeigte. Herr der Lage würde ich sein, cool und selbstsicher, vielleicht auch arrogant und von oben herab.

Aber nicht hier.

Nicht, während sie einfach nur stumm dastand und mich anschaute. In ihrer dicken grauen Winterjacke, ihre Haare unter der schwarzen Mütze ein Lavastrom, der über ihre Schultern floss.

Gewaltsam löste ich meinen Blick von ihr, richtete meine Aufmerksamkeit wieder auf die widerspenstige Schraube über mir. Ich bekam sie nicht auf; jedes Mal, wenn ich am Schraubenschlüssel zog, rutschte er mir durch die Hand, die plötzlich feucht war.

Unwillig warf ich den Schraubenschlüssel schließlich von mir, der klirrend irgendwo in der Ecke landete, und schob mich unter dem Auto hervor.

»Was willst du?«, knurrte ich, während ich an der Werkbank scheppernd zwischen Schraubenziehern, Schraubenschlüsseln und diversen Aufsätzen wühlte.

»Dich sehen«, flüsterte sie.

»Wozu?« Ich warf ein paar Schraubenmuttern durcheinander, nur des Lärms wegen, um sie gleich wieder der Größe nach zu sortieren. »Für mich ist alles geklärt.«

Ich benahm mich wie der letzte Arsch, kam aber nicht dagegen an.

»Ist es nicht.« Störrisch klang sie, wie ein festgerostetes Metallteil.

Abrupt drehte ich mich um.

»Okay, pass auf. Vielleicht bist du echt ein nettes Mädchen – aber für meinen Geschmack hast du definitiv eine Schraube zu viel locker.«

Ihr Mund kräuselte sich. Ich folgte ihrem Blick zu dem Schraubenschlüssel in meiner einen Hand, der ölverschmierten Mutter in der anderen, und pfefferte beides zurück in den Werkzeugkasten.

»Kann sein, dass ich eine Schraube locker habe, wie du es nennst«, sagte sie leise, ihre Stimme vibrierend vor unterdrücktem Kichern, das nur langsam abebbte. »Aber vielleicht musst du auch einfach mal über deinen Schatten springen und einsehen, dass es Dinge gibt, die du bisher nicht für möglich gehalten hast.«

Ich lehnte mich gegen die Werkbank und fing an, mit einem Lappen Öl und Ruß von meinen Fingern zu wischen.

»Okay. Dann erklär mir doch mal diesen Mist, dass du Gift für mich sein sollst. Dass ich sterbe, wenn ich dich küsse. Du musst schon zugeben, dass das mehr als nur seltsam klingt!«

Es machte mich wahnsinnig, wie sie gedankenverloren die Wölbung des Kofferraums streichelte. Weil ich mich danach sehnte, mit dem Käfer den Platz zu tauschen.

Eifersüchtig auf ein *Auto*.

Himmel!

»Solange wir Kinder sind …«

Ihre Augen verloren sich irgendwo hinter der Halbkugel des Käfers.

»So lange bekommen wir Tropfen aus dem Saft von Milkweed, wie es auch hier im Yosemite wächst. Dieser Pflanzensaft enthält einen Stoff, der für Mensch und Tier giftig ist.«

Ich fühlte, wie ich mich zu Stein verwandelte. Ein Stein, aus dem jäh Magma emporschoss, mich vorwärtsschnellen ließ.

»Ich rufe die Polizei. Und am besten gleich noch die Social Services.«

Sie stellte sich mir in den Weg.

»Nein, Jake. Bitte nicht.«

Sie streckte die Finger aus, als ob sie mir über den Arm streichen wollte, ließ die Hand dann aber wieder fallen, ein schüchternes Lächeln auf dem Gesicht.

»Du verstehst das nicht. Für jemanden wie dich wären diese Tropfen giftig. Für uns sind sie das nicht. Uns geben sie Schutz.«

Ihre Augen wirkten dunkler als sonst, auf unheimliche Weise fast schwarz, wie regennasse Kiesel.

Nur für einen Moment, bevor sie wieder in diesem tiefen, satten Braun glänzten.

Ich lachte auf, trocken und bitter.

»Nein, das verstehe ich wirklich nicht! Ist ja auch nicht zu verstehen, oder?!«

Sie sog tief die Luft ein; es sah aus, als ob sie mit sich rang.

»Ich … *wir* sind nicht so wie … ihr. Wir sind … anders.«

»Bist du ein Alien? Tanzt du nachts im Elfengewand über die Wiesen? Oder verwandelst du dich bei Vollmond in einen Werwolf?«

Sie gab ein gehauchtes Lachen von sich.

»Nein. Aber du kommst der Sache schon näher.«

Mit gesenktem Kopf sah ich sie zweifelnd von unten herauf an.

»Ich kann dir nicht alles von mir erzählen, Jake. Ich wünschte, ich könnte, aber das geht nicht. Was ich dir erzähle, ist allerdings immer die Wahrheit. Glaub mir das.«

Ich warf den Lappen hinter mich auf die Werkbank.

»Warum sollte ich, hm? Warum sollte ich dir trauen?«

Offen sah sie mich an, ehrlich erstaunt. »Warum solltest du nicht?«

Damit hatte sie mich. Mit diesem Blick aus ihren Schokoladenaugen, der Art, wie ihre Unterlippe leicht bebte, und fast hasste ich sie dafür.

Ich legte die Hände um ihr Gesicht.

»Ich werde dich jetzt küssen«, erklärte ich langsam. »Und danach noch einmal. Und noch einmal. So lange, bis du mir glaubst, dass das alles totaler Quatsch ist. Dass mir höchstens dann einmal schlecht wird, wenn ich genug von deinen Küssen habe.«

Furchtsam sah sie um die Augen herum aus, aber ihr Mund lächelte; dieses Mal wich sie mir nicht aus, umfasste nur meine Handgelenke.

»Jake?«, wisperte sie. »Ich kann dir aber nichts versprechen. Für … für die Zukunft.«

»Hey, gar kein Problem«, gab ich selbstbewusst zurück. »Ich bin auch nicht der Typ für was Festes. Ist mir nur recht, wenn wir das ganz locker halten. Ist ja nur ein Kuss.«

Mein Mund legte sich auf ihren, der mir entgegenkam, vertrauensvoll und neugierig. Und als ich ihre Zungenspitze an meiner fühlte, war es wie ein knisternder elektrischer Strom, der durch mich hindurchkreiste, knapp unter der Schmerzschwelle.

Lügner.

28

Nessa

Ein aufgeschlagenes Buch in den Händen, meine Beine unter der Sofadecke mit Haydens verknotet, horchte ich unter dem Knistern des ersterbenden Kaminfeuers auf die Geräusche in der Küche.

Stühlerücken, Lachen und das Ausklingen von Stimmen. Das Plätschern von Wasser und das Klappern von Geschirr.

Lantanas sanftes Gesicht erschien kurz in der Tür.

»Gute Nacht, ihr beiden.«

»Nacht, Lantana.«

Haydens tiefe Stimme und meine, zeitgleich und im selben Tonfall.

In der Küche ging das Licht aus, im schummrigen Flur wurde es noch dunkler, und Ma schaute verwundert zu uns herein.

»Ihr seid ja noch auf.«

Hayden hob das dicke Buch in seiner Hand an.

»Ist gerade spannend.«

Sie kam zu uns herüber und setzte sich auf die Armlehne hinter Hayden, schaute ihm über die Schulter.

»Tolstoi.«

Sie warf ihm einen anerkennenden Blick zu, schloss mich in ihr Lächeln mit ein.

»Ihr seid beide so brav und fleißig! Wir sind alle sehr stolz auf euch.«

Der hässliche Gedanke trieb in mir herauf, wozu wir so viel lesen und lernen sollten, wenn wir doch nichts weiter mit diesem Wissen anfangen konnten. Ich senkte den Blick auf die aufgeschlagenen Seiten vor mir, damit Ma nichts von solchen Gedanken in meinem Gesicht entdeckte.

»Macht aber nicht mehr allzu lange, ja?«

Hayden schüttelte den Kopf.

»Nur noch dieses Kapitel.«

»Nacht, Hayden.« Sie fuhr ihm zärtlich durch die Haare, stand auf und beugte sich vor, um mir einen Kuss auf die Wange zu geben. »Nacht, mein Mädchen.«

»Nacht, Ma.«

Die Tür zum Badezimmer klappte hinter ihr zu; Wasser begann zu laufen.

»Jetzt, Nessa«, raunte Hayden.

Plötzlich kam mir mein verwegener Plan gar nicht mehr so klug vor, viel zu riskant.

»Wenn sie nun gerade dann wieder rauskommt, wenn ich …«

Hayden verdrehte die Augen.

»Je länger du wartest, desto größer ist die Wahrscheinlichkeit dafür. Also, los, geh schon!«

Er zog mir die Decke weg und trat gegen mein Bein.

Hastig sprang ich auf und griff nach der Decke, um sie zusammenzulegen, wie ich es jeden Abend tat. Hayden riss sie mir aus der Hand.

»Mach ich nachher. Los, beeil dich.«

Ich huschte in den Flur, nahm meine Jacke vom Haken und schlüpfte hinein.

»Und wenn sie doch noch mal nach mir sieht, bevor sie ins Bett geht?«

Hayden wickelte mir den Schal um den Hals.

»Dann fang ich sie vorher ab und lass mir was einfallen.«

Ich schlang die Arme um ihn.

»Danke, Hayden.«

»Ich hoffe nur, er ist es auch wert«, brummte er.

Dann drückte er mir meine Stiefel in die Hand und schob mich zur Tür hinaus, in den dunklen Abend.

Einladend strahlten mir die Lichter der Grizzly Gas Station entgegen.

Ein Wagen stand vor einer der Zapfsäulen; durch die Scheibe konnte ich Travis sehen, wie er an der Kasse mit dem Kunden redete und lachte. Ich nahm mir nicht einmal die Zeit, Hallo zu sagen, rannte einfach weiter, zur Werkstatt durch.

Bei laut aufgedrehter Musik kniete Jake hinter dem Auto und reckte den Kopf dahinter hervor, als ich das Tor zuzog. Ungläubig schaute er, als hätte er nicht damit gerechnet, dass ich noch vorbeikam, und ein kleines Lächeln zeichnete sich auf seinem Gesicht ab.

Ich zögerte, ein paar Augenblicke unsicher und verlegen. Dann lief ich zu ihm und hauchte einen Kuss auf seine ölverschmierte Wange.

»Bin gleich fertig.«

Ich nickte und ging ein paar Schritte, unschlüssig und ein bisschen verloren. Mit halbem Ohr hörte ich der energischen Männerstimme zu, die zwischen dem letzten Musikstück und dem nächsten den Namen des Senders runterratterte und sonnige Tage für den Osten Kaliforniens prophezeite.

Hinter Jake quoll eine Wolke durchsichtiger Plastikfolie aus einem Karton. Ein eselsohriges Buch lag aufgeschlagen daneben, verwischte Fingerabdrücke neben den skizzenhaften Schaubildern, und Autoteile waren auf dem Boden verstreut; wahrscheinlich hätte ich Namen, Zweck und Funktion auch dann nicht gekannt, wenn ich ein ganz normales Mädchen gewesen wäre.

Neben der Werkbank lehnte etwas an der Wand, das ich nicht genau erkennen, nicht einordnen konnte. Ein großer, unförmiger Gegenstand in einer ausgebeulten Hülle, die aussah wie aus einem schwarzen Müllsack geschneidert.

»Was ist das?«

Jake, der verbissen mit dem Schraubenschlüssel hantierte, warf erst mir einen Blick zu, dann diesem Ding.

»Nichts Wichtiges.«

»Eine Überraschung für mich?«, neckte ich ihn, um ihm mehr zu entlocken.

Um seinen Mund zuckte es, bevor er ihn wieder anspannte.

»Ist wirklich nichts Wichtiges.«

»Ich will es trotzdem wissen.«

Gereizt blies er die Luft aus. »Eine Gitarre.«

»Du kannst Gitarre spielen?«

Das Geräusch von Metall auf Metall unter seinen Händen klang streitlustig.

»Nicht wirklich. Ich weiß auch nicht so genau, warum ich sie überhaupt von L. A. mitgeschleppt hab.«

»Und warum steht sie hier in der Werkstatt? Ist sie kaputt?«

Ein kaum sichtbares Grinsen zog seinen Mundwinkel aufwärts.

»Sie klingt manchmal tatsächlich schrottig. Ist ein olles Ding, das ich mal für ein paar Dollar auf einem Garagenflohmarkt gekriegt hab.«

Er schien noch tiefer in den ausgeweideten Motor zu kriechen.

»Ich dachte, ich hab hier vielleicht mal einen Moment Ruhe, um darauf herumzuklimpern. Auf dem Zimmer im Motel läuft ja nonstop der Fernseher, wenn Gonzalez da ist. Also immer eigentlich.«

Ich hatte gedacht, es würde mir nichts ausmachen, wenn ich kaum etwas über Jake wusste. Gerecht war es mir vorgekommen, sein Leben zum Geheimnis zu machen, im Tausch dagegen, all meine kleinen und großen Geheimnisse für mich zu behalten. Jetzt aber machte sich doch Neugierde bemerkbar, wurde so stark wie der reißende Hunger, mit dem wir nach unserem langen Treck am Ende des Sommers hier ankamen.

»Spielst du mir was vor?«

Trocken lachte er auf, schüttelte den Kopf.

»Ne, sicher nicht. Mein stümperhaftes Geklampfe taugt nicht zum Anhören. Das ist echt nicht zu ertragen.«

»Bitte, Jake.«

Stumm beschäftigte er sich weiter mit dem Auto, in energischen Bewegungen, die allmählich langsamer wurden. Klirrend landete der Schraubenschlüssel auf dem Boden.

Jake stand auf, wischte sich die Finger an einem Lappen ab.

»Aber sag hinterher nicht, ich hätte dich nicht gewarnt.«

Ohne mich anzusehen, nahm er die Gitarre, pellte die Hülle davon ab. Mit einem Finger tippte er auf das eigentlich silberne, aber mit bunten Lackspritzern übersäte und blau beleuchtete Radio hinten auf der Werkbank.

Jähe Stille dehnte sich bis in den letzten Winkel aus.

»Und wehe, du lachst.«

Mit gesenktem Kopf setzte Jake sich auf den Fahrersitz des Autos, einen Fuß aufgestellt. Wie er mit der Hand über den Körper der Gitarre strich, zärtlich beinahe, machte mich unruhig.

Vorsichtig schob ich ein paar Sachen auf der Werkbank zur Seite und schwang mich hinauf, öffnete meine Jacke, hier drin war es schön warm.

Glühende Flecken auf seinen kräftigen Wangenknochen, räusperte er sich; seine Finger zitterten.

»Ich kann aber nur ein paar alte Songs«, erzählte er leise der Gitarre auf seinem Knie, wie schuldbewusst. »Einfache Sachen. Und nicht alles komplett.«

Die Gitarre gab ein, zwei schiefe, quäkende Töne von sich, und die Röte auf seinem Gesicht wurde stärker. Er räusperte sich noch einmal, bevor er wieder an den Saiten zupfte.

Ein wackeliges Zirpen, das an Sicherheit gewann, sich zu einer zarten Melodie formte, die langsam und weich zu mir herüberperlte. So sehnsüchtig, dass meine Kehle eng wurde.

Eine dunklere Stimme gesellte sich hinzu. Ich brauchte ein paar Augenblicke, um zu begreifen, dass es Jakes Stimme war. Die Augen geschlossen und die Brauen in Bewegung, nickte er sacht mit dem Kopf; kaum sichtbare Regungen in Schultern und Beinen, summte er vor sich hin. Zu leise, als dass ich viel von den Worten hätte verstehen können, die seine Lippen formten. Nur einzelne davon schwebten zu mir herüber.

Stairway. Heaven. Wonder.

Die Musik wurde schneller, heller, dichter, floss in eine andere Melodie, die in meinen Kopf strömte, in meinen Körper hinein; ich baumelte mit den Beinen, wippte mit den Schultern.

Killing me softly.

Sehnsucht, mit dem Versprechen, diese Sehnsucht zu erfüllen. Wie die leichte Schwäche in meinen Knien, wenn Jake mir in die Augen schaute. Die schwere Wärme in meinem Bauch, wenn er in meiner Nähe war.

Das Flirren eines Sonnenaufgangs über dem Wald, dunkle Schatten von Traurigkeit noch auf dem Boden. Die dunstigen Farben, der rauchige Geruch eines neuen Tages. Eines Anfangs.

Die Stimme der Gitarre wurde kräftiger, Jakes Summstimme kraftvoller, tönte von weit unten aus seinem Bauch herauf. In einer staunenden Frage. Einer wortlosen Bitte.

Wuchtig, mit einer Note von Verzweiflung, von Hoffnung, die sich im Anspannen und Loslassen seiner Mimik widerspiegelte, in der Art, wie sein Fuß im Takt auf dem Boden tappte. Trauer hörte ich heraus und den Wunsch, loszulassen, sich zu befreien.

Als ob ich instinktiv etwas von ihm verstand und gleichzeitig mich darin wiedererkannte.

Tränen stiegen mir in die Augen und ich schlang die Arme um mich, um mich selbst festzuhalten.

Fast brutal würgte er die Melodie ab, mit ein paar Klimperklängen, die seltsam albern klangen zu dem, was er gerade noch gespielt hatte.

Doch der Zauber blieb, hing noch spürbar lebendig im Raum.

Mit einem Räuspern strich Jake sich die Haare aus der Stirn und stand auf; vergeblich versuchte ich, einen Blick von ihm aufzufangen.

»Das war schön«, wisperte ich.

»Hm«, gab er knurrig von sich, während er die Gitarre wieder einpackte, aber ich sah, wie er gegen ein Lächeln ankämpfte.

»Was war das?«

»Welches? Das erste?«

»Das am Schluss.«

In seinem Gesicht flammte es auf. Fast so, als hätte er gar nicht bemerkt, was er da spielte, bis ich ihn daran erinnerte.

»Nichts Richtiges. Nur so was, was mir immer mal im Kopf herumgeht.«

»Wie heißt es?«

»Hat keinen Namen. Und auch keinen Text.«

Er stellte sich dicht vor mich hin und legte die Hände um meine Hüften, zog mich sanft zu sich heran.

»Ich hab's nicht so mit Worten«, murmelte er, sein Mund schon fast auf meinem.

Während wir uns küssten, schien die Musik noch in ihm zu vibrieren. Oder in mir nachzuhallen.

Vielleicht war alles Musik, in diesem Moment.

29

Jake

Außer Atem langte ich hinter Woodgate am SUV an, dessen Heckklappe er bereits geöffnet hatte.

»Hepp!«

Ich fing die Plastikflasche, die er mir zuwarf, und trank gierig, obwohl das Wasser eisig war und in meinen Zähnen zog. Ein erster Hauch von Schnee im Valley hatte die Joggingtour heute zu einer Herausforderung an Trittfestigkeit und Balance gemacht. Ich fand es ziemlich gewöhnungsbedürftig, dass die Berge tief verschneit und alle Straßen dort geschlossen waren, während es in Mariposa mild blieb, nur manchmal regnete.

Zwischen zwei langen Zügen zerrte ich mir keuchend die Kopflampe herunter und gab sie Woodgate zurück. Ich kam mir zwar albern damit vor, abwechselnd wie ein Grubenkumpel oder ein Glühwürmchen, war aber doch froh um ihren hüpfenden, zitternden Schein, der den Weg vor mir beleuchtete; mittlerweile war es noch stockdunkel, wenn wir laufen gingen.

»Schon irgendwelche Pläne für Thanksgiving?«, wollte Woodgate wissen.

»Bin bei Mason und Travis eingeladen.«

Die Innenbeleuchtung des Wagens ließ ein Grinsen auf seinem Gesicht sehen.

»Prima. Dann muss ich mir ja keine Gedanken machen, ob du an deinen freien Tagen womöglich unter die Räder kommst.«

»Ha. Ha.«

Ich zögerte; es fiel mir immer noch nicht leicht, auf seine lockere Art einzusteigen.

»Und du? Fährst du weg?«

»Nope.« Er verzog abschätzig das Gesicht. »Mit meiner Familie verbindet mich nicht mehr viel, und außerdem ist es mir zu weit. Und meine Freunde in San Fran befällt zu Thanksgiving ebenfalls der Familienwahn, oder sie stürzen sich ins schrille Nachtleben. Ist nicht mein Ding. Ich werde tagsüber viel draußen sein und es mir abends mit einem Film oder einem Buch gemütlich machen.«

Mit dem Daumen spielte ich am Ring des Flaschendeckels herum und überlegte, ob ich ihm einen Wink in Richtung Kellie geben sollte. Oder umgekehrt. Wenn ich ab und zu noch ins Golden Nugget ging, gab sie sich unverändert freundlich und lustig, als ob nichts gewesen wäre; trotzdem fühlte es sich komisch an.

Ich räusperte mich.

»Ähm, also … Travis hat gemeint, ich könnte noch jemanden mitbringen. Also, wenn du nichts Besseres vorhast …«

Ich wich seinem scharfen Blick aus.

»Bist du sicher, dass das okay für dich ist?«

»Ja, klar, wieso nicht.«

Ruppig klang ich, um überzeugter zu wirken; hätte er Thanksgiving nicht angesprochen, hätte ich Travis' Aufforderung, ihn doch auch einzuladen, einfach unter den Tisch fallen lassen.

»Nessa und Hayden kommen ja auch.«

Er lächelte. »Okay. Gern.«

Erst in diesem Moment fiel mir wieder ein, wie Nessa ihn damals angeschaut hatte, im Diner bei Eugene, und in seiner Gegenwart richtiggehend aufgeblüht war.

Ich hätte mich in den Hintern beißen können.

Ich schlüpfte in meinen Hoodie und drückte die Tür zur Veranda zu, bevor ich die Zigarettenschachtel aus der Jeanstasche fischte und mir eine ansteckte.

Der räudige Garten der Beavers lag im Dunkeln, die weit auseinanderstehenden Nachbarhäuser nicht mehr als verschmierte Lichtflecken im Abendnebel.

Hinter mir brandeten Stimmen und Gelächter gedämpft auf, und ich spähte durch das Fenster.

Woodgate, der mit dem Rücken zu mir saß, war sicher immer noch beim Thema Umweltschutz, aus dem ich mich eben ausgeklinkt hatte. Den Mund zu einer dünnen Linie zusammengepresst, aber in den Mundwinkeln zu so etwas wie einem Lächeln gekrümmt, schüttelte Hayden erst leicht den Kopf, dann heftiger. Mit einem Ruck löste er die untergeschlagenen Arme und lehnte sich über den Tisch, unterstrich seine Argumente mit Linien und Punkten, die er mit dem Finger in das Tischtuch zeichnete. Das Kinn aufgestützt, verfolgte Travis belustigt den Wortwechsel zwischen den beiden, wandte dabei den Kopf hin und her wie beim Pingpong.

Bei Nessa war ich nicht sicher, ob sie wirklich zuhörte oder vor sich hin träumte, ein kleines Lächeln auf dem Gesicht, während sie ihr Wasserglas in den Händen drehte. Ihr geflochtener Zopf baumelte über die Schulter der beerendunklen Strickjacke, die sie über ihrer hochgeschlossenen Blümchenbluse trug, aus der ein Rolli hervorschaute. Jedes andere Mädchen hätte damit trutschig gewirkt wie eine Amish-Braut.

Nicht Nessa, die darin mehr aussah wie eine Wildblume irgendwo im Wald, vom Licht der Deckenlampe wie in goldschimmerndes Sonnenlicht getaucht.

Die mich beim Essen immer wieder von der Seite her angestrahlt und unter dem Tisch meine Hand gesucht hatte.

Hinter meinem Brustbein wurde es heiß. Wie nach einem großen Schluck Tequila, der eine glühende Spur bis in meinen Magen hinunter zog, mich durch und durch mit Wärme füllte.

Nicht nur wegen Nessa. Wegen des ganzen Abends.

Mein erstes richtiges Thanksgiving seit …

Seit einer Ewigkeit.

Ich dachte an die Postkarte, mit der mich Mrs Fields gestern im Hof abgefangen hatte.

Ein glupschäugiger Comic-Truthahn neben einem gesichtslosen Kürbis.

Happy Thanksgiving.

Ungelesen hatte ich sie in den Mülleimer befördert.

Ich wollte nichts von ihr wissen. Jetzt nicht mehr, nach der ganzen Zeit.

Die Verandatür schwang auf; hastig trat ich ein paar Schritte zurück, drehte mich um.

Mason stellte sich neben mich, reckte sich unter wohligem Ächzen und tätschelte sich den Bauch unter dem Holzfällerhemd.

»Ich will mich ja nicht selber loben – aber das war wirklich gut.«

»Yupp. Echt große Klasse.«

Beim Truthahn hatte Mason den Dreh raus, Woodgate hatte ihn sogar gefragt, ob er Eugene Konkurrenz machen wolle. Für Hayden und Nessa hatte er extra viel Mais, Karotten und Erbsen aufgetischt, und trotzdem hatten sich beide dazu noch vom Kartoffelbrei und den Preiselbeeren genommen, mit glänzenden Augen und roten Backen und ein bisschen aufgekratzt. Als Mason den Truthahn anschnitt, hätte ich sogar schwören können, Hayden würde gleich seinen Teller hinhalten, so angespannt, wie er dasaß, die Finger um den Tellerrand gekrampft, bevor er dann doch den Kopf mit glühenden Wangen wieder senkte.

»Ist schön, mal so richtig Leben im Haus zu haben«, meinte Mason mit einem Blick über die Schulter. »So viele junge Leute.«

Vorsichtig jonglierte ich auf der Zunge mit Worten, bis ich die richtigen herausgepickt hatte.

Die einfachsten.

»Was ist mit Travis' Eltern?«

Mason blinzelte in den Garten hinaus.

»Seine Mom ist verunglückt, als er noch ganz klein war. Betrunkener Autofahrer. Nicht hier. Drüben in Bishop.«

Die Art, wie er auf den Garten hinausnickte, schien zu bedeuten, dass solche Dinge überall auf der Welt passieren konnten. Nur nicht in Mariposa.

»Sein Dad – mein Bruder – hat's eine Zeit lang allein versucht. Aber Ray ist Trucker mit Leib und Seele und braucht auch das Geld. Hat Travis viel bei Nachbarn und Freunden untergebracht, wenn er auf Achse war. Bis ich fand, das geht so nicht. Das ist doch nichts für so einen Knirps, immer herumgereicht zu werden. Da hab ich ihn zu mir geholt.«

Ein Grinsen blitzte auf seinem Gesicht auf.

»War 'ne ganz schöne Umstellung, so von Junggeselle auf Ersatzdad, von heute auf morgen.«

Ein Seitenblick streifte mich.

»Was ist mit dir? Durftest oder wolltest du nicht nach Hause über Thanksgiving?«

Ich zuckte mit den Schultern und schnickte die Asche in den Tontopf auf dem Holzboden, den Travis als Aschenbecher benutze.

»Beides irgendwie.«

Selbst wenn ich die Kohle übrig gehabt hätte, hätte ich nicht im Probation Office gefragt, ob ich nach L.A. durfte. Meine Kumpels hätte ich gerne gesehen, wäre gerne mit ihnen um die Häuser gezogen, wie früher an Thanksgiving immer. Aber nicht um jeden Preis.

»Mein Alter ist an Feiertagen noch ungenießbarer als sonst.«

»Und deine Mom?«

Vielleicht lag es an Mason oder an dem Rotwein, den er zur Feier des Tages geöffnet hatte. Oder ich war einfach jemand, der sich mit Truthahn und Kartoffelbrei bestechen ließ, wenn sie nur gut genug waren; jedenfalls sprach ich das aus, was ich sonst nie freiwillig erzählte.

»Ist weg. Schon lange.«

»Auch gestorben oder …«

»Einfach weg eben«, unterbrach ich ihn gereizt und bückte mich, um den Zigarettenstummel im Tontopf auszudrücken. »Abgehauen. Die Biege gemacht.«

»Ach so.«

Ich war froh, dass er nichts weiter darauf sagte, nicht nachbohrte.

Schweigend standen wir nebeneinander und schauten dem Nebel zu, der sich durch den finsteren Garten anschlich; langsam lockerten sich meine Nackenmuskeln wieder.

»Nessa ist ein nettes Mädchen«, sagte Mason irgendwann, ein behutsames Herantasten in der schweren, immer ein bisschen rumpelnden Stimme. »Sie erinnert mich an ein Mädchen, das ich einmal kannte. Auch eine von denen aus dem Wald. Bildhübsch und zart wie eine Elfe. Ich war komplett vernarrt in sie.«

Er lachte auf, ungläubig und etwas verlegen.

»Ich glaub, ich hab mich damals ziemlich zum Affen gemacht, ich war ja doch einiges älter. Über Händchenhalten und ein paar Küsse sind wir nie hinausgekommen, aber mir war die Sache wirklich ernst. Am Ende des Winters hat sie mit mir Schluss gemacht. Einfach so. Und als ich sie das nächste Mal gesehen hab, hatte sie schon einen dicken Bauch.«

Ich schob die Hände tief in die Taschen meiner Jeans und zog die Schultern hoch. Masons Emo-Anfall von Nostalgie war mir unangenehm, aber ich konnte mich auch nicht davon losreißen.

»Wenn man hier früher den Leuten ein bisschen zugehört hat, bekam man immer mal ähnliche Geschichten mit. Sobald der alte Billy Frost seinerzeit einen bestimmten Pegel Jim Beam überschritten hatte, kriegte er feuchte Augen. Wenn man ihn dann fragte, was los ist, erzählte er was von einer Saffron, mit Haaren wie aus Kupfer und Gold, die er nicht vergessen konnte. Auch nach siebzig Jahren nicht. Und Hetty Hancock, jahrzehntelang die gute Seele der Mariposa Gazette, in der Anzeigenabteilung, wollte sogar als ganz junges Ding mit einem dieser rothaarigen Jungs durchbrennen. Irgendwann in den Sechzigern muss das gewesen sein. Mit Sack und Pack wartete sie vor der Stadt, am Rand des Golden Chain Highways. Die ganze Frühlingsnacht hindurch. Bis sie begriff, dass er nicht mehr kommen würde. Sie hat ihn nie wiedergesehen.«

Abwartend sah Mason mich an; ich wusste nicht, was ich dazu sagen sollte.

An so etwas wie Liebe hatte ich nie geglaubt.

In Green Meadows verknallte man sich, fing etwas miteinander an und trennte sich bald wieder; man heiratete schnell, ließ sich genauso schnell auch scheiden und zog die Kids, die man in der Zwischenzeit mehr aus Versehen fabriziert hatte, dann allein groß. Und wer trotzdem zusammenblieb, verbrachte mehr Zeit damit, sich zu zoffen als vor dem Fernseher.

Warum sollte es hier anders sein?

Wie konnte es auch jemals anders sein.

»Mach dir lieber nicht zu viele Hoffnungen, Jake. Am Ende nehmen sie dann doch immer jemanden von ihren eigenen Leuten. Nicht, dass sie dir noch das Herz bricht.«

Keine Sorge. Ich hab ein Herz aus Teflon.

Mason nickte zum beleuchteten Fenster hinüber.

»Kommst du mit rein? Gibt Nachtisch. Chocolate Peanut Butter Pie. Hab ich bei Jantz geholt.«

30

Nessa

In langen Schritten flog ich über das Gelände der Tankstelle, deren Scheiben dunkel waren.

Die schmutzig gelbe Beleuchtung der Zapfsäulen wurde überstrahlt von bunt blinkenden Lichtern, und zu den beiden Grizzlys mit roter Mütze und weißem Rauschebart waren ein paar Rentiere und ein lachender Santa hinzugekommen.

Wie sich überall in der Stadt unter knalligen Lichterketten Santas und Rentierherden mit geschenkbepackten Schlitten niedergelassen hatten, pummelige Engel mit freudestrahlenden Gesichtern und schmunzelnde Schneemänner. Wenn man sich Santa Claus irgendwo vorstellen konnte, dann in Mariposa.

Unter dem Tor der Werkstatt schimmerte Licht hervor, pulsierte Musik hindurch.

Atemlos zog ich es auf und ließ es hinter mir ins Schloss fallen, lief durch das flackernde Neonlicht und die Musik auf Jake zu, der an der Werkbank stand.

»Alles gut gegangen?«, fragte er und legte den Schraubenzieher aus der Hand.

Ich nickte; ich staunte selbst darüber, wie mühelos es mir gelang, mich spätabends auf Strümpfen an Mas Tür vorbei aus dem Haus zu schleichen. Wie gewissenlos.

Sie hatte nicht einmal Verdacht geschöpft, als Hayden und ich an Thanksgiving nach dem frühen Abendessen bei uns zu Hause noch zu einem Spaziergang durch den Wald aufbrachen, so wie früher oft, und lange nicht zurückkehrten.

Ich warf die Arme um Jake und küsste ihn, dabei konnte ich sein Lächeln spüren.

An der Hand führte er mich zum Auto, das zur Zeit keine Türen mehr hatte. Erstaunlich geschmeidig zwängte Jake seinen starken Körper am umgeklappten Beifahrersitz vorbei auf die Rückbank. Während ich irgendwo erst mit der Stiefelspitze, dann mit dem Rock hängen blieb und ihm entgegenfiel.

Lachend zog er mich zu sich auf die Bank, über die er eine braune Decke gebreitet hatte, wischte mir die Mütze vom Kopf und durchkämmte meine Haare mit den Fingern; ich band sie nicht mehr zusammen, wenn ich zu ihm kam.

Ich mochte, wie er roch, wenn er hier war. Nach Öl und Metall und rußigem Staub, schwer und salzig, und seine Küsse schmeckten wie ein flammender Sonnenuntergang an der Schwelle zum Herbst.

»Du hast so viel an«, murmelte er gegen meine Wange, während er meine Sommersprossen mit Küssen bedeckte, als wollte er sie zählen.

Er hatte recht; es war seltsam unausgewogen, unter seinem dünnen, ausgeleierten T-Shirt das Relief seines Körpers unter den Händen zu haben und selbst in dicke Schichten eingepackt zu sein.

Ich schälte mich aus meiner Jacke, wickelte den Schal von meinem Hals, zögerte und schlüpfte dann auch noch aus meiner Strickjacke.

»Besser?«

»Viel besser.«

Ich seufzte auf, als Jake mich an sich drückte, seine Wärme

durch meine Bluse und den dünnen Rollkragenpullover bis unter meine Haut drang.

Seine Küsse, eben noch sanft, begannen fordernder zu werden. Und seine Hand, die so vorsichtig auf meiner Taille gelegen hatte, dass meine Haut sich kräuselte, mein Atem stockte, packte mich schmerzhaft bei der Hüfte, während die andere sich zwischen meine Schulterblätter grub.

»Nicht so fest«, hauchte ich in sein Ohr.

Er hörte mich nicht.

Seine Finger pressten sich zwischen meine Rippen.

Seine Lippen saugten an meinem Hals.

Mit seinem Brustkasten quetschte er mir die Luft aus den Lungen.

Bei jedem Wimpernschlag schwankte ich zwischen Glück und Bedrängnis.

»Nicht!«

Ich stemmte mich mit beiden Fäusten, aller Kraft gegen ihn, bog den Kopf zurück.

»Nicht, Jake! Du tust mir weh!«

Kurzatmig starrte er mich an, wie eine Fremde, ließ sich dann neben mir auf die Rückbank fallen und fuhr sich durch die Haare.

Verwirrt wirkte er, fast aufgelöst; unglücklich und so wütend, dass ich es fast unter seiner Haut simmern sehen konnte.

»Jake.«

Behutsam legte ich meine Hand auf seine, die er mir sofort entzog.

Die Kälte in seinen Augen ließ mich frieren.

31

Jake

Ich verstand die Welt nicht mehr.

In einem Augenblick schmiegte sie sich an mich, dass mir das Blut in den Ohren rauschte wie der Pazifische Ozean, ich mich nur noch in ihr vergraben wollte. Umschmeichelte und lockte mich mit ihren Küssen, dass mir schwindelig wurde, um mich gleich im nächsten Augenblick wegzustoßen, als hätte ich sie dazu gezwungen.

»Kannst du mir nicht vorher sagen, wenn du nicht mit mir rummachen willst?«, fuhr ich sie an.

»Aber ich will doch mit dir … *rummachen.*«

Das feine, verlegene Kichern in ihrer Stimme heizte meine Wut noch weiter an.

»Nur nicht so. So … grob.«

»Bis jetzt hat sich noch keine beschwert!«

»Ich bin auch nicht wie andere«, schnappte sie zurück.

»Nein, wirklich nicht!«, gab ich mit einem hässlichen Auflachen zurück.

Meine Hände ballten sich zu Fäusten, um die Leere zu füllen, die ihr schmaler Körper, ihre fragilen Konturen darin hinterlassen hatten. Der Hunger nach ihr war ein Schmerz tief in meinen Knochen, und in meinem Mund zog es, vor lauter Durst nach mehr von diesen Küssen.

»Okay, gut!« Entnervt warf ich die Hände in die Luft. »Dann verrat mir doch bitte, wie du es dir vorstellst!«

Sie lachte, dieses helle, goldene Lachen, das mir auf der Haut kitzelte.

»Ich zeig's dir.«

Sie nestelte an ihren Stiefeln herum und ließ sie fallen, raffte ihren langen Rock und setzte sich auf meine Knie. Die Hände um mein Gesicht gelegt, schaute sie mir ernst in die Augen.

»So, Jake.«

Meine Lider klappten zu, als ihre Lippen sich weich auf meine legten. Mit ihrer Zunge ließ sie warmen Honig in meinen Mund träufeln, der sich irgendwo tief in mir sammelte; ein Rauschmittel, das mich ganz leicht und ein bisschen schwummrig im Kopf werden ließ.

»Und so.«

Ihr Mund zeichnete glühende Spuren auf meinen Hals, ohne ihn überhaupt richtig zu berühren, während ihre Hände über meine Schultern strichen wie Daunenfedern.

»Und so.«

Sie rieb ihr Gesicht an meiner Brust und tupfte Küsse auf meine Schlüsselbeine. In die Kuhle an meinem Hals, dicht neben der blauen Perle, die sie mir geschenkt hatte.

Meine Arme waren schwach, als ich Nessa an mich zog, ihr Mund wieder aufwärts wanderte, auf meinen, ihn mit mehr von diesen berauschenden Küssen füllte. Ihre Haare wie Erdbeerwein, der mir durch die Finger rann, der dünne Grat ihres Schulterblatts scharf in meiner Handfläche; ich stellte es mir vor wie aus Elfenbein geschnitzt.

Metallicas *Nothing Else Matters* in mir, bis zum Anschlag aufgedreht.

Das sanfte Vibrieren von Gitarrensaiten in meinem Bauch. Melancholisch. Sehnsüchtig. Zum Dahinsterben schön. Ein leidenschaftliches Tönen, ein schmeichlerisches Summen in meinem Kopf. Die harten Schläge der Drums mein Puls. Die gedehnte Klage der E-Gitarre sich ausbreitende Schwingen, auf denen ich abhob.

Obwohl wir beide noch alle Klamotten anhatten, war Nessa mir so nahe wie noch kein Mädchen zuvor.

Wie überhaupt niemand zuvor.

Als könnte sie etwas tief, tief in mir erreichen.

Wo meine dunkelsten Geheimnisse vergraben lagen. Meine größten Schwächen. Alte Wunden und ungeweinte Tränen.

Meine Augen fühlten sich heiß an; etwas jagte durch mich hindurch wie das schrille Pfeifen der Rückkoppelung eines Verstärkers.

Ich.

Bekam.

Keine.

Luft.

Panik. Ich hatte Panik.

Ich schubste sie von mir herunter und stürzte aus dem Auto, stieß mir irgendwo die Schulter, das Knie, kam taumelnd und keuchend zum Stehen.

»Jake?«

Ihre Stimme, dicht hinter mir; sie fasste mich beim Arm, ich riss mich los.

»Jake!«

Ich hielt es nicht länger aus. Nicht hier. Mit ihr.

Ich schnappte mir meinen Hoodie und stieß das Tor auf, stürmte hinaus.

32

Nessa

»Jake! Komm zurück! Du kannst jetzt nicht einfach weglaufen!«

Ich zitterte vor Wut, krallte mich am Türrahmen fest; nur halb nahm ich wahr, wie die Kälte des Bodens durch meine Socken und die Strumpfhose sickerte.

Hilflos sah ich zu, wie er sich immer weiter von mir entfernte, und Tränen stiegen mir in die Augen; alles in mir tat weh.

»Jake! Verdammt!«

Ich schrie so laut, dass meine Stimme kippte. Zornig hieb ich mit der Faust gegen das Holz.

Vor meinen Augen flimmerte es. Finsternis züngelte über den Boden heran, schlang sich um meine Beine, flutete in mich hinein.

Nicht jetzt. Bitte. Nicht hier.

»Jake.«

Ein ersticktes Wispern mit schwerer Zunge, tauben Lippen, während ich mit mir selbst rang.

Mich gegen meine Natur zur Wehr setzte.

Lauf weg, Jake. Lauf einfach weiter. Dreh dich nicht um.

Dieses Mal kam es wie eine Explosion, die mich bis ins Mark erschütterte und zersprengte.

Dann Schwärze.

Nichts.

33

Jake

Etwas in ihrer Stimme hatte mich dazu gebracht, stehen zu bleiben; ich hätte nicht gedacht, dass sie genauso wütend werden konnte wie ich.

Ich angelte in meiner Hosentasche nach Zigaretten.

Shit.

Ich leerte die Taschen immer aus, bevor ich mich unter das Auto schob, mich wie ein Schlangenmensch verrenkte, um irgendwo in den Eingeweiden des Käfers Schrauben zu lösen und Teile abzumontieren; Zigaretten und Zippo lagen noch auf der Werkbank, neben meinem Handy und den Schlüsseln.

Mit den Handballen rieb ich stöhnend über meine Augen, fuhr mir durch die Haare, horchte dann auf.

Ein schwaches Geräusch, fast nur ein Gefühl auf der Haut.

Wie das Flüstern eines Windhauchs. Das Rascheln dürrer Blätter, aber ungleich leiser, ungleich hektischer.

Ich wandte den Kopf.

Whoa.

Ein flatternder Sturzbach ergoss sich über mich, umwirbelte mich wie ein Tornado.

Ich riss den Arm vor mein Gesicht, blinzelte darunter hervor, brauchte ein paar Herzschläge, um zu begreifen.

Schmetterlinge.

Nicht zehn. Nicht zwanzig.

Hunderte.

Ein Wirbelsturm, der mich eingekreist hatte, gespenstisch leise sirrend, fein knisternd.

Mit verstörend schwachem Luftzug, aber von überwältigender Sogkraft, im Zwielicht aus Nacht und Tankstellenbeleuchtung mal farblos wie Motten, dann orangerot aufleuchtend.

Schwindelerregend schnell vibrierend, die Berührungen der Beine und Fühler, der papierfeinen Flügel kaum zu spüren, und doch irgendwie aggressiv.

Komplett surreal. Wie in einem Hitchcock-Film.

Eine entfesselte Naturgewalt, die mir Gänsehaut machte.

Absurd, eigentlich; ein paar Schläge mit den Armen, noch nicht einmal besonders kräftig, ein paar Schritte vorwärts, und ich würde frei sein. Dutzende der fragilen Falter hätte ich mit den Händen auf einen Schlag zu Staub zermalmen können, so lange, bis keiner mehr übrig war.

Ich brachte es nicht fertig, war wie gelähmt.

Gefangen zwischen Staunen und Furcht, beschämt bis ins Mark, kniff ich die Augen zusammen.

Hoffte, es würde vorübergehen.

Wie ich es immer hoffte, wenn ich nicht weglaufen konnte.

Ich war nicht sicher, es klang, als ob der schwache Lufthauch auf meiner Haut, in meinen Haaren verwehte, das Flüstern und Knistern verstummte.

Ich hob den Kopf, blinzelte in die plötzlich so grelle Beleuchtung der Zapfsäulen, ließ den Arm sinken.

Sie waren fort.

Hätte ich es nicht besser gewusst, wäre ich mir sicher gewesen, gerade einen üblen Trip erlebt zu haben, von irgendeiner fiesen, im Heimlabor zusammengebrauten Chemiedroge. Ich schüttelte den Kopf, um ihn wieder klar zu kriegen, drehte mich vorsichtshalber um.

Eine Gestalt auf dem Boden, auf halbem Weg Richtung Werkstatt, reglos wie eine weggeworfene Barbie. Geisterhaft bleich im fahlen Licht, auf dem dunklen Asphalt, die langen roten Haare wie ein Umhang über ihr ausgebreitet.

Ich spurtete los, brüllte ihren Namen.

Ein einziger Eiszapfen war sie, ihr Pulsschlag dabei dünn, flach und rasend; der aufgeregte Flügelschlag eines Spatzen.

Mein Hirn war wie tot. Mechanisch hob ich sie auf und trug sie zur Werkstatt hinüber, erschreckend leicht war sie.

Vorsichtig bugsierte ich sie auf den Rücksitz des Käfers, schlang die Decke eng um sie und rubbelte über ihre Arme, ihre Beine, klopfte ihr auf die Wangen.

»Wach auf, Nessa. Bitte, wach auf.«

Ich hockte mich dazu, presste sie an mich, flüsterte wieder und wieder ihren Namen, während ich in einen finsteren Abgrund der Angst stürzte.

34

Nessa

Eine Stimme floss zu mir heran, tief und dunkel, raunte meinen Namen.

Ich kannte diese Stimme, sie brachte mich zum Lächeln.

Eine verlockende Wärme ging von ihr aus, zog mich unwiderstehlich zu sich heran und ließ mich aus der Finsternis heraufdriften.

Unter dem Hämmern in meinem Kopf zuckte ich zusammen; in meinen Armen, meinen Beinen pochte es, und mein Magen wand sich.

»Nessa.«

Meine Lider flatterten, hoben sich langsam.

Augen wie ein von hauchzarten Wolken getrübter Himmel, der plötzlich aufklarte, in leuchtendem, reinstem Blau erstrahlte.

Jake.

Mein Blick wanderte über ihn hinweg, hinauf zu der weißen Kuppel über unseren Köpfen; überall auf meiner Haut fühlte ich denselben weichen, leicht klebrigen Stoff.

Er hatte es gesehen. Mich gesehen und in das Auto gebracht.

Nackt.

Gequält schloss ich die Augen; mir war speiübel vor Schmerz. Vor Scham.

»Nessa! Sack mir nicht wieder weg!«

Er schüttelte mich leicht, streichelte mein Gesicht.

»Nessa! Hey! Bleib bei mir!«

Ich nickte, obwohl ich mir ausnahmsweise nichts sehnlicher wünschte, als gleich wieder in der Schwärze zu versinken. Im Nichts.

Im Kopf war ich noch so langsam, und mir war kalt. Entsetzlich kalt.

»Meine ... Sachen«, stammelte ich mühsam und mit klappernden Zähnen. »Draußen. Tür. An...ziehen?«

Ich spürte, wie er zögerte, mir dann einen Kuss auf die Stirn drückte.

»Bin gleich zurück.«

Ich trieb mein Gehirn an, schneller aufzuwachen. Mir irgendeinen Weg zu zeigen, wie ich hier rauskam.

Nie wieder würde ich Jake in die Augen schauen können.

35

Jake

Leblos wirkte sie, als ich in den Käfer zurückkletterte, ihre Klamotten in einem unordentlichen Bündel neben sie warf. Ich überlegte ernsthaft, von der Tanke aus die 911 anzurufen, als ich bemerkte, dass sich ihre Lippen bewegten. Ich rutschte näher, versuchte zu verstehen, was sie flüsterte.

»Du willst was zu trinken?«

Sie nickte.

Ich wollte sie nicht allein lassen, aber hohlwangig, weiß wie Kreide und mit dunklen Ringen unter den Augen sah sie wirklich aus, als bräuchte sie einen Schluck Wasser. Oder etwas Stärkeres, mit viel Zucker; die Colaflaschen auf der Werkbank waren nur alle leer.

Behutsam strich ich über ihre Wange, und in meiner Brust krampfte sich etwas zusammen, schnürte mir die Luft ab.

»Ich hol dir was.«

Ich sprang aus dem Käfer, schnappte mir die Schlüssel zur Tankstelle und rannte, so schnell ich konnte.

Eilig schloss ich die Tür auf, machte nicht mal Licht, ich kannte mich auch im Dunkeln aus. Ein Kaffee wäre gut gewesen für Nessa, heiß und stark, aber ich wollte nicht warten, bis die Maschine hochgefahren war. Stattdessen ratschte ich mit dem Schlüssel die Folie eines Sixpacks im Vorratsraum auf und griff mir zwei Flaschen Cola; lauwarm war sicher besser als eisgekühlt, sie fror sowieso schon. Wie Mason mich gebeten hatte, kritzelte ich auf den Notizblock, was ich mitnahm, schnappte mir noch zwei Schokoriegel und sperrte ab.

Mein Hirn war wieder angesprungen, überschwemmte mich mit bizarren Gedankenfetzen, die in meinem Kopf herumflatterten wie hypernervöse Falter, während ich zur Werkstatt zurückrannte.

Schmetterlinge. Nessa.

Wir sind anders.

Feuer und Rauch und ein Schatten, der aussah wie ein Mädchen.

Brandrote Haare.

Mehr Schmetterlinge. Feuerfarben.

Mariposa.

Flackernde Bilder, unzusammenhängende Gedankenschnipsel, die einfach keinen Sinn ergeben wollten.

»Hier, ich …«, keuchte ich, als ich neben dem Käfer abbremste; der Rest des Satzes blieb mir im Hals stecken, ich hatte ihn auch sofort vergessen.

Ich starrte auf die auseinandergeschlagene Decke, die einsam auf der Sitzbank zurückgeblieben war.

36

Jake

Obwohl die Anzeige an der Grizzly Gas eine Temperatur deutlich über dem Gefrierpunkt anzeigte, hatte ich meine schwarze Arbeitsjacke an. Hier in Mariposa war es im Winter doch kälter als in L. A., zu kalt für Hoodies und sogar für meine Armyjacke; es nieselte.

Den Kragen hochgeschlagen, halb im Gebüsch und eine Zigarette im Mundwinkel, kam ich mir vor wie ein Special Agent in einer Undercover-Mission.

Okay. Wie ein Stalker.

Zum dritten Mal hatte ich am Ende der Stroming Road den Weg in den Wald eingeschlagen, den Mason mir mit mitleidigem Blick aufgezeichnet und ausführlich beschrieben hatte. Das dritte Mal in einer Woche, dass Travis an der Tanke für mich eingesprungen war, damit ich hier stehen und eine nach der anderen wegrauchen konnte, während ich zu dem grünen Haus in dem verwilderten Garten hinüberstarrte. Ewig würde ich das nicht machen können, irgendwann war sicher auch Travis mit seiner Geduld am Ende, würde Mason mich feuern.

Seit Nessa letzte Woche aus dem Käfer verschwunden war, seit der schrägen Sache mit dem Schmetterlingsschwarm, sah ich in Mariposa nur noch Schmetterlinge.

Auf dem Schild, das den Weg den Hang hinunter zu einer Gartenhütte über dem fröhlich sprudelnden Mariposa Creek wies, in der eine Teestube untergebracht war. An der Fassade des *Monarch Inn.* Auf den Ansichtskarten und den kostenlosen Mini-Stadtplänen in der Rezeption des Wisteria Arbors. In den Schaufenstern der Geschäfte und im Souvenirladen des Visitor Centers im Yosemite Valley, aus Stoff und Papier und Plastik, als Magnet und als Sticker. Auf dem *Welcome*-Plakat des *Company Store* und dem Werbebanner des *Butterfly Ballet Dance Studio.* Riesengroß auf eine Mauer gemalt, an der ich freitagmittags im Bus wieder nach Mariposa hineinrollte.

Orangerot. Schwarz umrandet und geädert. Weiß gefleckt.

Danaus plexippus. Der Monarchfalter.

Das hatte mir meine Suche an Masons Uralt-Computer ausgespuckt, und die Schmetterlinge auf den Bildern sahen exakt so aus wie die Hundertschaften, die mich umwirbelt hatten.

Weiter hatte ich nicht nachgeforscht; ich musste erst mit Nessa reden.

Entschlossen trat ich die Kippe aus und marschierte auf den verwitterten grauen Holzzaun zu.

Die Hand schon nach dem Tor ausgestreckt, zögerte ich; ich wusste nicht so recht, wie ich anfangen sollte, wenn sie mir gegenüberstand.

Die Haustür öffnete sich, und ich machte einen Satz zurück.

Eine Wollmütze tief in die Stirn gezogen, stand Hayden in der Tür und schaute zu mir herüber. Er hob kurz die Hand und lauschte hinter sich, bevor er die Tür zuzog und über die Treppen auf mich zukam, dabei in eine dicke Jacke schlüpfte.

»Hi?«, krächzte ich irritiert.

»Shhtt«, machte er und warf einen Blick über die Schulter.

Lautlos schloss er das Gartentor und packte mich beim Ärmel, zerrte mich den Waldweg entlang.

Ich atmete auf, als er mich endlich losließ und sich stattdessen mit dem Reißverschluss seiner Jacke beschäftigte; die Brauen verkniffen und einen erbarmungslosen Zug um den Mund, hatte er definitiv etwas von einem kaltblütigen Axtmörder.

Trotz der Sommersprossen in seinem Gesicht.

»Ich hab dich vom Fenster aus gesehen«, sagte er. »Und das nicht zum ersten Mal.

Mein Gesicht brannte. »Ich wollte zu Nessa.«

»Ja. Aber sie will momentan nicht mit dir reden.«

Er zog den Zipper bis zum Anschlag hinauf und vergrub sein Kinn im Kragen; die Hände in den Jackentaschen, musterte er mich von der Seite.

»Sie hat mir erzählt, was passiert ist.«

Ich zuckte mit den Schultern.

»Ich weiß nicht genau, was passiert ist. Deshalb wollte ich ja mit ihr reden.«

»Es ist das passiert, was du gesehen hast.«

Wieder und wieder hatte ich in der vergangenen Woche diese Augenblicke in meinem Kopf ablaufen lassen, und noch immer ergab es keinen Sinn.

Mein Blick verlor sich irgendwo zwischen den Bäumen.

»Ich bin mir nicht sicher, was ich gesehen habe.«

Hayden stöhnte auf.

»Entweder stellst du dich unglaublich dämlich an oder du denkst nicht mal für fünf Cent nach. Kann doch wirklich nicht so schwer sein. – Hier lang.«

Der Waldweg hörte abrupt auf, und Hayden dirigierte mich zwischen den Bäumen hindurch; der Boden war weich von aufgeweichten Nadeln und braunen, nassen Blättern.

»Also, fassen wir noch mal zusammen«, setzte er mit einem Seufzen neu an. »Du hast Streit mit Nessa und sie regt sich fürchterlich auf. Plötzlich siehst du einen Schwarm von Schmetterlingen, der genauso plötzlich wieder weg ist. Stattdessen findest du eine bewusstlose Nessa ohne Kleider. Die liegen irgendwo leer herum. Na – wo könnte da der logische Zusammenhang sein?«

Ich vergrub die Hände in den Taschen meiner Jeans und ballte sie zu Fäusten, schüttelte den Kopf.

»Doch, Jake.«

Hayden war stehen geblieben und sah mich an, der Ausdruck auf seinem Gesicht gelockert, fast weich.

»Es passt vielleicht nicht in dein Weltbild. Aber es ist und bleibt die einzige logische Erklärung für das, was du gesehen hast.«

»Aber ...«

Ich machte den Mund wieder zu. Meine Augäpfel ruckten in den Höhlen hin und her, während der Sturm aus Gedankenfetzen in meinem Kopf sich legte.

Wie dieses Gefühl, nachdem ich eine Ewigkeit auf das verwirrende Innenleben des Käfermotors gestarrt hatte, nur gekrümmte und umeinander gewundene, verschraubte und zusammengesteckte Rohre, Leitungen, Kappen, Rädchen gesehen hatte. Bis ich urplötzlich begriff, wie sie miteinander zusammenhingen und jedes dieser Teile aus Metall und Plastik seinen Platz in meiner Vorstellung bekam.

Seine Bedeutung im Herzstück des Autos.

»Sie ist ein Schmetterling?«

Ausgesprochen klang es noch verrückter als in meinem Kopf.

Hayden grinste.

»Du hast es nicht mit der Logik, oder? Bist wohl eher der musische Typ. Nessa ist zwar nicht besonders groß und dünn noch dazu – aber wie bitte schön soll so viel Nessa in einen einzigen Schmetterling passen? Das ist physikalisch unmöglich. Gesetz über die Erhaltung von Masse.«

Ich folgte ihm tiefer in den Wald, während es in meinem Kopf unaufhörlich ratterte.

»Erklär's mir«, sagte ich schließlich rau. »Alles, wenn's geht.«

»Alles ist ein bisschen viel auf einmal.«

Er seufzte, zog dabei eine überhebliche Miene.

»Also, fangen wir mit den Grundlagen an. Unsere Körper sind anders. Der Aufbau ist im Prinzip wohl der gleiche, nicht aber die Substanz. Wir sind in der Lage, uns aufzuspalten. Knochen, Muskeln, Sehnen, Blutgefäße – einfach alles, bis zur Haut und den inneren Organen. In Hunderte von winzigen Organismen teilen wir uns dann auf. In einen Schwarm von Schmetterlingen.«

»Du hast *wir* gesagt ... Du etwa auch?«

»Yupp.« Er schob das Kinn vor und nickte. »Unser ganzes Volk.«

»Was für ein Volk?«

Mit spöttisch verzogenem Mund warf er mir einen Seitenblick zu.

»Die Butterfly People natürlich!«

»Nie gehört«, murmelte ich.

»Natürlich nicht.«

Vor uns tauchte ein niedriger Baumstumpf auf; möglich, dass es derselbe war, auf dem ich das erste Mal versucht hatte, Nessa zu küssen, ich hatte längst die Orientierung verloren.

»Unser oberstes Gebot«, erklärte er und setzte sich hin. »Niemandem ein Sterbenswort zu verraten, um unser Geheimnis zu bewahren. Ich bin jetzt einfach davon ausgegangen, dass du alles für dich behältst, was ich dir erzähle. Schon um Nessas willen.«

Ich hockte mich neben ihn.

»Sonst musst du mich leider abmurksen und meine Leiche im Wald vergraben?«

Grinsend warf er mir einen Blick zu. »Du hast es erfasst!«

Um meinen Mund zuckte es.

Ich betrachtete meine Hände, die sich unruhig falteten und wieder lösten.

»Und wie … ich meine … ist das so eine Art …« Ich zögerte. »Magie?«

Er schüttelte den Kopf.

»Liegt einfach in unseren Genen. Butterfly-Mann und Butterfly-Frau zeugen ein Butterfly-Kind. Auf demselben Weg wie ihr, und Schwangerschaft und Geburt verlaufen auch nach demselben Prinzip. Wie du siehst, sind wir wirklich nicht so viel anders.«

Beinhart klang er dabei.

Ich warf ihm einen zweifelnden Blick zu.

»Na schön. Bis auf diese Sache mit der Verwandlung. Und alles, was damit zusammenhängt.«

»Ist das so was wie eine Mutation?«

Er steckte die Hände wieder in die Jackentaschen und kaute auf der Unterlippe herum.

»Das habe ich mich auch oft gefragt«, sagte er dann leise. »Wissenschaftlich betrachtet müsste es so sein. Irgendwann einmal muss es ja den oder die Erste von uns gegeben haben, vermutlich irgendwo in grauer Vorzeit. In den alten Legenden der Navajo gibt es einen Hinweis auf uns. In den Geschichten um den Gott Begochidi, Sohn der Sonne und einer Wildblume.«

Hayden grinste und überkreuzte die Füße in den schweren Schnürstiefeln, ließ sie hin und her wippen.

»Extrem skurriler Typ. Ein Crossdresser, immer zu Streichen aufgelegt und hinter allem her, was nicht bei drei auf den Bäumen ist. Er kann sich in Wind verwandeln, in Sand, Wasser oder in einen Regenbogen. Und in Insekten, in deren Gestalt er die anderen Götter gern mal piesackt. Als sich eines Tages sein Weg mit einem Schwarm Schmetterlinge kreuzte, verwandelte er sich ebenfalls in einen Schmetterling, paarte sich mit ihnen und brachte so das Volk der Butterfly People in die Welt.«

Ein paar Augenblicke schwieg er, während seine Beine nach wie vor in Bewegung waren.

»Bei uns gibt es eine ähnliche Geschichte. Von Sachem, unserem Stammvater, dem Sohn von Sonne und Wind. Verglichen mit Begochidi ziemlich langweilig, aber genauso rothaarig, der mit einem Schwarm von Schmetterlingen unser Volk begründete. Eigentlich stammt alles, was wir über uns selbst wissen, immer nur aus irgendwelchen Mythen und Märchen.«

Der scharfe Ton, den seine Stimme zuletzt angenommen hatte, bildete sich auch auf seinem Gesicht ab, in einem fast bitteren Zug um den Mund.

»Die wichtigsten Fragen beantwortet? So fürs Erste?«

In meinem Kopf schwirrte es. Nicht wie von einem Schwarm Schmetterlinge.

Eher wie von Hornissen.

Dazwischen blinkte immer wieder der Gedanke auf, dass mein nächster Drogentest im Probation Office bestimmt positiv ausfallen würde, weil ich aus Versehen irgendwas an der Tanke eingeatmet, Gonzalez mir womöglich heimtückisch was in die Zahnpastatube gespritzt hatte.

In meinem Bauch aber fühlte es sich klar und leicht und hell an, wie aufgeräumt.

Vielleicht, weil Mariposa sowieso schon so ein schräger Ort war.

Wie herausgefallen aus der Zeit.

Schräg genug, dass es hier Mädchen wie Nessa, Jungs wie Hayden geben konnte, die sich in Schmetterlinge verwandelten.

»Ich will trotzdem noch mit Nessa reden.«

»Nessa …«

Hayden saß plötzlich still, starrte vor sich hin. Die Art, wie er ihren Namen ausgesprochen hatte, tat mir weh, als hätte ich mir den Finger in einem Scharnier eingeklemmt.

»Nessa war immer ein bisschen anders. Schon als wir noch Kinder waren. Ich weiß gar nicht, ob das jemandem außer mir aufgefallen ist. Ob Nessa selbst das merkt. Und ich hab bis heute nicht herausgefunden, ob da ihre Schmetterlingsnatur besonders stark durchschlägt oder ob sie im Gegenteil mit aller Kraft dagegen ankämpft.«

Seine Augen wanderten zu mir herüber.

»Ich versuch sie zu überreden, dass sie sich noch einmal mit dir trifft. In Ordnung?«

Wie er in seiner zu großen Jacke und den Cordhosen dasaß, rotblonde Haarfransen unter der tief heruntergezogenen Mütze, fehlte ihm zum coolen Skater nur noch das Board; irgendwie schien er doch ganz in Ordnung zu sein.

»Das wäre super. Aber du musst das nicht tun, wenn …«

Er hob die Schultern und ließ sie wieder fallen; hilflos wirkte er und wütend.

»Sagen wir mal so – ich bin auch nicht gerade glücklich mit der Situation.«

Er scharrte mit der geriffelten Stiefelsohle im Boden, kickte dann Laub und tote Nadeln hoch.

So etwas wie ein schlechtes Gewissen nagte an mir.

»Was ist das eigentlich zwischen euch? Ich meine – ist da überhaupt etwas? Oder war es mal?«

Hayden senkte den Kopf und vergrub das Kinn im Jackenkragen.

»Das solltest du besser Nessa fragen.«

37

Nessa

»Alles in Ordnung?«

Ich spürte Haydens Augen auf mir, während wir nebeneinander den Waldweg entlanggingen.

Ich schüttelte den Kopf, ich hatte Angst davor, Jake wiederzusehen.

Wir ließen den Wald hinter uns, nur Büsche säumten noch den Weg. Der weiche Boden stieß an das asphaltierte Ende der Stroming Road, und wir blieben stehen.

»Ich kneif schon nicht«, reagierte ich patzig auf Haydens besorgten Blick.

»Bei dir weiß man nie.«

Ich streckte ihm die Zunge raus, lächelte aber. Ein Anflug von Ausgelassenheit, von Übermut, der nicht echt war, aber meine Nervosität kurz zerstreute.

»Soll ich dir was Bestimmtes an Büchern mitbringen?«, fragte er und schob den Henkel der vollgestopften Stofftasche ein Stück weiter die Schulter hinauf.

»Was dir in die Finger kommt. Nur falls Ma fragt, was ich mir ausgeliehen habe.«

Er nickte und hob die Hand, bevor er die Biegung der Straße hinaufging.

Sein Lesehunger hatte etwas Fieberhaftes bekommen; vielleicht, weil die Zeit für Bücher bei ihm langsam, aber unaufhaltsam ablief.

»Hayden!«

Ich wollte ihm etwas hinterherrufen, etwas wie *Danke* oder *Es tut mir leid*, aber er warf mir nur einen Blick über die Schulter zu und schüttelte den Kopf.

Ich fühlte mich schlecht.

Wegen Hayden. Wegen Jake.

Wegen des ganzen großen Chaos, das ich ohne böse Absicht angerichtet hatte.

Ich schob die Hände in die Jackentaschen und knibbelte nervös am Futterstoff herum.

Ich war zu früh dran. Oder Jake zu spät.

Ich ging ein paar Schritte im Kreis und spähte zu den niedrigen Wohnhäusern hinüber, die mit ihrem großzügigen Grundriss die Straße einrahmten.

Ich könnte einfach gehen, ohne dass er es mitbekam. Vielleicht würde er auch gar nicht auftauchen.

Plötzlich ein Gefühl wie Sonne in meinem Rücken, und noch bevor ich seine Stimme hörte, drehte ich mich um.

»Hallo, Nessa.«

Es gelang mir nicht, ihm in die Augen zu sehen, ich blieb mit meinem Blick irgendwo auf Brusthöhe hängen. Mit dem Kopf nickte ich zum Wald hinüber.

»Gehen wir ein Stück.«

Ich machte große Schritte, trat fest auf und atmete tief den Geruch nach feuchtem Waldboden und Kiefernnadeln ein.

Es tat gut, sich wieder draußen an der frischen Luft zu bewegen, nachdem ich mich die ganzen Tage zu Hause verkrochen hatte und mich dort fühlte wie eine welkende Wiesenblume im leeren

Wasserglas. Bis Ma sogar die Hand auf meine Stirn legte, sich meine Zunge anschaute und mir einen Tee aus Little Elephant's Head und rot blühendem Paintbrush verordnete.

Möglich, dass ich auch vor Jake davonlaufen wollte, der mich nicht aus den Augen ließ, unausgesprochene Fragen wie Widerhaken in meiner Haut.

Er schien ähnlich nervös zu sein wie ich. Seine Finger zupften am Kragen seiner Jacke, an den Taschenklappen. Bewegten sich in den Hosentaschen und durchkämmten seine Haare.

Nicht wie sonst zu der Musik in Jake, sondern als suchten sie unruhig irgendwo Halt und fänden keinen.

Nachdem er mitbekommen hatte, dass meine empfindlichen Atemwege den Qualm nicht vertrugen, hatte er nie wieder in meiner Gegenwart geraucht; dass er es auch jetzt nicht tat, rechnete ich ihm hoch an.

»Was willst du wissen?«, brach ich endlich das Schweigen.

Er brauchte ein bisschen mehr Zeit und etliche Schritte zwischen den Bäumen hindurch, bis er den Mund aufmachte.

»Wie ist es für dich?«

»Was?«

»Wenn du dich verwandelst.«

Ich zuckte mit den Schultern. »Mehr oder weniger wie es immer ist. Ich kenne es ja nicht anders.«

»Hast du dich auch schon als Kind verwandelt?«

»Schon immer.«

»Wie kann ich mir das vorstellen? Du springst irgendwo herum und – *puff*! – bist du ein Schwarm von Schmetterlingen. Und kurze Zeit später – *puff!* – wieder Nessa?«

Ich musste lächeln, als ich daran dachte, wie ich früher manchmal zugeschaut hatte, wenn Lantana Lissa wickelte. *Ach nein. Nicht jetzt,* hatte Lantana gemurmelt, sobald Lissa sich versteifte und im Gesicht rot anlief, sich die ersten Schmetterlingsflügel aus ihr entfalteten. Seufzend hatte Lantana die Tür geschlossen und sich in den Sessel gesetzt, um zu warten, bis die umhertanzenden Schmetterlinge sich irgendwo im Zimmer wieder sammelten und sie danach ihr Baby auflesen konnte.

»So ungefähr. Solange wir klein sind, passiert das andauernd. Ohne dass wir groß drüber nachdenken, das ist einfach so. Wie … atmen. Wir lernen erst mit der Zeit, es zu kontrollieren. Ich hab mich bis heute nicht so gut im Griff wie Hayden.«

»Tut es weh?«

»Als Kind noch nicht. Erst später. Hier.«

Ich umfasste meinen Ellbogen.

»Tief drin, in den Knochen. Und hier.«

Ich strich über meinen Bauch.

»Beide Male. Wenn wir uns im Frühling in Schmetterlinge verwandeln und im Herbst zurück, ist es nicht so schlimm, weil die Veränderung in der Außentemperatur den Körper vorbereitet. Die spontanen Verwandlungen, aus Angst oder Zorn, sind schwer zu ertragen. Die bewussten gehen eigentlich, sind nur anstrengender, weil sie so viel Konzentration erfordern.«

Er nickte. Seine Brauen waren ständig in Bewegung, während er neben mir herging, in seinem Gesicht zuckte es immer wieder. Ich konnte mir nur vage vorstellen, wie es sein musste, in so kurzer Zeit das begreifen zu lernen, womit ich über Jahre hinweg aufgewachsen war.

»Diese Tropfen, von denen du erzählt hast …«

»Milkweed.«

»Ja. Du hast gesagt, sie sind ein Schutz?«

»Gegen Fressfeinde. Den Verlust von ein paar Schmetterlingen können wir gut verkraften. Das ist ungefähr so, wie wenn du dich in den Finger schneidest oder dir das Knie aufschlägst. Aber es gibt Vögel, die Jagd auf uns machen und mit einem oder zwei Schmetterlingen nicht zufrieden wären. Durch die Tropfen schmecken wir bitter, und ein Vogel lernt da sehr schnell, dass wir ungenießbar sind.«

Ein kleines Lächeln glitt über sein Gesicht.

»Du schmeckst kein bisschen bitter.«

Sein Lächeln sprang auf mich über.

»Du bist auch kein Vogel.«

»Seid ihr deshalb Veganer? Aus Überzeugung?«

»Ich weiß nicht genau, wie es miteinander zusammenhängt – aber Fleisch und andere tierische Lebensmittel machen unsere Knochen weniger biegsam, die Organe weniger elastisch, hemmen dadurch die Fähigkeit zur Verwandlung. Das kann gefährlich werden. Deshalb müssen wir auch aufpassen, wie viel wir wiegen. Mehr Gewicht bedeutet nicht automatisch mehr Schmetterlinge. Die Verhältnisse in unserem Körper stimmen dann nicht mehr, und wir können uns nur noch halb oder gar nicht mehr verwandeln.«

»Wie ist es, ein Schmetterling zu sein? Oder viele Schmetterlinge?«

Unwillkürlich ging ich langsamer.

»Das weiß ich nicht. In mir wird alles schwarz, wenn ich mich verwandle. Über die Zeit haben sich bestimmte Erinnerungen eingeprägt. An Gerüche. An Farben. Eine besonders eindrückliche Stimmung. Die Ahnung eines Gefühls. Sonst nichts. Ein bisschen können wir wohl steuern, wie wir uns als Schmetterlinge verhalten, uns auch miteinander verständigen, aber bewusst bekommen wir davon nichts mit. Mich, Nessa, gibt es dann nicht mehr. Nur noch den Schwarm mit seinem Instinkt.«

Ich warf ihm einen Blick zu, wie er neben mir herging, den Kopf gesenkt und mit grüblerischer Miene.

Eine ganze Weile sagte er gar nichts.

Forschend sah ich ihn an und wurde unruhig.

»Bitte, Jake, sprich mit niemandem darüber!«

Mein Kinn fing zu zittern an und Tränen stiegen mir in die Augen.

»Bitte verrate niemandem, was ich dir gerade erzählt habe! Es ist unsere größte Angst, dass eines Tages die Social Services wegen der Kinder vor der Tür stehen. Oder Reporter. Und verrückte Wissenschaftler, die überall Nadeln in uns stechen und irgendwelche Experimente mit uns anstellen.«

Verblüffung glitt über sein Gesicht; es tat mir fast weh, wie hell seine Haare über der schwarzen Jacke wirkten, wie blau seine Augen leuchteten.

»Natürlich verrate ich es niemandem.«

»Auch nicht Travis? Oder Josh?«

»Niemandem, Nessa. Das verspreche ich dir.«

»Gut. Danke.«

Meine Stimme wackelte; verstohlen zog ich die Nase hoch, wischte mir mit dem Ärmel über die Augen.

»Eins noch«, hörte ich ihn leise sagen. »Etwas, das ich schon komplett vergessen hatte, aber jetzt nicht mehr aus dem Kopf kriege.«

Die Hände in den Hosentaschen, wanderten seine Augen ziellos umher; verwirrt wirkte er.

»Ich war noch nicht lange hier, noch nicht lange im Community Service im Park … Im September war es. Da hat irgend so ein Idiot mit einem Lagerfeuer den Wald in Brand gesteckt.«

Heiß kroch es mir den Hals hinauf.

»Ich hab mich freiwillig gemeldet, um unter Aufsicht Schneisen ins Unterholz zu schlagen. In sicherer Entfernung vom Feuer. Aber irgendwie hab ich mich verirrt, hab die anderen nicht mehr gefunden – und dann war mir durch die Flammen der Weg zurück abgeschnitten. Überall war nur noch Rauch, ich hatte keine Ahnung, wo ich hinmusste. Wie ich da wieder heil rauskommen sollte.«

Meine Wangen glühten.

»Da hab ich etwas Seltsames gesehen. Ein Mädchen, das durch den Wald rannte. So blass wie du, mit genauso roten Haaren.«

Ich schlug die Hände vors Gesicht, das die gleiche Farbe angenommen haben musste wie eben diese Haare.

»Warst du das?«

Ich blieb stumm, hoffte darauf, dass die Scham in mir den Boden unter meinen Füßen zum Schmelzen brachte und ich in diesem Loch verschwinden konnte.

»Nessa. Hab ich dich da gesehen?«

»Ich wollte mir nur das Feuer anschauen«, murmelte ich zwischen meinen Händen hervor. »Nur ein einziges Mal wollte ich ein solches Feuer sehen. Aus der Nähe. Ich dachte, ich bin schlau, nutze meine Natur für mich. Einmal nur für mich. Ich hab meine Sachen hier im Wald versteckt und bin in den Park geflogen. Ich wusste nicht, ob ich mich dorthin lenken konnte, wo ich ungefähr hinwollte. Ob es dort nicht zu heiß sein, ich Schmetterling bleiben würde. Aber es hat geklappt. Viel besser, als ich dachte. Mir ging es nicht einmal so schlecht danach, ich hab gar nicht so schlimm gefroren, sicher wegen der Hitze.«

Ich biss mir auf die Lippen und hatte das Gefühl, noch röter zu werden.

»Ich konnte doch nicht ahnen, dass dort noch jemand war! Dass du dort bist und mich siehst.«

»Nessa. Hey.«

Seine Finger legten sich um meine Handgelenke; umso fester presste ich die Hände vor meine Augen.

»Nessa. Das war doch nicht schlimm.«

»Aber ich hatte gar nichts an!«

Ich schrie es fast.

»War mir gar nicht aufgefallen. Aber jetzt, wo du's sagst …«

Das Grinsen in seiner Stimme ließ meinen Mund gegen meinen Willen zucken.

»Nessa.« Er streichelte meine Handrücken. »Ich hab wirklich nichts gesehen.«

»Gibt ja bei mir auch nicht viel zu sehen«, schniefte ich und wischte mit gesenktem Kopf über meine Augen.

»Davon überzeuge ich mich dann beim nächsten Mal selbst.«

Mit einem zaghaften Lachen, an dem ich mich fast verschluckte, boxte ich ihn gegen den Oberarm.

Widerstrebend ließ ich mich von ihm in die Arme nehmen, an sich ziehen, legte schließlich die Wange gegen seine Brust; der Stoff seiner Jacke war hart und ein bisschen rau.

»Ich hab dich dann aus den Augen verloren«, flüsterte er. »Dafür waren da ein paar Schmetterlinge. Ich bin ihnen nachgegangen, und das war der Weg raus aus dem Feuer. Warst … warst das auch du? Hast du mir den Weg dort raus gezeigt?«

Die Hoffnung in seiner Stimme ließ mich zögern.

»Ich wünschte, ich könnte Ja sagen«, tastete ich mich vorsichtig heran. »Ich hab mich so erschrocken, hatte solche Angst, bin einfach nur gerannt. Dann wurde es in mir auch schon schwarz. Zu mir gekommen bin ich dann irgendwann hier in der Nähe, zum Glück nicht weit von meinen Sachen.«

Bang hörte ich seinem Schweigen zu, Herzschlag um Herzschlag.

»Für mich warst du es, die mir den Weg gezeigt hat«, raunte er, und mein Herz machte einen Sprung.

Die Stille des Waldes senkte sich über uns, hüllte uns ein.

Diese Stille, die nie wirklich stumm war, selbst im Winter nicht. In der immer Leben war, raschelnd, knisternd, fiepend. Ganz nah, und doch weit genug entfernt.

Fast wie all die Dinge, die Jake mich nicht fragte. Die ich ihm nicht gesagt hatte.

Ich war froh, dass Hayden mich dazu überredet hatte. Froh, dass Jake mich gerade einfach nur in den Armen hielt.

In der Hoffnung, dass er unser Geheimnis bewahrte. Mich trotzdem noch mochte.

Über alles andere wollte ich jetzt nicht nachdenken.

»Nessa«, flüsterte er nach einer Weile. »Du hast vorhin gesagt, du kannst dich bewusst verwandeln. Könntest du … würdest du …«

Ich hob den Kopf, sah ihn erstaunt an und ließ unwillkürlich meine Blicke durch den Wald streifen.

»Jetzt? Hier?«

»Neulich … Das ging alles so schnell, ich war komplett überrumpelt. Und ich … ich würd's gern noch mal sehen.«

Ich schaute ihm in die Augen, unsicher, ob ich es wirklich wagen wollte.

Nicht wegen des Schmerzes. Er würde nicht schlimmer sein als ein Ellbogen, den ich mir kräftig am Türrahmen stieß, oder den kleinen Zeh an einem Stuhlbein; ein scharfer, aufpeitschender Schmerz, der im ganzen Körper nachhallte, aber schnell vorbei war.

Wir waren dann doch so schutzlos, ganz gewöhnliche Schmetterlinge. Zerbrechliche Leiber, haarfeine Beine und Fühler, die Flügel dünner als feinstes Papier.

Ich wusste nicht, ob ich ihm schon so weit vertraute.

38

Jake

Sie ließ mich los und ging rückwärts, tiefer in den Wald hinein. Zwanzig, dreißig Schritte, vielleicht auch mehr. Ohne ihre Augen von meinen zu lösen, einen stolzen Glanz darin, ein Funkeln.

Erst als sie stehen blieb, flackerte ihr Blick.

Die Hände zu Fäusten geballt, schloss sie die Augen.

Ich konnte ihren Atem hören, schnell und ruckartig, wie vor einem kräftigen Niesen. Anstrengung ritzte sich in ihr Gesicht, dann Schmerz.

Ich hatte nicht gewollt, dass sie litt, wollte ihr zurufen, dass es eine blöde Idee von mir gewesen war, sie davon abhalten; es war zu spät.

An ihrem Hals entfaltete sich ein Schmetterlingsflügel, an ihrer Schläfe ein zweiter. Ich konnte gar nicht so schnell schauen, wie ein Flügelpaar nach dem anderen aus Nessa aufsprang, sich aufklappte und zu flattern begann.

Dicht an dicht umschwärmten sich die Schmetterlinge, eine Traube unruhig bebender orangeroter Herbstblätter, unter denen ich Nessas dunkle Kleider leer zu Boden fallen sah.

Der erste Schmetterling taumelte in meine Richtung, gefolgt von einem zweiten, einem dritten, vielen.

Dieses Mal war es anders.

Dieses Mal umtänzelten mich die Schmetterlinge vorsichtig, wie zutraulich, fast zärtlich. Ein Wispern federte in der Luft. In einer Sprache, die ich nicht verstand, aber gern gelernt hätte.

Langsam streckte ich die Hände aus, in diese vibrierende, brandrote, schwarz und weiß gezeichnete Wolke hinein, die mich umschwebte. Ich staunte über diese filigranen Gestalten, so zart, so zerbrechlich und doch so voller Energie. Bewunderte das leuchtende Orange der Flügel und ihre blassgelbe Unterseite, die feine schwarze Äderung und die weißen Sprenkel am dunklen Flügelsaum.

Ich hatte noch nie etwas so Schönes gesehen.

Einige der Schmetterlinge ließen sich auf mir nieder. Auf meinen Händen, meinem Gesicht, vermutlich auch in meinen Haaren; andere streiften mich mit ihren Flügeln, kitzelten mich. Mehr eine Ahnung von Gefühl als eine wirkliche körperliche Empfindung, und doch ging es mir tief unter die Haut; ich bedauerte es, so viele Klamotten anzuhaben.

Ich konnte Nessa fühlen.

Überall auf mir, um mich herum.

In einer überwältigenden, zarten Umarmung, in der es mir nicht schwerfiel, still zu halten.

Hinter meiner Stirn begann es zu kribbeln und Tränen schossen mir in die Augen.

Es war mir egal.

Ein Gefühl von Verlust breitete sich in mir aus, als sich die ersten Schmetterlinge entfernten, den ganzen Schwarm wie ein sich entrollendes Band aus Flämmchen hinter sich her zogen.

Ein Verlust, den ich nicht zu verhindern wusste, weil ich nichts von Nessa festhalten konnte, ohne zu verletzen, ohne zu zerstören.

Hilflos, in einer verwirrenden Mischung aus Freude und Traurigkeit, sah ich zu, wie sich die Schmetterlinge unter einem Baum sammelten; eine flatternde, zitternde Flut, die zur Erde floss.

Ein Flügelpaar nach dem anderen klappte zu, ließ nach und nach milchweiße Haut sehen. Glänzend rote Haare.

Einen Mädchenkörper, der auf dem Waldboden lag, leblos und unendlich verwundbar.

Ich ratschte den Zipper meiner Jacke auf und riss sie mir vom Leib, als ich zu ihr lief; ich warf mich auf die Knie, packte sie in die Jacke und hob sie vom Boden auf, auf meinen Schoß.

»Es tut mir leid«, raunte ich in ihre Haare, während ich sie an mich drückte, ihre eisigen Unterschenkel rieb, ihre froststarren Füße. »Es tut mir leid, dass ich das von dir verlangt hab. Hörst du, Nessa? Es tut mir leid.«

In mir stieg schon Panik auf, was ich tun sollte, wenn sie dieses Mal nicht mehr aufwachte, hier in meinen Armen erfror, als sich ihr Kopf an meiner Schulter bewegte, eine schlaffe Hand gegen meine Brust fiel.

»Jake?«, murmelte sie, wie im Halbschlaf.

Ihre Hand übte kaum spürbaren Druck aus.

»Weg. Um…drehen. An…ziehen.«

Ich musste grinsen.

»Mist. Ich hab schon wieder vergessen, genauer hinzuschauen.«

Ein schwaches Lächeln zeichnete sich um ihren Mund ab.

Eingewickelt in meine dicke Jacke, die ihr bis über die Knie reichte, hielt ich sie fest und wärmte sie, bis sie wieder auf eigenen Beinen stehen konnte.

Dieses seltsame Mädchen mit Haaren wie Feuer.

Das Wunderbarste, was mir in meinem Leben passiert war.

Nicht nur, weil sie in der Lage war, sich in Schmetterlinge zu verwandeln.

39

Nessa

Rudolph, the red-nosed reindeeer …

Die Musik tänzelte fröhlich über mich hinweg, während ich auf der roten Polsterbank saß und den Blick über die Lichterketten in den Fenstern neben mir wandern ließ. Über die Girlanden und bunten Glaskugeln, die kleinen Engel in glitzernden Gewändern und Lebkuchenmänner. Auf der Theke thronte ein gut gelaunt zwinkernder Santa, und am anderen Ende blinkte eine Plastiktanne, deren Zweige sich unter einer Ladung von Weihnachtsschmuck bogen.

Zwei Mädchen in meinem Alter balancierten auf den hohen Hockern und schlürften unter Gekicher Milchshakes durch einen Strohhalm.

Die blaue Bluse des einen Mädchens schmiegte sich eng an ihren kurvigen Oberkörper, während die andere ein grobes Karohemd wie eine Jacke über ein bedrucktes Shirt gezogen hatte; beide trugen Jeans.

Ihre langen Haare – honigblond bei der einen, dunkelbraun bei der anderen – führten ein wippendes, tanzendes Eigenleben, sobald die Mädchen die Köpfe drehten oder zurückwarfen. Über den tiefschwarzen, dichten Wimpern schimmerte es pastellfarbig auf ihren Lidern, und ihre Lippen glänzten tiefrosa.

Ich fragte mich, wie ich wohl mit ein bisschen von dieser Farbe im Gesicht aussehen würde. Verschämt schaute ich an meiner braunen Bluse herunter, die ich über einen schwarzen Rolli gezogen hatte, und zupfte an der altrosafarbenen Strickjacke herum.

»Deine Schokolade wird kalt.«

Schuldbewusst schielte ich zu Jake hinüber.

Ich hatte etwas anderes ausprobieren wollen als Kaffee, an Sahne auf der Trinkschokolade hatte ich mich allerdings noch nicht getraut.

Vorsichtig nippte ich an meiner Tasse.

Eine dunkle, cremige Süße in meinem Mund, zartschmelzend und warm; vermutlich würde ich ab diesem ersten Schluck schon süchtig danach sein.

Nicht in der Werkstatt, sondern vor der Tankstelle hatte er an diesem kalten Mittwochmorgen auf mich gewartet, nachdem sich mein Weg hierher und der Haydens in die County Library getrennt hatten.

Komm, ich lad dich ein, hatte Jake lächelnd gesagt, mich bei der Hand genommen und über die Straße geführt, ins Sugar Pine Café, und mir dabei von den hundert Dollar Weihnachtsbonus erzählt, die er von Mason bekommen hatte; stolz und glücklich hatte er dabei ausgesehen.

»Vergiss deinen Cupcake nicht.«

Gingerbread war auf dem Schildchen vor der Glasglocke gestanden; ich hatte ihn mir ausgesucht, weil ich die Creme in einem Wirbel aus Rot, Grün und Weiß und die glitzernden Perlen darin so hübsch gefunden hatte.

»Er ist eigentlich zu schade, um ihn aufzuessen«, flüsterte ich verschämt. »Ich muss ihn noch ein bisschen anschauen.«

Ich spürte, wie ich rot wurde, je länger Jake mich über seine Tasse schwarzen Kaffees hinweg anschaute, den Kopf aufgestützt.

Wie er mich oft anschaute, seitdem ich mich für ihn im Wald verwandelt hatte.

Eindringlich und forschend, mit einem Staunen in seinen blauen Augen, das mich verlegen machte; ich wusste noch nicht, ob ich es mochte, wenn er mich so ansah.

Aber ich mochte es, wie er aus seiner Tasse trank; nicht, indem er sie am Henkel anhob, sondern indem er den Rand mit der ganzen Hand umfasste. Zupackend wirkte diese Geste, sicher und selbstbewusst.

Warm vom Kaffeedampf war diese Hand, als sie sich auf dem Tisch um meine Finger schloss. So viel größer und so viel kräftiger als meine; in rissigen Stellen hatte sich Schmutz von der Arbeit an der Tankstelle und dem Auto festgesetzt, ein bisschen auch unter den Nägeln.

Ich hätte mich gern so klein gemacht, dass ich zusammengerollt in diese Hand gepasst hätte.

»Erzähl mir mehr von dir. Von euch.«

Ich verzog den Mund zu einem halben Lächeln.

»Du weißt doch schon so viel.«

»Nicht alles.«

Unwillkürlich huschte mein Blick durch das Café, und ich schüttelte den Kopf.

»Nicht hier.«

Wenn sich doch alle unbehaglichen Gedanken ebenso leicht abschütteln ließen.

»Erzähl mir lieber von dir. Wie ist es bei dir zu Hause?«

Jake ließ meine Hand los. Sein Blick glitt zum Fenster hinaus, unter zusammengezogenen Brauen, als müsste er sich erst erinnern.

»Heiß.« Ein kleines Grinsen hob einen seiner Mundwinkel. »Meistens zumindest. Die Luft ist nicht so klar wie hier, wegen der ganzen Abgase. Wie ein gelbgoldener Schleier, der über allem liegt. Alles ist viel größer, viel lauter, viel dichter als hier. Schneller und aufgeregter.«

So etwas wie Sehnsucht zog sich dabei durch seine Stimme, und in meinem Bauch fühlte es sich hohl an; bald würde er dorthin zurückgehen, während ich hierblieb.

Let it snow, let it snow, let it snow, trällerte es über meinem Kopf.

Das Kichern der Mädchen an der Theke dämpfte sich zu einem Giggeln, als sie aus den Augenwinkeln Jake beäugten; das schnelle Auf- und Abschlagen ihrer lackierten Wimpern verriet, dass er ihnen ebenso gut gefiel wie mir. Ihr Blick richtete sich auf mich, aus plötzlich schmalen Augen; das Mädchen im Karohemd zischte etwas ihrer Freundin zu, und beide prusteten los.

Im Gesicht glühend, schaute ich schnell wieder zum Fenster hinaus.

Sie hatten ja recht.

Was wollte ein Junge wie Jake auch mit einem Mädchen wie mir?

Das sich zu Weihnachten genau wie alle anderen auch ein bisschen Schnee draußen wünschte. Aber genau wusste, dass Schnee schnell Temperaturen unter dem Gefrierpunkt mit sich bringen konnte, die für uns mehr als nur unangenehm waren; starker Frost brachte uns erst Kältestarre, dann den Tod.

Ein Mädchen, das in den Sachen rumlief, die Ma uns kaufte, weil sie billig und praktisch waren und uns warmhielten, und die wir trugen, bis sie völlig abgenutzt waren. Und niemals in Jeans; Jeans waren Farmerkleidung, und Mädchen trugen sowieso keine Hosen.

Dabei war ich ja noch nicht einmal ein richtiges Mädchen.

Nur ein halbes Jahr lang, vom Herbst bis zum Frühling, und längst einem anderen versprochen.

Ich hatte es mir leichter vorgestellt, ein wenig von diesem anderen Leben zu kosten.

Eine Zeit lang so zu tun, als wäre ich ein ganz normales Mädchen.

So wie alle anderen.

Ich packte die Gabel und bohrte die Zinken tief in den Cupcake.

Und entdeckte, wie gut Zucker und schwere, süße Gewürze, Buttercreme und flüssige Schokolade ein hohles Gefühl im Bauch zukleistern, Wut und Traurigkeit und Verlorensein ersticken konnten.

40

Jake

»Mh-hm«, machte Mason, während er sich vor dem Heck des Käfers bückte. »Mh-hmm.«

Wie ein Chirurg, der einen Patienten nach der Rettung versprechenden OP untersuchte, drückte er hier prüfend an einer Leitung herum, rüttelte da an einem Rohr, einer Schelle, betrachtete konzentriert jedes einzelne Teil des Motors.

»Benzin und Öl hast du bisschen drin? Batterie angeschlossen?«

»Yupp!«

Angespannt rieb ich mir über den Bauch, in dem es nervös zuckte. Mason hatte mich darauf eingeschworen, den reparierten Motor erst dann zu starten, wenn er ihn sich angeschaut hatte.

»Dann wollen wir mal.«

Er hob den Kopf.

»Lass ihn an!«

Travis hockte sich eilig auf den Fahrersitz und drehte den Schlüssel um.

Ich hielt die Luft an.

Die Zündung klickte. Der gebraucht im Internet gekaufte Anlasser gab etwas von sich, das wie ein erschrockenes Gähnen klang, und setzte dann eine Kaskade an brummenden, surrenden Geräuschen in Gang, die sich schnell zu einem satten, runden Motorenklang verbanden.

Ich blies den Atem aus, noch ein bisschen zittrig vor Anspannung.

Mit schräg gelegtem Kopf musterte Mason den vibrierenden Motor.

»Gib Gas! Mehr!«

Der Käfer heulte auf, kraftmeierisch wie ein Bär, der einen Kojoten verschluckt hatte.

Ich hatte Gänsehaut am ganzen Körper, ein vor Glück hüpfendes Jungenherz in der Brust.

»Okay! Mach wieder aus!«

Bang sah ich zu, wie Mason sich in der abrupten Stille mit dem Daumennagel quer über die Stirn fuhr, dabei grauschwarze Spuren hinterließ.

»Läuft nicht unrund, aber auch noch nicht optimal. Schwungscheibe sollte man noch auswuchten. Ich zeig dir dann, wie das geht. Aber sonst …«

Masons Gesicht dehnte sich zu einem breiten Grinsen aus, das dem von Travis verblüffend ähnelte. Er packte mich im Genick und schüttelte mich, schlug mir dann mehrmals hintereinander auf den Rücken.

»Saubere Arbeit, mein Junge! Hast du gut hingekriegt!«

»Aber auch nur mit deiner und Travis' Hilfe!«

»Halb so wild. Bisschen Anleitung braucht man immer, beim ersten Mal. Das meiste hast du ganz allein gemacht.«

Er tätschelte den Rand der aufgeklappten Motorhaube.

»Du weißt aber schon, dass das erst der Anfang war? Die Stoßdämpfer sind im Eimer, und das Häuschen hat eine Restaurierung bitter nötig. Nicht, dass dir das über dem Kopf wegfault! Du brauchst neue Reifen und mindestens zwei neue Kotflügel. Apropos«, er kratzte sich in den angegrauten Army-Borsten auf seinem Kopf. »Ich hab neulich mit einem Kollegen in Merced telefoniert. Der weiß von einem Käfer, der zum Ausschlachten in einer Scheune steht. Irgendwo bei Delhi, zwanzig Meilen hinter Merced. Der Motor ist nach Kolbenfraß komplett hinüber und auch sonst lässt der sich nicht mehr richten. Aber von der Karosserie ist wohl noch einiges brauchbar. Sollen wir da nach den Feiertagen mal hinfahren und uns das anschauen?«

»Das wäre der Hammer«, stieß ich atemlos hervor.

»Dann machen wir das doch. Travis kann ja solange an der Grizzly die Stellung halten. Ich ruf Jimmy grad mal an, ja?«

Er schlug mir noch mal auf die Schulter und ging dann durch das offene Tor hinaus.

YESSS!!, brüllte es in mir, während ich auf den Motor starrte.

Ich konnte es noch gar nicht fassen, dass ich ihn tatsächlich wieder hinbekommen hatte.

»Sag mal«, begann Travis gedehnt, der neben dem Fahrersitz am Auto lehnte und hineinspähte. »Ist die Decke dazu da, um den Rücksitz zu schonen, oder hast du es dir da mit jemand gemütlich gemacht?«

»Neidisch?«, lästerte ich freundlich.

Kritisch begutachtete er die Sitzfläche hinten im Käfer, zog die spitze Nase kraus.

»Also, mir wäre das zu eng da drin. Selbst mit so einem Persönchen wie Nessa. Aber ja, ich bin neidisch. Ich würd auch gern endlich mal eine abkriegen.«

»Dann mach mal. Du kennst hier doch sicher genug Leute. Und begegnest an der Tanke bestimmt immer mal irgendwelchen Chicks.«

Travis zuckte mit den Schultern und knibbelte an der Gummidichtung des Türrahmens herum.

»Weiß auch nicht«, brummelte er. »Bin wohl nicht so der Aufreißertyp. Vielleicht hab ich die Richtige auch noch nicht getroffen.«

Meine Brauen schnellten hoch.

»Du wartest auf die *Richtige*? Was soll das denn bitte sein?«

Travis starrte mich verdutzt an.

»Na, die Richtige eben! Willst du das nicht auch?«

»Ne. Ich glaub nicht an so was.«

Ich tat so, als müsste ich noch ein paar Muttern im Motor überprüfen; die Art, wie Travis mich schweigend beobachtete, war mir unangenehm.

Als wollte er unter meine Haut kriechen und nachschauen, was dort verborgen lag.

»Na, ist ja auch egal«, seufzte er schließlich. »Aber hey«, mit der flachen Hand klopfte er aufs Dach, »die allererste Ausfahrt gehört mir!«

»Geht klar!«

Grinsend ditschten wir unsere Fäuste zusammen.

41

Nessa

Glück.

Absolutes, vollkommenes Glück hüllte mich ein, füllte mich aus.

Jakes Arme, die mich hielten und auf dem Rücksitz des Autos an seine Brust drückten.

Mein Gesicht an seinem Hals. Sein Pulsschlag unter meiner Wange. Seine Wärme, sein Geruch auf meiner Haut. Wie mein Körper mit angezogenen Knien perfekt an seinen passte, jede Kuhle, jede Ausbuchtung jeweils ihr Gegenstück beim anderen fand.

Musik flutete aus dem Radio auf der Werkbank herüber. Noch laut genug, dass ich sie hier drin gut hören konnte, aber leise genug, dass sie sanft über uns hinwegfloss, uns umspülte und behutsam mit sich trug.

Ich wünschte mir, dieser Winter würde niemals enden.

»Warum Mariposa?«, murmelte Jake gegen meine Stirn.

Ich driftete aus der gedankenlosen, fast dösigen Tiefe herauf und blinzelte in das schummrige Licht; Jake hatte die grelle Deckenbeleuchtung ausgeschaltet, nur die Lampe über der Werkbank angelassen.

»Wie meinst du das?«

»Wieso verbringt ihr den Winter ausgerechnet in Mariposa?«

Sein Mund an meinem Haaransatz ließ feine Schauer über meine Kopfhaut rieseln, meinen Nacken hinunter.

»Weil wir das schon immer getan haben. So lange die Erinnerung unseres Volkes zurückreicht.«

Ich neigte den Kopf zurück, an die Lehne; ich brauchte ein bisschen Klarheit darin, um Jake zu erklären, was Mariposa für uns bedeutete.

»Wir sind temperaturabhängig. Ist es zu kalt, erfrieren wir, auch in unserer Menschengestalt. Ist es zu heiß, werden wir ohne eigenes Zutun zu Schmetterlingen und können uns aus eigener Kraft nicht wieder zurückverwandeln. Mariposa ist einer der wenigen Orte, an denen das Klima ideal für uns ist. Im Winter nicht zu kalt, im Sommer nicht zu heiß. Von hier aus brechen wir im Frühling alle zusammen in Schwärmen auf, um die Monarchfalter auf ihrem Weg von Süden in den Norden zu leiten, zu den großen Seen. Im Spätsommer kehren wir wieder um und machen im Herbst Rast in Mariposa. Hier trennen sich dann auch unsere Wege. Die Ältesten ziehen nach ein paar Tagen weiter, um die Monarchfalter nach Mexiko zu bringen. Erst im Frühling des neuen Jahres kommen sie zu uns zurück.«

»Die Ältesten?«

»Die erwachsenen Männer. Wie mein Vater. Wie Haydens Vater.«

Und bald auch Hayden.

Viel zu bald.

Meine Kehle wurde eng.

»Die Frauen und Kinder«, sprach ich langsam weiter, »und die ganz Jungen von uns bleiben über den Winter hier. Um sich vom Treck des Sommers zu erholen und weil die letzte Etappe die gefährlichste ist. Der Weg zu den Wäldern aus Kiefern und Eichen in Mexiko führt durch die Gebirgszüge der westlichen und östlichen Sierra Madre hindurch. Ein Tunnel aus zerklüftetem Fels, in dem der Luftdruck stark schwankt und tückische Strömungen auslöst, starke Windböen mit sich bringt und heftige Regenfälle.«

Meine Augen suchten die Jakes, die von demselben rauchigen Blau waren wie die Stunde nach Sonnenuntergang, kurz vor der Dämmerung.

»Was ist das mit euch und den Monarchfaltern?«

»Sie sind …«

Ich schaute zum Kuppeldach des Autos hinauf.

Himmel, sagte Jake dazu; grauweiß und weich sah er aus, wie die Wolken, die manchmal von der Sierra Nevada heranzogen.

»Sie sind ein Teil von uns. Und wir sind ein Teil von ihnen. Nicht dasselbe, und doch eins. Wir führen sie über die uralten Trecks zwischen Norden und Süden und beschützen sie auf diesem Weg. Denn auf ihren Flügeln tragen sie die Seelen der Toten hinter die Berge. Durch die Wolken, zum Himmel hinauf, um sie danach einmal im Jahr zu ihren Lieben zurückzubringen, zum Día de los Muertos.«

Vorsichtig sah ich Jake von der Seite her an, unsicher, wie er darauf reagieren würde.

Zweifelnd blickte er, aber mit einer neugierigen Ernsthaftigkeit, die sich auch in seiner Stimme niederschlug.

»Glaubst du daran?«

Ich schwieg einige Augenblicke.

»Ich war noch sehr klein«, flüsterte ich. »Erst vier. Und ganz aufgeregt, als wir nach Norden aufbrachen. Im Jahr davor, als ich das erste Mal mitflog, war alles so schnell gegangen, dass ich kaum mitbekam, was mit mir passierte. Aber in jenem Frühling war ich alt genug, um zu verstehen, was mir bevorstand. Vielleicht habe ich deshalb einen Moment länger gebraucht, um mich zu verwandeln. In diesem einen Moment habe ich sie gesehen. Im Wald.

Monarchfalter. Tausende und Abertausende. Als ob der ganze Wald in Flammen stand.«

Flackernde, tänzelnde Flämmchen, wohin ich auch schaute.

Ein betörend schöner Feuersturm, überwältigend in seiner Lebendigkeit, der mit Tausenden von Stimmen wisperte, knisterte, raschelte. Und jede einzelne davon schien mir eine Geschichte zuzuraunen, zu leise, als dass ich sie hätte verstehen können.

Fast wie ein Lied hatten diese Stimmen geklungen.

Das Lied der Schmetterlinge.

Obwohl ich noch so klein gewesen war, hatte ich in diesem Moment das Besondere meiner zweiten Natur begriffen. Ohne dass Ma oder einer der Ältesten es mir erklären musste.

Die Bedeutung dieses Lebens, das wir führten. Wie sehr ich ein Teil von etwas Großem, Wunderbarem war.

Ich. Nessa.

»Sie brachten so viel Freude und Fröhlichkeit mit. Das Versprechen, dass nichts auf dieser Welt jemals wirklich verloren geht, sondern sich nur verwandelt. Dass das Leben schön ist, mag es auch noch so kurz sein. Aber auch so viel Traurigkeit über die Vergänglichkeit des Seins. Etwas Dunkles unter ihrem leuchtenden Farbenspiel. Wie die Ältesten, wenn sie im Herbst zurückkehren. Etwas, das sie erst in den Tagen, die sie wieder bei uns sind, nach und nach abstreifen.«

Mit einem kleinen, fast entschuldigenden Lächeln schaute ich in Jakes Augen.

»Es ist schwer, nicht daran zu glauben.«

Er deutete ein Nicken an; ich sah ihm an, dass ihm das alles fremd war, aber er wenigstens versuchte, es zu verstehen.

»Also bist du so was wie eine Schmetterlingsfee? An den Toren zur Unterwelt?«

Eine Braue hochgezogen, lächelte er, und mit einem kleinen Lachen boxte ich ihn gegen die Schulter.

Bis mir einfiel, wie recht er damit hatte, ohne es zu wissen, und ich mich fast an meinem Lachen verschluckte.

Jakes Finger strichen durch meine Haare, während seine Augen unaufhörlich über mein Gesicht wanderten.

»Hast du deshalb gesagt, du kannst mir für die Zukunft nichts versprechen? Weil du im Frühling wieder aufbrichst?«

Ich wich seinem Blick aus; einen Augenblick lang war ich versucht, zu lügen.

»Diesen Frühling … Da wird es anders sein.«

Meine Stimme war spröde, kratzte mir im Hals.

»Ich werde hierbleiben. Für zwei, vielleicht auch drei Jahre.«

»Warum?«

»Weil …« Ich rang nach Worten und beinahe auch nach Luft. »Weil das bei uns so ist. In dem Alter, in dem ich jetzt bin.«

Keine Lüge. Aber auch nicht die ganze Wahrheit.

»Okay«, flüsterte er.

Ich legte die Wange gegen die Lehne und sah ihn an, mit seinen Haaren, so blond wie ein Weizenfeld, und Augen, aus dem Stoff eines wolkenlosen Himmels gemacht.

Summer Boy, ging es mir durch den Kopf.

»Erzähl mir vom Sommer«, wisperte ich.

»Vom Sommer?«

Ratlos klang er; wie sein Blick sich irgendwo hinter mir verlor, schien er von mir fortzutreiben, und ich bereute es fast, ihn gefragt zu haben.

Er umfasste meinen Unterschenkel und zog ihn zu sich heran, auf seine Hüfte, begann gedankenverloren mein Bein zu streicheln; immer wieder blieb die Strumpfhose an den rauen Stellen seiner Hand haften.

Ein kleines Lächeln schien auf seinem Gesicht auf.

»Lange, staubige, heiße Tage. So heiß, dass es nichts Besseres gibt, als nur in Shorts herumzulaufen und sich zwischendurch mit dem Gartenschlauch abzuduschen. Mit den Jungs im Auto durch die Stadt zu brausen, Anlage am Anschlag und alle Scheiben runtergedreht. Weil Fahrtwind in den Haaren und im Gesicht so viel lässiger ist als eine Klimaanlage. Sonnenuntergang am Strand und dann einfach unter dem Sternenhimmel dortbleiben, bis es wieder Tag wird. Sommer ist … ein Gefühl. Voller Energie und träge zugleich. Sonne und Hitze im Blut und Salz auf der Zunge. Alles erscheint einem verlockend und möglich, und es gibt nichts, das nicht Zeit bis morgen oder übermorgen hätte. Sommer ist … irgendwie ein ewiger Augenblick.«

Jetzt war er derjenige, der verlegen wirkte. Mein Rock war hochgerutscht, und Jakes Hand streichelte mein Knie; es kitzelte ein bisschen, und ich wünschte mir, seine Hand würde weiter hinaufwandern.

Ein Grinsen zuckte auf seinem Gesicht auf.

»Aber jetzt ist erst mal Weihnachten!«

Er stemmte sich hoch und langte hinter die Sitzbank, zog seine Jacke herauf und begann, die Taschen zu durchwühlen.

»Ich hab's doch ganz sicher … Gleich … warte …«

Etwas Helles blitzte auf und fiel zu Boden, aber ich war von der kleinen Schachtel mit roter Schleife und dem Aufdruck *Yosemite Gifts* abgelenkt, die Jake mir entgegenhielt.

In meiner Brust flatterte es, während es mir flau im Bauch wurde.

»Aber ich hab gar nichts für dich.«

Wir feierten kein Weihnachten, nicht richtig, und ich hätte auch gar kein eigenes Geld gehabt, um Jake etwas zu kaufen.

»Egal.«

Ungeduldig klang er, fast rau, und auch die Bewegung seiner Hand hatte etwas Ruppiges.

Behutsam zog ich am Schleifenband und hob den Deckel.

Ein winziger Monarchfalter leuchtete mir entgegen, aus buntem Glas und an einer dünnen Silberkette.

»Ich weiß, es ist nichts Besonderes, aber …«

Stumm schüttelte ich den Kopf.

Meine Finger, sonst so ruhig, so geschickt, wenn sie mit Draht und Perlen umgingen, zitterten, als ich die obersten Knöpfe meiner Bluse öffnete und die Kette umlegte. Erst beim vierten Versuch bekam ich den Verschluss zu, betastete glücklich den glatten kleinen Falter an meinem Hals.

Ich warf die Arme um Jake und küsste ihn, stürmisch und ein bisschen tollpatschig.

Einmal mehr voll glücklichen Staunens, dass meine Küsse ihm nichts anhaben konnten.

42

Jake

Vielleicht war in Nessas Küssen doch ein Gift.

Manchmal kam es mir so vor.

So wie jetzt, während mein Pulsschlag in mir röhrte wie ein hochtourig laufender Motor. In meinem Kopf drehte sich alles, und glühende Wellen rollten durch meinen Bauch.

Ein Gift, das schneller und stärker abhängig machte als Nikotin.

Mich heftiger wegbeamte als Gras und das ganze andere Zeug, das wir immer mal beim Chillen einwarfen, nachdem Ace wieder einen Ausflug in irgendwelche finsteren Ecken L. A.s unternommen hatte.

Nessa zuckte zusammen und ich mit, als plötzlich kein Stoff mehr unter meiner Hand war, sondern ein Stück ihres bloßen Rückens; ihre Bluse, der Rolli und was sie vielleicht sonst noch alles darunter trug, mussten aus dem Rock gerutscht sein.

Atemlos schaute ich sie an, ein Blick, den sie aus großen Augen erwiderte, den Mund leicht geöffnet.

Im Schutz ihrer diversen Oberteile wanderte meine Hand weiter ihren Rücken hinauf, über ihre unfassbar zarte Haut, die feine Rinne ihrer Wirbelsäule entlang, langsam und vorsichtig.

Ich wartete darauf, dass sie mich abblockte.

Mit ausweichenden, vielleicht auch empörten Worten.

Sich mir angespannt und verlegen entwand, mich wütend wegschubste.

Nichts passierte.

Ich wurde mutiger, schob mit beiden Händen die Stoffschichten hoch und höher, bis zu den Rippenbögen hinauf.

Und noch immer hielt sie still, einen rosigen Hauch auf den Wangen; die Sommersprossen auf ihrer Haut schienen zu tanzen.

Ich legte meinen Mund gegen ihren Bauch.

Nessa war wirklich sehr schmal, sehr dünn. Unter meinen Händen konnte ich durch Strumpfhose und Rock hindurch die Grate ihrer Hüftknochen fühlen. Auch ihr Bauch war flach, aber nicht verhungert. Unter der Haut zuckten feine, aber kräftige Muskeln; eine Turnerin hätte sie sein können, Eiskunstläuferin oder eine Ballerina.

Sie hatte den hinreißendsten Nabel, den ich je gesehen hatte, wie mit der Kuppe des kleinen Fingers in ihren Bauch gestippt.

In Schüben kräuselte sich ihre Haut und brachte mich zum Lächeln, während sie mir einen Gänsehautschauder nach dem anderen über den Rücken schickte, indem sie mit ihren Fingern meine Haare durchwühlte.

»Jake! He, Jake!«, rief eine fistelige Stimme hinter mir.

Nessa quiekte auf, und wir fuhren auseinander.

»Holy Jesus! Tut mir leid!«

Eine Hand in der Hüfte, mit der anderen seine Augen abgeschirmt, stand Travis neben dem Käfer; sein halb abgewandtes Gesicht glühte wie die Nebelschlussleuchte eines Mercedes Benz.

Stöhnend rieb ich mir über das Gesicht.

»Danke, Travis. Echt ein super Moment gerade. Ehrlich.«

»Bloody Hell! Ich hab gar nicht damit gerechnet, dass ihr … Äh … Ich dachte, du wärst … Ehm. Hi Nessa, übrigens.«

Ein gequältes Grinsen blitzte auf seinem roten Gesicht auf.

»Hi, Travis«, piepste es neben mir.

Aus dem Augenwinkel sah ich, wie sie dabei war, ihre Bluse wieder herunterzuzerren.

»Ich dachte, du hast mich nicht gehört, weil du gerade irgendwo hier im Auto an was rumschraubst. Also, äh, wirklich schraubst, meinte ich. Und mit der Musik und so ...«

Den Blick noch immer krampfhaft auf die Werkbank gerichtet, ging er langsam rückwärts.

»Ja, äh, ich geh dann mal wieder. Ob du mit zu Eugene willst, hat sich ja jetzt erübrigt. Ähm. Sozusagen. Bis morgen.«

»Bis morgen«, schnaufte ich und fuhr mir durch die Haare.

Jetzt hörte ich das Tor, als es wieder ins Schloss fiel.

Und auch, wie bei Nessa ein Kichern aufsprudelte, das in ein Lachen explodierte und auf mich übersprang.

Ich schüttelte den Kopf und fuhr mir noch einmal durch die Haare; meine Hände zitterten.

Pures Adrenalin, das in meinen Adern brodelte.

Weniger wegen Travis' Hereinplatzen gerade eben.

Ein wilder Hormoncocktail tränkte mein Hirn und flutete durch meinen Körper.

Verstohlen sah ich Nessa zu, wie sie den Saum von Rolli und Bluse wieder in den Bund ihres Rocks steckte, sich dann vorbeugte, um ihre Strumpfhose zurechtzuzupfen, ihre verrutschten Socken hochzuziehen.

»Nächstes Mal schließe ich wohl besser das Tor ab«, sagte ich.

Es verwirrte mich, wie unsicher ich dabei klang, fast fragend.

Als müsste ich daran zweifeln, dass es ein nächstes Mal geben würde.

Nessa nickte nur.

Ihre langen Haare, glänzende feuerrote Bahnen, die sich noch viel weicher anfühlten, als sie aussahen, fielen über ihre Schulter und verdeckten halb ihr gerötetes Gesicht. Ihren Mund, den ein Lächeln umspielte.

Seltsam.

Drei Mal hatte ich sie nackt gesehen, zwei Mal dabei sogar in den Armen gehalten und mir nichts weiter dabei gedacht.

Und jetzt konnte ich nicht aufhören, an Sex zu denken.

Mir vorzustellen, wie es mit ihr wohl wäre.

Ich sehnte mich danach.

Sehr; Gonzalez hämmerte immer mal wieder fluchend gegen die Badezimmertür, weil ich so lange beim Duschen brauchte.

Ich hatte sie noch immer nicht gefragt, was das zwischen ihr und Hayden war. Solange das mit uns nur ein prickelnder Flirt war, von dem ihre Leute nichts wissen durften, und solange Hayden mir nicht nachts vor der Tanke auflauerte, ging es mich nichts an.

Vielleicht wollte ich die Antwort auch einfach nicht hören.

Lieber alles so lassen, wie es war.

Was für eine merkwürdige Beziehung die beiden auch hatten – besonders weit waren sie dabei wohl nicht gegangen. Da war etwas Schüchternes, Neugieriges, Staunendes an Nessa, das mir das Gefühl gab, sie hatte vor mir noch nie einen Jungen geküsst.

Noch nie rumgemacht.

Geschweige denn mehr.

Und das jagte mir eine Mordsangst ein.

Ich hatte noch nie ein Problem damit gehabt, einfach abzuhauen, wenn ich genug hatte. Mich tot zu stellen, wenn mich ein Chick mit Anrufen und SMS bombardierte, das für mich schon längst wieder Geschichte war.

Nach ein paar Dates. Spätestens nach ein paar Wochen.

Weil ich mich langweilte oder genervt war. Wenn mir irgendwelche Liebeserklärungen die Luft abschnürten und der erwartungsvolle Blick dabei mich in Panik versetzte.

Aber bei Nessa …

Ich war fast erleichtert, dass Travis uns aufgescheucht hatte.

Sie lehnte sich weit vor, um im schwarz ausgelegten und stockfinsteren Fußraum nach ihren Stiefeln zu fischen, tauchte dann aber mit etwas anderem wieder auf.

»Ich glaube, der ist dir vorhin aus der Jacke gefallen.«

Dieser verfluchte Brief.

Gestern war er auf dem moosgrünen Teppich gelegen, als ich am späten Abend von der Grizzly Gas ins Motelzimmer zurückkam; Mr oder Mrs Fields musste ihn unter der Tür durchgeschoben haben.

Beinahe wäre ich draufgetreten. So wie Gonzalez offenbar vor mir, die Riffelung einer Stiefelsohle war draufgestempelt.

Kaum zu glauben, dass Gonzalez ihn nicht bemerkt haben sollte. Aber sonst hätte er es wohl nicht bei einem feindseligen Seitenblick belassen, bevor er wieder auf den Fernseher starrte und sich dabei eine neue Ladung Chips in den Mund schaufelte.

Ich wollte den Brief weder liegen lassen noch bei uns in den Mülleimer werfen, ich traute Gonzalez einfach nicht; also klaubte ich ihn auf und stopfte ihn in meine Jackentasche, wo ich ihn bis zum Morgen einfach vergessen hatte. Dass ich ihn auch in tausend Schnipsel zerfetzen und im Klo hätte runterspülen können, fiel mir natürlich jetzt erst ein.

»Gib her«, stieß ich rau hervor.

Ohne auch nur die Hand danach auszustrecken.

Ich konnte mich nicht rühren, war wie gelähmt.

43

Nessa

Kaylynn Keane
1590 Raindance Way
Las Vegas, NV 89169

Ich starrte auf den Absender, und obwohl ich dazu kein Recht hatte, krampfte es sich in meiner Brust zusammen.

Ich musste es wissen.

»Von deiner Freundin?«

Jake lachte auf; es klang wie das Grollen eines Berglöwen.

»Nein. Von der Frau, der plötzlich wieder eingefallen ist, dass sie ja noch einen Sohn hat.«

Ich konnte mir nicht vorstellen, wie es war, ohne Mutter zu sein.

Ohne Familie.

»Wie lange habt ihr euch nicht gesehen?«

»Fünf, sechs Jahre«, fauchte der Löwe aus Jakes Kehle. »Ist doch auch egal!«

Mit einem Mal wog der Brief schwer in meinen Händen, mit dem Gewicht einer vielleicht nie erzählten Geschichte.

Als ob ich Jakes Herz in meinen Fingern hielt.

»Willst du ihn denn nicht lesen?«

»Ne, sicher nicht!«

»Vielleicht steht was Wichtiges drin.«

»Schmeiß ihn weg.«

Ich zuckte zusammen, als ein Ruck durch Jake ging, er mir den Brief aus den Händen riss und nach vorne schleuderte, wo er gegen den Rücken des Beifahrersitzes klatschte und in den Fußraum fiel.

Hastig bückte sich Jake danach, aber ich war schneller.

»Gib her!«

Er wollte sich auf mich stürzen, und ich riss mein Knie hoch, stemmte den Fuß gegen seinen Bauch.

Solche Reflexe lernte man früh in einem Haus wie unserem. Wenn man mit Jungs aufwuchs wie Hayden. Wie Sachem und Lorquin, bevor sie mit der Zeit den Spaß an Raufereien mit kleinen Mädchen verloren hatten und dann auch weggezogen waren.

Jake starrte mich verblüfft an, ich hatte ihn wohl böser angeschaut, als ich wollte. Sicher hatte er auch meine Kraft unterschätzt. Ich wusste, ich war zäher, als ich aussah; gerade Sachem hätte ihm da manches erzählen können.

»Du hast sicher Grund dazu, so wütend zu sein«, sagte ich, den Brief an mich gepresst. »Aber vielleicht ist er wirklich wichtig.«

Jakes Blick bekam etwas Angriffslustiges, und trotzdem wich er langsam zurück.

»Ich werd ihn für dich aufbewahren, ja? Bis du vielleicht nicht mehr so wütend bist. Ich werd ihn auch nicht lesen. Nur aufbewahren, in Ordnung?«

In seinen Augen flackerte es; schulterzuckend ließ er sich in die Sitzbank fallen.

Sorgsam verstaute ich den Brief in der Tasche meiner Winterjacke und rutschte dann näher zu Jake.

Seine Haut schien zu knistern vor Wut, und gleichzeitig wirkte er erschöpft, wie verloren.

Eine Leere in seinem Blick, die mich traurig machte.

Ich schlang die Arme um seinen Brustkorb und lehnte mich an ihn, meine Wange auf der Stelle, unter der sein Herz schlug.

So voller Zorn, dass jeder Schlag wie ein Boxhieb gegen mein Jochbein war.

Als ob es danach schrie, frei zu sein.

Auszubrechen aus dem Käfig, in den man hineingeboren worden war.

Unbeschwert zu schlagen, ohne das Gewicht, das einem auf der Seele lastete.

Ich wusste, wie sich das anfühlte.

44

Jake

»Hier, Guys! Eure Burger!«

Eugene balancierte auf seinen Pranken drei UFO-große, voll beladene Teller zu uns in die Ecknische und streckte den ersten über den runden Tisch hinweg.

»Beaver Junior.«

Den zweiten bekam Woodgate hingestellt, der am Rand saß wie ich.

»George Clooney Junior. Und mein Freund Jake.«

Eugene stützte eine Hand in die Hüfte seiner ketchupverschmierten Schürze, die andere auf die Polsterlehne hinter mir und sah Nessa eindringlich an. Fast streng.

»Sag mal, Sweetie – willst du wirklich nichts essen? Das ist doch nichts auf Dauer, sich immer nur an einem Glas Wasser festzuhalten!«

Nessa wurde rot und schüttelte den Kopf, dass ihr Pferdeschwanz hin- und herpendelte.

Ich drückte ihre Hand, die auf meinem Knie lag. Ich hatte sie ein bisschen vermisst, nachdem sie die letzten Tage keine Gelegenheit gehabt hatte, sich von zu Hause wegzuschleichen, ich im Team mit Mason und Travis an der Grizzly Gas am Rotieren gewesen war. In Scharen waren Touristen aus ganz Kalifornien und von noch weiter weg in den Yosemite eingefallen, um sich hier ihren Traum von weißen Weihnachten zu erfüllen.

»Sie steht nicht so auf Burger und so was«, versuchte ich Nessa beizuspringen. »Man sieht's ihr zwar nicht an, aber sie ist der totale Schokoholic! Pfundweise haut sie das Zeug rein!«

Die Kappe ihres Stiefels traf mich am Schienbein.

»Au!«, rief ich übertrieben laut.

Wir brachen alle in Lachen aus, Nessa eingeschlossen, und auch Hayden, der sich vorsichtshalber hinter Woodgate geduckt hielt, schmunzelte.

Ich kam mir vor wie ein Drogendealer, nachdem ich Nessa offenbar mit nur einem Bissen von meinem Mars angefixt hatte; seither hatte ich immer irgendeinen Süßkram von der Tanke bei mir in der Werkstatt. Aber vielleicht war auch ich derjenige, der süchtig danach war, wie sich ihr Mund zu einem glücklichen Lächeln verzog, wenn sie in einen Peanut Butter Cup biss, und wie ihre Augen strahlten, wenn sich ihre Zähne in ein Milky Way gruben.

»Hrrmph«, machte Eugene unter verkniffenen Brauen, als ob er es persönlich nahm, wenn jemand seine Burger verschmähte, und nickte dann freundlich in die Runde.

»Lasst's euch jedenfalls schmecken, Guys!«

Während er in seinem gemütlichen Wiegeschritt in Richtung der Küche davonging, hörte ich ihn etwas von *alberne Diäten* und *magersüchtige Mädchen heutzutage* murmeln. Nicht zum ersten Mal fiel mir auf, dass all die rundlichen Schneemänner und stattlichen Santas, die den Diner momentan bevölkerten, wie jahreszeitlich verkleidete Mini-Eugenes aussahen.

Ich warf einen schnellen Blick auf Nessa, ob sie es womöglich mitbekommen hatte, aber sie hörte bereits wieder Woodgate zu, der einen Ketchupteich auf seinem Teller anlegte und dabei von San Francisco erzählte, wo er die Feiertage verbracht hatte.

»Ich mag die Stadt, weil sie nicht so groß ist. Lebendig und quirlig, aber nicht hektisch. Bonbonbunt, offen und tolerant und ziemlich verrückt. Ein bisschen hip, ein bisschen alternativ. Ist immer mal eine gute Abwechslung zu hier.«

Er reichte mir die Ketchupflasche; die offen stehenden Knöpfe seines Longsleeves ließen die Ausläufer seines Brusthaars sehen, und mit seinem drei Tage alten Bartschatten hatte er etwas vom Marlboro-Cowboy.

»Ich hab gelesen, dass es da fast das halbe Jahr bewölkt oder neblig ist«, warf Hayden ein. »Stimmt das?«

Woodgate grinste über seiner ersten ketchupgetränkten Fritte.

»Oft. Der Nebel ist manchmal dick wie Watte. Fast schon unheimlich. Aber wenn die Sonne scheint, dann leuchtet die Stadt richtig. Ein Freund von mir hat ein Boot, mit dem fahren wir manchmal raus, und der Blick auf die Stadt vom Wasser aus ist einfach nur genial. Das ist mit das Schönste, dass San Fran fast komplett von Wasser umgeben ist, und …«

Ich gab die Flasche an Travis weiter und tunkte ein Bündel Fritten in Ketchup; am zweiten Bissen hätte ich mich beinahe verschluckt.

Während Hayden zuhörte und immer wieder nickte, klaute er sich eine Fritte nach der anderen von Woodgates Teller und schob sie sich in den Mund.

Als wäre es das Normalste überhaupt.

»… ich bin in San Fran viel im Castro unterwegs und in der Mission, aber auch immer mal gern in Haight-Ashbury und Chinatown.«

Ich schielte zu Nessa, die Hayden mit großen Augen anschaute.

Auffordernd schob ich meinen Teller ein Stück näher zu ihr.

Ein vorwitziges Lächeln um den Mund, nahm sie sich eine Fritte, tippte sie in den roten See daneben und biss ab, nahm sich dann gleich eine zweite und leckte sich zwischendurch Salz und einen Ketchupklecks von der Unterlippe.

Jesus.

Nur mit Gewalt riss ich meinen Blick los und lenkte mich ab, indem ich herzhaft in meinen Burger biss; heiß war mir trotzdem noch.

Ich spürte ihre Augen auf mir, während ich kaute. Ich schluckte hinunter und hielt ihr den angebissenen Burger hin.

»Magst du?«

Sie warf einen Blick zu Hayden hinüber, der weiter Woodgates Teller leer räumte, nickte und öffnete zaghaft den Mund.

45

Nessa

Eine Explosion neuen, fremden Geschmacks in meinem Mund.

Salzig und schwer, dunkelwürzig und stark, mit einer weichen Süße, einer leichten Säure dabei; aus vollem Mund rutschte mir ein genießerischer Laut heraus.

»Gut, was?!«

Travis grinste mich triumphierend an.

Verschämt hielt ich die Hand vor den Mund und nickte, schaute schuldbewusst zu Hayden, der jedoch nichts davon mitbekommen hatte, vollauf mit San Francisco und Joshs Pommes frites beschäftigt.

Jake lächelte mich über den Burger hinweg an.

»Iss, so viel du magst.«

Ich biss noch einmal ab, mehr dieses Mal, und schob gierig ein paar Pommes frites nach.

Mutig kam ich mir vor und unbezwingbar, und ein ungeheures Glücksgefühl schoss durch mich hindurch.

An diesem Tag, der bisher schon so perfekt gewesen war, weil Ma und Lantana nach Merced gefahren waren, um Wolle zu kaufen, und dem Betteln von Lissa und Mitch nachgegeben hatten, sie mitzunehmen; vor heute Abend würden sie sicher nicht zurücksein.

Das Salz in Burger und Pommes frites machte mich durstig, ich trank ein paar Schluck Wasser.

Ein Hitzeblitz jagte durch meinen Bauch und brachte meine Speiseröhre zum Zittern. Ich schluckte krampfhaft, atmete tief durch, aber mein Magen setzte trotzdem zum Salto an.

Eine Hand vor den Mund gepresst, boxte ich Jake gegen das Bein, der sofort begriff und aufsprang.

»Was ist? Bist du okay?«

Ich schüttelte den Kopf und rannte los, in Richtung des Toilettenschilds.

Die schlammigen Grüntöne in der Toilette verstärkten meine Übelkeit; ich schaffte es gerade noch, die Kabinentür hinter mir zuzuschlagen, dann knallte ich schon vor der Toilettenschüssel auf die Knie und übergab mich.

Der Anblick des Essensbreis vor mir löste eine weitere Welle des Erbrechens aus.

Hinter mir quietschte eine Tür.

»Nessa?«, hörte ich Jake rufen, dann vorsichtig gegen die Kabinenwand klopfen. »Nessa?«

»Geh weg!«, schrie ich zwischen zwei Würgeanfällen.

Ich stöhnte auf, als die Kabinentür aufging und Jake sich mit hineinzwängte; ich wollte nicht, dass er mich so sah.

»Geh weg«, wimmerte ich.

Laute, die vom donnernden Wasserfall der Spülung gurgelnd fortgerissen wurden.

Jake kniete sich neben mich, hielt mir den Pferdeschwanz aus dem Gesicht und rieb meinen Nacken, während mein Magen weiter rebellierte. Aus den Tränen, die mir sowieso schon aus den Augen liefen, wurde ein echtes Weinen.

»Hey, ist okay«, sagte er leise. »Ich hab schon Schlimmeres gesehen.«

Ich schüttelte den Kopf, hörte ihn lachen.

»Doch, glaub mir. Meinen Kumpel Ace nach einem Exzess von Bier, Tequila, Nachos und Gras möchtest du nicht erleben. Echt nicht.«

Ich spuckte ein paar Mal aus. Nur Spucke. Sonst nichts.

»Geht's wieder?«

Ich deutete ein Nicken an.

Jake betätigte noch einmal die Spülung und half mir auf. Ich zitterte am ganzen Körper und meine Knie waren weich wie verwelktes Karottenkraut.

Er schob mich zum Waschbecken hinüber, lehnte mich dagegen und drehte den Hahn auf, benetzte mein Gesicht mit kaltem Wasser, bis ich es selbst hinbekam, mir den Mund auszuspülen.

»Es tut mir leid, dass ich dich dazu verleitet hab. Das war idiotisch von mir. Ich hätte mir denken können, dass du es nicht verträgst, wenn du noch nie Fleisch gegessen hast.«

Ich vermied es, ihn anzuschauen, ebenso wie in den Spiegel vor mir zu blicken.

»War nicht deine Schuld. War ganz allein meine.«

Ich schaufelte mir Wasser ins Gesicht, das sich mit meinen Tränen mischte.

»Ich wollte einfach so sehr ein ganz normales Mädchen sein.«

Er lehnte den Kopf gegen die gekachelte Wand und musterte mich; unter seinem Blick wurde ich immer kleiner.

»Warum?«

Ich beugte mich wieder über das Waschbecken; am liebsten wäre ich in den Wasserstrahl gesprungen und hätte mich hinunterspülen lassen.

Ich konnte Jake nicht sagen, wie sehr ich ihn mochte.

46

Jake

Zugegeben, es gibt Schöneres, als einem Mädchen beim Kotzen die Hand zu halten. Aber auch wirklich Schlimmeres.

Es war ja auch nicht das erste Mal für mich, ich kannte es von Breanna und auch von Cheryl, nach ein, zwei aus dem Ruder gelaufenen Partys; daher wusste ich auch, dass Mädchen das viel schwerer nahmen. Vor allem, wenn ein Junge mit dabei war.

Bei Nessa hatte es mir heftig wie ein Faustschlag in den Magen ins Bewusstsein gebracht, wie menschlich sie war.

Ein Mädchen aus Fleisch und Blut.

Nicht nur die Schmetterlingsfee, die mich verzauberte.

Ich schaute ihr zu, wie sie sich die Hände wusch.

Selbst nachdem sie sich gerade übergeben hatte und total verheult war, sah sie umwerfend aus. In anderen Klamotten hätte sie als Model durchgehen können.

Okay. Wäre sie dazu noch zwei Köpfe größer gewesen.

Wie eines dieser Mädchen, die für Calvin Klein oder GAP von den Plakatwänden hinabschauten. Nicht die Sorte, die sich mit verführerischem Augenaufschlag und Schmollmund lasziv räkelte, mit pfundweisem Make-up zur Sexbombe getunt. Sondern der Typ, der in Jeans und Feinrippshirt eine ernste Miene machte und dabei komplett ungeschminkt aussah.

Der Typ, bei dem man sich vorstellen konnte, sie bei der Hand zu nehmen und ihr vom Plakat herunterzuhelfen. Um mit ihr am Strand spazieren zu gehen. Im Auto mit heruntergedrehten Scheiben durch die Stadt zu cruisen. Irgendwo bei einem Burger oder einem Milkshake zu sitzen, zu reden und zu lachen. Auf dem Sofa aneinandergekuschelt einen Film zu schauen, dann rumzuknutschen und den Film total zu vergessen.

So ein Mädchen war Nessa.

Halb Mensch, halb Schmetterling.

Vielleicht kein Wunder, dass ich so lange brauchte, um auch nur zu ahnen, wer sie wirklich war.

Was sie für mich war.

In meiner Brust zog es seltsam; mir dämmerte, dass ich mir um meine Teflon-Beschichtung Sorgen machen musste.

»Ich mag dich genau so, wie du bist.«

Es war raus, bevor ich überhaupt die Chance gehabt hatte, den Mund zu halten.

Sie hob den Kopf vom Wasserhahn, den sie gerade zugedreht hatte.

»Wirklich?«

So etwas wie ein Schluckauf bildete das Fragezeichen.

Ihre Augen strahlten hinter dem Tränenschleier, und ihre Mundwinkel bogen sich zittrig aufwärts.

Ich nickte und senkte den Blick auf meinen Sneaker, mit dem ich über den Boden rieb.

Ich hatte wohl das Gefühl, ich müsste ihr etwas von mir anbieten, im Tausch dafür, dass ich sie kotzen sehen hatte, vielleicht hatte ich es ihr auch die ganze Zeit schon erzählen wollen und es nur nicht gemerkt.

»Ich schätze mal, du weißt, dass ich hier in Mariposa bin, weil ich etwas angestellt hab?«

Ich schielte sie von unten herauf an.

Sie nickte und rieb sich mit dem Handrücken über die Nase, schniefte leise.

»Das habe ich immer wieder herausgehört. War es etwas Schlimmes?«

Um meinen Mund zuckte es; nicht heiter, eher ratlos.

Verlegen. Wütend. Beschämt.

Was auch immer.

»Ich hab ein Auto geklaut und bin damit durch die Stadt gerast.«

Sie sah mich nur an, auf eine Art, die ich nicht einordnen konnte. Fast so, als wüsste sie, dass es noch mehr gab, was ich zu beichten hatte.

»Das war das erste Mal, dass ich erwischt worden bin. Dabei hab ich oft geklaut. Manchmal Geld, manchmal Sachen. CDs und Süßigkeiten. Mal Alk im Supermarkt, mal ein T-Shirt oder ein Paar Sneakers. Ich …«

Etwas Schweres wälzte sich auf meinen Magen, massiv wie ein Felsblock, quetschte ihn Übelkeit erregend zusammen.

War der Burger schlecht gewesen? Oder hatte ich doch so was wie ein Gewissen?

»Als … als ich gerade an der Tanke angefangen hatte, war ich sogar ein paar Mal kurz davor, mir was aus der Kasse zu nehmen.«

Ich hatte es nur geflüstert.

Sie riss die Augen erschrocken auf, und ihre Hand flog an ihren Hals hinauf.

Mein Herz verpasste einen Schlag; vor Freude bei dem Gedanken, dass sie die Schmetterlingskette unter ihrem Rolli trug, vielleicht aber auch, weil ich in ihrem Gesicht lesen konnte, was sie dachte.

»Den Weihnachtsbonus hab ich wirklich bekommen!«

Ich brüllte es fast, zwang mich zur Ruhe, schob eilig noch was nach.

»Ich hab's aber nicht gemacht. Mir was aus der Kasse genommen. Mach ich auch nicht. Ehrlich nicht.«

Ich schwitzte Blut und Wasser; jetzt war ich derjenige, dem kotzübel war.

»Warum hast du geklaut?«

»Weil ich keine Kohle hatte.«

Eine ihrer Brauen hob sich. Nur ganz leicht, aber es reichte, dass ich rot anlief.

»Ich hab auch kein Geld und klau trotzdem nicht.«

Ich hob die Schultern und ließ sie wieder fallen.

»Ich weiß es nicht. Da ist etwas in mir …«

Mein Blick wanderte durch den ekelgrün gekachelten Raum, und ich rieb mit dem Daumen über mein Brustbein. So fest, dass es auf der Haut, im Knochen darunter brannte; ein Schmerz, der mich leichter atmen ließ.

»Etwas, das mich immer wieder dazu angetrieben hat, so was unbedingt zu tun. Wie unter Zwang. Um zu sehen, ob ich damit durchkomm. Zu beweisen, dass ich es kann. Weil das so ein hammermäßiges Gefühl ist, dabei und danach. Wenn ich weiß, ich hab ein Zeichen dagelassen. *Jake war hier*. So wie das da.«

Ich nickte zu den krakeligen Buchstaben in schwarzem Filzer hinüber, die sich über die Kacheln neben dem Spiegel zogen.

Rocco G. – Der geilste Typ im Universum! E. & T.

»Selbst wenn das immer nur eine winzige Kerbe war, die ich irgendwo reingeschlagen hatte. Es vielleicht nicht mal jemandem auffiel. Mir reichte das für mein High.«

Nessa schwieg.

Sie sah mich nicht einmal an.

Für einen unendlich langen, entsetzlichen Augenblick war ich mir sicher, sie würde einfach gehen.

Das Gefühl, sie in diesem Moment verloren zu haben, war wie ein Abgrund, der sich unter mir auftat.

Dann fasste sie mich bei der Hand und verschränkte ihre Finger, kalt und wassernass, mit meinen.

Ich musste schlucken.

Quietschend schwang die Tür hinter mir auf.

Eine ältere Frau mit grau melierter Pudellöckchenfrisur kam herein, Fellstiefel an den Füßen und eine braune Strickjacke über ihrem karierten Faltenrock. Durch ihre Brille sah sie erst Nessa an, dann mich.

Eine steile Falte erschien über ihrer Nasenwurzel, und ihr babyrosa angemalter Mund verzog sich strafend.

»Junger Mann! Sie sind eindeutig falsch hier!«

»Nein, bin ich nicht. Ich bin hier absolut richtig.«

Ich meinte es genau so, wie ich es sagte, das hatte ich gerade kapiert.

Ich war hier am richtigen Platz.

Bei Nessa, die meine Hand hielt und mir damit mehr zu verstehen gab, als sie es mit Worten gekonnt hätte.

In der popelgrün gekachelten Toilette von Eugenes Diner.

Sogar in diesem Kaff namens Mariposa.

47

Jake

Ich schlüpfte in meine Jacke, knipste die Lichter an der Grizzly Gas aus und sperrte ab; auf Tankautomat hatte ich schon umgestellt, bevor ich die Abrechnung machte, das Geld zählte und im Tresor einschloss.

»Endlich.«

Unter Gähnen streckte ich mich, mehr vor Langeweile als Müdigkeit.

Travis grinste über der Zigarette, die er sich gerade drehte.

»Hat sich hinten raus ganz schön gezogen, nicht? Ist im Winter hier immer so. Deshalb hab ich gedacht, ich schau mal vorbei und leiste dir bisschen Gesellschaft.«

»Nett von dir«, murmelte ich.

Zielstrebig liefen wir über das Tankstellengelände und zündeten uns auf dem Bürgersteig jeder eine an.

»Feierst du mit uns Silvester?«

Ich zuckte mit den Schultern.

Mit Silvester konnte ich noch weniger anfangen als mit Thanksgiving oder Weihnachten. Und das nicht nur, weil ich Feiertage grundsätzlich öde fand und dieses ganze Gedöns von Jahresrückblick und Neubeginn für sentimentalen Schwachsinn hielt.

Als ob der 1. Januar wirklich so blank poliert, so unberührt wäre wie ein frisch aus der Presse gefallener Quarter.

»Wir gehen ins Golden Nugget.«

»Ihr feiert nicht bei euch?«

Ich hörte selbst, wie enttäuscht ich klang; nach einem von Masons genialen Abendessen mit Travis Raketen und Kracher zu zünden, hätte ich mir noch gefallen lassen.

»Silvester muss man einfach ins Golden Nugget. Da steigt voll die Party. Ist Kult!«

Party? Kult? Im Golden Nugget?

Meine Brauen schnellten hoch.

»Frag doch Nessa, ob sie mitkommen mag. Und Hayden.«

Ich zog an meiner Zigarette.

»Nessa kann Silvester nicht.«

»Schade.«

Travis musterte mich von der Seite.

»Seid ihr jetzt eigentlich fest zusammen?«

»Nicht so richtig«, brummte ich und schnippte übermäßig heftig die Asche auf die Straße.

»Wieso nicht? Weil du bald wieder nach L.A. zurückgehst?«

Ich blinzelte in das Licht der Straßenlaterne, von feinem Nebel und Sprühregen pulvrig zerstäubt.

»Das auch.«

Unter Motorengedröhn näherten sich die milchigen Kegel von Scheinwerfern. Ein Pick-up brauste vorbei, die Rücklichter in der Nacht verglühend, und es war wieder still.

Travis rempelte mich mit der Schulter an.

»Ich werd dich vermissen, weißt du.«

War es wirklich schon vier Monate her, dass er mich auf der Veranda des Golden Nugget angelabert hatte? Sechs endlose Monate Community Service hatten sich da noch vor mir ausgedehnt wie ein Highway in der Mojave. Sechs Monate in diesem Kaff am

Arsch der Welt, in dem ich mit meinem Handy keinen Empfang hatte und das sogar ohne eine einzige Ampel auskam.

Nur zwei waren davon noch übrig geblieben.

Zwei Monate, um den Käfer fertig zu kriegen.

Zwei Monate mit Nessa.

»Ich werd dich auch vermissen«, kam es rau aus meinem Mund.

Erst, als Travis mich anstrahlte, dämmerte mir, dass ich es wirklich so gemeint hatte.

Das Blöde an rührseligen Geständnissen war, dass eins das andere nach sich zog.

»Tut mir übrigens leid, das mit deiner Mom.«

»Ach. Ja. Danke.« Travis trat die Kippe auf dem Bordstein aus und stupste sie mit der Kappe seines Sneakers die Kante hinunter. »Aber ist ja schon lange her. Ich war da erst drei.«

»Trotzdem«, murmelte ich.

Ein kleines Lächeln zog einen seiner Mundwinkel hoch.

»Ja. Trotzdem.«

Er schlug den Kragen seiner Daunenjacke hoch und vergrub die Hände in den Hosentaschen.

»Das mit deiner Mom tut mir übrigens auch leid.«

Verblüfft schaute ich ihn an, und er grinste.

»Nimm's Mason nicht übel. Er kann nicht anders. Berufskrankheit. Ist nun mal echt 'ne kleine Stadt hier, und die Grizzly Gas ist so was wie die Außenstelle der Mariposa Gazette für alles Inoffizielle.«

Neugierig schielte er mich von der Seite her an.

»Hast du noch Kontakt zu ihr?«

Ich schüttelte den Kopf.

»Seit ich hier bin, schreibt sie mir ab und zu. Aus Vegas. Kann ich aber drauf verzichten.«

Ich zerquetschte die Kippe unter meinem Sneaker und zerrieb sie auf dem Asphalt.

Eine Weile war nur das Summen der Straßenbeleuchtung zu hören.

»Ich war lange ziemlich sauer auf meinen Dad«, sagte Travis dann leise. »Bis ich irgendwann kapiert hab, dass er's einfach nicht hingekriegt hätte mit mir. Ich hab immer das Gefühl, dass es ihm nur gut geht, wenn er unterwegs sein kann. *On the road.* Da kann er dem besoffenen Sack davonfahren, der meine Mom auf dem Gewissen hat. Je weiter, desto besser.«

Er zog die Schultern hoch.

»Klar hätt ich mir's anders gewünscht. Aber was soll man machen? Du kannst von niemandem verlangen, stärker zu sein, als er ist. Und hey, komm – mit Mason hab ich's doch echt super erwischt.«

Er stieß mich mit dem Ellbogen in die Seite.

»Überleg's dir mit Silvester, okay?«

Countrymusik brüllte durch das Golden Nugget, so laut, dass die Bässe den Holzboden unter meinen Füßen zum Zittern brachten und ich eigentlich nur darauf wartete, dass eins der gerahmten Fotos unter Glas von der Wand und mir auf den Kopf fiel.

Nicht weniger laut quoll die dicke Masse aus Stimmen durch den Raum, immer wieder von einem Rufen, einem dröhnenden Gelächter aufgeschäumt. Dampfend heiß war es hier drin, und die Scheiben beschlagen; halb Mariposa schien sich in der Bar zusammenzudrängen.

Ab und zu konnte ich einen Blick auf Kellie erhaschen, die in strahlendster, wimpernklimpender Laune hinter dem dicht belagerten Tresen herumwirbelte, ihr Lippenstift in demselben Rot wie ihre enge Bluse.

Ich sah einige Cowboyhüte. Und Karohemden. Eine Menge Karohemden.

Überhaupt fehlten zu einem Saloon wie in einem Western eigentlich nur noch die röckeschwenkenden und ihre Beine in die Luft werfenden Can-Can-Girls. Oder der in Schwarz gekleidete Bösewicht, der mit gezückter Kanone eine Schießerei anfing; vielleicht würde die ausgelassene Stimmung auch jederzeit in eine Prügelei umschlagen, in der Stühle und Whiskeyflaschen auf Köpfen zu Bruch gingen.

Nur der knallbunte Silvestercountdown irgendeines TV-Kanals auf den Flatscreens passte so gar nicht dazu, der entweder auf stumm gestellt oder einfach in diesem Lärm nicht zu hören war.

»Weißt du, was cool wäre?«

Ich zuckte zusammen, als Travis, der neben mir an der Wand lehnte, unmittelbar an meinem Ohr losbrüllte.

»Wenn du einfach hierbleiben würdest!

Mason hockte am Tresen und unterhielt sich lebhaft mit einer Handvoll Männer, genau solche Schränke wie er, mit ähnlich grob zugehauenen Gesichtern, das bei Mason leicht gerötet war. Von der Wärme hier drin oder von diversen Bieren, vielleicht aber auch, weil Betty mit ähnlichem Klammergriff an ihm hing wie sie ihn schon mal bei Travis angewandt hatte.

Mein Blick fiel auf Sheriff Buller, der jedes Mal, wenn er seinen SUV an der Grizzly Gas auftankte, mein Herz für einen Sekundenbruchteil aussetzen ließ. Hier drin wirkte er ziemlich gemütlich, trotz des goldenen Sheriffsterns, den er auf die Brusttasche seines Khakihemdes gepinnt hatte, wie er sich immer wieder über seinen grauen Schnauzer strich, ein Glas in der Hand, dessen Inhalt verdächtig nach Jack Daniels und Konsorten aussah.

Seine Frau Pam fuhr einen geräumigen Kombi, in dem jede Menge Spielsachen und Sportklamotten in Kindergrößen herumlagen; fürs Scheibenputzen drückte sie mir jedes Mal ein paar Dollar extra in die Hand.

Luther Foothill flirtete mit einer hübschen Blondine in knallengen Jeans und regenbogenbuntem Top; zwei oder drei Kinder, die sich kreischend einen Weg durch die Beine der Erwachsenen bahnten, brachten die beiden zum Lachen.

Ich entdeckte den alten, eisgrauen Bill Snodgrass, an dessen Truck ich neulich unter Masons Anleitung die Zündkerzen ausgewechselt hatte. Mrs Pruner, die einen bockigen Impala fuhr. Loyd Hedges, der irgendwie einen enormen Verbrauch mit seinem Dodge Nitro zusammenkurvte und die Tanke immer mit einer Handvoll Schokoriegel und zwei Flaschen Gatorade verließ. Ty Forrester. Kendrick Trout. Die Weathers' und die Vanhorns. Vince Mayberry und seine Frau Judy, die nie den Tankdeckel an ihrem Honda aufbekam. Vorhin hatte ich sogar irgendwo die Fields entdeckt, die mir fröhlich zugewinkt hatten. Eigentlich fehlte nur noch Woodgate, der aber Silvester auf einer Party in San Francisco feierte.

Ich dachte kaum noch an Green Meadows. An L. A.

Nachdem ich zwei, drei Mal in der County Library gewesen und an den Internetterminals dort auf Facebook geschaut hatte, was bei den anderen so ging, ein paar Nachrichten abgesetzt hatte, hatte ich irgendwann das Interesse daran verloren.

Vielleicht lag es daran, dass ich hier in einer anderen Welt war, in der die Leute auch so anders waren, ich jeden Tag im Park, an der Grizzly Gas und mit dem Käfer so viel zu tun hatte.

Manchmal kam es mir so vor, als wären Nessas Küsse kein Gift für meinen Körper, aber eine Droge, die nicht nur süchtig machte, sondern auch nach und nach mein Gedächtnis zersetzte.

»Im Sommer haben wir echt alle Hände voll zu tun«, riss Travis' Gebrüll mich aus meinen Gedanken. »Mason wär sicher froh, wenn er dich fest anstellen könnte. Und wir hätten sogar noch ein Zimmer für dich! Wär das nix? Dann wären wir fast so was wie Brüder!«

Grinsend schlug er mir auf die Schulter.

Ich starrte auf das Bier in meiner Hand.

Wenn Nessa nicht konnte, ich nicht mit Travis auf ein Bier ins Golden Nugget ging oder auf einen Burger zu Eugene, war ich oft bei den Beavers.

Immer mal ging ich Mason beim Kochen zur Hand; letzte Woche hatte ich ganz alleine Spaghetti und Meatballs für uns drei gemacht, die sogar essbar gewesen waren. Oder ich hing mit Travis in seinem Zimmer ab, das mit Postern von schnittigen Autos und Motorrädern vollgepflastert war, auf denen sich scharfe Bräute räkelten, wo wir uns Filme anschauten, quatschten, auf seiner Spielkonsole daddelten oder Musik hörten.

Wobei Travis' countrylastiger Musikgeschmack echt ausbaufähig war.

Schönlinge wie Dierks Bentley, die immer mal versuchten, ihr Countrygeschrammel mit Rock und Blues aufzupimpen. Südstaatengesülze von Gloriana und Lady Antebellum.

Redneckmusik.

Ich hatte nicht gewusst, dass Kevin Costner jetzt auch auf Countrystar machte; hätte er lieber mal weiter Filme gedreht. Und das Poster von Taylor Swift mit wallender Engelsmähne, blauem Kleidchen und kokettem Augenaufschlag direkt über Travis' Bett ließ Böses ahnen.

Okay, immerhin nirgendwo eine Spur von Dolly Parton.

Über seinem Laptop ließen wir Masons Internetverbindung glühen, während ich Travis richtige, echte, gute Musik nahebrachte und er mir halsstarrig Country in allen Varianten schmackhaft zu machen versuchte.

Bei den Beavers in der 13th Street begann mir zu dämmern, was *Zuhause* und *Familie* auch sein konnten.

Wie einer dieser zuckrigen Apfelsäfte, die sofort Durst nach mehr und immer mehr machten; ich war mir nicht sicher, ob mir davon nicht mal noch schlecht werden würde.

»Bist du eigentlich schon achtzehn?«, schrie Travis mir über Shania Twains kehliges Schnurren hinweg zu.

Ich schüttelte den Kopf.

Noch nicht ganz.

»Wann ist's denn so weit?«

Meine Augen suchten die Vitrine auf der anderen Seite der Bar, in der Schießeisen und Goldklumpen ausgestellt waren, streiften die von blinkenden Lichterketten und Lamettagirlanden umwickelte Uhr darauf.

In sechs Minuten.

»Was hast du gesagt?!«

Die Hand an sein Ohr unter der Mähne gelegt, schob sich Travis näher zu mir.

»Travis! He, Travis!«

Ein Typ in unserem Alter, so breit wie hoch und die blonden Haare hochgegelt, hob die massige Hand, in die Travis lachend einschlug.

»Hee Chad, altes Haus! Lang nicht mehr gesehen! Wo hast du denn gesteckt, Mann?«

Ich löste mich von der Wand und schlüpfte seitwärts durch die Menge der anderen Gäste.

Die Nachtluft schlug mir kalt entgegen, ich schnappte nach Luft.

Mein T-Shirt war feucht und ich bekam Gänsehaut; meine Jacke lag noch irgendwo in der Bar. Wie schon den ganzen Tag über hallten irgendwo Kracher, zischten einzelne Raketen in die Luft.

Stammten sicher alle aus dem Laden am Ortsausgang, der mit einem riesigen Plakat an der Straße dafür geworben hatte. Der Laden wollte bestimmt mal Baumarkt werden, wenn er groß war; auf den ersten Blick mehr auf Farmer, Rinderzüchter und Fans von Englischem Rasen ausgerichtet, hatte er aber immer alles dagehabt, wenn ich mit Mason hingefahren war.

Fröstelnd zündete ich mir eine Zigarette an und nippte an meinem Bier.

Ich verriet nie jemandem meinen Geburtstag; von meinen Kumpels kannte ihn nur Lou, und der respektierte es, dass ich nicht feiern wollte, weil ich keine Lust auf irgendwelche dummen Kommentare zu diesem Datum hatte. Er verstand das; im September geboren, bekam er selbst oft genug ein hämisches *Silvesterkracher, was?* zu hören.

Denny hatte dagegen keine Gelegenheit ausgelassen, mich daran zu erinnern, dass ich nicht nur meinen Eltern, sondern vor allem ihm dieses Silvester vor achtzehn Jahren gründlich versaut hatte. Weil ich mich während des Abendessens überraschend ankündigte und man ihn und Breanna kurzerhand zu den Snyders nach nebenan verfrachtete, während Mom und Dad ins Krankenhaus fuhren. Wo Calvin Snyder ihm erst den Plastikbagger über den Kopf schlug und danach die Cookies klaute und Warren Snyder ihm dann noch kurz vor zwölf auf das T-Shirt kotzte, sodass er nicht nur das Feuerwerk verpasste, sondern auch in einem zu kleinen Spiderman-Pyjama schlafen musste.

Mit Füßen.

Abrupt brach die Musik, eine schmalzige Country-Version von *Auld Lang Syne*, hinter mir ab.

Zehn… Neun… Acht…

Der Countdown-Chor hatte begonnen; ich hoffte, Travis würde nicht auf die Idee kommen, mich hier zu suchen.

Drei… Zwei… Eins… WHOUUU!!

Allgemeines Gebrülle, Gejohle und Gekiekse.

HAPPY NEW YEEAAR!!

Ich hatte es geschafft.

Ich war achtzehn.

Volljährig.

Ab jetzt hatte der Alte mir nichts mehr zu sagen.

Niemand hatte mir mehr was zu sagen.

Sobald ich den Community Service abgeleistet hatte, war ich ein freier Mensch.

Eine Freiheit, die so bitter schmeckte wie Bier und Zigarettenrauch auf meiner Zunge, weil ich nicht wusste, was ich damit anfangen sollte.

Ich hatte nicht den geringsten Plan, was ich überhaupt wollte.

Um mich herum knallte und fauchte es. Am Himmel über Mariposa zerplatzten die ersten Feuerblumen und Sternenregen; vermutlich würde die ganze Meute im Golden Nugget gleich nach draußen stürmen.

Ich fragte mich, wie Nessa den Abend wohl verbracht hatte. Ob sie von ihrem Haus im Wald aus auch das Feuerwerk sehen konnte.

Von allen Menschen, die ich kannte, war sie die Einzige, die ich jetzt gern bei mir gehabt hätte.

Um mit ihr in meinen Armen den Lichterzauber zu bestaunen.

Mit einem langen Kuss das neue Jahr zu feiern und meinen Geburtstag.

»Happy Birthday, Jake«, raunte ich heiser und spülte das enge Gefühl in meinem Hals mit Bier hinunter.

48

Nessa

Selbst bei uns im Wald waren gedämpft die Schläge der Silvesterkracher zu hören. Die kleinen Explosionen, wenn eine Rakete am Himmel zu Feuerwerk zerbarst; umso häufiger, je später der Abend, es musste bald Mitternacht sein.

Dunkelgolden fiel der lebendige Schein der Kerzen und des Kaminfeuers über das Sofa und die beiden Sessel. Flackerte behaglich über die bauchige Kanne und unsere auf dem Couchtisch versammelten Tassen, die beiden Schälchen mit den Überresten von Apfelschnitzen und Mandeln.

Ich gierte nach Schokolade.

In das Prasseln und Knistern des Feuers drang das Klappern von Lantanas Nadeln. Seit sie und Ma in Merced gewesen waren, strickte sie ein Paar Socken nach dem anderen, wie für eine Tausendfüßlerfamilie.

Schläfrig kuschelte sich Lissa an mich, schon im Pyjama und ihre geliebte Stoffpuppe im Arm; es war das erste Mal, dass sie bis Mitternacht aufbleiben durfte. Neben mir hatte sich der graue Kater zusammengerollt und schnurrte selig unter meiner Hand. Immer wieder unterbrach ich mich dabei, ihn zu kraulen, krümmte und streckte meine schmerzenden Finger; ich hatte viel gearbeitet in den letzten Tagen.

Meine letzten beiden Windspiele hatten jedes zwanzig Dollar mehr eingebracht, und Ma hatte meine neuen Entwürfe gelobt.

Früher wäre ich darauf stolz gewesen. Heute lag mir nur etwas daran, mich mit der Arbeit abzulenken. Die Zeit zu überbrücken, bis ich es wieder wagen konnte, mich aus dem Haus zu schleichen.

Verstohlen tastete ich nach dem gläsernen Monarchfalter, der sich unter den Rolli an meinen Hals schmiegte; es hatte seine Vorteile, immer einige Schichten hochgeschlossener Kleidung anzuhaben.

Eines seiner langen Beine angezogen und aufgestellt, starrte Hayden vom Sessel aus gedankenverloren ins Feuer und streichelte die schwarze Katze, die auf seinem Schoß lag. Die rote Katze, die sich mittlerweile zu uns gesellt hatte, suchte ihr Glück lieber draußen, vermutlich irgendwo noch weiter fort von den Böllern der Silvesternacht.

Ich hätte mich auch gern weggeschlichen. Allerdings genau in Richtung des Lärms, um mit Jake zusammen unter dem Feuerwerk das neue Jahr zu begrüßen.

Ich wandte den Kopf und schaute hinüber zu Ma, die am anderen Ende des Sofas saß und Mitch an sich gedrückt hielt.

»Der Jüngling aber konnte Anicia nicht vergessen«, erzählte sie mit weicher Stimme. »Zu betört war er von ihrem Liebreiz. Eines Tages folgte er ihr heimlich von den Wiesen hin zu ihrem Haus. Tag und Nacht stand er davor und hoffte auf eine Gelegenheit, ein paar Worte mit ihr zu wechseln. Doch mehr, als durch eins der Fenster einen flüchtigen Blick auf sie zu erhaschen, gelang ihm nicht. Der Jüngling wurde ungeduldig, und als sich am Morgen des siebten Tages die Tür öffnete, stand er schon bereit und warf sich auf die Gestalt, die aus dem Haus kam.

Nicht Anicia war es, die er zu Boden rang, sondern Cassius. Ihr Zwilling, der Anicia glich wie ein Ei dem anderen. Der Jüngling zückte sein Jagdmesser und hielt es Cassius an die Kehle.

Schmetterlingsmädchen, rief er, *Schmetterlingsmädchen! Wenn du nicht willst, dass ich deinen Bruder töte, so komm heraus zu mir!*

Anicia erschrak zutiefst und trat über die Schwelle.

Ich bitte dich von ganzem Herzen – tu es nicht. Welchen Groll du auch gegen mich hegst, verschone meinen unschuldigen Bruder.

Das werde ich, erwiderte der Jüngling. *Wenn du mit mir kommst und meine Braut wirst.*

Um meines Bruders willen würde ich es tun, lautete Anicias Antwort. *Aber was du auch immer an Wunderbarem in mir sehen magst – es wird niemals dir gehören. Bei jedem Schritt, den ich mit dir gehe, werde ich etwas von mir verlieren. Bis so wenig von mir übrig ist, dass unsere Ehe keinen ganzen Tag Bestand haben wird.*

Das lass beruhigt ganz meine Sorge sein, rief der Jüngling voller Triumph. *Komm einfach mit mir, und ich lasse deinen Bruder am Leben.*

So sei es denn, flüstere Anicia mit demütig gesenktem Haupt.

Der Jüngling gab Cassius frei und nahm Anicia bei der Hand, um sie als seine Braut heimzuführen. Cassius jedoch, der nicht eine Nacht ohne seine geliebte Schwester gewesen war, folgte ihnen. Und bei jedem Schritt, den Anicia an der Hand des Jünglings tat, hinterließ sie auf der Erde einen Schmetterlingsflügel, so zart und fein wie das empfindlichste Blütenblatt.

Als sie in das Dorf des Jünglings kamen, bestaunte jedermann die schöne Braut und ihren gut aussehenden Bruder. Auch die Schwester des Jünglings, und es wurde beschlossen, diese mit Cassius zu vermählen.

Ein rauschendes Fest war es, wie es das Dorf noch nie erlebt hatte. Erst gegen Morgen, kurz vor dem ersten Hahnenschrei, zogen sich die beiden Brautpaare in ihre Gemächer zurück.

Als aber die Sonne die Gemächer erhellte, der Jüngling und seine Schwester jeder für sich erwachten und das Glück ihrer Hochzeitsnacht fortsetzen wollten, fanden sie neben sich nur den farbigen Staub zerriebener Schmetterlingsflügel.«

Ich zuckte zusammen, als ich Lissas kleine Hand in meinem Gesicht spürte.

»Nicht weinen, Nessa«, wisperte sie mir zu. »Ist doch nur ein Märchen.«

»Ja, natürlich.«

Hastig wischte ich mir die Tränen aus dem Gesicht; ich hatte nicht einmal bemerkt, dass ich welche vergossen hatte.

»Natürlich ist es nur ein Märchen.«

Ich gab Lissa einen Kuss auf die Stirn, und mein Blick traf sich mit dem Haydens.

Hart wirkten seine Augen im bewegten Licht des Kaminfeuers, aber ein schimmernder Glanz darin ließ sie feucht aussehen.

Als ob er genauso litt wie ich.

49

Jake

Ich hatte gelernt, ihre leichten Schritte zu hören, selbst unter der lauten Musik in der Werkstatt.

Sogar dann noch, wenn ich mitsang und dabei gegen ein Blech hämmerte oder unter Scheppern und Klirren in der Werkzeugkiste wühlte.

Vielleicht war es auch ein Gefühl auf meiner Haut, stärker als der kühle Luftzug, der in die Wärme hereinwehte, wenn sie das Tor aufmachte und hinter sich wieder zuzog.

Ich drehte mich um.

Die Mütze tief ins Gesicht gezogen, waren ihre Wangen, ihre Nasenspitze gerötet von der Luft draußen, vielleicht auch vom schnellen Lauf.

»Ich konnte nicht früher«, schnaufte sie und zog ihre dicken Fäustlinge aus. »Ma und Lantana sind erst so spät ins Bett.«

»Egal«, raunte ich und warf den Schraubenzieher einfach mitten zwischen die anderen Werkzeuge, um ihr entgegenzulaufen.

Ich packte sie um die Mitte und wirbelte sie herum, dass sie aufkiekste. Ihre Arme lachend um meinen Hals geschlungen, trug ich sie zur Werkbank und setzte sie darauf ab.

Ich zog die Mütze von ihrem Kopf; einzelne ihrer feinen Haare fächerten sich knisternd auf, die ich wieder glatt strich, bevor ich sie küsste.

Hungrig. Als hätte ich sie eine Ewigkeit nicht mehr gesehen.

Außer Atem löste ich mich von ihr und streckte den Arm nach dem Radio hinter ihr aus, um die Musik leiser zu drehen.

»Ich hab eine Überraschung.«

Ich musste grinsen, als sie erst über meine Schulter spähte, zum Käfer hin, dann verstohlen meine Hände betrachtete, ob ich etwas damit hervorzaubern würde, bevor sie mich fragend anschaute.

Langsam zog ich den Zipper ihrer Winterjacke auf, umfasste ihre Taille und zog sie eng an mich.

»Mason hat mir einen festen Job an der Tanke angeboten und ein Zimmer. Ab dem 1. März. Ich muss nach dem Ende des Community Service nicht zurück nach L. A., Nessa. Ich kann hierbleiben, wenn ich will.«

Es schnürte mir den Hals zu, als ich sah, wie der Glanz in ihren Augen verlosch. Und meine kribbelige Freude, mein blank polierter Stolz, fielen in demselben Tempo in sich zusammen, in dem sie das Kinn gegen ihre Brust sinken ließ.

Ich ließ sie los, ging ein paar Schritte zurück; ich brauchte diesen Abstand.

»Freust du dich nicht?«

»Doch. Das ist toll.«

Flach klang ihre Stimme, freudlos und beinahe gleichgültig.

Mir wurde es kalt im Bauch.

Ein einziges Mal hatte ich mich so weit vorgewagt, es wenigstens zu versuchen, mich auf ein Mädchen einzulassen. Und jetzt wollte sie mich doch nicht.

Den Blick auf ihre Hände geheftet, verflocht sie die Finger miteinander.

»Es … es gibt da etwas, das ich dir sagen muss.«

Ich wusste es sofort.

Hayden.

Ich verfluchte mich, dass ich nicht früher danach gefragt und diese Sache geklärt hatte.

Bevor Nessa mir zu nahe gekommen war.

Jetzt gab es kein Ausweichen mehr, vielleicht gerade noch so ein Zurück auf Anfang.

Mit einigen Beulen in meinem Stolz. Ein paar Kratzern in meinem Ego.

»Schieß los.«

50

Nessa

Ich hatte nicht gewusst, wie schwer es war, die Wahrheit zu sagen.

Wie schwer, sich diese Wahrheit selbst vor Augen zu halten; ich hatte mich daran gewöhnt, so zu tun, als ob ich wirklich ein ganz normales Mädchen war. Mit einem ganz normalen Leben.

Aber das war ich nicht.

»Hayden«, begann ich langsam. »Hayden und ich sind nicht zusammen. Aber ab dem Frühjahr werden wir es sein. Wir gehören zueinander. Das haben die Ältesten vor langer Zeit so bestimmt.«

»Ihr werdet heiraten?«

Ich zog die Ärmel über meine kalten Finger; ich wünschte mir, mich genauso verkriechen zu können.

Egal wo.

»Bei uns heißt es nicht so. Aber wenn du es so nennen willst – ja, dann werde ich Hayden heiraten, und wir werden noch im selben Jahr Nachwuchs bekommen.«

»Du bist schwanger?!«

Ein albernes, völlig unpassendes Kichern sprudelte in meiner Kehle herauf, das sich fast nicht unterdrücken ließ.

»Nein, natürlich nicht. Ich hab noch nie …«

Ich wurde glutrot und biss mir auf die Lippe, riss nervös am Saum eines Jackenärmels herum.

Die Stille, die plötzlich dick und schwer in der Werkstatt hing und sogar die leise Musik hinter mir niederwalzte, war eine Qual.

Ich war erleichtert, als ich Jakes Stimme wieder hörte.

»Das glaub ich dir nicht. Das kann nicht dein Ernst sein.«

Ich zuckte mit den Schultern.

»Es ist aber so.«

»Ist es echt das, was du willst? Heiraten und Kinderkriegen? Jetzt schon?«

»Es geht nicht darum, was ich will«, schnappte ich zurück. »Sondern darum, was mir bestimmt ist.«

Die Hände in den Haaren vergraben, ging Jake vor der Werkbank auf und ab; er sah aus, als müsste er sich mit aller Kraft zusammenreißen, um nichts kaputt zu schlagen.

»Wie alt bist du? Fünfzehn? Sechzehn?«

Ich nickte.

»Und Hayden? So alt wie ich? Das ist doch komplett krank!«

Ich wusste nicht genau, warum, aber ich spürte zähe Wut in mir aufsteigen.

»Bei uns ist das eben so! Wir Mädchen sind immer so jung, wenn wir unser Kind bekommen.«

Traurigkeit mischte sich in meine Wut, gepaart mit etwas wie Hoffnungslosigkeit.

»Wir haben dafür nicht so viel Zeit wie ihr, Jake! Wir werden nicht besonders alt. Selten älter als vierzig. Die ständigen Verwandlungen, die langen Trecks jedes Jahr erschöpfen uns. Die meisten sterben unterwegs, bleiben in ihrer Schmetterlingsgestalt nach und nach auf dem Weg zwischen Norden und Süden liegen wie tote Blätter, die der Wind dann davonträgt. Die anderen ziehen sich nach Mexiko oder manchmal hierher nach Mariposa zurück, um dort als Mensch ihre letzten Wochen zu verbringen. Unser Leben ist zu kurz, um lange auf etwas zu warten!«

Die Finger in seinen Haaren verschränkt und die Ellbogen zur Seite gedrückt, sah Jake mich an.

Ich hatte nicht gewusst, dass blaue Augen sich so stark verdunkeln konnten, dass sie schwarz wirkten.

»Du musst da raus, Nessa«, raunte er heiser. »Am besten heute noch.«

Ich lachte spröde auf.

»Was willst du denn machen? Mich entführen?«

»Wenn es sein muss, ja.«

Ich dachte an meinen Vater. An Sedge, Haydens Vater. An Horace, Theano, Uhler. An Xerxes, der im Herbst bereits fast weißblond gewesen war, seine Haut gilb und durchscheinend wie Pergament, jede frühere Sommersprosse zur Unsichtbarkeit verblasst. Im Frühling wollte er hierbleiben, hatte er mit einem kleinen Lächeln gesagt, um in Mariposa zu sterben, wo er vor einundvierzig Jahren geboren worden war. Sofern er die Reise von Mexiko hierher noch schaffte.

Zärtliche Väter für uns Kinder und den Frauen liebevolle Männer. Aber auch hart und unbeugsam, wenn es darauf ankam. Geschärft im Kampf gegen die Elemente, der Sorge für ihr Volk und die Monarchfalter verpflichtet.

»Du kennst die Ältesten nicht«, wisperte ich. »Sie würden mich finden und mit Gewalt zurückholen.«

Jake war zur Werkbank zurückgekehrt und legte die Arme um mich, zog mich an sich.

»Dann bringe ich dich von hier fort. Irgendwohin. Amerika ist groß.«

Ich strich mit den Fingern über seine breite Brust, zeichnete durch das dünne T-Shirt hindurch jede Ausbuchtung, jede Rinne nach.

»Und Hayden? Ich kann doch nicht einfach gehen und ihn zurücklassen.«

»Dann nehmen wir ihn eben auch mit. Soll doch jemand anders für den Butterfly-Nachwuchs sorgen.«

Meine Hände hielten still.

Es schien wirklich die Stunde der Wahrheit zu sein.

Rein und klar und in aller Grausamkeit.

»Das ist der Punkt, Jake«, flüsterte ich mit enger Kehle. »Es gibt nicht mehr genug von uns. Genauso, wie es jedes Jahr weniger Monarchfalter gibt. Das Milkweed, von dem die Raupe des Falters sich ernährt und das auch für uns so wichtig ist, verschwindet langsam von den Wiesen, weil die mit Unkrautvernichtungsmitteln besprüht oder bebaut werden. Die Wälder in Mexiko, wo die Falter überwintern, werden nach und nach abgeholzt. Und das Klima verändert sich. Früher hatte jede Familie in unserem Volk zwei oder drei Kinder. Seit der Generation meiner Ma, meines Vaters nur noch eines. Manchmal will gar keines kommen, ohne dass wir genau wissen warum. In meinem Alter gibt es sonst nur noch eine Handvoll Mädchen und Jungen hier in Kalifornien, ein paar mehr unten in Mexiko.«

Eindringlich sah ich ihn an.

»Wir sterben aus, Jake! Deshalb sind Hayden und ich auch so wichtig für unser Volk. Von uns beiden hängt jetzt so viel ab.«

Mit einem tiefen Durchatmen hob Jake den Kopf, schaute mir dann in die Augen.

»Du willst das echt durchziehen, oder?«

Tränen traten mir in die Augen, mein Kinn zitterte.

»Hab ich denn eine Wahl? Das ist doch meine Familie. Mein Volk.«

Eine zweifelnde Leere breitete sich in seinen Augen aus. Er verstand nur meine Worte, nicht, worüber ich sprach. Das war etwas, was uns voneinander trennte.

Das mir wehtat, für ihn ebenso wie für mich.

»Wann …«

Er brachte den Satz nicht zu Ende, musste es auch nicht.

»Sobald die Ältesten zurück sind. Irgendwann im April. Spätestens Anfang Mai.«

Unsere Blicke verhakten sich ineinander.

»Die Zeit bis dahin«, flüsterte ich, »das ist alles, was ich dir geben kann.«

Jake blieb stumm, ein Flackern, ein Funkeln in den Augen.

Abrupt drückte er seinen Mund auf meinen, packte mich, presste mich an sich. So hart, dass es schmerzte, aber es war ein guter Schmerz.

Ich wusste nicht, ob dieser Kuss ein Versprechen war oder ein Abschied; er hatte etwas Jähes, Aufbegehrendes. Etwas Hilfloses und Verzweifeltes.

Aber vielleicht waren das auch alles meine Empfindungen, während ich die Finger in seinen Schultermuskeln vergrub und meine Beine um ihn schlang.

Als könnte mir jemand Jake heute noch entreißen.

51

Jake

»Alles okay mit dir?«

Woodgate musterte mich von der Seite, als wir nach dem Frühstück zum Wagen gingen.

Wortlos wartete ich, bis der weiße, hochgebockte Jeep mit den fetten Reifen sein elektronisches Piepsen von sich gab, und genauso wortlos stieg ich ein.

Ich blieb auch weiter stumm, während Woodgate vom Parkplatz auf die Straße bog und wir am silbern glänzenden Merced River entlangfuhren; Felsen, Wiesen und Bäume waren mit einem Hauch von Puderzucker bestäubt.

Nachdem Gonzalez und ich im Dezember wie Dutzende Freiwillige überall im Park die Zeit damit verbracht hatten, angestrengt in die Bäume und an den Himmel zu starren und jeden Vogel, der uns dabei vor die Linse kam, in eine Strichliste einzutragen, war Gonzalez mit dem neuen Jahr ohne weitere Begründung einem anderen Ranger zugeteilt worden. Mit dem er das Gleiche tat wie ich mit Woodgate seitdem: den ganzen Tag lang nur in der Gegend herumfahren.

Tage, die sich zogen wie ein alter Kaugummi und auch genauso ausgelutscht schmeckten.

Viel zu leere Tage, an denen viel zu viele Gedanken meinen

Kopf heimsuchten und verstopften, bis mir beinahe der Schädel platzte. Trotzdem ging ich nur selten drauf ein, wenn Woodgate ein Gespräch mit mir anfangen wollte.

Dieses Nichtstun nervte. Machte mich unruhig und wütend.

Ich war froh, wenn ich an die Grizzly Gas zurückkonnte, zu meinem Käfer in die Werkstatt.

Wenn ich etwas zu tun hatte, worauf ich mich konzentrieren musste. Das mich ablenkte.

Hinter den beiden in Fels geschlagenen Tunneln stieg die Straße an und führte zwischen weiten, weiß überpuderten Flächen hindurch, aus denen verbrannte Bäume herausragten wie schwarze Zahnstocher.

Woodgate setzte den Blinker und bog rechts ab.

An mir zog die Tankstelle von Crane Flat vorbei, eine lang gezogene Blockhütte zwischen Bäumen; dahinter stand ein dick eingepackter Ranger an einem geparkten Jeep, der Woodgates erhobene Hand mit einem Nicken beantwortete.

Da erst kapierte ich es.

»Das ist doch die Tioga, oder?«

»Yupp.«

»Ähm. Aber die ist gesperrt!«

Woodgate schwieg ein paar Augenblicke, während er den Blick links und rechts über den Straßenrand schweifen ließ.

»Yeah«, sagte er leise, wie nebenbei, als hätte er mir gar nicht zugehört.

Der Winterwald schloss uns von beiden Seiten her ein.

Road closed.

Die Schilder mit den riesigen Buchstaben an der Straßenbarriere vor uns waren weder zu übersehen noch misszuverstehen.

Woodgate hielt mit laufendem Motor und nestelte unter der Jacke an seinem Gürtel herum, hielt mir einen Schlüssel hin.

»Schließ auf, mach das Tor hinter mir zu und schließ danach wieder ab.«

Murrend kletterte ich aus dem warmen Auto. Draußen war es deutlich kälter als vorher im Valley, und die Kette mit dem Vorhängeschloss war ähnlich eisig wie das Metallgestell der Barriere.

Der Jeep rollte an mir vorbei; hastig schob ich die Barriere wieder zu, hantierte fahrig mit klammen Fingern an Kette und Schloss, bevor ich zum Auto vorspurtete und hineinsprang.

Woodgate fuhr langsam bergan, tiefer und tiefer in den verschneiten Wald hinein.

Nur das Geräusch des Motors war zu hören.

Das gummiartige Knirschen der Reifen auf der verschneiten Straße und das Knistern des Funkgeräts vorne.

»Was machen wir hier eigentlich?«, wollte ich irgendwann wissen.

»Patrouille fahren«, erklärte Woodgate, dessen Blick unablässig umherwanderte, während er vollkommen relaxt den Wagen steuerte. »Ob sich kein lebensmüder Wanderer verlaufen hat oder ein tollkühner Skifahrer verunglückt ist. Keine Wilderer unterwegs sind.«

Ich beäugte die Schneelandschaft vor uns, die aussah, als wäre hier seit Wochen niemand durchgekommen.

Vollkommen unberührt.

Vollkommen leer.

»Ist das nicht riskant?«

»Und wie.« Ein kleines Grinsen schien auf seinem Gesicht auf. »Jederzeit kann ein Baum umstürzen, ein Fels herunterpoltern oder uns ein Hirsch oder ein Kojote ins Auto laufen. Vielleicht kreuzt sogar ein schlecht gelaunter Schwarzbär unseren Weg.«

Sein Grinsen vertiefte sich, bekam etwas Ironisches.

»Aber du liebst ja die Gefahr, nicht?«

Ich schnaubte und rutschte tiefer in den Sitz.

»Schadet übrigens nichts, wenn du auch ein bisschen die Augen offen hältst.«

Vermutlich sollte ich mich glücklich schätzen, dass wir im beheizten Jeep hier Streife fuhren und Woodgate mich nicht auf den Rücken eines Gauls gezwungen hatte; je nachdem, wo man im Park unterwegs war, konnte man den Rangern der Mounted Patrol begegnen, die sich um die Gebiete des Yosemite kümmerten, in die man nicht mit dem Auto kam.

Die immer gleiche Aussicht auf dunkle, weiß überhauchte Nadelbäume und Schnee war gleichermaßen einschläfernd wie nervenaufreibend. Unruhig rutschte ich auf meinem Platz herum, und unangenehm waren die Seitenblicke, die Woodgate mir zuwarf. Die Momente, in denen unsere Blicke sich kreuzten.

»Du hast geglaubt, ich lass dich an der Straßensperre stehen und fahre ohne dich davon, stimmt's?«, fragte Woodgate nach einiger Zeit.

»Quatsch.«

»Ich hab dir im Rückspiegel zugeschaut. Deine Bewegungen waren gehetzt, und du konntest nicht schnell genug wieder ins Auto kommen.«

»Mir war kalt.«

»Du hattest Panik im Blick.«

»Blödsinn!«

Er schwieg ein paar Herzschläge lang.

»Hat das was mit deiner Mutter zu tun?«

»Komm mir nicht mit so einem Scheiß, ja?«, knurrte ich und blickte starr zur Seitenscheibe hinaus.

Woodgate seufzte.

»Ich weiß, du bist nicht so fürs Reden zu haben. Aber weißt du – manchmal hilft es einfach.«

»Verschon mich einfach mit diesem Psychomüll, okay?!«

»Okay«, gab Woodgate gelassen zurück. »Wie du willst.«

Die Fahrt zog sich endlos hin.

Länger noch als die im Wagen des Probation Offices von L. A. hierher.

Bäume. Nichts als Bäume.

Schnee und noch mehr Schnee.

Felswände. Ein finsterer See. Ab und zu ein Blick in den Abgrund und auf Berge.

Sonst nichts.

Nur Stille.

Woodgates Schweigen, das mir auf der Haut kratzte.

Das Knirschen und Rollen des Jeeps durch den tiefen Schnee, das mir Atemnot machte; das flackernde Rascheln des Funkgeräts, das mir an den Haarwurzeln zog.

Als ich merkte, dass Woodgate von der Straße abfuhr und vom Gas ging, konnte ich kaum noch die Beine still halten.

Noch bevor er den Jeep zum Stehen gebracht hatte, zerrte ich an meinem Gurt und riss an der Tür, bis der Wagen stoppte, die Tür endlich aufging.

Ich stolperte ins Freie.

In eine verschneite, weite, kalte Leere, irgendwo hoch oben über einem Tal aus Stein. Unter einem blauen Himmel, der mir in die Augen stach.

»Verdammte Scheiße!«, brüllte ich. »Ist das eine Foltermethode aus dem Handbuch der CIA?«

»Ja, genau – was für eine verdammte Scheiße«, rief Woodgate, als er die Tür zuschlug und um das Auto herum auf mich zukam.

Energiegeladen, mit angespannten Muskeln und grimmiger Miene.

Drohend beinahe.

»Du hast hier die einmalige Chance, ein bisschen was von dem zu reparieren, was bei dir kaputtgegangen ist. Und was tust du? Nichts!«

»Was willst du denn von mir?!« Ich konnte nicht aufhören zu brüllen; irgendwo wurde meine Stimme hallend von Fels zurückgeworfen. »Ich mach brav meinen Frondienst und muck nicht auf! Also lass mich endlich in Ruhe!«

Woodgate schubste mich, ich taumelte zurück, und sofort schubste er mich wieder.

»Wie war's, als sie abgehauen ist, hm? Hat sie sich verabschiedet oder war sie einfach weg? Wie war das für dich? Sag schon!«

Ich schlug seine Hände zur Seite.

»Nimm die Pfoten von mir, Mann, und lass mich verdammt noch mal in Ruhe!«

»Sag schon! Wie war's?«

Der nächste Schubs war der eine zu viel; aufbrüllend und fluchend stürzte ich mich auf ihn, drosch auf ihn ein, als er mich umklammerte, trat ich nach ihm.

Ich konnte es nicht erzählen, ich hatte keine Worte dafür.

Die einzigen Worte, die ich hatte, waren die auf dem Zettel neben einer Schachtel Cheerios und einem Plastikkanister Milch, als ich morgens in die Küche kam. Als Erster und viel zu früh, ich hatte schlecht geträumt.

Ich bin weg und komm auch nicht mehr zurück.
Ich hol euch nach, sobald ich kann.
Seid brav und lernt fleißig in der Schule!
Ich hab euch lieb,
Mom

Worte wie eine Ohrfeige. Von denen ich einige abbekam, weil der Alte völlig durchdrehte und Denny gleich mit.

Und dann einfach weitermachten wie vorher.

Als hätte es Mom nie gegeben in unserem Haus. In unserem Leben.

So wie Breanna auch nur mit den Schultern zuckte, weil sie schon zu lange von uns fort war und genug mit Chase, seinem Erzeuger und ihrem neuen Typen um die Ohren hatte.

Mehr als genug Probleme für eine Achtzehnjährige. Auch ohne einen verwirrten kleinen Bruder.

Da waren diese glitzernden Funken an Hoffnung gewesen, an jedem dieser sumpfigen grauen Tage. Dass sie vor der Schule stand, wenn ich rauskam. Mich morgens dort abpasste oder abends bei uns vor der Tür stand, um mich mitzunehmen.

Die Hoffnung auf einen Anruf. Einen Brief.

Auf irgendwas.

Nichts als Seifenblasen, die eine nach der anderen zerplatzten.

Ich begriff, dass sie nicht mehr kommen würde, um mich abzuholen.

Ich hörte auf, zu warten. Zu hoffen.

Ich lernte, zu vergessen.

Und jetzt, da ich es fast geschafft hatte, tauchte sie wieder aus der Versenkung auf. Mit ihren beschissenen Karten, ihrem blöden Brief, die alles wieder aufrissen und aufwühlten.

Ich wusste einfach keine Worte dafür.

Hinter zusammengebissenen Zähnen keuchend, rang ich mit Woodgate, der so verdammt stark war, keinen Fingerbreit nachgab, den Mund zusammengepresst und mich mit Blicken durchbohrend.

Ich war kurz davor, zu zerbersten vor Zorn. Vor Hass.

Manchmal musst du nachgeben, um nicht zu zerbrechen.

Es war der Gedanke an Nessa, der mich in die Knie zwang.

Ich würde Nessa verlieren und nie mehr wiedersehen.

Wo lag der Unterschied zwischen nachgeben und zerbrechen?

Für mich fühlte sich beides gleich an, und mehr wie Letzteres.

Wie aus einem Ventil zischte alle Wut, alle Kraft aus mir heraus; meine Muskeln erschlafften, und Woodgate fing mich auf.

Ich hörte einen Kojoten heulen, bis ich begriff, dass ich das war.

Er packte mich und bugsierte mich zum Wagen. Wie der Cop auf dem Strip in jener Nacht, genauso entschlossen, nur behutsamer.

Mit den Fäusten schlug ich auf die Karosserie ein, bis ich nicht mal mehr das schaffte, mich einfach nur mit aufgestützten Händen dagegenfallen ließ.

Von Woodgate kam kein Ton.

Kein herablassendes *Ist schon okay.*

Kein mitleidiges *Lass es einfach raus.*

Schweigend hielt er mich im Genick gepackt. Wie man es bei jemandem tut, der über der Kloschüssel hängt.

Wie ich es bei Nessa getan hatte, in Eugenes Diner.

Und ich kotzte mich aus, mit heißem Salzwasser und Rotz und Wolfsgebrüll, das von den Bergen widerhallte.

Erst als mein Heulen irgendwann abflaute, ließ er mich los und ging um den Wagen herum, öffnete eine Tür.

Zitternd richtete ich mich auf und schnappte verkrampft durch den Mund nach Luft, wischte mir mit dem Ärmel über das Gesicht und zog die Nase hoch, versuchte mich irgendwie wieder zusammenzukratzen.

Die Tür klappte zu, und Woodgate kehrte mit zwei Emaillebechern zurück, in denen Kaffee dampfte, hielt mir einen davon hin.

Die Wärme des Bechers taute kribbelnd meine eisigen Finger auf, während der Kaffee, den ich keuchend Schluck um Schluck trank, mich von innen her wärmte; immer wieder rieb ich mir verstohlen über die nassen Wangen, die laufende Nase.

Schweigend lehnten wir nebeneinander am Jeep, einen winterlichen Kiefernwald am Hang zu unseren Füßen.

Knallblau und so glatt wie lackiert spannte sich der Himmel über die schroffen, schneebedeckten Bergrücken, die sich in der Ferne verloren. Dort den Blick freigaben auf eine bewaldete Hochebene, weit, weit hinten am Horizont. Auf zerklüftete, nackte Canyons und den steinernen Buckel des Half Dome.

Eine Landschaft, so leer und still wie zu Beginn der Zeit.

America the Beautiful.

Unendliche Weite und eine Stille, die mich durchatmen ließ.

Die guttat, irgendwie.

Ich warf einen Seitenblick auf Woodgate, der mit überkreuzten Beinen vollkommen entspannt neben mir lehnte, einen zufriedenen Ausdruck auf dem Gesicht.

»Das war der Plan, oder?«, gab ich leise von mir, meine Nase noch zu, meine Stimme wie verklebt.

Eine Hand in der Tasche seiner Uniformhose vergraben, schmunzelte Woodgate über seinem Becher, ein Aufglimmen in seinen braunen Augen.

»Yupp.«

Ich wusste nicht, ob ich gleich zu lachen anfangen würde oder ihn vors Schienbein treten sollte; meine Augen fühlten sich schon wieder so verdammt feucht an.

»Du kannst ein ganz schöner Arsch sein.«

Woodgates Gesicht zeigte das gut gelaunte Grinsen, das ich von ihm kannte, und seine Brauen zuckten belustigt.

»Yeah.«

Ich reichte ihm meinen leeren Becher.

»Danke«, würgte ich hervor.

Ich sah ihm an, dass er genau wusste, ich hatte nicht nur den Kaffee gemeint.

52

Nessa

Zwischen bleischwerem Schlaf und wirren Träumen wälzte ich mich in meinem Bett herum.

Unzusammenhängende Traumfetzen, in denen Hayden und Jake vorkamen, zu flüchtig, als dass ich mehr davon festhalten konnte als ein Gefühl der Verstörtheit. Der Unruhe.

Unaufhaltsam dämmerte ich in einen halbwachen Zustand herauf.

Jake war es, der mich unruhig machte.

Mit seinen Küssen. Damit, wie seine Finger, sein Mund über meine Haut strichen und ich nach mehr und immer mehr davon verlangte.

Obwohl ich wusste, dass ich es nicht haben durfte.

Mit seinen blauen Augen und seinem Lachen und seiner Stimme. Seiner Musik.

Ich wollte nichts davon aufgeben.

Dass ich es trotzdem musste, bald schon, brachte mich fast um.

Jake und Hayden.

Mein schlechtes Gewissen fraß mich auf.

Gähnend schob ich mich aus dem Bett und tapste durch das finstere Haus.

Es konnte noch nicht allzu spät sein, ich war früh ins Bett gegangen, aber es fühlte sich an wie tiefste Nacht.

Auch oben war alles dunkel, selbst hinter Haydens Tür brannte kein Licht.

Ich zögerte, öffnete dann leise die Tür und schloss sie genauso leise hinter mir.

»Hayden?«, wisperte ich in die Dunkelheit hinein.

Ich gab meinen Augen Zeit, die gröbsten Konturen zu erkennen, bevor ich mich zu seinem Bett hinüberbewegte.

»Hayden?«

Meine Hände fühlten nichts als die glatt gezogene Oberfläche eines Quilts.

Fahrig tastete ich nach der Lampe auf dem Nachttisch, knipste sie an.

Das Bett war leer.

Unberührt.

Ich ließ mich auf die Bettkante fallen.

Von einem Augenblick zum nächsten begann ich zu frieren und schlüpfte unter die Decke, presste Haydens Kissen an mich. Es roch nach ihm, wie frische Waldkräuter und der Saft junger Äste.

Ich hatte keine Ahnung, wo er sein konnte.

Ich musste eingenickt sein; ein leises Geräusch ließ meinen Kopf hochrucken, in das Licht der Lampe blinzeln.

Schemenhaft konnte ich Haydens schlaksige Gestalt ausmachen.

»Wo warst du?«, murmelte ich und rieb mir die schlafverklebten Augen.

»Draußen.« Seine Stimme wurde halb verschluckt von dem Pullover, den er sich über den Kopf zog. »Nachdenken.«

Ich schaute ihm zu, wie er den Schrank öffnete und einen Pyjama herausholte, sich Stück für Stück aus seinen Kleidern pellte.

Zwischen uns gab es keinen Raum für falsche Scham.

Nicht, wenn jede Verwandlung bedeutete, dass man die schützende Hülle der Kleidung abstreifen musste.

Nicht, wenn man so zusammen aufgewachsen war wie Hayden und ich. Jeden Herbst staunend über den Zeitsprung, den der eigene Körper über den Sommer gemacht hatte, der Körper des anderen, auf vertraute Weise neu und anders.

Ich beobachtete ihn, während er das Oberteil seines Pyjamas über seine knochigen Schultern streifte, über die Perlschnur des Rückgrats und seinen schmalen Rumpf.

Erst als er aus seiner Cordhose stieg, wandte ich den Blick ab und spürte dabei einmal mehr, wie fremd er mir geworden war.

Mir war kalt ums Herz.

Wortlos stieg er zu mir ins Bett und stieß mich mehrmals unsanft an, bis ich schließlich beiseiterutschte, um ihm Platz zu machen.

Einen fremden Geruch brachte er mit, den ich nicht einordnen konnte. Dunkel und würzig; ich musste an Essen denken.

Fremdes Essen, wie bei Eugene oder bei Travis und Mason an Thanksgiving.

Ich betrachtete ihn, wie er neben mir lag, einen angewinkelten Arm unter dem Kopf, den anderen auf der Brust; seltsam angespannt schien er.

»Hayden«, begann ich vorsichtig, »ich hab nachgedacht.«

Seine Augen waren unverändert an die Decke gerichtet, er blinzelte nur heftiger.

»Ich will nicht bis zum Frühling warten«, sprach ich das aus, was mir seit Tagen im Kopf herumging.

Langsam drehte er den Kopf und sah mich an.

Fragend. Zweifelnd.

»Du willst …«

»Ja«, hauchte ich, ein bisschen ungeduldig.

Ich wusste nicht, wie schnell mich mein Mut wieder verlassen würde.

»Aber wenn wir jetzt schon … Und du dann auch gleich …«

Ich zuckte mit den Schultern.

»Dann bekomme ich das Baby eben früher. Na und! Allzu böse wird uns da wohl keiner sein. Das ist ja schließlich der Zweck unseres Daseins.«

Ich erschrak selbst über die spiegelglatte Kälte in meiner Stimme.

Hayden rollte sich auf die Seite und musterte mich. Neugierig, aber mit fast so etwas wie Furcht in den Augen.

Und Jake?, schien sein Blick zu fragen.

Ich zwang meine Tränen hinunter und deutete ein Kopfschütteln an.

Eine Weile lag er reglos neben mir, bevor er zögerlich einen Arm unter meinen Kopf schob und mich an sich zog, unbeholfen mein Gesicht streichelte.

Als sein Mund sich meinem näherte, schloss ich die Lider.

Sanft, beinahe schüchtern war sein Kuss, der schnell in einen kräftigeren Rhythmus verfiel, ein bisschen nach Gingerbread-Cupcake und roten Äpfeln schmeckte.

Es war richtig. Wie es von Anfang an hätte sein sollen.

Seltsam fühlte es sich an.

Falsch.

Zutiefst und hoffnungslos falsch.

Ich ergriff die Flucht nach vorn und steckte die Hand unter die Decke.

Hayden keuchte an meinem Mund auf, als meine Finger unter das Oberteil seines Pyjamas glitten, über seine hohen Rippenbögen strichen, seinen flachen, harten Bauch hinab. Unter den Gummizug der Hose, hinein in die Wärme dort, die mich verlegen machte, zögern ließ.

Er packte meine Hand so fest, dass er meine Finger zusammenquetschte, und zerrte sie unter der Decke hervor, löste sich abrupt von mir.

»Ich kann nicht.«

Ich war so gekränkt, so wütend, dass mir Tränen in die Augen schossen.

»Warum nicht? Dafür sind wir doch bestimmt!«

»Ich kann einfach nicht.«

»Findest du mich nicht hübsch?«

Haydens Blick wurde weich, und er lächelte. Behutsam streichelte er über meine Haare, meine Wange, während seine Augen über mein Gesicht wanderten.

»Du wirst für mich immer das schönste Mädchen sein, das es auf dieser Welt gibt.«

Etwas in seiner Stimme klang so traurig, dass es mir das Herz zusammenknüllte wie ein Blatt Papier.

Jetzt war ich diejenige, die sich auf den Rücken rollte und zur Decke starrte, während mir Tränen über die Schläfen rannen, das Gefühl eines unwiederbringlichen Verlusts wie ein klaffendes Loch im Bauch.

Aus dem Augenwinkel sah ich, wie Hayden sich aufsetzte und das Gesicht in den Händen vergrub.

Ich brauchte einige Augenblicke, um zu begreifen, dass er weinte.

Ich hatte Hayden keine Tränen vergießen sehen, seitdem er damals zu uns gekommen war, nach dem Tod seiner Mutter. Immer wenn er glaubte, wir Kinder schliefen alle, hatte er leise in sein Kissen geweint.

Kläglicher als jetzt, da sein Weinen etwas Zorniges, Aufbegehrendes hatte.

Aber genau wie damals schmiegte ich mich an ihn, um ihn zu trösten.

»Ich kann das einfach nicht«, hörte ich ihn in seine Hände schluchzen.

»Schon gut«, wisperte ich. »Wir haben ja noch so viel Zeit vor uns.«

Er wandte sich zu mir um und wischte sich über die nassen Wangen, obwohl ständig Tränen nachflossen.

»Nein, Nessa. Gerade das haben wir nicht.«

Es tat mir weh, wie ein Schluchzen nach dem anderen durch ihn hindurchruckte. Wie verkrampft er sich bemühte, nicht laut herauszuweinen. Nur zu flüstern, damit Lantana und die Kinder nicht wach wurden. Er wirkte, als könnte er jeden Augenblick zerbersten.

»Ich will mit dir zusammen sein. Ich will auch ein Kind mit dir haben. Ich möchte gern ein Vater sein. Aber noch nicht jetzt! Und wie soll ich zwei oder drei Jahre mit dem Kind und dir glücklich sein, wenn ich doch weiß, dass es danach unwiderruflich vorbei sein wird? Wenn ich genau weiß, dass ich danach zu den Ältesten gehören und euch nur noch ein paar Tage jeden Frühling und jeden Herbst sehen werde?«

Zwischen den Schluchzern schnappte er nach Luft; er zitterte, wie Blätter im Sturm.

»Ich bin jetzt achtzehn, Nessa. An die Hälfte dieser Zeit kann ich mich nicht erinnern, weil ich sie als Schwarm von Schmetterlingen verbracht habe. Wie viele Jahre hab ich wohl noch? Zwanzig? Ein paar mehr? Zwanzig Jahre, die noch schlimmer sein werden. Nur eine Handvoll Tage jedes Jahr, hier in Mariposa, ein paar im November in Mexiko mit den Ältesten – das wird alles sein. Der ganze große, überwältigende Rest wird für mich immer im Dunklen liegen. Ohne dich. Ohne unser Kind. Ohne Bücher. Ohne mich, Hayden. Das ist doch kein Leben!«

Er schluckte schwer an seiner Stimme, die dick und rau war, rieb sich immer wieder mit dem Handrücken über das Gesicht, die Nase.

»Ich dachte lange, ich könnte es. Ich hatte mich auf unsere gemeinsame Zeit gefreut. Aber jeden Winter haben sich mehr Zweifel eingeschlichen, und dieses Jahr… Ich… ich komme mir so schwach vor. Schwach und feige. Weil ich nur an mich denke und nicht an unser Volk. Ich konnte meinem Vater nicht mal in die Augen sehen, als er sich von mir verabschiedet hat. Ich hatte Angst, er merkt, was mit mir los ist. Wie durcheinander ich bin.«

Hilfe suchend sah er mich an.

»Ich will so nicht leben, Nessa«, flüsterte er erstickt. »Aber ich weiß auch nicht, wie ich da rauskommen soll.«

Ich rückte näher und schlang die Arme um ihn, und er tat das Gleiche bei mir, hielt mich so fest an sich gepresst, dass es fast wehtat.

»Träumst du auch manchmal vom Sommer?«, fragte ich nach einer Weile leise.

Hayden lachte auf, ein schmerzliches, fast bitteres Lachen, halb ein Schluchzen.

»Die ganze Zeit über«, murmelte er gegen meine Schläfe.

In diesem Moment waren wir einander wieder ganz nahe.

Wie früher. Und doch anders.

Ich fragte mich, wann in den vergangenen Monaten unser immer so behütetes, beschauliches Leben angefangen hatte, aus den Fugen zu geraten.

Ob ich den Stein ins Rollen gebracht hatte, weil ich mir an jenem Herbsttag so unbedingt das Feuer anschauen wollte.

Und ob es noch einen Weg zurück gab.

53

Jake

Die Luft war eisig, brannte auf meinem Gesicht; ich war froh um Mütze und Handschuhe.

Nur ein paar Wattebäusche von Wolken klebten am klarblauen Himmel, und der Schnee glitzerte im Sonnenlicht.

Mit jedem meiner schnellen Atemzüge, mit jedem Wort stieß ich Wölkchen aus wie eine Dampflok, während ich neben Woodgate über den verschneiten Wanderweg lief, an tiefgrünen Kiefern vorbei.

»Ich hab mir schon überlegt, ob wir sie da nicht rausholen können. Ich bin an sich kein großer Fan der Social Services, aber … uahhh!«

Mein Fuß rutschte unter mir weg, und obwohl ich mit den Armen ruderte, um mich abzufangen, knallte ich auf mein Hinterteil.

Woodgate brach in Lachen aus.

»Kleine Sünden straft der Herr sofort!«

Atemlos grinsend zeigte ich ihm meinen behandschuhten Mittelfinger.

»Ich hab dir doch gesagt, du sollst aufpassen, wo du hintrittst, weil die Runde hier eine Herausforderung ist! Jetzt weißt du, warum ich sie lieber mittags laufen wollte als morgens im Dunkeln.«

Er streckte mir die Hand entgegen und half mir zurück auf die Füße, bevor wir weiterliefen. Schnell wieder in den einstimmigen Rhythmus verfielen, der sich zwischen uns eingeschlichen hatte.

»Das ehrt dich zwar, dass du dir Gedanken um sie machst, Jake. Sogar über den Schatten deiner eigenen Erfahrungen mit den Social Services springen willst. Aber das ist nicht so einfach. Da müssten schon eine Menge schwerwiegender Verdachtsmomente vorliegen, dass die Services sie von ihrer Familie wegholen. Körperliche Misshandlungen. Massive Vernachlässigung. Missbrauch.«

»Aber das ist doch der Fall! Schau sie doch mal an, wie dünn sie ist! Und das mit dem …«

Kind.

Ich brachte es nicht heraus, musste es von der anderen Seite her angehen.

»Wenn das kein Missbrauch ist, dann weiß ich auch nicht!«

Ich spürte seine Augen auf mir.

»Aber nicht von Hayden. Sicher nicht.«

»Der sollte dort auch besser raus«, knurrte ich.

Über meine Mutter und den ganzen alten Mist wollte ich immer noch nicht mit ihm reden.

Aber über Nessa musste ich ganz einfach.

Vielleicht, weil er älter war und in seinem Job mit Kids aus schwierigen Verhältnissen zu tun hatte, sich mit dem ganzen Kram auskannte, hatte ich das Gefühl, er konnte die ganze kniffelige Situation verstehen.

Auch ohne dass ich direkt etwas über die Butterfly People ausplauderte.

Wenigstens so weit traute ich ihm inzwischen.

Am Ufer des Mirror Lake liefen wir langsam aus.

»Wie alt ist Nessa? Sechzehn?«, fragte Woodgate, umfasste einen seiner Ellbogen und reckte den Arm über den Kopf.

»Yupp«, machte ich, mit genau der gleichen Bewegung.

»In fast allen Bundesstaaten ist sechzehn das legale Alter zum Heiraten, wenn die Zustimmung der Eltern vorliegt. Hayden ist sogar schon achtzehn. Die beiden sind alt genug, um selbst zu entscheiden, was sie wollen.«

»Aber wenn sie nicht dazu in der Lage sind? Nach dem ganzen Bullshit, den man ihnen über Jahre hinweg eingetrichtert hat?«

»Trotzdem, Jake. Die Freiheit musst du ihr lassen. Auch wenn dich das beinahe umbringt.«

Ich brummte unwillig in mich hinein, während ich wie Woodgate auf einem Bein stand und den anderen Fuß hinter mir hochzog, um den Oberschenkelmuskel zu dehnen.

»Vielleicht solltest du deine Energie besser dafür nutzen, dir zu überlegen, wie es mit dir weitergehen soll. Hast du dich denn jetzt entschieden?«

Ich zuckte mit den Schultern und stellte mich auf das andere Bein.

»Du kannst das nicht nur von Nessa abhängig machen. Und du hast nur noch vier Wochen hier, das weißt du. Dann gibst du deine Uniform ab, kriegst deine Papiere und musst aus dem Wisteria Arbors raus.«

Ich starrte über den See. Die monumentale, wie mit einem scharfen Messer von einem Butterklotz glatt abgeschnittene Felswand des Half Dome hinauf.

»Hast du immer gewusst, was du mit deinem Leben anfangen willst?«, fragte ich irgendwann leise. »Wolltest du nie etwas anderes werden als … Holzfäller?«

Mein Grinsen spiegelte sich auf seinem Gesicht wider.

»Aber, hallo – ich bin so was von der geborene Holzfäller!«

Mit gespreizten Beinen ging er in die Hocke, und unwillkürlich kauerte ich mich genauso hin; bei ihm sah es definitiv gemütlicher aus, als es sich anfühlte.

»Wo ich herkomme, verdienen die Leute ihr Geld alle mit Holz oder auf einer Farm.«

»Wo ist das?«

»Montana. Pinesdale. Im Bitterroot Valley, am Fuß der Sapphire Mountains.«

Er nickte auf den Yosemite hinaus.

»Ganz ähnliche Gegend wie hier.«

»Ein Landei«, spottete ich freundlich.

Woodgate lachte laut heraus, kein bisschen beleidigt oder gekränkt.

»Aber komplett! Pinesdale ist nicht mal halb so groß wie Mariposa, und dazu noch völlig hinterm Mond. Tiefgläubig, voller Mormonen, die sogar noch die Vielehe praktizieren.«

»Bist du auch einer von denen?«

Mit ungewohnt ernster Miene schüttelte er den Kopf.

»Nicht mehr.«

Ein kleines melancholisches Lächeln um den Mund, schaute er über den See. Eine makellos glatte Fläche, die in fast unwirklicher Klarheit das schneebedeckte Ufer mit den Kiefern und weißen Baumskeletten reflektierte, die verschneiten, schartigen Berge unter dem leuchtenden Himmel.

»*The mountains are calling and I must go*«, sagte er nach einer Weile leise.

Er fing meinen verwirrten Blick auf.

»John Muir. Der Vater unserer Nationalparks. Genauso ist es bei mir.«

Mit den behandschuhten Fingern grub er im Schnee.

»Ich hab nie wirklich nach Pinesdale gepasst«, sagte er nach einer Weile leise. »War nicht ganz so ein rauer Klotz wie die anderen Jungs, und das haben mein Vater und meine Brüder, die Kids in der Schule mich immer spüren lassen. Und mit der Bibel hatte ich auch manchmal so meine Schwierigkeiten. Ich war ein ziemlicher Einzelgänger. Viel draußen. Im Wald, auf den Feldern, beim Angeln. Da war ich zwar allein, aber nicht einsam. Das war ganz und gar meine Welt. Dort hab ich mich aufgehoben gefühlt. Weniger … ausgestoßen.«

Zwischen den Händen knetete er eine Handvoll Schnee.

»Ich wollte nur raus. Nichts wie weg aus Pinesdale. Weil ich das Zeug fürs College hatte, bin ich nach Denver, um Biologie und Ökologie zu studieren, dann zum National Park Service. Als dann dieses Projekt hier beschlossene Sache war, hab ich mich dafür beworben und noch mal die Schulbank gedrückt. Recht, Sozialwesen und Psychologie und all so was.«

Er warf mir einen Blick zu.

»Ich weiß, wie es ist, vor lauter Wut gegen Wände anzurennen, Jake. Wenn man komplett uneins ist mit sich und der ganzen Welt. Sich einfach nicht auf die Reihe kriegt. Weil man keine Chance hatte, das zu lernen. Ich hab auch ein bisschen gebraucht, um meinen Weg zu finden. Und in deinem Alter hab ich selber eine Menge Mist gebaut.«

»Hätte ich bei dir jetzt nicht gedacht.«

Ein Grinsen zuckte auf seinem Gesicht auf.

»Ich hatte das Glück, dass im Bitterroot Valley die Dichte an Cops deutlich unter der in L. A. liegt.«

Ich dachte an Washington und die anderen. An Gonzalez. An mich.

»Frustet dich der Job nicht manchmal?«

»Oft.«

Verlegen begann ich ebenfalls, im Schnee zu wühlen.

»Aber wenn's nur für einen von euch einen Unterschied macht, dass ihr hier wart statt im Knast, dann war's die ganze Plackerei wert.«

Ich buddelte tiefer.

»Glaubst du, ich … bei mir …«

Ich verstummte, mein Gesicht trotz der Kälte in der Luft glühend heiß.

»Das musst du dir selbst beantworten, Jake. Ich für meinen Teil fand's eine gute Zeit mit dir. Anstrengend und immer mal nervtötend – aber gut. Was du jetzt draus machst, liegt allein an dir.«

»Auf die Highschool kann ich sowieso nicht mehr zurück«, stieß ich übellaunig hervor.

Fast trotzig.

»Doch, Jake. Es gibt Programme, in denen du deinen Abschluss nachholen kannst. Wird nicht leicht werden, aber es geht. Wenn man will, findet man immer einen Weg.«

Schweigend brütete ich darüber nach, während ich einen Schneeball formte und auf den See schaute, der in seiner Stille, seinen Farben surreal wirkte. Fast magisch.

Einer dieser Orte, von denen man nicht wusste, ob seine Magie gut oder böse war.

Ob das Wasser des Sees einem Heilung bringen würde oder Verderben.

»Versuch wegen Nessa nicht allzu schwarz zu sehen. Vielleicht lösen sich deine Probleme auch von selbst.«

»Ich wüsste nicht, wie«, murmelte ich.

Augenzwinkernd warf er mit lockerem Handgelenk den Schneeball nach mir, der mich an der Schulter streifte, mir einen kühlen Pulverhauch ins Gesicht sprühte.

»Du hast deine Geheimnisse – ich hab meine.«

54

Nessa

Ma hatte mich ermahnt, dass ich meine Pflichten im Haus vernachlässigte.

Ich wollte nicht riskieren, dass sie womöglich noch Verdacht schöpfte.

In der Zeit, die Jake und mir noch blieb, stärker ein Auge auf mich hatte.

Und so verbrachte ich den Samstag brav zwischen ächzender Waschmaschine und klapperndem, fauchendem Trockner mit Bergen von Schmutzwäsche, während Hayden sich in der County Library vergrub.

Einen Korb mit gefalteten, noch warmen Wäschestücken in den Händen, stieg ich die Treppe hinauf.

»Aber warum kann das Wohnzimmer nicht oben sein?«

Die Tür zum Kinderzimmer stand offen. Unter den aufmerksamen Blicken der schwarzen Katze, die mit zuckender Schwanzspitze von der Kommode herunterlugte, hatte Lissa das Puppenhaus leer geräumt, offenbar in der Absicht, es danach komplett anders einzurichten. Ein Holzbettchen in der einen, einen winzigen Stuhl in der anderen Hand, hatte sie sich zu Mitch umgedreht, der auf dem Boden saß.

»Weil Wohnzimmer immer unten sind und Schlafzimmer oben.«

»Warum?«

»Das ist einfach so. Hat Hayden gesagt.«

Lissas Mund formte ein stummes O, während sich Enttäuschung in ihren Kastanienaugen breitmachte.

»Aber im Lissa-Haus kann das ganz anders sein«, mischte ich mich ein. »Im Lissa-Haus ist vielleicht wirklich das Wohnzimmer oben und das Schlafzimmer unten.«

Lissa warf mir ein strahlendes Lächeln zu und Mitch einen triumphierenden Blick, bevor sie das Bett in eines der beiden unteren Zimmer stellte.

Mitch zuckte mit den Schultern und widmete sich wieder seinem Malblock und den Buntstiften.

Früher hatte ich auch viel gezeichnet und gemalt, mit Stiften oder Wasserfarben.

Dinge, die ich auf unseren Spaziergängen durch die Wälder entdeckt hatte; Bäume, Blumen und Tiere, Steine und Stimmungen. Die schwachen Erinnerungen an meine Sommer als Schmetterling. Träume, Wünsche und Gedanken.

Ich hatte es aus den Augen verloren, über den letzten Winter; heute fertigte ich nur noch Entwürfe an und wusste selbst nicht, warum.

Um Mitch herum verteilten sich Bauklötze, eine Holzeisenbahn und Bilderbücher, die Kanten abgestoßen und angenagt. Spielsachen, die vorher durch meine und Haydens Kinderhände gegangen waren, und davor durch die unserer Eltern.

Bald würde mein Kind damit spielen.

Meins und Haydens.

Eine Vorstellung, die mir vorkam wie eine Fata Morgana; je näher sie heranrückte, umso weiter schien sie mir entfernt.

Unwirklicher wurde sie.

Beängstigender.

Ich war noch nicht so weit.

Noch lange nicht.

In Haydens Zimmer stellte ich den Korb auf dem Boden ab und begann, seine Wäsche in den schmalen Schrank zu räumen.

Ich wünschte mir, alles im Leben würde sich so ordentlich zusammenlegen und an seinem richtigen Platz unterbringen lassen wie frisch gewaschene Kleider.

Als ich mich nach dem Stapel Boxershorts bückte, nahm ich durch das Fenster eine Bewegung unten im Garten wahr, auf der anderen Seite des Zauns.

Es war selten, dass sich Spaziergänger hierher verirrten, und wenn, war unser Haus unscheinbar genug, dass niemand ihm auch nur einen zweiten Blick schenkte.

Die Gestalt dort unten blieb jedoch immer wieder stehen und schaute zum Haus herüber.

Ein Mann war es, der in seinen Kleidern in Braun und Oliv fast völlig aufging in den erdigen Tönen, dem Immergrün des Winters hier im Tal.

Mein Herz stockte, als ich Josh erkannte.

Was tat er hier?

Ein unruhiges Flattern breitete sich in meinem Bauch aus.

Ich zögerte nur kurz, bevor ich auf meinen dicken Socken die Treppe hinunterhuschte.

In der Küche sprachen und lachten Ma und Lantana miteinander, während sie das Geschirr vom Mittagessen spülten und abtrockneten.

Ich stieg in meine Stiefel, stopfte die Schnürsenkel eilig in den Schaft und griff zu meiner Jacke.

Joshs Miene hellte sich auf, als ich durch den Garten auf ihn zukam.

»Hallo, Nessa«, sagte er leise, als ich mich zu ihm an den Zaun stellte.

»Was machst du hier?«, flüsterte ich.
»Ich wollte etwas vorbeibringen. Für Hayden.«
»Hayden ist nicht da.« Ich vergrub mich tiefer in meine Jacke.
Er zog etwas aus der Tasche seines olivgrünen Anoraks.
»Ich dachte, das wäre vielleicht etwas für ihn.«
Ein dünnes, sichtbar zerlesenes Taschenbuch, das er mir über den Zaun reichte.
Jack Kerouac. *On the Road.*
»Würdest du es ihm bitte geben?«
»Mach ich.«
»Nessa.«
Ich hob den Kopf.
»Seid ihr … Bist du okay?«
Seine braunen Augen waren weich und warm wie sonnenbeschienener Samt. Diese lächelnden Augen, viel zu sanft für sein kantiges Gesicht.
Etwas so Vertrauenerweckendes ging von ihm aus, dass ich mich an seine Schulter lehnen und ihm mein ganzes Herz ausschütten wollte.
»Nessa?«
Ihren orangegelben Zopf über der Schulter ihrer lavendelgrauen Strickjacke, stand Ma in der Haustür und wischte sich die Hände an der Schürze ab; eine Geste, die sofort etwas Hektisches bekam, als ihr Blick auf Josh fiel.
Beunruhigt. Besorgt.
»Wer sind Sie? Was wollen Sie hier?«
Ihre Stimme kippte ins Schrille; ich spürte ihre Angst bis hierher.
Die Angst vor der Polizei und den Social Services. Vor allen Fremden, die uns zu nahe kamen.
Unserem Geheimnis.
Mitchs sommersprossiges Gesicht lugte neugierig hinter dem

Türrahmen vor; sofort war Lantana bei ihm und zerrte ihn zurück ins Haus, wo er ein Protestgebrüll anstimmte.

Verstohlen schob ich das Buch unter meine Jacke.

»Er hat nur nach dem Weg gefragt, Ma!«

Ich konnte ihr nicht sagen, dass Josh ein Freund war; ich hätte ihr niemals erklären können, woher ich ihn kannte.

»Guten Tag, Ma'am«, rief Josh mit einem gewinnenden Lächeln. »Verzeihen Sie die Störung, Ma'am.«

Seine Stimme verströmte einen respektvollen Charme; man merkte ihm an, dass er viel mit Menschen zu tun hatte, gut mit Menschen konnte.

Aber nicht mit Ma.

»Gehen Sie! Sie haben hier nichts zu suchen! Wir wollen Sie hier nicht haben!« Bei jedem Satz war sie eine Stufe weiter hinabgegangen; die Hände um die Schürze gekrampft und ein Glosen in den Augen, sah sie aus, als wollte sie jeden Moment die alte Schrotflinte aus dem Schuppen holen. »Und du kommst sofort ins Haus!«

Ich zerging vor Scham; ich konnte Josh kaum in die Augen schauen.

»Geh jetzt. Bitte«, wisperte ich.

»Nessa!«, gellte Mas Stimme durch den Garten.

»Wenn es irgendwas gibt, das ich für dich tun kann ...«, flüsterte er mit gesenktem Kopf; es sah aus, als kritzelte er mit einem Stift in seine Handfläche.

Etwas Helles blitzte zwischen den Zaunlatten auf, wie ein Stück Papier; hastig zupfte ich es heraus und stopfte es in die Tasche meines Rocks.

»Tut mir leid«, murmelte ich mit hochrotem Kopf und lief auf das Haus zu.

»Schönen Tag noch, Ma'am«, hörte ich Josh hinter mir rufen.

Ma sprang mir entgegen, packte mich beim Arm und zog mich

die Treppe hinauf; ich musste aufpassen, dass mir das Buch nicht hervorrutschte, das ich unter der Jacke fest an mich presste.

Krachend flog die Tür hinter uns ins Schloss.

»Was hast du dir dabei gedacht? Ist dir nicht klar, wie leichtsinnig das eben war?«

Sie schüttelte mich; unwillig riss ich mich los.

»Schon gut, Ma! Er hat wirklich nur nach dem Weg gefragt!«

»Heute fragen sie nach dem Weg – und morgen danach, wer hier, in diesem Haus …«

»Ist ja gut!«, schrie ich. »Ich hab's verstanden!«

Ich hatte kaum den Mund zugemacht, als ich meinen Ausbruch schon bedauerte.

Fassungslos starrte Ma mich an; einen Moment glaubte ich, sie würde mich schlagen, zum allerersten Mal in meinem Leben, bevor sie in sich zusammensank.

Alt sah sie plötzlich aus, vergilbt und welk.

»Lass gut sein, Dana.«

Lantana näherte sich auf leisen Sohlen und legte den Arm um sie, schenkte mir ein mitfühlendes Lächeln.

»Das war bestimmt ganz harmlos. Jemand, der zufällig vorbeigekommen ist und sich weiter keine Gedanken über uns machen wird. Komm, ich mach dir einen Tee.«

Sie führte Ma in die Küche, wo ich sie mit dem Wasserkessel und Tassen hantieren hörte.

Ma weinte, von ihrem Gemurmel drang etwas zu mir hinaus.

»… ganze Verantwortung … besonders für die Kinder … jeden einzelnen Tag … ohne die Männer … wünschte, Nelson wäre jetzt hier …«

Zum ersten Mal verstand ich wirklich, was dieses Leben Ma abverlangte, Jahr um Jahr.

Was es mir abverlangen würde.

Mir war durch und durch elend, als ich mich aus der Jacke

wickelte und sie an den Haken hängte, aus meinen Stiefeln schlüpfte.

Schwer und müde waren meine Schritte, als ich die Treppe hinaufschlich, in Haydens Zimmer die Tür hinter mir zumachte und mich auf sein Bett fallen ließ.

Vorsichtig streichelte ich das Buch, das Josh mir gegeben hatte, und drehte es in den Händen. Zwischen den nachgedunkelten Seitenkanten leuchtete etwas hervor, das wie ein zusammengefaltetes Blatt Papier aussah.

»*On the road*«, flüsterte ich vor mich hin.

Ein Geschmack von Freiheit auf der Zunge.

Das Gefühl einer Straße, die sich mitten durch das Nirgendwo entrollte, bis an den Horizont.

Wind in meinen Haaren und Sonne auf meiner Haut.

Ich drückte das Buch an meine Brust, als könnte ich etwas davon in mich aufnehmen, bevor ich es auf Haydens Kopfkissen legte und in die Tasche meines Rocks langte.

Ein bedrucktes Kärtchen war es, das Josh mir durch den Zaun zugesteckt hatte, ähnlich wie die, die im Laden von *Yosemite Gifts* auf einem kleinen Stapel neben der Kasse lagen.

Josh Woodgate, las ich. *NPS Ranger / Supervisor JSD*.

Darunter vier Ziffernfolgen. *Büro. Privat. Mobil. Pager.*

Zwei E-Mail-Adressen. Und eine Anschrift: *211 Breeze Way, Mariposa, CA 95338.*

Ich drehte die Karte um und brauchte einige Augenblicke, um Joshs hastiges Gekritzel zu entziffern.

Wenn du mich brauchst – meld dich oder komm vorbei!
(Schlüssel unter dem Olivenbaum)

55

Jake

Ich schmiss den Waschbeutel in die Sporttasche, die offen auf meinem Bett stand, und stopfte die letzten meiner T-Shirts achtlos mit dazu, bevor ich den Reißverschluss zuratschte.

Über den Hoodie zog ich meine Army-Jacke; mittlerweile war es hier in Mariposa fast wieder warm genug dafür, während im Yosemite Valley noch Schnee lag.

Es war der 1. März.

Gestern hatte ich nach Feierabend im Umkleideraum des Maintenance Complex in El Portal Uniform, Stiefel und Goretex-Jacke gegen Jeans, Sneakers und Hoodie getauscht und nach dem Durchzählen der ausgeteilten Winterklamotten durch einen Ranger unten auf der Liste unterschrieben.

Bevor die Supervisors des Juvenile Services Department Gonzalez, Mickelson, Carney und mich mit einer Taco-Nacht in Degnan's Loft verabschiedeten. Suarez und Washington hatten dabei lange Gesichter gezogen, sie hatten noch vier Monate hier vor sich.

Ich faltete die Papiere, die Foothill mir heute Morgen zusammen mit einem kräftigen Handschlag in seinem Büro übergeben hatte, und schob sie in die Seitentasche.

»Wenn du mich fragst, bist du völlig bescheuert«, ließ sich

Gonzalez vernehmen, der auch gerade seine Sachen zusammenpackte.

In einer halben Stunde würde der Wagen des Probation Offices hier sein.

»Ich frag dich aber nicht.«

Gonzalez hatte keine Ahnung, wie bescheuert ich wirklich war.

Mit offenen Augen lief ich in etwas hinein, das mich nur unglücklich machen würde.

Aber ich konnte nicht anders, die Alternative wäre noch schlimmer gewesen. Und feige dazu.

No regrets.

Ich schulterte meine Tasche und schaute mich noch einmal im Zimmer um.

Wie hatte ich es hier nur sechs Monate ausgehalten? Gerüschte Blümchenvorhänge, gerüschte Tagesdecken auf den beiden Queen-Size-Betten und ein klotziges Sideboard aus Eichenholz, auf dem der Fernseher stand.

Von meinem Zimmergenossen ganz abgesehen.

Wahrscheinlich würden nach uns gleich wieder andere Jungs in dieses Projekt kommen, vielleicht auch hier im Wisteria Arbors wohnen. Jungs wie ich einer gewesen war. Vor einem halben Jahr.

»Ich bin jedenfalls froh, dass ich dich nicht mehr sehen muss«, ätzte Gonzalez, als ich zur Tür ging.

»Gleichfalls«, erwiderte ich.

Ich hob die Hand, ohne mich noch einmal umzudrehen.

»Viel Glück in San José!«

Ich lief die Treppen hinunter und hinüber zur Rezeption.

»Hallo, Mrs Fields«, sagte ich, als ich zur Tür hereinkam und die Schlüsselkarte auf die Theke legte. »Ich bin dann weg. Danke für alles.«

»Gern geschehen«, kam es freundlich von ihr. »Und wenn noch Post für dich hierherkommt?«

Der Brief war vermutlich immer noch irgendwo bei Nessa; es war mir egal, ob sie ihn vielleicht doch heimlich gelesen hatte. Seit der Geburtstagskarte zu Silvester, die ich genauso in den Müll befördert hatte wie die anderen vorher, war nichts mehr gekommen.

Vielleicht hatte sie es kapiert und aufgegeben.

Vielleicht aber auch nicht.

Meine Finger trommelten einen unruhigen Beat gegen mein Hosenbein.

»Ich weiß es nicht«, gab ich ehrlich zu.

Sie lächelte mich verständnisvoll an.

»Ich kann dir ja Bescheid sagen, falls du wieder welche hast. Dann kannst du selbst entscheiden.«

»Okay. Danke.«

»Mach's gut, Jake.«

»Bis dann.«

»Ach, Jake! Noch was …«

Ich drehte mich noch einmal um.

»Unser Yukon gibt merkwürdige Klopfgeräusche von sich, wenn er schneller als 25 oder 30 Meilen fährt. Sagst du Mason bitte, wir bringen ihn die Tage mal vorbei, damit er ihn sich anschaut?«

In langen Schritten lief ich über den Hof des Motels und überquerte die Straße; meine Schicht an der Grizzly Gas ging gleich los. Mason wollte zum Abendessen Enchiladas machen, und danach würde ich das Schlafsofa beziehen, das im Gästezimmer der Beavers stand.

Schrägstrich Home-Office.

Schrägstrich Rumpelkammer.

Ich hatte mich entschieden, aus den nächsten Wochen an Glück herauszukratzen, was nur ging.

Für Nessa. Aber auch für mich.

Egal, wie weh es tat.

Bis irgendwann im Frühling die Ältesten der Butterfly People aus Mexiko zurückkehrten und Nessa dann Hayden gehörte.

Danach konnte ich wieder weglaufen und mit zerschrammtem Teflon-Herz irgendwo neu anfangen.

Erst danach.

Frühlingssturm

Jetzt weiß ich nicht, ob ich da ein Mensch war,
der träumte, ein Schmetterling zu sein,
oder ob ich jetzt ein Schmetterling bin,
der träumt, ein Mensch zu sein.

Zhuangzi

sentir mariposas en el estómago
Spanische Redewendung für:
Schmetterlinge im Bauch haben

s. auch:
to have butterflies in the stomach (engl.)
avoir des papillons dans le ventre (frz.)
avere le farfalle nello stomaco (ital.)
ha sommerfugler i magen (norw.)
ha fjärilar i magen (schwed.)

56

Nessa

Nur widerstrebend löste sich die Schale der Orange; Fetzen der weichen, weißen Haut drangen unter meine Nägel, Saft troff mir über die Finger.

Ich zerteilte diese kleine Sonne in meinen Händen und grub die Zähne in das Fruchtfleisch. Säuerliche Süße füllte meinen Mund.

Ein Geschmack wie goldenes, warmes Licht an langen Tagen.

So müsste der Sommer schmecken, dachte ich, während ich kauend an der Spüle stand und durch das Küchenfenster in den Garten schaute.

Es war ungerecht, dass Ma Hayden neuerdings erlaubte, den ganzen Samstag in der County Library zu verbringen, während ich den Nachmittag in der Werkstatt arbeitete. Sogar Lantana war bei dem schönen Wetter mit den Kindern in den Wald gegangen.

Ma hatte mir zwar vorgerechnet, um wie viel mehr meine Varianten der Windspiele unser Einkommen erhöhten, mir dazu noch eingeschärft, dass ich dafür nicht mehr so viel Zeit haben würde, sobald das Baby da war, aber es war mir egal. Mas Begeisterung für meine neuen Designs konnte mich nicht mehr berühren, oder wenn sie mir lächelnd über die Haare strich und mir sagte, wie viel Talent ich doch hätte, so viel mehr als Hayden.

Auf den Bergen lag der Schnee noch hoch, die Nächte waren

noch kalt. Aber die Sonne zeigte sich jeden Tag ein bisschen früher, blieb abends ein klein wenig länger und entwickelte dazwischen verblüffende Kraft.

Manchmal lag sogar schon der krautige, grüne Geruch von Frühling in der Luft.

Gestern war der Brief aus Mexiko gekommen. Jeden Tag rechneten die Ältesten mit dem Aufbruch der Monarchfalter, wahrscheinlich waren sie inzwischen schon losgeflogen.

Die Zeit rann mir unaufhaltsam davon wie der Saft der Orange über meine Finger.

Mit klebrigen Händen pellte ich eine Banane aus ihrem gelben Mantel.

Schokolade wäre mir lieber gewesen; den letzten der Riegel, die mir Jake diese Woche in der Werkstatt zugesteckt hatte, hatte ich gestern Abend in meinem Zimmer verschlungen. Erst morgen würde ich wieder an einen rankommen, vielleicht auch heute Abend.

Wenn es mir gelang, mich aus dem Haus zu stehlen. Die Tage wurden länger, und so verschob sich auch unsere Schlafenszeit allmählich nach hinten, jeden Abend ein winziges bisschen mehr.

»Nessa?«

Den Mund voll mit Banane, fuhr ich herum.

Ma stand in der Küchentür und sah mich erstaunt an.

»Du schleichst dich von der Arbeit weg, um heimlich zu essen?«

Ich spürte, wie ich rot wurde.

»Ich hatte Hunger«, nuschelte ich.

»Wir haben doch gerade erst zu Mittag gegessen«, wunderte sie sich, während sie um den Küchentisch herum auf mich zukam.

Ich zuckte mit den Schultern.

Ich hatte ständig Hunger.

Nicht diesen quälenden, reißenden Hunger in den ersten Tagen des Herbstes, wenn unser Menschenkörper nach dem Nektar und

Pollen, nach Pflanzensaft und überreifen Früchten des Sommers ausgezehrt nach dem Nötigsten schrie.

Ein Hunger nach fremden, aufregenden und überwältigend intensiven Geschmäckern. Nach neuen Erfahrungen für Nase und Gaumen. Danach, wirklich satt zu sein.

Dieser Hunger war mir neu. Tiefer ging er, und war dabei nicht weniger Folter.

Wie der Hunger nach Jakes Küssen, die ich jedoch nie sattbekam. Wenn seine Hände unter meinem Rolli und meinem Hemdchen über meine Haut wanderten und ich mich danach sehnte, dass er mich überall so streichelte.

Sobald meine Finger von selbst unter sein T-Shirt wanderten und ich mir wünschte, ich könnte es ihm einfach ausziehen, und seine Jeans gleich mit.

Ein Verlangen, das schlimmer war als das nach Schokolade. Nach Cupcakes.

Das umso drängender, noch schmerzhafter war, weil ich ihm nicht nachgeben durfte.

Nicht nur wegen Hayden.

Sondern um nicht einen Teil von mir selbst dabei zu verlieren.

Ich gierte danach, mehr vom Leben zu haben als das, was mir bestimmt war.

Ich warf die Bananenschale weg und streckte schon wieder die Hand nach dem Obstkorb aus.

Ma war schneller, hielt meine Hand fest.

»Das reicht jetzt! Du hast genug gehabt.«

»Es ist doch nur eine Banane!«

Sie fasste mich unter dem Kinn und drehte mein Gesicht zum Fenster, ins Tageslicht hinein.

»Hast du zugenommen?«

Unwillig bog ich den Kopf zurück.

»Nein.«

»Lüg mich nicht an!«

Die heiße Röte im Gesicht kroch mir bis unter die Haarwurzeln.

Meine Röcke saßen enger über den Hüften, deren Knochen nicht mehr gefährlich scharf unter der Haut hervorstachen, und es war sicher keine Einbildung von mir, dass sich unter meinem Hemdchen inzwischen etwas mehr wölbte als nur erbsenkleine Erhebungen.

Mein Körper, den ich einmal so gut gekannt hatte, war mir fremd geworden.

Eine Fremdheit, die mich verwirrte und neugierig machte; ich wollte mehr davon kennenlernen.

»Wann bist du zuletzt auf der Waage gestanden?«

»Neulich erst«, log ich ein zweites Mal. »Die Tage irgendwann.«

»Ich glaub dir kein Wort. Ich will wissen, wie viel du wiegst. Auf der Stelle.«

Ihre Finger umklammerten meine Hand wie eine Schraubzwinge und sie zog mich hinter sich her aus der Küche.

»Nein, Ma! Brauchst du nicht! Wirklich nicht! Ich hab nicht zugenommen!«

Meine Röcke, Rollis und Blusen, meine Pyjamas, immer ein bisschen zu groß, ein bisschen zu locker, konnten vielleicht das Auge täuschen. Die Waage aber würde in unbestechlicher Strenge alles ausplaudern.

Die Cupcakes und Cookies aus dem Sugar Pine Café. Sandwiches mit Butter oder Mayo und Käse, Tomate und Gurke, die Jake sich mit mir in der Werkstatt geteilt hatte. Das cremige Kräuterdressing auf dem Salat bei Eugene, das mir so gut schmeckte, dass ich am liebsten noch den Teller abgeleckt hätte. Einmal eine Cola, ein anderes Mal ein Glas Limonade. Pommes frites mit Ketchup.

Und Schokolade. So viel Schokolade.

»Nein, Ma!«

Ich stemmte die Fersen in den Boden, machte mich so schwer ich konnte und riss mich los.

Ma keuchte erschrocken auf, als ich an ihr vorbeirannte, den Flur entlang.

Ich schnappte mir meine Stiefel und zerrte die Jacke vom Haken.

»Wo willst du hin?«

»Weg!«, brüllte ich über meine Schulter und stürmte zur Tür hinaus.

In Socken sprang ich die Treppen hinunter und jagte durch den Garten, flog durch das Tor und hinaus in den Wald.

Erst als ich sicher war, dass sie mir nicht folgen würde, lief ich langsamer, blieb schließlich stehen.

Meine Socken waren feucht von der Erde, eine sogar zerrissen; ich zog sie aus und stopfte sie in die Jackentasche, bevor ich in die Stiefel stieg. Ich hatte Mühe, die Schnürsenkel zuzubinden, meine Hände zitterten, und die Tränen, die mir aus den Augen liefen, nahmen mir die Sicht.

Ich schlüpfte in meine Jacke und ging weiter, in langen, schnellen Schritten, wischte mir immer wieder über das Gesicht.

So aufgelöst und wütend, so verweint wollte ich nicht an die Grizzly Gas, nicht Jake oder gar Mason und Travis unter die Augen kommen, und genauso wenig wollte ich so die County Library betreten.

Mir fiel nur ein einziger Ort ein, an dem ich vielleicht sonst noch Zuflucht suchen konnte.

57

Nessa

Es kostete mich Überwindung, im Büro der Mariposa Gazette, das einem kuscheligen Wohnzimmer glich, nach dem Weg zu fragen. Und der netten älteren Dame hinter ihrem Schreibtisch zu versichern, dass ich wirklich in Ordnung war, keine Hilfe brauchte.

Ein gutes Stück lief ich den Golden Chain Highway hinauf, vorbei am Yosemite Miners Inn, an der einzigen großen Kreuzung der Stadt, und von dort aus weiter nach Norden.

An diesem Ende der Stadt war ich noch nie gewesen.

Leer wirkte alles hier, viel freie Fläche, nur unterbrochen von Bäumen und Gestrüpp, verstreuten Häusern und Schuppen. Bis die Straße sich krümmte und ich abseits des Highways eine Reihe exakt parallel ausgerichteter Wohnhäuser entdeckte.

Der Breeze Way ragte in den Circle Drive hinein wie eine Speiche, in einem Rad aus einander zum Verwechseln ähnlichen Häusern und gepflegten, zur Straße hin offen liegenden Vorgärten; sogar die Autos in der jeweiligen Einfahrt schienen die gleichen zu sein.

Das Haus mit der Nummer 211, halb von einem mächtigen, weit ausladenden Baum verdeckt, fügte sich mit seiner freundlich hellgelben Fassade nahtlos ein, es wirkte höchstens ein bisschen kleiner als seine Nachbarn. Unter dem Vordach auf der rechten Seite war ein großer Geländewagen in Tannengrün geparkt. Dahinter konnte ich das Motorrad ausmachen, das hier in der Gegend vermutlich einzigartig war; Josh schreckte sicher jedes Mal die gesamte Nachbarschaft auf, wenn er knatternd und röhrend damit losfuhr.

Ich stieg die Stufen der Veranda hinauf und drückte den Klingelknopf.

Ein leises Summen drang hinter der Tür hervor und verstummte gleich wieder.

Keine Schritte, keine Stimme; alles blieb still.

Ich wartete einige Herzschläge lang und klingelte noch einmal.

Nichts.

Ich überlegte, ob ich mich auf die Holzbank neben der Tür setzen sollte, um auf Josh zu warten. Lange konnte er ja nicht weg sein, ohne Auto oder Motorrad; dann fiel mein Blick auf das Olivenbäumchen.

Mehr aus Neugierde fasste ich den glasierten Tontopf am Rand und hob ihn an, angelte dann aber doch mit dem Schuh den Schlüssel hervor, der in einer Plastikhülle steckte.

Ich hatte Hemmungen, einfach so in ein fremdes Haus zu gehen, wenn niemand da war. Aber es passte zu Josh, mich auf diese Weise zu sich einzuladen, bestimmt hatte er auch nichts dagegen, wenn ich mir ein Glas Wasser eingoss, während ich auf ihn wartete.

Entschlossen zog ich den Schlüssel aus der Hülle.

Mir war trotzdem nicht wohl in meiner Haut; vorsichtig, langsam und leise drückte ich die Tür hinter mir zu und legte den Schlüssel auf den Tisch unter dem Fenster, zu mehreren Schlüsselbunden und einem Stapel Post.

Ich stand im Wohnzimmer, das groß und durch die Fensterfront zur Straße hin hell war. Es roch gut, nach dem honigfarbenen Holz der Möbel und dem Leder des zerknautschten Sofas vor dem Fernseher. Und nach Büchern roch es; ich musste lächeln, als ich die vollgestopften Regale sah.

Auf der gegenüberliegenden Seite öffnete sich das Zimmer zur Küche hin.

Ich kam mir immer noch vor wie eine Einbrecherin, ging unwillkürlich auf Zehenspitzen.

Die Küche leuchtete in sonnigem Weiß und Gelb. Lichtdurchflutet wirkte sie, sicher auch, weil sie so kahl war. Josh schien nicht besonders viel Zeit mit Kochen zu verbringen.

Ein benutzter Kaffeebecher harrte einsam in der Spüle aus, während auf dem Tisch zwei Gläser einer halb leeren Saftflasche Gesellschaft leisteten; über einem der vier Stühle hing eine dunkle Jacke.

Ich fuhr zusammen, als ich ein Geräusch hörte, vielleicht war es auch eine Stimme gewesen.

»Josh?«, flüsterte ich; lauter bekam ich es nicht heraus.

Ich schlich auf den Flur hinaus. Mein Fuß stieß an etwas Weiches, das aussah wie ein Pullover. Im Halbdämmer konnte ich es nicht genau erkennen, ich hatte es auch gleich wieder vergessen.

Die Tür vor mir stand weit auf.

Schuhe und Kleidungsstücke übersäten den Boden rings um das Bett. In den sanften Lichtstrahlen, die durch die Jalousien hereinfielen, streckte sich auf den zerknüllten Kissen, den zerwühlten Laken ein Männerkörper aus.

Atemberaubend schön in den festen Ausbuchtungen, den starken Linien seiner Muskeln, ein Schatten dunkler Haare auf der Brust.

Seine kräftige Hand, wie sonnengebräunt gegen die helle Haut darunter, ruhte auf der Kante eines Hüftknochens. Die Beine miteinander verschlungen, lag ein zweiter Körper in seinem Arm. Mindestens genauso schön in seiner sehnigen Schlankheit, seiner zähen Feingliedrigkeit, das harte, blasse Gesicht mit einem so verträumten Ausdruck, dass es fast weich wirkte.

Die innige Zärtlichkeit, die von diesem Paar ausging, das spürbare Vertrauen zwischen den beiden, brachte mein Herz zum Zittern, machte mich weich in den Knien.

Bis ich die beiden erkannte und scharf die Luft einsog.

Hayden blinzelte in meine Richtung, noch immer so der Welt entrückt, dass ich nicht sicher war, ob er mich erkannte. Mit einem Ruck hob Josh den Kopf und fuhr sich tief einatmend durch die Haare, bevor er mich anlächelte, nur eine Spur verlegen.

»Hallo.«

In einer langsamen, unaufgeregten Bewegung zog er eine der Decken über Hayden und sich.

»Gibst du uns bitte zwei Minuten?«

Ich stolperte zurück in die Küche, durch das Wohnzimmer und rammte beim Rausgehen den Türrahmen mit der Schulter; die Haustür schlug hinter mir zu.

Steifbeinig stakste ich über die Veranda, bis mir auf einer der Stufen die Knie durchknickten und ich mich einfach fallen ließ, das Gesicht in den Händen vergraben.

Ich wusste nicht, wie lange ich so dasaß, bis ich hinter mir die Tür hörte und dann Schritte.

In seiner dunklen Jacke, die ich in Joshs Küche nicht erkannt hatte, eine prallvolle Stofftasche über der Schulter, kam Hayden die Treppe herunter.

»Los, komm«, warf er mir knapp hin.

Ich stand auf und folgte ihm.

Wie ich es immer getan hatte, seit ich ganz klein gewesen war und er nicht viel älter.

»Da lang«, kommandierte er mich am Ende des Breeze Ways in die andere Richtung als die, aus der ich gekommen war, und fügte versöhnlicher hinzu: »Ist kürzer.«

Schweigend gingen wir die gleichförmigen, akkurat angeordneten Häuser am Circle Drive entlang, bis Hayden einen Pfad zwischen zweien dieser Häuser einschlug und wir in den Wald eintauchten.

Immer wieder musterte ich ihn von der Seite.

Sein Gesicht war gerötet; einen festen, fast abweisenden Zug um den Mund, glänzten seine Augen, hatten immer noch etwas Traumverlorenes, und seine langen Schritte waren beschwingt.

Derselbe kräftige, schwere Geruch ging von ihm aus, der mich schon einmal verwirrt hatte.

Glücklich wirkte er, selbstbewusster, als ich ihn sonst kannte.

»Rück schon raus damit«, knurrte er irgendwann, ein halb unsicheres, halb erheitertes Flackern darin. »Bevor du noch platzt.«

»Ich dachte, du wolltest in die County Library.«

Es war nicht das, was ich hatte sagen wollen, aber es war zumindest ein Anfang.

Ein loser Faden, den ich greifen konnte, um das Knäuel aus Gedanken und Fragen in meinem Kopf vielleicht nach und nach zu entwirren.

»War ich auch.« Er zuckte mit der Schulter, über der die Stofftasche hing. »Heute Vormittag.«

Ich brauchte einige Schritte, um meinen ganzen Mut zusammenzunehmen.

Die Frage zu stellen, vor der ich am meisten Angst hatte.

»Hättest du mir irgendwann davon erzählt?«

Hayden ging langsamer, seine Miene angespannt, als müsste er gründlich darüber nachdenken.

»Ich weiß es nicht. Vermutlich nicht.«

Es war die Antwort, mit der ich gerechnet hatte, die mir aber trotzdem einen Stich versetzte.

Abrupt blieb ich stehen.

»Ich hab dir so viel von mir anvertraut – und du denkst nicht einmal daran …«

»Ja, ich weiß!«, rief Hayden.

Die Röte auf seinem Gesicht hatte sich zu hektischen Flecken ausgebreitet; jetzt wirkte er nicht mehr so selbstbewusst.

»Ich weiß, ich hätte es dir sagen müssen! Aber du warst sowieso schon so durcheinander wegen Jake, da wollte ich es nicht noch schlimmer machen. Und ich war selbst so verwirrt. Bin es noch.«

In mir brodelte es; ein dicker, Blasen werfender Brei aus Wut, Traurigkeit, Angst, der höher und höher aufkochte. Angefeuert von einem Gefühl himmelschreiender Ungerechtigkeit, die mich genauso ungerecht sein ließ.

»Du warst derjenige, der mich davor gewarnt hat, Jake zu nahe zu kommen! Du hast mir immer wieder vor Augen gehalten, wie gefährlich das für ihn sein kann. Für mich. Für uns. Hast du jetzt auch nur einmal …«

»Ich weiß!«

Er hatte es fast gebrüllt, eine verlegene Röte auf seinen Wangenknochen.

»Ich weiß, was ich gesagt hab! Heute könnte ich mich dafür ohrfeigen, aber ich wusste es eben nicht besser. Woher hätte ich es auch wissen sollen?«

»Und wenn Josh jetzt …« Ich schluckte hart.

»Ach, Nessa.« Er seufzte ungeduldig. »Wach endlich auf. Das sind doch alles Ammenmärchen. Nichts als Lügen, die sie uns erzählen, um uns in der Spur zu halten. Jake ist an deinen Küssen nicht gestorben und Josh an meinen auch nicht. Genauso wenig daran, dass wir *beieinander gelegen* haben.«

Seine Finger kratzten Anführungszeichen in die Luft.

»Und wenn es tatsächlich so sein sollte, dass ich mich deshalb jetzt nicht mehr verwandeln kann, wie es immer heißt – dann ist das eben so. Ich werd's überleben. Und du sicher auch.«

Das Brodeln in mir drängte sich meinen Hals hinauf; ich schnappte nach Luft.

Während ich zwischen Jake und Hayden hin- und hergerissen war, mit der Last meiner Verantwortung auf den Schultern in Angst ertrank, war Hayden einfach losgezogen und hatte sich das genommen, was er wollte.

Dasselbe, was ich auch wollte; nur war ich nicht mutig genug gewesen.

Nicht egoistisch genug.

Wir starrten uns an, ein Knistern zwischen uns wie verdorrte Grashalme in staubigem Boden, die der Wind aneinanderrieb.

Ein Funke, nur ein winziger, kaum sichtbarer Funke würde genügen, um uns in Brand zu stecken.

Ein Funke wie derjenige, der in Haydens Augen aufglomm, spöttisch, fast arrogant.

»Du hast doch nicht wirklich geglaubt, du wärst die Einzige, die Geheimnisse hat?«

Es ist ein Mythos, dass Schmetterlinge sanfte, friedliebende Geschöpfe sind.

Zu klein, zu zerbrechlich sind sie, als dass das menschliche Auge einen fröhlichen, selbstvergessenen Tanz von einem erbitterten Kampf um ein Revier oder auch nur um einen sonnenbeschienen Fleck unterscheiden könnte. Und was aussieht wie ein neckender Flirt zwischen Monarchfaltern ist in Wahrheit die hartnäckige Jagd eines Männchens auf das Weibchen, das er begehrt, um es dann zu Boden zu zwingen und sich dort mit ihm zu paaren.

Die Natur als friedliche Idylle ist eine Illusion.

Niemand, der sich früher in unserem Haus aufgehalten hatte, hätte daran gezweifelt, dass es sich mit uns ganz ähnlich verhielt. Mit uns überschlanken, fragilen Butterfly People.

Genauso zornig, genauso eigensinnig und angriffslustig waren wir Kinder gewesen, wenn es um ein Bilderbuch ging oder einen Apfel; manchmal auch einfach nur, weil unsere flammende Natur mit uns durchging.

So wie sie mit mir durchging, hier im Wald, und dann auch mit Hayden.

Wir schrien und brüllten uns an, stießen und schubsten uns gegenseitig, ein ums andere Mal kräftiger, mit wachsendem, aus Hilflosigkeit geborenem Zorn.

Bis meine Schreie sich gellend ausdehnten, zu einem keuchenden Wimmern zusammenfielen.

Ich presste die Hand vor meinen Bauch.

Als ob meine Eingeweide sich mit Luft füllten und dann zerplatzten, so fühlte es sich an; ein Schmerz, wie ich ihn noch nie erlebt hatte. Mit der anderen Hand umklammerte ich meine Schulter, während es in meinen Knochen krachte, bis ins Mark hinein.

Meine Augen trafen sich mit Haydens, in denen das gefährliche Lodern verloschen und erschrockener Besorgnis gewichen war, seine Sommersprossen dunkel wie Zimtstaub auf der bleichen Haut.

Hilf mir, Hayden. Es tut so weh. So entsetzlich weh.

Ich sah die Schwärze nicht kommen, die sich als ölige Flut über mich ergoss.

»Nessa? Hörst du mich? Nessa!«

Ich wollte nicken. Hayden sagen, dass er aufhören sollte, so zu brüllen. Aber ich konnte mich nicht bewegen, brachte nur ein dünnes Fiepen heraus.

»Nessa! Bist du in Ordnung?«

»Tut so … weh«, hauchte ich.

Schübe von scharfem Schmerz knallten durch meine Knochen und brannten in meinem Inneren. Meine Haut schien in Flammen zu stehen; ich fror nicht einmal.

Endlich bekam ich die Augen auf.

Kreideweiß im Gesicht, die Augen dunkle Pfützen von Angst, hielt Hayden mich im Arm, streichelte zitternd mein Gesicht.

»Du hast mir vielleicht einen Schrecken eingejagt!«, stieß er hastig hervor, verhaspelte sich dabei. »Wie von Krämpfen geschüttelt bist du umgekippt, von einer Sekunde zur anderen in eine Wolke von Schmetterlingen explodiert. Und umgekehrt ging es genauso ruckartig. So was hab ich noch nie gesehen! Das war gruselig, Nessa!«

Meine Lider waren schwer, so schwer.

»Wie … lange … ?«

»Nicht lange. Das war genauso unheimlich. Höchstens zehn, fünfzehn Sekunden.«

Ich deutete ein Nicken an; ich konnte jetzt nicht darüber nachdenken.

Langsam, langsam verglomm der Schmerz, glühte nur noch als dumpfes Pochen nach. Blinzelnd ließ ich die Augen über mich selbst wandern, um mich zu überzeugen, dass alles noch da, alles am richtigen Platz war, bevor ich wieder zu Hayden hochschaute.

»Du hast dich nicht verwandelt.«

Als Frage war es gemeint gewesen, wie eine Anklage kam es heraus.

Er schüttelte den Kopf, fast beschämt.

»Aber das muss ja nichts heißen. Ich hatte mich immer besser unter Kontrolle als du.«

»Ja«, flüsterte ich tonlos.

Haydens Atem ging stoßweise, fast schluchzend, als er mich an sich presste und mir über den Kopf strich.

Wie zum Trost dafür, dass unsere kleine Welt gerade Stück um Stück auseinanderbrach.

58

Jake

Der schlammige Trampelpfad durch Cook's Meadow gab unter meinen Sneakers bei jedem Schritt ein schmatzendes Geräusch von sich.

Das letzte Mal, als ich hier gewesen war, war der Boden unter meinen Joggingschuhen gefroren, und die eisige Nacht hatte bis zum Morgen aus den Gräsern Splitter aus zerborstenem Milchglas gemacht. Seit dem Ende meines Community Service und dem Auszug aus dem Wisteria Arbors joggte ich nur noch sonntagmorgens mit Woodgate, durch die Wälder um Mariposa und die Hügel vor der Stadt hinauf.

Jetzt wechselten sich in der grellgrünen Wiese glänzende Tümpel mit den letzten verharschten Schneeplatten ab. Auch der riesige, ausladende Baum in der Mitte zeigte erste grüne Triebe, während die Sträucher am Ufer des sprudelnden Merced River weiß blühten und die Knospen der Redbuds in schreiendem Pink explodierten.

»Ist dieses Jahr alles früh dran«, sagte Travis neben mir. »In ein, zwei Wochen wird's hier im Valley mittags schon richtig heiß sein.«

Mason hatte uns heute Morgen mit dem Auftrag aus der Küche gescheucht, wir sollten was aus dem schönen Wetter machen, es würde reichen, wenn einer von uns am Nachmittag wieder zum Dienst an der Grizzly Gas antrat, und Travis hatte die Idee gehabt, mit dem Jeep in den Park zu fahren.

Er stieß mich mit dem Ellbogen an.

»Im Sommer geh ich wieder klettern. Komm doch dann einfach mal mit! «

Ich kniff die Augen zusammen und schaute zu den Yosemite Falls hinüber. Aus dem dünnen, kaum sichtbaren Rinnsal im Winter war ein kräftiger Sturzbach geworden, der den Fels hinunterschäumte.

Ich hatte ihm und Mason noch nicht gesagt, dass ich im Sommer nicht mehr hier sein würde.

Ich würde es nicht ertragen, Nessa in der Nähe zu wissen, aber unerreichbar für mich.

Als Mutter von Haydens Kind.

»Oder wir machen mal einen Ausflug an den Tenaya Lake. Zum Schwimmen ist der zu kalt, da zieht's dir alles zusammen! Aber ist echt schön da und ein cooler Platz zum Grillen. Kannst ja deine Gitarre mitbringen und bisschen Stimmung machen.«

Ich schaute ihn irritiert an, und er hob leicht die Schultern.

»Na ja, wenn du spätabends in der Werkstatt Nessa ein Ständchen bringst, musst du damit rechnen, dass ich was davon mitbekomme, während ich die Toiletten abschließe.«

Er warf mir einen Seitenblick zu.

»Klang übrigens ziemlich gut, was ich so gehört hab. Du hast's echt drauf.«

Ich gab einen nichtssagenden Laut von mir, der davon ablenken sollte, dass Travis etwas von meinem Geklimper mit angehört hatte, und bekam gleich den nächsten Stoß mit dem Ellbogen.

»Was ziehst du denn für ein Gesicht, Mann?«

Meine Augen wanderten in die Ferne, zum Koloss des Half Dome, über die schroffen Felswände um den Glacier Point bis zum Sentinel Rock. Am blassblauen, von Wolken gemaserten Himmel zog ein Vogel seine Kreise. Ein Rabe vielleicht oder ein Habicht, ich konnte es nicht genau erkennen, möglich, dass es sogar ein Wanderfalke war.

Ich wünschte mir, ich könnte die Berge bitten, in Schnee und Eis auszuharren und ihren kalten Atem weiter die Ausläufer der Sierra Nevada hinunterzublasen.

Diese Zeit jetzt, an der Grenze zwischen Winter und Frühling, einfach einzufrieren.

»Ist es wegen Nessa? Ich dachte, das läuft ganz gut zwischen euch.«

Ich zuckte mit den Schultern.

»Ich kenn sie ja nicht so gut wie du. Nur so von unseren Ausflügen zu Eugene. Und wenn ich mal noch auf eine Cola mit euch in der Werkstatt abhänge. Bevor ihr dann was Besseres zu tun habt.«

Ich konnte heraushören, dass er grinste.

»Ich hab nicht den Eindruck, als ob sie besonders zickig ist. Oder liegt's irgendwie an dir? Hast du da ein Problem?«

»Das ist kompliziert«, brummte ich.

Als Nessa damals dieselben Worte für sie und Hayden benutzt hatte, hatte ich nichts damit anzufangen gewusst; jetzt aber wusste ich, wie unglaublich kompliziert es sein konnte.

Mit ihr. Mit Hayden. Und mit mir.

»Versteh ich nicht. Entweder ihr seid zusammen oder ihr seid es nicht. Dazwischen gibt's doch nichts.«

Eine meiner Brauen hob sich.

»Weil du ja so was von der Experte bist, wenn's um so was geht.«

»Naja, besonders gut scheinst du es auch nicht hinzukriegen. Betriebsblind, was?«

Dieses Mal bekam er den Ellbogenhieb zurück.

Nachdenklich drehte er die Lederbänder um sein Handgelenk.

»Also, ich als Außenstehender und Unbeteiligter ... Ich seh das so. Wenn dir nichts oder nicht so viel an ihr liegt, ist's doch auch egal und du kannst von deinem Depri-Trip runterkommen. Aber wenn dir etwas an ihr liegt – dann musst du dafür sorgen, dass die Sache klar ist. Und dir liegt doch was an ihr, oder?«

Ich zuckte wieder mit den Schultern, hilflos dieses Mal, ein klaffendes Loch irgendwo unter meinem Brustbein.

»Mason meint, du hast wegen deiner Eltern ungefähr einen genauso großen Schaden wie ich wegen meinen.«

»Ja, danke auch!«, knurrte ich.

Beim nächsten Schritt stampfte ich auf und ließ Schlamm hochspritzen.

»Ja, hey, ist nun mal so. Musst du genauso mit leben wie ich. Du kannst dich da natürlich bequem drin einrichten und zugucken, wie dir alles wegrutscht, wonach du die Finger ausstreckst, weil du dich nicht traust, zuzugreifen. Weil du denkst, hat doch sowieso keinen Sinn. Oder du kneifst den Hintern zusammen und riskierst was. Wenn du dabei auf die Schnauze fällst, hast es wenigstens versucht. Hast es besser gemacht als deine Alten.«

Schweigend stapften wir weiter durch die sumpfige Wiese.

»Nessa ist überhaupt nicht mein Typ«, setzte Travis irgendwann neu an, leise, fast vorsichtig. »Aber auf ihre Art find ich sie echt klasse. Und dir ist wahrscheinlich gar nicht klar, wie sehr man's dir anmerkt, dass es dir genauso geht. Also, ich an deiner Stelle … ich würd für so ein Mädchen echt Himmel und Hölle in Bewegung setzen. Wenn's sein müsste, würd ich sogar einen Weg finden, den Half Dome um ein paar Inch zu verschieben.«

Ich wusste, dass Travis recht hatte.

Aber er kannte auch nicht die ganze Wahrheit.

Er hatte keine Ahnung, wie machtlos ich mich fühlte, während ich an diesem Abend in der Werkstatt die Trittbretter an den Käfer schraubte und mit Schleifpapier und Lack seine Rostnarben verarztete, dabei ständig hinter mich horchte, ob ich unter Arbeitsgeräuschen und Musik nicht das Tor und Nessas Schritte hörte.

Selbst in ihrer Menschengestalt war sie wie ein Schmetterling.

Ich konnte nur warten und hoffen, bis sie zu mir kam.

Eine Weile blieb, bevor sie wieder davonflog.

Und nichts konnte ich tun, um sie herbeizurufen oder festzuhalten.

Niemand hatte eine Ahnung davon, wie es in mir aussah, als ich weit nach Mitternacht meinen Kram in der Werkstatt zusammenräumte, das Licht ausknipste und absperrte, um mit einer Zigarette in der Hand durch die leeren, toten Straßen Mariposas zu gehen.

Ein Vorgeschmack darauf, was mich erwartete, wenn ich Nessa endgültig ziehen lassen musste.

59

Nessa

Schlaflos starrte ich in die Dunkelheit.

Auch einen Tag später steckte mir diese abrupte, gewalttätige Verwandlung noch in den Knochen.

Aufgewühlt war ich und so durcheinander, dass ich noch immer nicht sicher war, ob danach wirklich alles von mir an seinen Platz zurückgefunden hatte.

Ma hatte wohl damit gerechnet, dass ich mich in meinem Gefühlsausbruch irgendwo draußen verwandelte. Sie schien einfach nur froh gewesen zu sein, dass Hayden mich heil nach Hause zurückbrachte, und hatte mich ohne viel Aufhebens mit einem Tee und einer Wärmflasche ins Bett gesteckt.

Auch danach verlor sie kein weiteres Wort über unseren Streit; nur manchmal sah ich ihr an, dass sie ebenso oft daran dachte wie ich. Wenn sich ihre Mundwinkel verkrampften, obwohl sie lächelte. Sie mich nachdenklich musterte und ihr Blick dann ins Leere glitt, ein Schatten von Sorge auf ihrem Gesicht.

Unnötig zu sagen, dass sie mir den Teller wegnahm, wenn ich mir beim Essen eine zweite Portion schöpfen wollte, und sie sich an meine Fersen heftete, sobald ich mich in Richtung Küche bewegte.

Ich traute mich nicht, heimlich das Haus zu verlassen, solange

Ma ihr strenges Auge auf mich hatte; ich fühlte mich auch zu erschöpft für den längeren Fußweg zur Grizzly Gas.

Hayden war nichts anzumerken; wahrscheinlich fiel nur mir auf, dass seine Augen immer wieder aufglänzten, so etwas wie ein Lächeln seinen Mund umspielte, weil ich sein Geheimnis kannte.

Es war sinnlos, so schnell würde ich nicht einschlafen; ich schob mich aus dem Bett und jammerte leise, als ich auftrat und es dabei in meiner Hüfte zwickte.

Hayden war noch wach, unter seiner Tür drang ein Streifen Licht hervor.

Ohne anzuklopfen ging ich in sein Zimmer, und ohne ein Wort kroch ich zu ihm unter die Decke.

Den Ellbogen aufgestützt, hatte er sich der Nachttischlampe zugewandt und las, warf mir nur einen kurzen Seitenblick zu.

»Geht's dir besser?«

Die erste persönliche Frage, seit wir gestern nach Hause gekommen waren. Seitdem hatten wir nur Sätze gewechselt wie *Gibst du mir die Flachzange, bitte?* oder *Sind noch welche von den blauen Perlen mit Kristallschliff da?*

Nicht feindselig war dieses Schweigen zwischen uns gewesen, noch nicht einmal unfreundlich.

Vielmehr unsicher, abwartend und scheu. Als hätte sich die Ebene, auf der wir uns begegneten, ruckartig in eine andere Richtung geneigt, uns ins Rutschen gebracht, und wir müssten erst wieder lernen, uns auszubalancieren und fest darauf zu stehen.

Ich schob den Ärmel meines Pyjamas hoch und betrachtete den blauen Fleck auf meinem Unterarm. Ich war von Blutergüssen übersät; es war das erste Mal, dass meine Natur meinem Körper zum Feind geworden war.

»Ein bisschen.«

Eine Weile beobachtete ich Hayden, bis ich es nicht mehr aushielt.

»Wie ist es?«

Aufgeregt klang ich, beinahe atemlos.

Er drehte den Kopf, sah mich über seine Schulter hinweg an.

»Was?«

Die Augen aufgerissen, schnitt ich ein Gesicht und ruckte auffordernd mit dem Kopf.

»Oh. Das.«

Selbst im schwachen Lampenschein konnte ich sehen, dass er rot wurde; um seinen Mund zuckte es.

Mit einem tiefen Durchatmen steckte er ein Lesezeichen zwischen die Seiten, klappte das Buch zu und legte es auf den Nachttisch, bevor er sich ausstreckte und zur Zimmerdecke hinaufschaute.

»Schön«, sagte er nach einer Weile leise. »Irrsinnig schön.«

Er schlug die Hände vor die Augen und rieb sich stöhnend das Gesicht.

»Ich kann nicht glauben, dass ich mit dir darüber rede!«

Ich kicherte, rutschte tiefer unter den Quilt und stupste Hayden an.

»Komm, erzähl!«

Zwischen gespreizten Fingern blinzelte er hervor, zu mir herüber, und ließ dann die Hände auf seine Brust fallen.

»Aufregend. Zärtlich. Manchmal ein wenig rau«, erzählte er mit Blick nach oben. »Aber schön.« Zitternd ließ er den Atem ausströmen. »Es ist schwer, das zu beschreiben.«

Nach einer Pause wandte er den Kopf zu mir.

»Geht es dir auch so – kannst du dich am Ende des Sommers noch daran erinnern, wie es ist, als Schmetterling umherzufliegen? Nicht an den Flug als solchen. An dieses Gefühl? So ist es. Wie fliegen. Fliegen in den Armen eines anderen.«

»Wolltest du deshalb neulich nicht … mit mir …?«

»Ja. Nein.«

Haydens Augen wanderten umher, bis sie wieder auf mir zu liegen kamen.

»Ich weiß es nicht. Irgendwie wollte ich schon. Aber es hat sich komisch angefühlt.«

»Ja«, wisperte ich. »Das hat es.«

Während ich Hayden betrachtete, staunte ich darüber, dass es sich jetzt gerade kein bisschen komisch anfühlte, mit ihm hier zu liegen und über all diese Dinge zu reden.

»Ich verstehe nur nicht, wie ich so gar nichts davon mitbekommen konnte.«

Er rollte sich zu mir herüber, streckte die Hand aus und spielte mit meinem geflochtenen Zopf.

»Ich wollte auch gar nicht, dass du etwas davon mitbekommst. Du hattest genug eigene Sorgen. Und ich musste mir selbst erst mal über einiges klar werden.«

Hayden schob die Hände zwischen Wange und Kissen, und unwillkürlich ahmte ich ihn nach; unter der Decke berührten sich unsere Füße in den dicken Socken.

»Erinnerst du dich, als wir das erste Mal bei Eugene im Diner waren? Und Josh sich zu uns setzte? Neben mich?«

Ich nickte.

»Ich konnte überhaupt nicht mehr klar denken. Nur noch *wow, ist der toll.* Mir gefiel alles an ihm. Wie er aussah, was er anhatte. Wie er redete und lachte. Was er sagte. Sogar, wie er mit dir umging. Wie mit etwas Besonderem, Kostbarem. Als würde er dich genauso sehen wie ich.«

Verlegen rieb ich mein Gesicht an meiner Hand.

»Wir sind mit dem Motorrad gar nicht so weit gefahren. Irgendwann hat er am Straßenrand gehalten und lachend gemeint, ich würde ihm noch den Brustkorb zerquetschen und müsste erst mal von meinem Adrenalintrip runterkommen. Also sind wir abgestiegen und haben ein bisschen geredet. Nichts Großartiges. Nur über mich und unser Leben hier. Solche Sachen. Und trotzdem war da so was in seinen Augen … So hat mich noch nie ein Mann angesehen. Überhaupt noch niemand. Ich war komplett verwirrt.«

Hayden seufzte.

»Er hat mir dann seine Karte gegeben. Falls ich mal jemanden zum Reden bräuchte. Oder einfach nur so. Als wir dann wieder zu Hause waren, war ich sicher, ich hätte mir das nur eingebildet. Ich wäre für ihn nur noch so ein Problemjunge. Es kam mir vollkommen idiotisch vor. Mich in einen Mann zu vergucken. Noch idiotischer, weil Küssen und alles Weitere für einen von uns und einen von ihnen ausgeschlossen sind. Und dann hatte ich ja auch mitbekommen, wie ihr euch die ganze Zeit angeschaut habt, du und Jake … Ich war so neidisch auf euch, Nessa. Und so wütend. Ich wusste nicht wohin mit meiner Wut.«

Mit seinem Blick schien er mich um Verzeihung zu bitten.

»Dann hast du Jake geküsst, und es hat ihm nichts ausgemacht. Und da dämmerte mir, dass meine Zweifel an dem, was sie uns so erzählen, vielleicht berechtigt waren. Also bin ich ins Internet und hab nachgeforscht.«

Meine Augen wurden groß.

»Wo warst du im Internet?«

»In der County Library.«

»Ohne mich?!«

Er grinste.

»Ist nicht meine Schuld, dass du noch ein Küken unter achtzehn bist.«

Ich boxte ihn gegen die Schulter, und lachend fing er meine Hand, verschränkte seine Finger mit meinen; unwillkürlich rutschten wir weiter aufeinander zu.

»Jedenfalls … hab ich da so einiges rausgefunden. Auch über Liebe zwischen Männern. Mehr als die Geschichten von Begochidi, für den es keine Rolle spielte, ob Männlein oder Weiblein. Ich hab mir sogar eine E-Mail-Adresse gemacht, mich aber nicht getraut, Josh zu schreiben. Ich hätte auch gar nicht gewusst, was. Thanksgiving dann …«

Ein Leuchten breitete sich auf Haydens Gesicht aus, sanft und still, und in seine Stimme schlich sich ein dunkles Vibrieren, wie das Schnurren eines Katers.

»Thanksgiving bei Mason und Travis – da war es nicht nur toll, ihn überhaupt zu sehen. Ich hab gemerkt, dass wir uns eine Menge zu sagen haben. Und da hatte ich auch wieder das Gefühl, dass da was zwischen uns ist. Oder sein könnte. Danach habe ich ihm eine Mail geschrieben, und er hat auch gleich geantwortet. Immer, wenn ich in die County Library bin, hatte ich richtig Herzklopfen, weil ich wusste, dass eine Mail von Josh auf mich wartet. Ein paar Mal haben wir uns dann getroffen. Samstags, im Bird's Nest Tea Shop. Über die Natur haben wir geredet und über Bücher. Ach, über alles Mögliche.«

Sein Lächeln vertiefte sich, flackerte und verlosch.

»Dann schrieb er mir auf einmal nicht mehr so oft und klang komisch in diesen Mails. An einem Abend, als du bei Jake warst, hab ich meinen ganzen Mut zusammengenommen und bin zu ihm nach Hause. Er hat nicht glücklich gewirkt, als ich bei ihm vor der Tür stand, aber ich durfte reinkommen. Dann hat er gesagt, dass er mehr für mich empfindet, als er sollte, und er mich deshalb nicht mehr sehen kann. Sein Leben in Mariposa besteht nur aus dem Job. Sein Privatleben findet in San Francisco statt und er hat keine Absicht, beides zu vermischen. Und ich wäre ihm sowieso zu jung. Ich hab zwar verstanden, was er meinte, aber in mir hallte nur noch wider, dass er etwas für mich fühlt. Da habe ich ihn einfach geküsst.«

Hayden drückte das Gesicht tiefer in das Kissen und schielte beschämt zu mir herüber.

»Ich habe mich sicher dumm angestellt, ich hatte ja noch nie jemanden geküsst. Aber als er mich dann zurückküsste …«

Das tiefe Seufzen, das seine Brust hob und senkte, ließ mich lächeln.

»Er wollte es langsam angehen. Ich sollte mir sicher sein. Weil ich ja noch so jung bin.«

Unter hochgezogenen Brauen warf er mir einen ironischen Blick zu.

»Sagte der alte Mann von fünfundzwanzig. Aber irgendwann konnten wir uns nicht mehr zurückhalten. Beide nicht. Und ich bin froh darüber.«

Meine Hand noch immer in der von Hayden, schmiegte ich meine Wange gegen seine Schulter.

Mein Herz pochte heftig, als ich die Worte auf der Zunge balancierte, die aus meiner Kehle heraufdrängten, sie dann zögerlich aussprach.

»Liebst du ihn?«

Sein Blick heftete sich an die Zimmerdecke, während er nachdachte.

»Ich dachte immer«, begann er dann langsam, »Liebe wäre das, was ich für dich fühle. Und an meinen Gefühlen für dich hat sich auch überhaupt nichts geändert. Mit Josh … das ist nicht weniger oder mehr. Nur anders.«

Er wandte den Kopf zu mir.

»Macht das Sinn?«

Ich nickte, löste meine Finger aus seinen und verflocht sie neu damit.

»So geht es mir mit dir und Jake.«

Hayden lächelte, schaute dann wieder weg.

»Ich bin gern mit ihm zusammen. Nicht nur im … im Bett.

Nicht nur, weil er mir die Tür zu einer ganz neuen Welt öffnet. So ein großartiger, warmherziger Mensch ist. Sondern weil er mich sieht. Wirklich sieht. Und so auch mag. Mich. Hayden.«

Sein Lächeln bekam etwas Verklärtes.

»Manchmal stelle ich mir vor, einen Tag mit ihm im Yosemite zu verbringen. Einfach nur draußen zu sein und dort herumzulaufen. Auf seiner Harley nach San Francisco zu brausen. Dort endlich das Meer zu sehen. Hand in Hand mit ihm den Seelöwen am Pier zuzuschauen und ein Eis zu essen oder Donuts. Cable Car zu fahren. In ein Museum zu gehen und im Park auf der Wiese zu liegen. Vom Coit Tower oben auf die Stadt und auf die Golden Gate Bridge zu blicken.«

Der Ausdruck auf seinem Gesicht wirkte wund, wie aufgeschürft.

»Ich weiß ja, dass das nie passieren wird. Aber diese Träume kann mir auch keiner mehr nehmen. Daran werde ich mich auch noch erinnern, wenn ich wirklich nur noch ein paar Tage jedes Jahr Mensch sein sollte.«

Ich drückte seine Hand.

»Weiß Josh denn, dass du … wir … im Frühling …«

Mein Hals schnürte sich zu, klemmte mir die Stimme ab.

Hayden atmete tief durch.

»Ja. Ich hab's ihm gesagt. Alles hab ich ihm gesagt.«

»Alles?«, kippte es heiser und flach aus meinem Mund.

»Ich fand's nur gerecht, dass er es weiß. Genau wie Jake.«

Er schüttelte den Kopf, einen ungläubigen Ausdruck auf dem Gesicht.

»Das Verrückte ist, dass er schon mal von uns gehört hat. Von den Butterfly People. Als er mal in Arizona war und in New Mexico. Während seiner Collegezeit.«

Mir stockte der Atem.

»Wie kann er von uns gehört haben?«

Hayden sah mich an.

Lange.

Dann schob er sich von mir weg und stand auf, kniete sich vor die Kommode und grub tief in der untersten Schublade, bevor er ins Bett zurückkam. Einen Stapel Blätter in der Hand, den er vor mir ausbreitete und auffächerte.

Bilder von Monarchfaltern sprangen mir entgegen.

Großaufnahmen einzelner Schmetterlinge mit ihren orangeroten Flügeln, schwarz geädert und umsäumt und weiß getupft. Unzählige von ihnen, die in lockerer Formation durch einen sonnendurchfluteten Wald schwebten, zart wie Scherenschnitte aus buntem Papier. Schwärme, die sich in schuppigen Trauben an einen Baum drängten.

Pastellfarbige Zeichnungen von Feenwesen mit schillernden Schmetterlingsflügeln. Nostalgisch wirkende Abbildungen von Schmetterlingen mit ausladenden Flügeln und Menschenköpfen. Fotos von sitzenden Frauenfiguren aus Keramik oder Porzellan, so viel kurviger als eine von uns je sein würde und mit bunten Flügeln.

Rastlos huschte mein Blick über Textfetzen und Überschriften.

Butterfly People – Mythos oder Wahrheit?

… die Geschichte der Butterfly People ist vielleicht eine der seltsamsten und …

… mehrere Sichtungen nach dem Tornado in Joplin, Missouri am 22. Mai 2011 …

… die Butterfly People, das Volk von Begochidi …

Nomaden des Windes

… halb Mensch, halb Schmetterling, nach anderen Berichten auch …

… in einem anderen Forum darüber gelesen. Gibt es sie wirklich oder ist das nur wieder ein Hoax von irgendwelchen Spinnern, die …

Zu viel, um mehr als ein paar Bruchstücke davon in mich aufzunehmen.

»Woher hast du das alles?«

»Einen Teil hab ich in der County Library ausgedruckt. Mrs Applewhite meinte, das sei schon in Ordnung, wenn sie mir ein paar Seiten von ihrem Budget spendiert. Den Rest hab ich bei Josh rausgelassen.«

Zitternd strichen meine Finger über die bedruckten Blätter.

»Sie wissen von uns, Nessa. Dort draußen. Nicht viele, nur ein paar. Die meisten davon ziemlich skurrile Typen, die sich sonst mit irgendwelchem bizarren Esoterikkram beschäftigen. Aber was sie über uns verbreiten, stimmt weitestgehend. Und es muss noch mehr von uns geben. Irgendwo in den Südstaaten. In Texas, Arizona und New Mexico. Mit uns entfernt verwandte Stämme, die ganz ähnlich leben wie wir. Einzelne von uns, die irgendwann einmal ausgestiegen sind und ihr Leben komplett in Menschengestalt weiterführen. Eine davon kenne ich sogar. Noch von früher, als ich klein war, aus Mexiko. Antonia. Ist damals spurlos verschwunden und lebt heute in Santa Fe als Malerin. In ihrem Blog hat sie über ihre Herkunft geschrieben.«

Er begann zwischen den Seiten herumzusuchen.

»Warte mal … Hier, da hab ich's.«

»Hör auf!«

Fauchend schlug ich seine Hand beiseite, in der er mir eines der Blätter hinhielt.

»Das ist doch alles nicht wahr! Alles Lügen!«

Das war der Grund, weshalb Ma uns nie das Formular in der County Library unterschrieben hatte.

Weil das Internet nichts als Lügen enthielt.

Ich konnte mich nicht entscheiden, ob ich mir die Augen oder die Ohren zuhalten sollte, presste dann die Hände gegen meine Wangen.

Mein Herz hämmerte gegen meine Rippen, ich bekam kaum noch Luft.

Hayden umfasste mein Handgelenk und rüttelte daran.

»Nein, Nessa! Das, was unsere eigenen Leute uns erzählen – das sind die Lügen! Wenn du mir schon nicht glaubst, dann trau wenigstens deiner eigenen Erfahrung. Nach allem, was man dir beigebracht hat, dürfte Jake schon nicht mehr am Leben sein. Müsste ich jetzt als Haufen Staub in Joshs Bett liegen. Also sag mir – was ist jetzt die Wahrheit? Und was die Lüge?«

»Das ist doch nur ein Märchen«, raunte ich spröde.

»Genau, Nessa. Ein Märchen. Märchen enthalten immer eine tiefere Wahrheit, heißt es. Wir müssen nur lernen, sie zu verstehen. Vielleicht ist es wirklich so, vielleicht geben wir tatsächlich etwas von unserem Wesen auf, wenn wir mit einem Menschen zusammen sind. Ganz und gar zusammen sind. Genauso verzichten wir doch auch auf unendlich viel aus dieser anderen Welt, wenn wir als Butterfly People leben. Aber wer hat denn das Recht, uns vorzuschreiben, was für uns gut und richtig ist und was nicht? Für dich und für mich?«

»Nein«, flüsterte ich, zusammenhanglos und ganz automatisch. »Nein.«

Nichts war mehr übrig von dem Leben, das ich einmal gehabt hatte.

Nichts ergab mehr einen Sinn.

Tränen schossen mir in die Augen.

»Was sollen wir jetzt nur machen?«

»Ich weiß es nicht«, flüsterte Hayden rau. »Josh hat gesagt, ich kann jederzeit bei ihm unterkommen. Er kümmert sich dann um alles Weitere. Und dass ich dich mitbringen kann. Wenn du es willst. Aber …«

Er verstummte.

Das große Aber.

Jake und Josh gegen unsere Familie.

Unser eigenes kleines Leben gegen den Fortbestand unseres ganzen Volkes.

Ein Leben, mit dem wir uns auskannten, das uns vertraut war, während wir von der großen, weiten Welt so wenig wussten.

Viel zu wenig. Wie sollten wir dort draußen jemals zurechtkommen?

Und bald die Ankunft der Ältesten.

Unserer Väter.

Die nicht zulassen würden, dass unser Volk ausstarb, nur weil Hayden und ich über den Winter von einem anderen Leben gekostet hatten und von unserem vorgezeichneten Weg abgekommen waren.

Mit unruhigen Fingern schob ich die bedruckten Blätter auf dem Quilt hin und her.

Ich wusste nicht, wie es weitergehen sollte.

Aber ich wusste, dass es etwas gab, das ich unbedingt tun musste.

Tun wollte.

60

Jake

Im Schneidersitz hockte ich auf dem Zementboden der Werkstatt und polierte mit Hingabe eine der rostfleckigen Radkappen.

Nachdem der Motor wieder lief, Mason mir geholfen hatte, die ausgelutschten Bremsen einer Verjüngungskur zu unterziehen, und auch der graue Star der Scheinwerfer behoben war, stürzte ich mich auf die Optik des Käfers.

Die Energie, die ich in das Äußere des Autos steckte, grenzte an Besessenheit. Das Schrauben und Hämmern und Lackieren und Polieren hielt mich in den viel zu langen Stunden nach Feierabend beschäftigt, wenn ich darauf wartete, dass Nessa vielleicht zu mir kommen würde. Gab mir das Gefühl, dass diese Zeit, diese so kostbare, flüchtige Zeit, nicht komplett verschwendet war.

Mein Blick wanderte über die Halbkugel, die mit geöffneter Fahrertür dastand, mit den ausgebesserten Roststellen genauso sommersprossig wie Nessa.

Der Käfer mit Motorschaden in irgendeiner Scheune hinter Delhi war eine echte Schatzkammer gewesen. Jetzt hatte mein Käfer zwar zwei rote und zwei gelbe Kotflügel, dafür aber auch Trittbretter, die noch nicht vom Rost durchlöchert waren, einen neuen Himmel und noch einige Teile mehr.

Und ich hatte eine Menge Geld gespart.

Ich streckte die Hand aus und drückte zum wiederholten Mal zufrieden in einen der vier neuen Reifen, dick und starkgeriffelt wie bei einem Traktor, die mich ein Vermögen gekostet hatten.

In ein paar Wochen würde ich Mariposa fast genauso pleite wieder verlassen, wie ich damals hier angekommen war. Dafür aber mit einem Auto, das mehr für mich war als nur ein fahrbarer Untersatz.

Ein Stück von mir steckte darin.

Die Geschichte von Nessa und mir.

»*Ca-li-for-nia Dreaaamin'*«, sang ich aus voller Kehle, während ich mit dem Lappen kräftig über das Chrom rieb.

Die Auswahl an Radiosendern in Mariposa war überschaubar. Diverse extrem schräge christliche Sender mit viel inbrünstigem Blabla. Zwei spanische und zwei mexikanische, die einen mitten im eigentlich gar nicht so üblen Programm mit Flamenco und Mariachi hinterrücks ins Knie schossen. Der klassische Top-40-Chartsender, der sich nach zwei Stunden schon wiederholte.

Country. Und nochmals Country.

KDJK war meine Rettung. Nannte sich sehr selbstbewusst *The Hawk* und sendete bestimmt aus einer Garage oder einem Wohnzimmer hier in Mariposa, hielt aber sein Versprechen.

Bob and Tom in the morning, and classic rock with no repeats all day.

Aber manchmal, spätabends, so wie jetzt, war mir mehr nach den Oldies von KMPH aus Modesto.

»*Ca-li-for-nia Dreaaamin' on such a winters daaayy*!«

Je näher der Frühling rückte, umso öfter vermisste ich Kalifornien. Das richtige, echte Kalifornien, *easy and breezy*, von dem hier nichts zu finden war, obwohl auch hier die Bear Flag wehte.

Aber vielleicht war es auch ein Gefühl, das ich vermisste, nach dem ich suchte, und kein Ort auf der Landkarte.

Ich machte den Hals lang und schaute an der Fahrertür vorbei.

Mein Herz zuckte zusammen, als Nessa das Tor hinter sich zuzog.

»Hey!«

Ich sprang auf; die Radkappe fiel scheppernd zu Boden und kreiselte um ihren Schwerpunkt, schneller und schneller und flacher, bis sie still lag.

Hinter dem Käfer war Nessa stehen geblieben, ihr Blick nicht höher wandernd als bis zu meiner Brust. Etwas an ihr hielt mich davon ab, zu ihr zu laufen, sie zu umarmen und zu küssen.

Eine Art von Entschlossenheit, die von ihr ausging, wie sie sich aufrecht hielt, fast angespannt, und darunter etwas Unsicheres, Schwankendes.

Ihr Gesicht wechselte die Farbe, von blass zu rot und wieder zurück, ließ ihre Sommersprossen mal aufleuchten, dann wieder verglimmen.

»Ist … ist etwas passiert?«, raspelte ich mit rauer Kehle und wischte mir die Hände am Hosenboden meiner Jeans ab. »Konntest du deshalb ein paar Tage nicht kommen?«

Ain't no sunshine when she's gone … orakelte das Radio mit dunkler Schwermut.

Sie schüttelte den Kopf, ohne mir in die Augen zu schauen, ein wackeliges, unergründliches Lächeln um den Mund.

Ihre Lippen formten Worte, die Lichtjahre brauchten, um zu mir durchzudringen.

Ich musste mich verhört haben, die Musik war auch viel zu laut.

»Was?«, krächzte ich dümmlich.

Klar hatte ich mich verhört.

Meine Hormone mal wieder.

»Ähm. Hier gibt's nichts, wo du heute Nacht schlafen kannst. Außer der Rückbank im Käfer. Aber du kannst mit zu mir kommen, Mason hat bestimmt nichts dagegen.«

Ein Kichern ruckte durch sie hindurch, sprudelte aus ihrem Mund, bevor sie ihre Worte von eben wiederholte.

Ich hatte mich wirklich nicht verhört.

Das Blut schoss in mir hoch, schlug unter meiner Schädeldecke zusammen und sackte dann in die Tiefe.

»Jetzt? Hier?«

Die Art, wie sie mit glutrotem Gesicht nickte, die Hände unruhig in den Taschen ihres giftgrünen Hoodies bewegte, räumte den letzten Zweifel beiseite.

Ich ließ mich auf den Fahrersitz fallen, starrte ungläubig vor mich hin.

»Willst du nicht?«, flüsterte sie heiser.

Ob ich nicht wollte?

Beinahe hätte ich laut aufgelacht.

Ich wollte es so sehr, dass es mich manchmal fast zerriss.

Trotzdem hatte ich mich damit abgefunden, dass ich nicht mehr haben konnte als Küsse. Als meine Hand unter Bluse, Rolli, Hemdchen. Ihre Hände unter meinem T-Shirt.

Und all das, was meine Fantasie daraus machte, wenn ich wieder allein war.

Dass sie jetzt vor mir stand und mir unverblümt ins Gesicht sagte, dass sie es auch wollte, war ungefähr so, als hätten gerade die Dodgers die World Series im Baseball gewonnen und die Oakland Raiders den Superbowl.

Nur besser.

Verlegen rieb ich mir über das T-Shirt, schnupperte verstohlen an mir herunter; die Dusche heute Morgen schien viel zu lange her zu sein.

Aus dem Augenwinkel sah ich, wie Nessa tief durchatmete und den Zipper ihrer Jacke aufzog.

Ich streckte die Hand abwehrend aus.

»Whouwhou. Stopp! Langsam!«

Verwirrt wirkte sie. Fast verletzt.

Ich durchwühlte meine Haare, während ich mich in der Werkstatt umschaute.

In die 13th Street konnten wir nicht, ich wollte nicht, dass Mason und Travis davon etwas mitbekamen. Und an sich war gegen eine Nummer auf dem Rücksitz des Käfers nichts zu sagen, so was hatte durchaus seinen Reiz, auch und gerade in einer Werkstatt.

Aber nicht bei Nessa.

Nicht beim ersten Mal; für Nessa musste es etwas Besonderes sein.

Etwas Wunderschönes, Unvergessliches.

Das ihr bleiben würde, lange nachdem diese Nacht schon Geschichte war.

Und ich mit.

Ich stand auf und fasste sie bei den Schultern.

»Warte ganz kurz hier. Rühr dich nicht von der Stelle. Mach einfach nichts weiter, als hier auf mich zu warten. Ich bin gleich wieder da.«

Ich schnappte mir den Schlüsselbund und lief zur Tankstelle hinüber.

Nessa stand noch genauso da, wie ich sie zurückgelassen hatte, als ich mit vollen, an der Tanke noch schnell gewaschenen, aber schon wieder schwitzigen Händen zurückkam.

Erwartungsvoll sah sie mir entgegen.

Fragend. Und ein bisschen ängstlich.

Mit einem sanften Leuchten auf dem Gesicht, das irgendetwas tief in mir berührte.

Weil es mich an damals erinnerte, als ich mich das erste Mal mit ihr getroffen hatte, vor dem Sugar Pine Café, obwohl ich eigentlich keine Lust dazu gehabt hatte.

Ich war so ein Vollidiot gewesen.

Ich wich ihrem Blick aus, froh, dass ich in den Käfer abtauchen konnte, um den ganzen Krempel darin zu verstauen.

Schampus wäre toll gewesen. Wenigstens ein Sekt oder Erdbeerwein, irgendwas, das zu einer solchen Nacht mit Nessa gepasst hätte.

Aber Mason verkaufte außer Bier keinen Alk, und jetzt erst noch auf Shoppingtour im Liquor Store zu gehen, hätte ich uncool gefunden; ich wusste auch gar nicht, ob Nessa einen Schluck davon hätte trinken wollen.

Angesichts ihrer Erfahrung mit dem Burger bei Eugene vielleicht auch keine gute Idee.

Also blieb es bei Cola und Peanut Butter Cups.

Mit heißen Wangen hatte ich auf dem Notizblock auch die Packung Kondome eingetragen; Travis würde dazu garantiert ein dummer Spruch einfallen.

Die allererste Ausfahrt mit dem Käfer hatte ich ihm versprochen. Aber wenn Travis wirklich der gute Freund war, für den ich ihn hielt, würde er mich verstehen.

»Steig ein«, sagte ich, als ich wieder aus der Höhle des Käfers auftauchte, ruppiger als beabsichtigt.

Ich konnte mich nicht erinnern, jemals so nervös gewesen zu sein.

61

Nessa

Die Scheinwerfer tasteten sich durch die Dunkelheit, bahnten uns einen Weg aus der Stadt heraus. Der Saum des Waldes, finster sogar gegen den Nachthimmel, franste aus, zerfaserte ganz.

Verzückt lauschte ich dem Schnurren des Motors hinter uns; er klang wirklich wie das Surren und Brummen eines lebendigen, behäbigen Käfers.

Im sanften Schwung der Straße streiften die pudrigen Lichtkegel Wiesen und eingezäunte Koppeln, Farmhäuser und Scheunen. Obwohl in der Finsternis alles verändert aussah, erkannte ich die Gegend wieder; wir fuhren über den Central Yosemite Highway bergab Richtung Merced, waren gerade am Dorf von Catheys Valley vorbeigekommen.

Neben Jake gab es ein zischendes Geräusch, und ein kräftiger Luftschwall blies herein.

»Ist das okay oder zieht's dir?«

»Nein«, wisperte ich. »Ist okay.«

Obwohl ich zitterte, war mir heiß. Ich tastete nach der Kurbel innen an der Tür und ließ ebenfalls das Fenster ein Stück herunter. Die Luft, die mir über die Haut strich und meine Haare durchwirbelte, war irgendetwas zwischen kühl und lau und roch nach dunklem Grün und frischer Erde.

Nach der Nacht, rauchig und klar zugleich.

Verstohlen musterte ich Jake, der konzentriert durch die Windschutzscheibe schaute.

Kein Wort hatte er darüber verloren, wo wir hinfuhren, und ich staunte darüber, wie blind ich mich ihm anvertraute.

Er ging vom Gas, blickte suchend umher, murmelte vor sich hin.

»Irgendwo da muss doch … Ah, da ist es.«

Wir bogen ab, holperten über einen Feldweg, bogen wieder ab und hielten an.

Jake drehte den Schlüssel um, und der Motor verstummte.

Eine Weile saßen wir nur da, ohne einander anzusehen.

In einer Stille, die ebenso unbehaglich wie schön war.

Irgendwo im Wald hörte ich eine Eule, die uns zuzurufen schien.

Vielleicht Mut machend, vielleicht warnend, ich wusste es nicht.

Die Scheibe des Tachometers war noch beleuchtet; mit einem tiefen Ausatmen neigte Jake sich vor und schob einen Knopf am Armaturenbrett ein Stück hinein. Ein schwaches Glühen blieb, und vor dem Auto dimmte sich das Licht der Scheinwerfer herunter.

Es klickte, als Jake am Knopf des Radios drehte. Musik tröpfelte verzerrt daraus hervor, während er unter Pfeifen, Prasseln und Jaulen einen Sender suchte.

Bis rein und unverfälscht eine sanfte, schmeichlerische Melodie in das Auto floss.

»Bleib kurz sitzen, ja?«

Angespannt klang er, fast rau; obwohl er schon ausgestiegen und die Tür hinter ihm zugeklappt war, nickte ich und löste meinen Gurt.

Er öffnete die Tür auf meiner Seite und streckte mir die Hand hin.

»Darf ich um diesen Tanz bitten?«

Ich zögerte mit glühendem Gesicht.

»Aber ich kann gar nicht tanzen.«

Jake zog mich aus dem Auto.

»Ich auch nicht.«

Die Arme um mich gelegt, begann er leicht hin- und herzuschwingen, im Takt der Musik, die aus der offenen Tür herausströmte.

Only you…

Langsam entspannte ich mich, bewegte mich mit ihm, zu dieser Musik, die weich war, die Nachtluft wie mit Bändern aus Seide füllte.

Earth angel, earth angel, will you be mine?

Meine Lider schlossen sich halb, mein Kopf sank gegen Jakes Brust, während das Gras unter unseren Füßen raschelte, der sandige Boden knisterte.

What a wonderful world

Die Musik lockte und umwarb mich, floss in mich hinein, und es fühlte sich an, als ob es Jake genauso ging.

I've got you under my skin

Lieder, wie für uns gemacht.

Für diese Nacht.

Will you still love me tomorrow?

Ich blinzelte an Jake vorbei, in den Himmel hinauf.

Ein Stoff aus dunkelstem Blau, von Indigo durchschossenem Schwarz, auf dem ganze Hände voller Silberperlen ausgestreut waren.

When a man loves a woman…

Es war perfekt.

62

Jake

Es war perfekt.

Als ob jemand an einem Mischpult in einer Garage in Modesto genau wusste, was Jake Keane aus Green Meadows, L.A., brauchte, um für Nessa, das Schmetterlingsmädchen aus Mariposa, aus dieser Nacht etwas Besonderes zu machen.

Ich hatte immer geahnt, dass es mal einen Moment geben würde, in dem solche Musik weder kitschig noch schmalzig war, sondern genau richtig.

Wie in einem dieser Teeniefilme, dieser RomComs aus den Achtzigern, die ich manchmal zwangsweise mit Breanna und ihren Freundinnen angeschaut hatte. Wenn der Junge endlich sein Mädchen bekommen hatte.

Dirty Dancing. Pretty in Pink. Ist sie nicht wunderbar?

In dieser Nacht, die nicht mehr Winter war, aber auch noch nicht Frühling, im weichen Schein des Standlichts meines Käfers.

Hier, mitten im Grasland, unter dem weiten, offenen Nachthimmel. Wo sich die Wärme des San Joaquin Valley im Herzen Kaliforniens mit der Kälte der verschneiten Sierra Nevada mischte.

Ich fing Nessas Blick auf; ihre Augen glänzten.

Ich zögerte. Ich hatte keine Ahnung, wann der richtige Moment sein würde. Ob es einen solchen überhaupt gab, früher hatte ich mir nie Gedanken über so was gemacht.

Ich fasste sie um die Hüften und hob sie langsam hoch, ließ sie genauso langsam auf der Wölbung des Kofferraums nieder. Ich sah noch ihr glückliches Lächeln, das etwas in meinem Bauch flattern ließ, dann küsste ich sie, und die feinen Strähnen ihrer Haare, die der Wind hochblies, kitzelten mich im Gesicht und am Hals.

»Wir müssen das auch nicht tun«, murmelte ich irgendwann an ihrem Mund, meine Hand unter ihrer Kapuzenjacke. »Heute Nacht. Wir können auch einfach nur hier draußen sein und die Sterne anschauen.«

»Doch, Jake«, flüsterte sie, während ihre Finger über meine Schläfen in meine Haare glitten, mir kribbelnde Schauder den Hals hinunterschickten. »Lass uns ins Auto gehen.«

Ich hob sie herunter und half ihr ins Auto, dessen Scheinwerfer ich ausmachte und nach kurzem Zögern auch das Radio, bevor ich hineinkletterte und die Tür hinter mir zuzog.

»Ist es so okay für dich?«, fragte ich hastig. »Nicht zu kalt? Zu warm? Kommt auch genug Luft rein?«

Ich war wirklich nervös.

Nessa lachte leise und ließ ihre Stiefel in den Fußraum fallen.

»Es ist alles gut, Jake.«

Ein gebeugtes Knie an meiner Hüfte, das andere Bein über meinen Oberschenkel gelegt, schmiegte sie sich in meine Arme, atmete warm gegen meinen Hals.

Wie still es war.

Still und dunkel; erst allmählich begann ich Konturen und Details zu sehen.

Die Stille blieb.

Keine tote Stille, sondern die lebendige Stille einer Nacht auf freiem, einsamem Feld.

Neu und unbekannt.

Aufregend.

Ich hatte Angst, etwas falsch zu machen.

Ich suchte noch meinen Mut, als Nessas Mund aufwärtswanderte, auf meinen; sie machte mir Gänsehaut, als ihre Hände unter mein T-Shirt glitten und es mir über den Kopf zogen.

Dann dachte ich nicht mehr nach, sondern fing an, sie Schicht um Schicht aus ihren Kleidern zu schälen.

Sie hatte gesagt, bei ihr gab es nicht viel zu sehen, aber das stimmte nicht.

Schlanke, zerbrechliche Linien und zarte, schüchterne Rundungen unter einer Haut, die wie Mondlicht durch meine Finger floss. Die so fein war, dass sie sich unter meinem Mund, meinen Händen ständig kräuselte, Muskeln und Sehnen darunter zitterten. Ich entdeckte einen Hauch von Flaum an manchen Stellen, wie Daunen, und dass sie auf ihren Schultern Sommersprossen hatte wie Sternensprenkel.

Wie sie mich küsste, mich berührte, war so viel besser, als ich es mir immer vorgestellt hatte. Mir selbst alles an Klamotten runterzuzerren und sie an mich zu pressen, Haut an Haut, mein Gesicht in ihren Haaren – das war verdammt dicht dran, im Himmel zu sein.

Schöner als alle Musik, die ich jemals gehört hatte, und ungleich intensiver.

Mein Schmetterlingsmädchen.

Neben dem ich mir vorkam wie ein grober Klotz; bestimmt würde ich ihr wehtun.

In dessen Armen ich mich so klein fühlte, nackter als nackt; bestimmt würde sie mir wehtun, irgendwann.

Ich rang nach Luft, wollte davonlaufen, mich in Sicherheit bringen, aber ich fand den Weg zurück nicht mehr.

Blind tastete ich nach der Schachtel mit den Gummis, verlor das Gleichgewicht und kippte beinahe von der Sitzbank, stieß mir die Schulter und stützte mich ab.

»Au!«, kam ein schriller Schrei von Nessa. »Jake! Au! Du tust mir weh!«

»Wo?«, stieß ich keuchend hervor. »Was hab ich gemacht?«

Ihre Finger rüttelten an meinem Arm.

»Au! Meine Haare!«

Erschrocken hob ich die Hand, mit der ich mich abgestützt hatte; meine Finger zitterten, und ich mit.

Ein glucksendes Geräusch perlte aus Nessas Mund, bevor sie zu lachen begann.

Dieses tanzende, goldfunkelnde Lachen, das ich so liebte.

Dem ich nie widerstehen konnte.

Atemlos beugte ich mich über sie, und wie sie mich anlachte, ihre Hände nach mir ausstreckte, mir die Haare aus der Stirn strich und ihre Finger in meinem Nacken verschränkte, machte plötzlich alles ganz einfach.

Wir waren doch nur Jake und Nessa.

Und wir waren jetzt.

Mit den Zähnen riss ich die Folie des Gummis auf und ließ mich fallen.

63

Nessa

Ich hatte ihm nichts von meinen Ängsten erzählt.

Davor, dass ich nicht wusste, was mit mir passieren würde.

Dabei.

Danach.

Ob ich mich womöglich in einen Schmetterlingsschwarm verwandeln würde, der, eingesperrt auf dem engen Raum des Käfers, panisch gegen die Scheiben flatterte.

Dass ich mich danach nie wieder verwandeln könnte und dann nicht wusste, wie es mit mir weitergehen sollte; eine Last, die ich ihm nicht aufladen mochte.

Von all den kleinen und großen Ängsten, die bestimmt jedes andere Mädchen an meiner Stelle auch gehabt hätte.

Ängste, die in mir versackten, während Jake mich küsste und überall streichelte, dass ich mich ganz weich und warm fühlte, die aber immer wieder beim Luftholen zu mir heraufdrängten.

Dann zerrte Jake unabsichtlich so fest an meinen Haaren, dass mir vor Schmerz Tränen in die Augen stiegen, und ich musste lachen, weil es so komisch, so unpassend, so unromantisch war, gerade jetzt.

So unperfekt.

So real.

Es war dieses Lachen, in dem alle meine Ängste zerplatzten und davonstoben.

Dann staunte ich nur noch, mit großen Augen und offenem Mund.

Über diesen seltsamen feinen Schmerz. Wie eine Schwelle, die man überschreiten musste, um in eine neue, fremde Welt zu gelangen.

Über dieses seltsame Gefühl staunte ich; ich hatte nicht gewusst, dass man einem anderen Menschen so nahe sein konnte.

Noch viel näher sein wollte.

Jake mit seinen breiten Schultern, all den verlockenden Kuhlen und Ausbuchtungen der Landschaft, die seine Knochen und Muskeln bildeten. In denen ich meine Finger vergrub, meinen Mund hineinpresste, gierig nach seinem Geruch, seinem Geschmack.

Nach Sonnenwärme und blauem Himmel und ein bisschen nach Salz.

So müsste es sein, barfuß durch Gras zu laufen, Sonne auf meiner Haut.

In den Wellen des Ozeans zu baden.

Sich danach in warmen Sand zu werfen und darin herumzurollen.

Genau so.

Es war wie fliegen.

Es war wirklich wie fliegen.

64

Jake

Wie der Wind, der vom Pazifik herüberweht und den Atem der Wellen mitbringt, auf meiner Haut, in meinem Mund, irgendwo in meinem Blut.

Der erste Regen nach langen, heißen Sommertagen, der so süß, so würzig riecht und schmeckt.

Eine Umarmung von Hunderten von Schmetterlingen. Das Farbenspiel ihrer Flügel und ihr Flüstern. Fast wie ein Lied.

My butterfly girl

Frisches Gras.

Der Ruf eines Wanderfalken über den Bergen.

Tanzendes Herbstlaub.

Ein rot flammender Sonnenaufgang, der den Half Dome leuchten ließ wie geschmolzenes Gold, überwältigend und ehrfurchtgebietend.

Fly away with me

Ich hatte nicht gewusst, dass es so sein konnte.

Nie …

Nessa

Ich

Nur langsam driftete ich wieder herauf, aus einer gedankenleeren, abgründigen Tiefe.

Die nur aus Gefühl bestand. Nichts als namenloses, überwältigendes, mich verschlingendes Gefühl.

Erst kurz vor der Oberfläche fing ich Fetzen von Farben, von Tönen ein. Bemerkte meine Atemlosigkeit. Den heftigen Pulsschlag in meinen Adern, meinem Hals.

Zittrig war ich; ich schaffte es irgendwie, mich auf der Rückbank zusammenzukrümmen und Nessa an mich zu ziehen.

Ihre Haut glühte genauso wie meine, ihr Atem ging stoßweise, ruckartig.

Als ob sie gleich zu weinen anfing.

Ich schluckte mit trockenem Mund, tauber Zunge, und meine Augen brannten.

Shit.

Ich war derjenige, der gleich zu heulen anfing.

65

Nessa

Heiß war es im Inneren des Autos; eine Hitze, die mir auf der Haut stand, mich durchdrang.

Mich ahnen ließ, wie es sein mochte, einen Sommer zu erleben.

Ich hatte nicht gewusst, dass man sich gleichzeitig stark und schwach fühlen konnte. Leicht und schwer, wie losgelöst vom eigenen Körper und ihn doch bis in Fingerkuppen und Zehenspitzen hinein ausfüllend.

Die Scheiben waren erblindet, wie ein Kokon umschloss der Käfer Jake und mich.

Ich war nicht zu Staub zerfallen.

Vielleicht hatte ich wirklich etwas von meiner Schmetterlingsnatur eingebüßt.

Aber was gerade passiert war, wie es sich anfühlte, hier mit Jake zu liegen, sein Atem in meinen Haaren, auf meiner Haut, sein Herzschlag unter meiner Wange, ihn überall an mir, auf mir zu fühlen, ließ keinen Raum für Reue.

Was auch immer ich dafür hatte hergeben müssen – ich hatte ungleich mehr bekommen.

Etwas so Großes, Mächtiges war mit mir passiert, dass ich beinahe verstand, weshalb man mir all diese Lügen erzählt hatte. Es war schwer, danach den vorgezeichneten Weg nicht aus den

Augen zu verlieren. Nicht dem Lockruf nach mehr und immer mehr zu folgen.

Etwas hatte sich verändert, das spürte ich; ich würde diesen Kokon nicht mehr als dieselbe verlassen.

Bis zum Ende der Stroming Road ließ ich mich von Jake in seinem Käfer bringen, den Rest ging ich zu Fuß, durch den nachtfinsteren, raschelnden Wald.

Als ob ein Teil von mir bei Jake blieb, so fühlte es sich an, als sich das Schnurren des Motors entfernte. Ein wehes, wundes Gefühl im Herzen, war ich trotzdem froh, jetzt allein zu sein.

Mit diesem verwirrten Tosen in mir, was richtig und was falsch war. Wo ich hingehörte.

Mit dieser staunenden, stillen Seligkeit.

Geräuschlos drückte ich die Haustür hinter mir zu.

In der schlafschweren Dunkelheit des Hauses schlüpfte ich aus meinen Stiefeln, hängte meine Jacke an den Haken, überzeugt, mein lauter Pulsschlag müsste mich verraten, aber nur eine der Katzen maunzte irgendwo verwundert.

Im Pyjama schlüpfte ich unter die Bettdecke und presste die Hände vor die Brust, die mir viel zu eng vorkam für alles, was dort hineinpassen musste.

Damit mir nicht auch nur ein Fitzelchen dieses unfassbaren, unglaublichen Gefühls von Glück entwich. Um mein Herz davon abzuhalten, irgendwo zwischen den Rippen herauszuspringen.

Nur kurz dachte ich daran, zu Hayden hinaufzugehen.

Bis ich begriff, weshalb er mir so lange nichts von Josh erzählt hatte.

Weil es Geheimnisse gab, die nicht dazu gedacht waren, sie zu teilen.

66

Jake

»War spät gestern, oder?« wollte Travis wissen und schloss die Kasse auf.

Ich zuckte zusammen. Mit glasigem Blick hatte ich durch die Scheibe Mason zugesehen, der den Tankautomat abstellte, während ich mich an der Kaffeemaschine festhielt, die unter Rattern, Zischen und Gurgeln den Betrieb aufnahm.

»Hm«, gab ich ausweichend von mir.

Lange war ich auf dem Schlafsofa wach gelegen, gefangen zwischen einer erschöpften Schwere und kribbelnder Unruhe, bis ich gegen Morgen in die Schwärze eines tiefen, bewegungslosen Schlafes stürzte. So tief, dass ich den Alarm meines Handys nicht gehört hatte und Travis mich erst im dritten Anlauf wach bekam.

Er pfiff leise durch die Zähne.

Mir stieg das Blut ins Gesicht, als ich seinen Blick auffing.

Kondome, formte sein Mund, während er seine Augen theatralisch aufriss.

»Und?«, knurrte ich und trommelte ungeduldig gegen die Maschine. Die Tasse Kaffee, die ich nach dem Duschen runtergekippt hatte, war wirkungslos in meinem System versickert.

Mein Fingertrommeln verlangsamte sich, zu dem Rhythmus

der Melodie, die mir immer wieder im Kopf herumging, immer klarer und deutlicher hörbar.

My butterfly girl.

Fly away with me.

Mit breitem Grinsen reckte Travis einen Daumen hoch.

»Nächstes Level, huh?«

Ich richtete meine ganze, noch komplett zerfranste Konzentration ganz darauf aus, um per Gedankenübertragung das rote Lämpchen dazu zu bewegen, auszugehen und dafür das grüne Licht anspringen zu lassen. Die Temperatur meines Gesichts stieg in etwa der gleichen Geschwindigkeit an, wie die Heiztechnik der Maschine hochfuhr.

Den Notizblock wie einen Fächer schwenkend, tänzelte Travis um mich herum.

»Jake ist verlie-hiebt! Jake ist verlie-hiebt!«

»Halt die Klappe«, gab ich leise und erschreckend weich von mir; um meinen Mund zuckte es.

Ich bekam mein Lächeln den ganzen Tag nicht mehr aus dem Gesicht.

Travis nahm es mir nicht übel, dass ich die erste Ausfahrt mit dem Käfer Nessa geschenkt hatte und dann auch gleich noch die zweite.

Bei der dritten war er mit dabei. Den Kopf zwischen den Sitzen durchgestreckt, kaute er von der Rückbank aus Nessa und mir parallel das Ohr ab. Ich hörte nur halb zu, berauscht vom glücklichen Brummen und Schnurren, dem gesunden Knattern des Motors, während wir die Windungen des Highways in den Park entlangkurvten und durch den langen Tunnel am Ende der Wawona Road brausten.

Die Erfinder des Käfers hatten nicht zu viel versprochen. *Fahrvergnügen.*

Wir fuhren nur bis zum Tunnel View, wo der Bridalveil Fall unter Rauschen und Donnern seinen dichten Schleier aus Wasser und Gischt herabfallen ließ, weil Nessa nicht so lange unbemerkt von zu Hause fortbleiben konnte. Bei Sandwiches und Cola schauten wir wie Dutzende von Touristen über einen Kiefernwald, zu der abweisend strengen, steinernen Miene von El Capitan und den Dächern der Cathedral Rocks, zwischen denen sich der Blick auf den Half Dome und zum Clouds Rest öffnete, dessen Name Nessa so gut gefiel.

Ich packte die Stunden, die wir hatten, so voll, wie es nur ging, am Tag und an den Abenden.

Bei Eugene, wo Nessa Rühreier ohne Speck, dafür mit Käse und Tomate für sich entdeckte und im Sugar Pine Café Apple Pie mit Schlagsahne. Auf dem Rücksitz des Käfers in der Werkstatt. Im Schutz der Dunkelheit auf dem Feld hinter Catheys Valley. Wo ich Nessa noch ein paar Mal anbot, wirklich nur die Sterne anzuschauen, was sie aber nicht wollte. Und ich auch nicht.

An einem verregneten Abend entführten Travis und ich Nessa sogar ganz dreist ins Golden Nugget. Schüchtern hielt sie sich an mir fest, bis sie nach und nach auftaute; sicher auch, weil Kellie, die sie zuerst mit hochgezogenen Brauen gemustert hatte, genauso mit ihr witzelte und lachte wie mit uns Jungs. Travis und mir blieb der Mund offen stehen, als Nessa sich irgendwann einfach meine Bierflasche schnappte und einen Schluck trank, dann eine angeekelte Grimasse schnitt, sich schüttelte und in unser Gelächter einstimmte, bevor sie lieber bei ihrer Cola blieb.

Und als ich ihr zuschaute, wie sie immer wieder ihren Pferdeschwanz zurückwarf, während sie der eigensinnigen Flipperkugel ihren Willen aufzuzwingen versuchte, mal die Zunge konzentriert im Mundwinkel, mal befreit herauslachend, ein Funkeln in den Augen und ein Strahlen auf dem Gesicht, war ich einfach nur glücklich.

Es war leicht, in diesen Stunden zu vergessen, dass es bald vorbei sein würde.

Viel zu leicht, und umso härter traf es mich jedes Mal, wenn ich doch wieder daran denken musste.

Wenn ich mich fragte, wie lange wir noch haben würden, Nessa und ich.

Ich war froh, dass Hayden nie mit dabei war, wenn ich etwas mit Travis und Nessa unternahm, Travis nie nach ihm fragte, Nessa ihn nie erwähnte.

Ich hätte es nicht ertragen.

Ich, der ich mich immer nur hatte treiben lassen, nie weiter dachte als ein paar Tage, sehnte mich plötzlich danach, Pläne für den Sommer zu machen.

Mich, der ich immer den Drang gehabt hatte, wegzulaufen, verlangte es nach der Gewissheit, dass Nessa morgen noch da sein würde.

Übermorgen. In einem Monat.

Ich hielt es nicht länger aus. Ich musste etwas tun.

67

Nessa

Der Käfer trug uns aus Mariposa und in die Nacht hinaus.

Verstohlen beobachtete ich Jake, der ungewohnt aufrecht im Auto saß, die Finger um das Lenkrad gekrampft, und wenn er zwischen den Gängen wechselte, hatte es etwas Ruckartiges, Unwilliges.

Seine Miene verriet mir nichts darüber, was in ihm vorging. Abweisend wirkte sie auf mich, verschlossen. Schon seit ich zu ihm in die Werkstatt gekommen war, er mich nur flüchtig auf den Mund küsste und mir dann wortlos die Beifahrertür aufhielt.

Die ganzen Tage über hatte ich ihm sagen wollen, wie glücklich er mich machte, es aber ein ums andere Mal hinuntergeschluckt, weil es zu sehr nach Abschied klang.

Während auf den Bergen noch Schnee lag, der Frühling sich dort oben erst irgendwann im Mai ankündigen würde, war er hier unten im Tal schon angekommen.

Jetzt schien er derjenige zu sein, der Abschied nehmen wollte.

Ich war noch nicht bereit dafür.

Mir wurde es kalt im Bauch.

Abrupt ging er vom Gas und schaltete zurück, bog in den Feldweg ein und gab so kräftig Gas, dass der Motor aufheulte, der Käfer aufgeschreckt vorwärtsschoss, und genauso abrupt brachte er den Wagen dann auch zum Stehen.

Der Motor erstarb, alle Lichter verloschen, und Jake lehnte sich auf das Lenkrad.

Ich wartete darauf, dass er es endlich aussprach, möglichst kurz, möglichst knapp und mich danach gleich wieder zurückfuhr; stattdessen stieg er aus.

Verwirrt löste ich den Gurt, als Jake meine Tür öffnete. Mit weichen Knien ließ ich mich von ihm aus dem Auto ziehen, ein schwaches Aufglimmen von Hoffnung im Herzen.

Er hob mich auf die Haube des Käfers.

»Bleib hier sitzen«, flüsterte er, den Blick auf meine Schulter geheftet. »Sag jetzt nichts. Hör mir einfach nur zu, okay?«

Ich setzte zu einem Nicken an; dann packte ich ihn am Ärmel seines Pullovers.

»Jake.«

Vielleicht war es die letzte Gelegenheit; unter leisem Knistern zog ich den Brief aus meiner Jackentasche.

»Ich hatte ihn solange für dich aufbewahrt. Jetzt ist es Zeit, dass du ihn wieder an dich nimmst. Ganz gleich, was du damit machst.«

Im schwachen, bläulichen Licht der Sterne und des Mondes leuchtete der Umschlag silberweiß.

Jake starrte ihn an wie eine Klapperschlange, bevor er ihn mir aus der Hand riss und hinten in seine Jeans stopfte. Wütend wirkte er, als er sich jäh von mir abwandte.

Ich merkte, wie ich zitterte und auf der Wölbung ins Rutschen geriet; mit aufgestützten Händen hielt ich mich oben und im Gleichgewicht.

Jake verschwand halb hinter dem umgeklappten Fahrersitz und holte etwas von hinten aus dem Käfer. Ich brauchte ein, zwei Wimpernschläge, um den aufglänzenden Schatten zu erkennen.

Seine Gitarre.

Die Lehne schnappte mit einem Klicken zurück, und Jake

setzte sich. Ich sah kaum noch etwas von ihm, wie er sich hinter der Tür duckte und über seiner Gitarre zusammenkauerte. Nicht viel mehr als seine strohblonden Haare, fast weiß im fahlen Licht der Nacht auf dem Feld.

Eine Folge von Klängen rieselte hinter der Tür hervor. Jake hustete leicht, räusperte sich, was er sonst nie mehr tat, wenn er mir in der Werkstatt etwas vorspielte.

Die ersten Töne waren verwackelt, wurden dann sicherer, kräftiger. Nichts, was ich kannte, dachte ich zuerst, hielt dann unwillkürlich den Atem an.

Doch, ich kannte diese Melodie. Ein einziges Mal hatte ich sie gehört, das erste Mal, als Jake für mich zu seiner Gitarre gegriffen hatte.

Die Art, wie er diese Melodie spielte, hatte sich verändert. Feiner war sie geworden, vielschichtiger. Eindringlicher.

Immer noch flirrend wie ein Sonnenaufgang über dem Wald, mit Schatten von Traurigkeit. Aber auch mit Hoffnung, so viel Hoffnung, golden, rosig und lichtblau wie der Morgenhimmel.

Gänsehaut überzog meine Arme, breitete sich weiter aus und perlte meinen Rücken hinunter, als ich Jakes Stimme hörte, tief und leise.

Unsicher, fast scheu.

I didn't choose to come here
Some stupid mistake I made
A stranger in a strange land
Stranded in the empty wilderness
Not only bent but broken
Drowning in myself

Das Lied wurde schneller, kraftvoller; Jakes Fuß klopfte den Takt auf den Boden.

Oh, my butterfly girl
Would you fly away with me
Into the summer sky
Over the mountains
Towards the sea

Ich erinnerte mich an die stumme Frage, die ich beim ersten Mal aus dieser Melodie herausgehört hatte. Eine Bitte, in der sich Verzweiflung und Hoffnung mischten.

Wortlos war Jakes Summen damals gewesen; jetzt hatte er die Worte dafür gefunden.

In fire and smoke
You crossed my path
You took me as I am
You made me a better man
I was lost and maybe still I am
But with you, I feel alright

Meine Finger tasteten über den gläsernen Schmetterling unter dem Rollkragen. Ich schlang die Arme um mich, und Tränen stiegen in meine Augen, während ich zu den Sternen hinaufblinzelte und Jakes Stimme die Nacht füllte.

Oh, my butterfly girl
Would you fly away with me
Into the summer sky
Over the mountains
Towards the sea

Ich sah wieder zu ihm hin.

Er hatte sich aufgerichtet, sang mit zurückgelegtem Kopf und geschlossenen Augen. Durchflutet von Musik war er, und ich begriff, wie sehr er sein ganzes Herz in dieses Lied legte.

Seine Seele.

I used to run away
But with you, yes, you
I'd choose to stay
Just don't make me lose you
Let me love you
All the ways I can

Oh, my butterfly girl
Don't fly away
Just stay
Please stay
With
Me

Sanft tröpfelte das Lied aus, hinterließ ein Schwingen in der Luft, das mehr Gefühl war als Klang. Dem Jake mit gesenktem Kopf lauschte und das auch in mir nachhallte.

Ich wischte mir über die nassen Wangen und ließ mich von der Haube gleiten, ich war wackelig auf den Beinen.

Jake wich meinem Blick aus, als ich mich vor ihn hinstellte. Ich bekam keinen Ton heraus, ergriff nur seine Hand und ruckte daran.

Fragend hob er den Kopf und verstaute die Gitarre sorgfältig unter dem Lenkrad, bevor er sich von mir in die Höhe ziehen ließ.

Ich klappte den Sitz um und kletterte nach hinten, Jakes Hand fest in meiner.

Es war nicht die Antwort, auf die er gehofft hatte, das wusste ich.

Aber es war alles, was ich ihm geben konnte, in dieser Nacht.

Jedes Mal fiel mir der Weg zurück zu unserem Haus schwerer.

Mit jedem Schritt, den ich durch den finsteren, kühlen Wald ging, klarte sich mein Kopf weiter auf. Von Mal zu Mal begriff ich auf diesem Weg besser, wie sehr ich von klein auf belogen und getäuscht worden war.

Ich war nicht einmal wütend. Nur traurig, dass es keinen anderen Weg gab, unser bedrohtes Volk vor dem Untergang zu retten.

Eine Traurigkeit, die meine Tage beschwerte und ihnen die Farbigkeit nahm. In der ich manchmal Lissa an mich drückte, als wollte ich sie nie mehr loslassen, und das Gesicht in ihrem Nacken vergrub, um ihren Duft wie Bananen und die ersten jungen Blätter des Frühlings einzuatmen. Bis sie sich kichernd wand, weil es sie kitzelte, und mir dabei weh ums Herz war, wenn ich an eine größere Lissa dachte und nicht wusste, was ich mir für ihre Zukunft erhoffen sollte. Wenn ich gedankenverloren Mitch über die Haare streichelte und ihm einen Kuss gab und Lantana zwischendurch umarmte, einfach so, wie ich es früher oft getan hatte.

Jeden Tag rechnete ich damit, dass Ma mir etwas anmerken würde. Falls sie es tat, dann antwortete sie darauf, indem sie besonders liebevoll und zärtlich zu mir war, obwohl sie immer noch streng darüber wachte, was und wie viel ich aß.

Hayden schien ähnlich zu empfinden. Wir sprachen nicht darüber, wie ich auch nichts von Jake erzählte oder er von Josh. Aber ich sah es in seinen Augen. Und wenn sich unsere Blicke trafen, erkannte ich mich selbst in dem schmerzlichen Lächeln wieder, das er stillschweigend mit mir tauschte wie ein Verschwörer.

Heute Nacht war es besonders schlimm. Als ob ich durch knöchelhohen Schlamm watete; jeder Schritt kostete mich mehr Kraft. Ich ging langsamer und blieb schließlich stehen.

Jakes Lied, sein Lied für mich, hatte mich überwältigt und aufgewühlt. Aber das war es nicht allein.

Ich schloss die Augen.

Etwas vibrierte in der Luft. Anders als die Bewegung der Blätter, wenn der Wind durch die Bäume strich. Nicht die fast unhörbare Schwingung, die die Tiere des nächtlichen Waldes durch die Luft schickten wie die Kreise, die ein ins Wasser geworfener Stein nach sich zieht. Unruhiger, flatteriger als die überall spürbare Energie des Frühlings, die aus der Erde heraufschoss, in der Luft sirrte.

Eine gewisse Spannung war es, die erwartungsvoll auf meiner Haut knisterte. Ein Flüstern in meinen Haaren.

So hatte es Ma einmal beschrieben, als sie mir erzählte, dass sie manchmal fühlen konnte, wenn mein Vater und die anderen Ältesten nicht mehr allzu weit entfernt waren. Nicht immer, je nachdem, aus welcher Richtung der Wind gerade kam und ob es vielleicht nicht gerade regnete, und nachts stärker als am Tag.

Tränen schossen mir aus den Augen und ich stolperte hastig weiter, als spürte ich ein Ungeheuer in meinem Rücken.

Meine Zeit mit Jake war abgelaufen.

Vor dem Zaun machte ich jäh Halt und rieb mir mit dem Handrücken über die Augen.

Im unteren Stockwerk brannte Licht, in mehr als einem Zimmer; auch Haydens Fenster waren beleuchtet.

In meinen Beinen zuckte es. Für einen kurzen Moment war ich versucht, mich umzudrehen und davonzurennen.

Dann atmete ich tief durch und öffnete das Tor. Während mein Herz angstvoll gegen meine Rippen hämmerte, ging ich dem entgegen, was mich im Haus erwarten mochte.

Das Gesicht in den Händen vergraben, saß Ma am Küchentisch. Lantana, Bestürzung und Sorge auf dem Gesicht, streichelte ihr den Rücken, während sie Lissa auf dem Schoß hielt, die ebenso verschlafen wie verstört an den Knöpfen der Strickjacke spielte, die Lantana über ihren Pyjama gezogen hatte.

»Ma?«, presste ich aus meiner trockenen Kehle.

Sie fuhr hoch. Ihr geflochtener Zopf war zerzaust und auf ihrem nass geweinten Gesicht zuckte es ungläubig und ängstlich, bis ein Strahlen darauf aufbrach, während neue Tränen aus ihren Augen stürzten.

»Nessa!«

Mit einem hässlichen Geräusch kratzte der Stuhl über den Boden, als sie aufsprang und zu mir lief.

»Ma, es tut mir …«

Sie riss mich an sich, hielt mich so fest, dass ich kaum noch Luft bekam, drückte mir Küsse auf das Gesicht, auf die Haare, wo immer sie mich gerade erwischte.

»Mein Mädchen! Ich bin so froh, dass du wieder da bist! Ich hab mir solche Sorgen gemacht!«

»Es tut mir so leid, Ma«, wisperte ich und schlang meine Arme um sie.

Zitternd streichelte sie mir mit beiden Händen über den Kopf, legte sie um mein Gesicht.

»Hauptsache, du bist wieder da! Ich hatte solche Angst, dich auch noch zu verlieren!«

Mein erster Gedanke galt Mitch, aber dafür wirkte Lantana zu gefasst.

Kalte, nackte Angst packte mich.

»Was ist mit Hayden?«, hauchte ich tonlos.

»Mitch hatte schlecht geträumt«, sagte Lantana leise. »Da ist er aufgestanden und zu Hayden hinüber. Hayden sollte ihm erklären, dass es keine Monster gibt. Weil Hayden doch immer alles weiß.

Aber Hayden war nicht in seinem Bett, und Mitch hat mich dann geweckt.«

Sie wischte sich über die Augen und barg Lissas Kopf an ihrer Brust.

»Einige von Haydens Sachen fehlen, und auf seinem Kopfkissen haben wir das gefunden.«

Sie nickte zum Tisch hin, auf dem ein beschriebenes Blatt Papier lag.

Ich weiß, ich mache euch allen damit großen Kummer, aber ich kann eure Erwartungen nicht erfüllen.

Ihr werdet es vermutlich nicht verstehen und es mir noch weniger verzeihen, aber akzeptiert bitte, dass ich mich für ein anderes Leben entschieden habe.

H.

Ich sackte in ein Gefühl des Verlorenseins, während es zornig in mir aufflammte, dass Hayden so viel mutiger gewesen war als ich. Mich allein gelassen hatte.

Und trotzdem konnte ich nicht verhindern, dass sich ein Lächeln in meine Mundwinkel stahl.

Ma musste es gesehen haben; sie packte mich beim Arm.

»Weißt du etwas darüber? Hast du eine Ahnung, wo er sein könnte?«

Zögerlich schüttelte ich den Kopf.

Zu zögerlich offenbar; Ma fasste auch meinen anderen Arm und schüttelte mich, starrte mir ins Gesicht, eine grimmige Entschlossenheit hinter den Tränen in ihren Augen.

»Nessa! Wenn du etwas weißt, musst du es uns sagen! Wo ist Hayden?«

68

Nessa

Ich blinzelte in die Helligkeit, die über meinem Bett lag, mein Zimmer füllte, ruckte dann schlaftrunken hoch.

Es musste schon Mittag sein, vielleicht sogar später, und niemand hatte mich geweckt.

Gähnend rieb ich mir über die Augen; unter einem klebrigen, wattigen Gefühl pochte es in meinem Kopf.

Trotzdem hatte ich keine Mühe, mich zu erinnern.

Hayden war fort.

Die halbe Nacht hatte Ma auf mich eingeredet und mich beschworen, ihr alles zu sagen, was ich wusste, unterstützt von Lantana, nachdem diese Lissa ins Bett gebracht hatte. Ich hatte geschwiegen, immer wieder nur den Kopf geschüttelt, während ich nach und nach klarer sah.

Ich würde mit Ma reden, am nächsten Tag, wenn sie sich vielleicht etwas beruhigt hatte. Ihr von Jake erzählen, und dass ich mit ihm zusammen sein wollte. Vielleicht würde sie es verstehen.

Wenn ich es nur geschickt genug anfing.

Ich kroch aus dem Bett und tapste auf bloßen Füßen durch das Zimmer. Den Pyjama anzuziehen hatte ich noch geschafft, Socken schon nicht mehr und auch nicht, mir die Haare zum Zopf zu flechten. Ich war zu sehr damit beschäftigt gewesen, mir die richtigen Worte für den nächsten Tag zurechtzulegen, bevor die Schwärze des Schlaf über mir zusammengeschlagen war.

Ich öffnete die Tür.

Eine Welle der Unruhe schwappte aus der Küche über den Flur zu mir herein, gewürzt vom Geruch nach Kräutertee und kräftiger Tomatensuppe, durchsetzt von durcheinanderredenden Stimmen.

Männerstimmen in unterschiedlich tiefen Tonlagen, spröde noch nach einem Winter in Schmetterlingsgestalt, gegerbt von den Anstrengungen des langen Flugs.

Sie mussten heute Vormittag angekommen sein.

Ein Ruck voller Sehnsucht ging durch mich. Ich sah Pas Gesicht vor mir, hart und kantig gegen das Safrangelb seiner Haare, sicher noch ein bisschen verwittert nach der kräftezehrenden Zeit. Mit seinen dunklen Augen, die meinen so sehr glichen.

Ich wollte losrennen, mich in der Küche in seine Arme werfen und an seiner Schulter weinen. Ihn bitten, nicht allzu böse auf Hayden und mich zu sein und uns unser neues, anderes Leben leben zu lassen.

Ein Impuls, der sofort zerplatzte.

»…müssen ihn finden und zurückholen. Am besten heute noch!«

Ich erkannte Theano, der immer klang wie Wind in trockenem Gras.

»Ich kann euch nicht sagen, wie leid es mir tut, dass ausgerechnet mein Sohn…«

In Sedges Stimme, rauchig wie ein Laubfeuer, knisterte Wut, fast Abscheu.

Xerxes unterbrach ihn mit einem heiseren Flüstern wie Papiergeraschel, das mir ins Herz schnitt.

»Lass gut sein. Keiner von uns macht dir das zum Vorwurf. Auch dir nicht, Dana.«

Mein Pulsschlag nahm Anlauf, als ich meinen Vater hörte, etwas Kratziges in seiner ohnehin aufgerauten Stimme.

»Wir müssen dennoch damit rechnen, dass er schon über alle Berge ist. Der Junge ist ja nicht dumm.«

»Dann bleibt nur noch einer der Jungen aus Lagos de Moreno.«

Uhler mochte ich am wenigsten. Ma hatte immer gesagt, ich müsste besonders nett zu ihm sein, weil er seine Frau so früh verloren und keine Kinder hatte. Aber auch Theanos Frau Olympia war kinderlos gestorben, ohne dass er uns ständig wegen irgendwelcher Kleinigkeiten ausschimpfte und uns einen unnötig festen Klaps versetzte. Auch dann noch, als wir schon keine kleinen Kinder mehr gewesen waren.

»Wright ist vielleicht ein bisschen alt«, überlegte Horace, Lantanas Mann und Lissas Vater, halblaut. »Schon fast zwanzig. Aber noch keinem Mädchen versprochen.«

»Oder Harris«, schlug Sedge vor. »Er ist zwar erst fünfzehn, aber das muss ja kein Hinderungsgrund sein. Die beiden würden sich bestimmt gut verstehen. Vor allem ist er von wesentlich stärkerem Charakter als mein feiger Sohn.«

»Was ist mit Thoas?«, fragte Uhler.

»Geht nicht«, nuschelte mein Vater, den Mund wohl voll mit Suppe. »Die Blutlinie ist zu dicht an unserer. Seine Mutter war eine Cousine von Dana.«

»Findet ihr nicht, dass ihr das jetzt übereilt?«, wandte Ma zaghaft ein, mit einer empörten Unterströmung. »Nessa und Hayden gehören zusammen, das habt ihr vor Jahren so entschieden. Zu Recht. Die beiden empfinden sehr viel füreinander und sind sich vertraut. Sie werden wunderbare Eltern sein.«

»Aber Hayden ist nun einmal nicht mehr hier!«, gab mein Vater überlaut zurück. »Und sollten wir ihn nicht aufgreifen können, muss ein Ersatz für ihn her. Je schneller, desto besser.«

»Lass dem Mädchen dann wenigstens noch etwas Zeit, Nelson«, hörte ich Ma sanft sagen, mit einer Spur von Traurigkeit.

»Wir haben keine Zeit!«, donnerte ihr mein Vater entgegen.

»Einen Jungen können wir verschmerzen. Es sind die Mädchen, auf die es ankommt, von denen haben wir noch weniger. Schlimm genug, dass wir jetzt wieder ein Jahr warten, hoffen und bangen müssen, dass Nessa für Nachwuchs sorgt!«

»Es war doch ein einträglicher Winter, nicht wahr, Dana?«, kam es von Uhler. »Dann brechen wir unter diesen Umständen eben ein Mal mit den Traditionen. Ich könnte mit dem Zug nach Mexiko zurückfahren und Nessa mitnehmen.«

»Dafür brauchst du Reisepässe, und …«

»Das kann nicht so schwierig sein, Dana hütet alle unsere Dokumente wie …«

»… wäre eine Möglichkeit. Dann können wir sehen, wer zu ihr passt, und du entscheidest dann mit Oreas und Thula …«

Langsam schloss ich die Tür, lehnte mit geschlossenen Augen die Stirn dagegen.

Hayden war noch keinen Tag fort, die Ältesten kaum ein paar Stunden zurück, und schon suchten sie nach dem Nächsten für mich.

Einem fremden Jungen, den ich in der kurzen Zeit nur ein bisschen kennenlernen könnte, sollte ich versprechen, dass ich zu ihm gehörte. Auf immer.

Anfassen würde er mich und küssen. Mir körperlich so nahe sein, wie Jake es gewesen war.

Zumindest so lange, bis ich sein Kind in mir trug.

Mein Magen driftete aufwärts und ein saurer, beißender Geschmack drängte sich in meinen Mund.

Ich zwang mich, ruhig durch die Nase zu atmen, bis meine Übelkeit abflaute.

Wenn sie mich wirklich nach Mexiko brachten, würde ich dort unter Butterfly People leben, die ich noch nie gesehen hatte. Ohne Lantana, Lissa und Mitch. Ohne Ma.

In der Hoffnung, die Ältesten würden mir irgendwann erlauben, mit meinem Kind die gefährliche Reise nach Norden zu machen und nach Mariposa zurückzukehren.

Sofern ich überhaupt noch in der Lage war, meine Schmetterlingsgestalt anzunehmen.

Niemand hier würde mich fragen, was ich wollte. Mir auch nicht zuhören, wenn ich es ihnen sagte. Nicht einmal, wenn ich es ihnen ins Gesicht schrie.

Selbst Ma konnte mir nicht helfen. Nicht gegen die Ältesten.

Ich wandte den Kopf zum Fenster hin, vor dem sich ein sonniger Frühlingstag ausbreitete.

Und ich begriff, dass man manchmal innerhalb weniger Augenblicke vor der Entscheidung stand, ob man vielleicht einen Weg zurück zu dem fand, was einem vertraut gewesen war.

Oder einfach ins Unbekannte sprang.

Dass man nicht darauf warten konnte, bis einem die Freiheit geschenkt wurde, sondern dass man sie sich nehmen musste.

So wie Hayden es getan hatte.

No regrets.

Es war doch schließlich mein Leben.

69

Jake

Die beschämte Röte ließ Masons grob zugehauenes Gesicht wirken wie das eines zu groß geratenen Jungen, als er mich über den Esstisch hinweg ansah.

»Es tut mir wirklich leid«, murmelte er zum wiederholten Mal und kratzte sich verlegen an seiner karierten Hemdbrust.

»Schon okay«, versicherte ich, ebenfalls zum wiederholten Mal.

Als er von der Tanke aus hier in der 13th Street angerufen hatte, um mir zerknirscht zu beichten, dass er es nicht geschafft hatte, Nessas Mutter anzulügen, war mir die Spucke weggeblieben.

»Ich wollte ja dichthalten, Jake. Aber wie sie da so völlig aufgelöst und verweint vor mir stand und mich gefragt hat, ob ich ihre Kinder gesehen oder irgendwas gehört hab ... *Ihre Kinder.*«

Mason zwinkerte heftig.

»Herrgott, ich weiß doch, wie es ist, wenn man so einen Knirps großzieht und der als Teenie mal nicht nach Hause kommt. Da dreht man durch vor Angst. Und ich bin nicht so ausgebufft, natürlich hat sie's mir angesehen, dass ich was weiß. Also hab ich gesagt, sie soll sich keine Sorgen machen. Dass es dem Mädchen gut geht und dem Jungen sicher auch.«

Er zuppelte ein zerknülltes Stofftaschentuch aus der Hosentasche, trompetete kräftig hinein und wischte sich dann großzügig über die Nase.

»Tut mir wirklich sehr, sehr leid, Jake.«

Dieses Mal nickte ich nur.

Mit bedrückter Miene schlich Travis herein und stellte einen Teller Sandwiches auf den letzten freien Fleck des Tischs. Im Schein der Deckenleuchte verteilten sich Stifte, bekritzelte Zettel und ein Taschenrechner um die ausgebreitete Straßenkarte.

»Sie wollte nichts«, flüsterte er, als wäre Nessa mit im Zimmer. »Nur die Cola.«

Er sah aus, als wollte er noch etwas hinzufügen, beließ es dann aber bei einem Seufzen und nahm sich eins der Sandwiches, mit dem er sich ins Wohnzimmer zurückzog, um sich wieder hinter das Telefon zu klemmen.

In ihrer Winterjacke, einen Stoffbeutel an sich gepresst, verheult und die Haare zerwühlt, war Nessa heute Mittag in die Tanke gestürmt; gehetzt hatte sie ausgesehen, dabei aber vor Entschlossenheit gelodert.

Ich hatte sie nicht erst fragen müssen, ob sie abgehauen war.

Travis war mindestens genauso erschrocken wie ich, und Mason hatte mich sofort mit ihr in die 13th Street geschickt. Dort steckte ich sie zuerst in die Badewanne und dann in Longsleeve, Jogginghosen und Socken von Travis, weil die ihr noch am besten passten. Abgesehen von Kaffee fand ich in der Küche nichts, was als heißes Getränk taugte, außer ein paar Tütchen Pulver für heiße Zitrone, und zwischen kleinen Schlucken aus der Tasse erzählte sie mir stockend, was passiert war.

Dass Woodgate schwul und mit Hayden zusammen war, kam mir in dem großen Ganzen wie ein nebensächliches Detail vor, das mir nur ein kurzes Heben der Brauen entlockte.

»Mir wäre wohler, wenn ihr noch eine Weile hierbleiben würdet«, kam es leise von Mason.

Mein unfassbares Glück, dass sie sich für mich entschieden hatte, alles, was ich mir über den Nachmittag an Plänen für die nächste Zeit überlegt hatte, war mit Masons Anruf in sich zusammengestürzt.

»Es geht nicht. Nach allem, was ich von diesen Leuten weiß, werden sie Nessa zurückholen wollen. Auch mit Gewalt. Ich muss sie von hier wegbringen.«

»Aber die Männer von denen ... Die sind doch nur ein paar Tage da!«

Ich sah Mason in die Augen.

»Willst du die Tanke solange zumachen und dich hier mit uns verschanzen?«

»Nein.« Die eben abgeebbte Röte erschien wieder auf seinem Gesicht. »Dann bringen wir Nessa eben solange irgendwo anders in Mariposa unter. Bis die alle weg sind. Bei den Fields oder ...«

»Und danach? Soll sie sich dann im nächsten Herbst wieder verstecken? Den ganzen Winter über? Und was machen wir, wenn doch welche von ihnen bleiben, weil sie darauf warten, Nessa irgendwann in die Finger zu kriegen?«

Seufzend schüttelte Mason den Kopf.

»Was sind das bloß für Leute, die so was machen. Das arme Mädchen.«

So erschüttert, wie er dreinblickte, war ich dankbar, dass ich ihm die ganze Wahrheit erspart hatte.

»Und wenn wir doch Sheriff Buller ...«

»Das will Nessa nicht.« Entnervt fuhr ich mir durch die Haare. »Hilf mir bitte, sie von hier fortzubringen, okay?«

Mason räusperte sich und griff zu einem Stift, tippte damit nachdenklich auf der Karte herum.

»Wäre aber wirklich besser, du würdest nach Westen fahren.«

Ich konnte nicht nach Green Meadows zurück. Nach L. A.

Jetzt nicht mehr.

Wenn ich jetzt daran zurückdachte, kam mir mein altes Leben vor wie ein Schwarzes Loch, das mich jederzeit wieder zu verschlingen drohte, sobald ich mich ihm auf ein paar Meilen näherte.

Ich schüttelte den Kopf.

»Weiß deine Mom denn, dass du zu ihr willst?«

Schuldbewusst dachte ich an den Brief, der ungeöffnet irgendwo zwischen meinen Klamotten vergraben lag.

»Nein. Aber sie schuldet mir was. Und das weiß sie.«

Gähnend kam Travis aus dem Wohnzimmer herüber und ließ sich schwer auf einen der Stühle fallen, rubbelte sich mit einer Hand durch seine Haarmähne.

»Es ist wie verhext. Nichts. Ich hab alle Nummern auf seiner Karte zigmal durchprobiert, aber Josh nimmt einfach nicht ab. Ich hab jetzt überall eine Nachricht hinterlassen und ihm an beide Adressen eine E-Mail geschrieben.«

Er legte mir einen Zettel hin, so ordentlich beschrieben, wie Travis es eben hinkriegte, aber wenigstens lesbar.

»Meine sonstige Telefoniererei hat immerhin was gebracht. Nummer und Adresse von Luanne in Bishop. Die war immer sehr nett zu mir. Ihre Kids sind aus dem Haus, sie hat also Platz genug. Und sie hat gesagt, ihr könnt auch gern länger bleiben.«

Ich langte herüber und schlug Travis kräftig auf die Schulter.

»Danke, Mann.«

Grinsend schnappte er sich ein Sandwich vom Teller.

Das Gesicht in die Hand gestützt, sah Mason mich an.

»Das ist überhaupt keine gute Idee, Jake. Nicht um diese Jahreszeit. In ein paar Wochen, von mir aus – aber jetzt …«

Seufzend hob er den Kopf und fuhr mit dem Ende des Stifts eine Straße auf der Karte nach.

»Die Tioga ist die direkte Route durch den Yosemite und auch die schnellste. Schafft man gut in dreieinhalb Stunden. Aber die ist noch gesperrt. Mindestens ein paar Wochen noch, bis irgendwann im Mai. Wir hatten es auch schon, dass sie erst im Juni wieder passierbar war, je nachdem, was das Wetter noch bringt. Sonora ist auch noch zu. Alternativ könntet ihr natürlich auch ganz untenrum fahren.«

Meine Brauen schoben sich umso höher, je weiter sein Stift nach unten wanderte, geschätzt bis nach San Bernardino hinab.

»Und dann rüber nach Nevada. Da seid ihr paar Tage unterwegs, aber mit dem Wetter auf der sicheren Seite. Schafft Nessa aber gerade wohl nicht, oder?«

Zweifelnd sah er mich an, bevor er sich selbst die Antwort gab.

»Ne, schafft sie gerade nicht.«

Er seufzte.

»Normalerweise würde ich jetzt sagen, du hast Glück. Den Ebbetts Pass, der sonst um diese Zeit auch noch geschlossen ist, haben sie vor zwei Tagen wieder aufgemacht.«

Ich lehnte mich vor, als Masons Stift viel weiter oben neu ansetzte.

Ich musste schlucken, sobald ich mich auf der Karte orientiert hatte. Dass der Teil des Nationalparks, den ich kennengelernt hatte und auf den sich auch die Touristen überwiegend konzentrierten, nur ein winziges, halbwegs zivilisiertes Eckchen in der riesigen Wildnis, der überwältigenden Berglandschaft des Yosemite ausmachte, hatte ich gewusst. Nicht mehr als ein Kratzer im Lack eines Monstertrucks.

Aber es war noch mal anders, das aus der Vogelperspektive einer Karte zu sehen.

Die Straße, auf die Mason zeigte, schien mir davon sogar noch erschreckend weit entfernt zu sein. Schon gar nicht mehr auf dem Gebiet des Nationalparks. Jenseits des Stanislaus Forests, fast schon näher am Lake Tahoe als am Yosemite, wand sie sich in langen Schwüngen und winzigen Ösen durch ein Gebirge, das fast den ganzen Rücken Kaliforniens einnahm und in dem es bis auf wenige blaue Kleckse von Seen überhaupt nichts gab.

»Ist gar kein so großer Umweg«, kommentierte Mason meinen Blick. »Drei, höchstens vier Stunden. Das ist auch gar nicht das Problem. Der Ebbetts Pass ist tückisch, vor allem hinten raus. Führt sehr schmal am Abgrund entlang, ist extrem steil und mit Haarnadelkurven, in die man manchmal komplett blind reinfährt. Der ist schon im Sommer nicht ungefährlich. Aber jetzt, um diese Zeit, wo das Wetter jede Stunde umschlagen kann … Und ich hab keine Ahnung, wie's dort gerade aussieht, nach dem Winter.«

Er blies die Backen auf und stieß den Atem aus.

»Nimm's nicht persönlich, Jake … Aber du bist ein Großstadtkind von der Küste. Ein Beachboy. Du hast keine Ahnung von den Bergen. Und das dort ist raue, unbarmherzige Wildnis, mein Junge! Den Ebbetts würde ich nicht mal Travis unbesorgt fahren lassen, und der ist hier groß geworden.«

Travis rollte mit den Augen und griff sich noch ein Sandwich.

Mason musterte mich aus zusammengekniffenen Augen.

»Bist du ein guter Autofahrer?«

Ich dachte daran, wie ich Lous Karre manchmal in Speed und Kurvenlage ausgereizt hatte und wie ich mit der geklauten Corvette auf dem Strip in scharfem Zickzack zwischen den anderen Autos hindurchgerauscht war. Wohl nicht gerade das, was Mason meinte.

Ich zuckte ausweichend mit den Schultern.

»Kannst ja meinen Jeep nehmen«, meldete sich Travis zu Wort, mit vollem Mund kauend. »Ich brauch den nicht unbedingt. Und ich bring dir dann den Käfer irgendwann im Sommer. Ich war schon lange nicht mehr in Bishop. Und noch nie in Vegas.«

Die Vorstellung, meinen Käfer hierlassen zu müssen, war fast so schlimm wie der Gedanke, mich von Nessa trennen zu müssen.

Fast.

»Mit dem Käfer über den Ebbetts zu wollen ist eigentlich gar nicht so schlecht«, warf Mason ein, während er sich am Kinn kratzte. »Für breite Autos ist der nichts, da kommen an manchen Stellen kaum zwei aneinander vorbei. Obwohl da gerade sonst kaum einer durchfahren wird. Der Käfer ist ja jetzt auch tadellos in Schuss. Bremsen sind stramm, Reifen haben guten Grip, und durch den Heckantrieb kommt der mühelos jede Steigung hoch. Vor allem die Gangschaltung ist ein Vorteil, die wirst du brauchen. Im ersten Gang den Steilhang hinauf und mit Motorbremse, wenn's wieder runtergeht.«

Er massierte sich die Stirn.

»Was mir Kopfzerbrechen macht, das ist der Tank. Weil der nicht das Volumen hat wie unsere Autos normalerweise. 40 Liter gehen offiziell rein, das sind 11 Gallonen. Vielleicht kriegen wir auch bisschen mehr eingefüllt, das geht meistens. Du musst am Anfang nur aufpassen, wenn du in die Kurven fährst, dass dir nicht zu viel raussuppt. Sieben Liter braucht er im Schnitt für sechzig Meilen, laut Volkswagen, das hab ich nachgeschaut. Aber da du auf dem Ebbetts nur langsam fahren kannst, wird's weniger sein. Nur wie viel weniger – dafür haben wir keine Erfahrungswerte.«

Er schielte auf einen Notizzettel und tippte dann auf dem Taschenrechner herum.

»Sind ziemlich genau 375 Meilen von hier bis Bishop. Der Motor läuft optimal jetzt mit der ausgewuchteten Schwungscheibe und dem teilsynthetischen Öl. Das spart dir auf jeder Meile sicher ein paar Tropfen Sprit. Lass uns mal von sechs Litern ausgehen. Dann reicht dir die Tankfüllung knapp. Verdammt knapp. Die letzte Tankstelle ist nämlich hier, in Arnold.«

Mason klopfte auf einen Punkt ganz am Anfang der eingezeichneten Straße mit der Nummer vier, bevor der Stift einen halben Inch weiterwanderte.

»Bis Bear Valley ist die Straße das ganze Jahr auf, weil das ein

Wintersportort ist. Das ist so weit noch der gut erschlossene Teil der Route. Dahinter kommt dann nichts mehr, bis ihr drüben seid. Und wenn ich *nichts* sage, Jake, dann meine ich auch nichts. Keine Tankstelle, kein Deli, nicht einmal eine Blockhütte. Nada. Du hast ein vollkommen totes Handy und selbst ein Navi nützt dir nichts, weil du kein GPS-Signal erwischst. Die Ranger von Calaveras und Carson werden sicher mal Patrouille fahren – aber dort draußen bist du dann wirklich ganz auf dich allein gestellt.«

Adrenalin schoss mir durch die Adern, jagte meinen Pulsschlag hoch, und ich wusste nicht, ob mir die Aussicht auf diese Fahrt einen Kick gab oder ob ich innerlich scheute, weil mir mit einem Schlag klar wurde, dass Nessas Schicksal jetzt ganz allein von mir abhing.

»Dann geh ich mal volltanken«, gab ich rau von mir.

»Auf keinen Fall!«

Dass Mason auch einen autoritären Tonfall draufhaben konnte, war mir neu.

»Vor Tagesanbruch kriegst du keinen Tropfen Sprit von mir, und vorher lass ich dich auch nicht losfahren! Der Ebbetts ist bei Tag schon halsbrecherisch genug. Im Dunkeln ist er eine Todesfalle. Das nehm ich sicher nicht auf meine Kappe! Und vorher brauchst du noch ein paar Stunden Schlaf. Marsch, ab ins Bett!«

Leise schloss ich die Tür hinter mir.

Im Licht der Nachttischlampe hatte Nessa sich unter der Decke zusammengerollt, sie schien zu schlafen.

So geräuschlos ich konnte, zerrte ich Sneakers und Socken von meinen Füßen und stieg aus der Jeans; in T-Shirt und Boxershorts schlüpfte ich unter die Decke und zog Nessa an mich.

In ihrem Gesicht zuckte es, kaum hörbar murmelte sie etwas vor sich hin.

»Morgen früh fahren wir weg«, flüsterte ich und strich ihr über die Haare, die nach Travis' Shampoo rochen, nach künstlicher Meeresbrise. »Ich bring dich in Sicherheit, okay?«

Sie nickte, krallte die Finger in mein T-Shirt und schmiegte sich enger an mich.

Ich reckte mich über Nessa hinweg und knipste das Licht aus.

Ich hatte mit einigen Mädchen geschlafen.

Aber ich war noch nie mit einem Mädchen im Arm eingeschlafen und am nächsten Morgen wieder neben ihm aufgewacht.

Mein Herz dehnte sich schlagartig aus, bis es an die Rippen stieß, und in meinem Bauch begann es zu brennen, dass es fast wehtat.

Vor lauter Glück, dass sie wirklich bei mir war.

70

Jake

»Das gefällt mir gar nicht«, murmelte Mason und lugte unter der Überdachung der Tankstelle hervor.

In den stahlgrauen Himmel hinauf, der sich nur zögerlich aufhellte, obwohl es schon fast halb sieben war.

»Wenn's dort oben mit dem Wetter ungemütlich wird, Jake – dann dreh um, sobald du kannst! Ein gutes Stück hinauf, solange es durch den Wald geht, gibt's immer mal kleine Wege, die von der Straße runterführen. Auf denen kannst du wenden. Die letzte Möglichkeit ist der Zeltplatz von Hermit Valley. Danach kommt nichts mehr bis zum Ebbetts Peak. Versprich mir das, ja?«

»Mach ich.«

»Jake, ich mein es ernst. Sieh mich an.« Da war wieder der Tonfall von gestern Abend, der keinen Zweifel daran ließ, wie ernst es Mason war. »Das hier ist kein Kinderspiel. Du musst es mir hoch und heilig versprechen.«

»Ja, ich versprech es dir.« Ich bekam allmählich feuchte Hände. Einfach würde das nicht werden. Aber ich hatte keine Wahl.

»Bis Bishop braucht ihr etwa acht, neun Stunden, je nach Wetterlage. Ruf bitte gleich an, wenn ihr da seid! Wenn ich bis um fünf nichts von euch gehört hab, alarmiere ich die beiden Rangerstationen dort oben.«

Ich ließ den Wischer, mit dem ich gerade noch die Scheiben sauber gemacht hatte, in den Eimer zurückgleiten und rieb die Hände an meiner Jeans trocken.

»Okay.«

Über die Schulter warf ich einen Blick zum Auto. Eine Hand auf dem Dach, die andere auf der geöffneten Beifahrertür, steckte Travis den Kopf hinein und unterhielt sich mit Nessa.

»Was kriegst du jetzt von mir für den Sprit und die ganzen anderen Sachen?«

Während ich den Käfer volltankte, hatte Travis eine Tüte mit Sandwiches und Schokoriegeln und Sixpacks mit Wasser und Cola zwischen Nessas und meinen Sachen verstaut. Mason hatte noch zwei Kanister Benzin hinten in den Käfer gehievt und mich beschworen, weder im Auto zu rauchen noch den Käfer mitsamt den beiden Brandbomben an Bord in den Abgrund zu steuern.

Mason winkte ab.

»Geht aufs Haus. Aber da wir's gerade davon haben …«

Er räusperte sich und zog aus der Hosentasche ein dickes Bündel Dollarscheine, das er mir hinhielt.

Ich schüttelte den Kopf.

»Nein, Mason. Ich hab dir ja auch nie was fürs Essen gezahlt und dass ich bei euch …«

Er packte meine Hand und drückte das Geld hinein.

»Ist nicht nur für dich, sondern auch für dein Mädchen. Ihr werdet es brauchen, für unterwegs und so für den Anfang. Und du hast ja gut gearbeitet.«

Mit dem Daumennagel kratzte er sich in den Stirnfalten.

»Schade eigentlich, dass du gehst. Ich hätte dich gern länger bei mir gehabt.«

»Danke«, würgte ich hervor, als ich das Geld einsteckte.

Mason riss mich an sich und quetschte mir die Luft aus dem

Brustkasten, murmelte dabei etwas, das klang wie *Ich hätt's damals genauso machen sollen*, bevor er mir mit einer seiner Schaufelhände auf den Rücken schlug. »Kommt heil drüben an. Und pass gut auf dich und dein Mädchen auf!«

Travis klappte die Tür zu und kam um das Auto herum auf mich zu.

»Ich versuch's dann nachher gleich noch im Büro des Parks. Vielleicht wissen die, wo Josh steckt oder wie ich ihn gerade erreichen kann.«

Grinsend hielt er mir eine Faust hin.

»Mach's gut, Bro. Und schreib mir mal ne Mail!«

Ich stieg ein und ließ den Motor an, der geschmeidig aufknatterte.

Im Rückspiegel hob ich die Hand und fuhr den tatkräftig schnurrenden Käfer vom Gelände der Tankstelle, fädelte mich in den morgendlichen Verkehr auf dem Highway ein und rollte aus Mariposa hinaus.

Immer wieder warf ich einen Seitenblick auf Nessa.

Grellgrün leuchtete ihre Kapuzenjacke unter der offen stehenden Winterjacke hervor und ließ sie noch blasser aussehen; die Hände unter sich geschoben, starrte sie durch die Seitenscheibe.

»Bist du okay?«

Es dauerte einige Zeit, bis sie ein Kopfschütteln andeutete.

Unwillkürlich hob ich den Fuß ein Stück vom Gaspedal.

»Sollen wir umkehren? Ist kein Problem.«

Sie schüttelte wieder den Kopf, deutlicher dieses Mal.

»Sag mir einfach, wenn du was brauchst, okay? Oder du mal 'ne Pause willst. Egal was.«

Sie warf mir ein kaum sichtbares, trauriges Lächeln zu. Wie durchsichtig sah sie aus, sogar ihre Sommersprossen waren nur noch zu erahnen. Kurz drückte sie mit klammen Fingern meine

Hand, die den Knauf der Gangschaltung umfasste, bevor sie den Blick wieder abwandte.

In engen Krümmungen schlängelte sich der Highway 49 durch braune Hügel hindurch, verlief dann ruhiger, gemächlicher. In großzügigen Biegungen und Schlaufen schwang er sich an Wäldern und Wasserflächen vorbei, an Feldern und Wiesen und einzelnen Farmhäusern.

Weites Land, wohin ich auch schaute. Noch nicht einmal düster und wolkenverhangen schien der Himmel hier der Erde näherzukommen.

Ein endloser, offener Highway wie in einem Song von Bon Jovi.

Nessa neben mir, brauchte ich keine andere Musik als das Zischen der Reifen auf dem Asphalt und das Brummen des Käfers, in dem immer eine silbrige Note mitschwang.

Aus dem Augenwinkel registrierte ich die Namen der kleinen bis winzigen Orte, die in großen Abständen entlang des Highways auftauchten.

Coulterville. Moccasin. Jamestown. Hier war richtig was los, auch auf den Straßen, der Ort schien mir deutlich größer zu sein als Mariposa.

Hinter Sonora begann es zu nieseln, dann zu regnen.

In Angel's Camp verdickten sich die Regentropfen zu wässrigem Schnee.

Shit.

Vor der nächsten Kreuzung atmete ich tief durch, dann setzte ich den Blinker und bog scharf ab, auf die State Route 4, Richtung Ebbetts Pass.

71

Nessa

Es war lange her, dass ich das letzte Mal Schnee gesehen hatte. Zwölf musste ich da gewesen sein, vielleicht auch noch ein bisschen jünger.

Obwohl Ma uns nicht aus dem Haus gelassen hatte wegen der Kälte, war ich überglücklich gewesen, hatte mir die Nase an der Fensterscheibe platt gedrückt und mit dem Mund blinde Flecken darauf gehaucht vor Entzücken.

Der Schnee jetzt hatte nichts Verspieltes und Verzaubertes wie damals. Er war auch nicht weiß oder bläulich, sondern schmutzig grau, wirkte klebrig und funkelte nicht einmal im Licht der Scheinwerfer.

Vielleicht, weil es so dunkel war hier im dichten Wald. Nur ein Streifchen Himmel war hoch oben zu sehen, rauchig, fast verrußt, wie Qualm, die Nadelbäume finstergrüne Wälle zu beiden Seiten der Straße. Auch der Schnee, der den Waldboden bedeckte und sich neben der Straße aufhäufte, war grau, sah aus wie von Nässe verklebte Staubschichten.

Ich hatte noch nie solche Angst gehabt. Ab dem Moment, in dem ich mich auf den Flur schlich, die Stofftasche über meiner Schulter, mir Stiefel und Jacke griff und das Haus verließ.

Durch einen Wald voller Monarchfalter lief ich. Orange leuchtende Seidenflügel auf der Erde, in den Riefen der Baumstämme, zwischen den Blättern, in der Luft schwebend.

Wie in einem Albtraum hetzte ich vorwärts, immer nur vorwärts, getrieben von der unbeschreiblichen, irrationalen Angst, sie würden mich mit ihrem Flügelschlag verraten und die Ältesten herbeirufen. In Schwärmen über mich herfallen und aufzuhalten versuchen.

Erst, als ich atemlos in der Tankstelle stand, Jake mich in seine Arme zog, wusste ich mich in Sicherheit.

Erschöpft fühlte ich mich seither, wie ausgewrungen; ich hätte hundert Jahre schlafen können, so müde war ich.

Eine Träne lief mir über die Wange.

Ich bereute es nicht, davongelaufen zu sein.

Nur, dass ich mich nicht hatte verabschieden können, bereute ich; ich war Mason dankbar, dass er Ma versichert hatte, sie bräuchte sich keine Sorgen zu machen, mir ginge es gut.

Eine Falte zwischen den Brauen, war Jake ganz auf die Straße konzentriert. Auf das Spiel zwischen Gas, Bremse, Kupplung und Gangschaltung, das den Käfer trocken aufröhren, dann wieder sanft brummen ließ, in den Windungen der Straße, über die Wellen aus Asphalt, die er hinauf und wieder hinabrollte.

Das einzige Geräusch neben dem Fauchen der Heizung, die Jake mir zuliebe eingeschaltet hatte.

Kurz nachdem wir abgebogen waren, hatte Jake am Radio gedreht, und Musik hatte uns bis hinter Arnold begleitet; dann kam nur noch verzerrtes Jaulen, Pfeifen und Krachen aus den Lautsprechern, so lange ich auch an dem rechten Knopf zwirbelte.

Bis Jake schließlich mit einem schiefen Grinsen den Kopf schüttelte und das Radio ausmachte.

Das war auch das letzte Mal gewesen, dass wir ein anderes Auto gesehen hatten.

Immer dunkler schien es zu werden, je weiter wir uns ins Gebirge hinaufschraubten; ein Anstieg, den ich in meinem Magen fühlen konnte, als ob die Räder sich vom Boden lösten.

Durch die Zeit schienen wir hindurchgeschossen zu sein, einen ganzen Tag in nur ein paar Minuten hinter uns gelassen zu haben, der Nacht entgegenzufahren.

Dabei bewegten wir uns schleichend über die Straße. So langsam, dass ich gute Sicht auf die Steilhänge hatte, die neben mir abfielen, sobald der Wald sich lichtete. Manchmal so jäh absackend, dass nur wenig Schnee zwischen Gestrüpp und Steinen Halt gefunden hatte, und erst weit, weit unten sanfter auslaufend.

Der Schnee fiel unruhiger, dichter; quietschend setzten sich die Scheibenwischer in Bewegung und trieben matschige Häufchen vor sich her.

Mit zusammengekniffenen Brauen starrte Jake in den Rückspiegel.

»Was ist?«

»Nichts.«

Er schaute wieder auf die Straße.

Hinter der nächsten Kurve öffnete sich auf meiner Seite wieder ein Abhang.

Zerklüftet und leer; nur einzelne Felsen und verkrüppelte Sträucher krallten sich darin fest.

Ich hatte nie Angst vor großen Höhen gehabt, immerhin verbrachte ich die Hälfte des Jahres fast ausschließlich im Flug, aber jetzt musste ich schlucken.

Mein Herz zitterte jäh auf, begann in meiner Brust umherzuflattern, schließlich panisch herumzutoben.

Das war nicht diese Ahnung von Gefahr, die mir als Erinnerung von den Sommern als Schmetterling blieb. Stärker als die Angst, die ich auf meiner Flucht zur Tankstelle im Genick gehabt hatte.

Es war Todesangst.

Ich umklammerte den Türgriff mit der einen Hand, meinen Sicherheitsgurt mit der anderen.

»Nessa? Alles okay?«

»Halt an«, presste ich hervor.

»Ich kann hier nicht anhalten.«

»Halt sofort an!«

»Sobald ich so was wie eine Parkbucht oder ein Kiesbett sehe, okay?«

»Halt an! Jetzt!«

72

Jake

Ich war schon vom Gas gegangen, als ich merkte, dass mit Nessa was nicht stimmte.

Instinktiv zog ich den roten Knopf des Warnblinkers, während ich mich noch über ihre plötzliche Zickigkeit wunderte, trat behutsam auf die Bremse und betete, dass nicht ausgerechnet jetzt ein anderes Auto hinter uns durch die Kurve gerauscht kam.

»Nessa, was ist denn los? Ist dir …«

Finsternis ergoss sich über uns, von einer Sekunde zur nächsten, und Nessa schrie.

Blind trat ich das Pedal durch, würgte den Motor dabei brutal ab; sobald ich mich im Stehen glaubte, ratschte ich die Handbremse hoch und hoffte inständig, dass wir noch mit allen vier Rädern auf der Straße waren.

Eine strudelnde Finsternis war es, die über die Scheiben wirbelte. In Tausenden aufgeregt zuckenden Facetten und rötlich aufflackernd, mit einem kaum wahrnehmbaren schabenden Geräusch auf dem Glas, das mich schaudern ließ.

»Fuck«, atmete ich lang gezogen aus.

Monarchfalter.

Myriaden von Monarchfaltern.

Meine Hand ruckte zum Zündschlüssel, meine Füße Richtung

Gas und Kupplung, aber es war sinnlos; in kompletter Blindheit loszufahren wäre auf dieser Straße Selbstmord gewesen.

Hastig klickte ich meinen Gurt auf, wollte hinüberlangen, um auf Nessas Seite die Tür zu verriegeln, da flog sie schon auf, und zwei blasse, sommersprossige Hände griffen nach Nessa.

Sie schrie, schlug um sich, ihr Gurt lockerte sich.

»Hey! Finger weg!«

Ich stürzte mich auf diese Hände, versuchte sie festzuhalten, sie wegzuboxen, konnte in der Enge des Käfers aber nicht genug ausholen; ich riss die Fahrertür auf und sprang heraus.

Ein Funkenregen aus Schmerz explodierte in meinem Gesicht, und der Türrahmen rammte sich längs in mein Rückgrat, als ich gegen den Käfer knallte. Schnee klatschte kalt auf meine Haut, und die Schmetterlingsflügel, die über meine Wange streiften, meine Unterarme entlangglitten, verursachten mir Brechreiz.

Ich zwang mich, die Augen zu öffnen.

Die flatternde Wolke hatte sich gehoben, segelte über den Käfer davon. Über das Auto hinweg, das mit geöffneten Türen dahinter stand. Braun und bullig wie ein Panzer; ich hatte es schon mal gesehen, wusste aber nicht wo, mein Hirn war wie durch einen Mixer gejagt.

Ich war auch abgelenkt, von einem leichenblassen Kerl im Strickpulli, der mit geballten Fäusten vor mir stand. Geheimratsecken in den karottenroten Haaren, hohlwangig und die dunklen Augen tief in den Höhlen wie bei einem Totenkopf; ich hätte nicht gedacht, dass diese Schmetterlingsmenschen auch hässlich sein konnten.

Aber genau wie Nessa, wie Hayden nur eine halbe Portion.

Ich fletschte die Zähne zu einem bösen Grinsen.

»Arschloch«, schnaufte ich und warf mich auf ihn.

Ein scharfer Schmerz in meinem Kinn schleuderte mich zurück. Ich rannte erneut dagegen an, halb blind und fast taub von Nessas gellenden Schreien.

Finger bohrten sich in meine Schultern, rissen mich zurück, drehten mir mit Eisenklauen die Arme auf den Rücken, und ein Rammbock knallte in meinen Magen.

Ich brüllte keuchend auf, schmeckte etwas Saures und Metallisches im Mund, spuckte aus.

Beim nächsten Hieb in den Magen blieb mir die Luft weg und kurz auch mein Bewusstsein.

Bis mich Nessas Schreie wach rüttelten.

73

Nessa

»Nein, Pa! Nicht! Pa!«

Der Schnee brannte in meinen Augen, blieb in meinen Wimpern hängen; nur verschwommen sah ich, wie Uhler erneut zuschlug, Jake einmal mehr in Sedges Griff zusammensackte.

»Er kriegt nur, was er verdient.«

»Nein, Pa! Bitte!«

Meine Stimmbänder waren kurz vor dem Zerreißen, fühlten sich schon wund an, während ich in Pas Griff zappelte und strampelte. Noch war ich stark genug, ihm Widerstand zu leisten, ausgeruht nach dem Winter und ein paar Pfund schwerer, als ich sein sollte, er ausgelaugt nach dem langen Weg von Mexiko hierher.

Aber ich wusste nicht, wie lange noch.

Hilfe suchend warf ich einen Blick zurück zu unserem Dodge, wo sich Theano und Horace wieder anzogen. Sie mussten es gewesen sein, die uns in ihrer Schmetterlingsgestalt zum Halten gezwungen hatten. Ihre entschlossenen, geradezu grimmigen Mienen ließen keinen Zweifel daran, auf wessen Seite sie standen.

»Genug!«, brüllte Pa neben meinem Ohr.

Sedge ließ Jake los. Haltlos taumelte er ein paar Schritte über die Straße, das Gesicht verschwollen und blutig, und in sich zusammengefallen, als hätten sie ihm das Rückgrat gebrochen.

Uhler holte noch einmal aus, traf Jake zwischen die Rippen und brachte ihn damit aus dem Gleichgewicht.

Einen Schritt vor dem Abgrund, der an ihm zerrte wie an einer Stoffpuppe. Gegen den Jake mit unsicheren Beinen und rudernden Armen ankämpfte.

Mit einem Ruck versuchte ich noch einmal, mich zu befreien, und Pas Hände kamen auf dem glatten Stoff meiner Jacke ins Rutschen.

Ich schlug mit den Armen und einem Bein aus, warf mich vorwärts und rannte stolpernd los.

Rannte um Jakes Leben.

Er war zu schwer, als dass ich ihn hätte halten können.

Ich konnte ihm nur in vollem Lauf einen Stoß versetzen, dass er vornüber kippte, zur Straße hin.

Die Straße, die plötzlich unter meinen Stiefeln zu Ende war, die Begrenzung aus Kies und Fels zu schmal, als dass noch einer meiner Laufschritte draufgepasst hätte.

Ich sprang, ohne dass ich mich daran erinnern konnte, gesprungen zu sein.

Einen verwunderten Wimpernschlag lang harrte ich in der Luft aus, wie schwerelos schwebend, so kam es mir vor.

Dann ergriff mich der Sog der Tiefe.

74

Jake

Weißglühend jagte es durch mich hindurch, als ich auf mein Knie knallte, riss alles an anderem Schmerz, gerade so wohltuend taub geworden, wieder auf.

Brüllend wälzte ich mich auf dem Boden, eine Flammensäule aus Schmerz auf kaltem Asphalt.

Nessa!

Stöhnend horchte ich auf die raue, dunkle Männerstimme, die so qualvoll geklungen hatte, wie ich mich fühlte. Versuchte aus den Fetzen von Gedanken und Erinnerungen, die durch mein Hirn flogen wie Konfetti im Luftstrom eines Ventilators, irgendetwas zu begreifen.

Ein Aufschrei aus tiefer, heiserer Kehle.

Nelson! Nicht, Nelson! Bleib hier!

Mehr Stimmen. Aufgeregt durcheinanderredend.

Türenklappen. Einszwei. Drei. Vier.

Das Anspringen eines Motors. Rasselnde Geräusche und das Knirschen von Rädern, das sogleich wieder abbrach, erneut einsetzte, wieder verstummte. Wie ein Wagen, den man punktgenau in einem Motelzimmer zu wenden versucht.

Der Motor heulte auf, brauste unter aufspritzendem Kies davon und verhallte irgendwo im Wald.

Blinzelnd hob ich den Kopf, in die Stille hinein.

Nur noch vereinzelt plitschten Tropfen von Pappschnee herunter, dunkel im Licht der Käferscheinwerfer, die plötzlich schwach wirkten. War die Batterie schon am Ende oder war es heller geworden?

Ich zog einen Ellbogen unter mich, stemmte mich ächzend hoch; während etliche meiner Muskeln zitterten, fühlten sich andere komplett nutzlos an.

Unter der offenen Beifahrertür lag ein Bündel Klamotten, daneben ein Paar grobe Männerschuhe, die ich noch nie gesehen hatte.

Ich schüttelte den Kopf, kniff die Augen zusammen, ich musste mich wieder zusammenkratzen.

Irgendwie.

Vorhin war ein grellgrünes Aufflackern neben mir gewesen, hinter mir, von flammendem Rot begleitet.

Ein Stoß in mein Kreuz.

Ein Luftzug.

Nessa.

Wo war Nessa?

Nessa, ich musste Nessa finden.

Ich sah sie nirgends.

Eine Bewegung am Rand meines Gesichtsfelds ließ mich den Kopf wenden, in dem es hämmerte und dröhnte.

Ein Schmetterling.

Nur kurz schlug er mit seinen orangeroten, dunkel gezeichneten Flügeln, dann ließ er sich treiben, auf die felsgezackte Kante hinter mir zu, unter der er verschwand.

Ich kroch ihm hinterher, blickte suchend in den Abgrund hinunter.

Da saß er, auf einer kleinen Felsnase, in einem Hauch von nassem Schnee; seine Flügel klappten zu und wieder auf, als wollte er mir etwas sagen.

Ich wusste nicht warum, aber ich musste ihn erreichen, ihn berühren, er war zu weit weg.

Keuchend schob ich mich weiter über die Kante, ignorierte den Schmerz, als sich Spitzen und Kanten in meine Rippen bohrten. Ich streckte die Hand aus; es reichte nicht.

Ich reckte mich weiter vor.

Weit unten leuchtete mir etwas entgegen.

Schwarz. Grün. Weiß. Rot.

Hinter mir näherte sich ein Summen, ein Knirschen, das abrupt haltmachte.

Etwas klang wie das Öffnen einer Autotür, wie Schritte.

»Das müssen sie sein!«, rief eine Männerstimme.

Nessa.

Das war Nessa dort unten.

»Nessa«, flüsterte ich, pumpte dann so viel Luft in meine Lungen, wie ich nur konnte, um loszubrüllen. »Nessa!«

Ich rappelte mich auf, zog mein lädiertes Knie zu mir heran, um den Hang hinunterzukrabbeln.

Wenn es sein musste, auch hinunterzurutschen.

»Heyheyhey! Hiergeblieben, Junge! Da geht's nirgends hin!«

»Nessa«, schnaufte ich und suchte zittrig mit meinem Sneaker irgendwo Halt.

»Hiergeblieben, hab ich gesagt!«

Zwei kräftige Hände packten mich, zerrten mich zurück; ich war zu schwach, zu zerschunden, um groß Widerstand aufzubieten.

Ich heulte auf.

Vor Frust. Vor Schmerz. Vor Angst.

Aus dem Augenwinkel sah ich ein Paar feste Stiefel und Beine in Khakihosen.

Eine andere Männerstimme, etwas weiter entfernt.

»Und das Mädchen?«

Nessa. Ich musste zu Nessa.

Ich kratzte noch etwas an Kraft zusammen, bäumte mich auf, schlug mit dem Ellenbogen aus.

Ein schweres Knie nagelte mich auf dem Boden fest.

»Bleib ganz ruhig, Junge. Ganz ruhig. Wir sind ja jetzt da. Wird alles gut.«

Eine Hand umklammerte meine Schulter, eine andere klopfte auf meinen Rücken.

»Ich seh sie!«, brüllte es über mir. »Verunfallte Person am Hang!«

Das Knistern und Knacksen eines Funkgeräts.

Meine Augen erfassten den Schmetterling, der mit ausgebreiteten Flügeln im Schnee ausharrte.

Welk sah er mit einem Mal aus, seine Farben wie verblasst.

Ich wusste sofort, dass er erfroren war.

Ich begann zu weinen.

75

Nessa

Es war so seltsam gewesen.

Ich hatte überhaupt keine Angst gehabt.

Nicht, als ich mit einem Fuß auf Luft trat und der andere sich vom Boden löste.

Auch nicht, als ich fiel.

Erstaunt betrachtete ich den Schmetterling, der sich aus meiner Hand entfaltete, ohne dass es mir wehtat. Den zweiten, den dritten Schmetterling, die zappelnd aus dem Ausschnitt meiner Jacke krochen und mit den Flügeln schlugen, mich am Hals kitzelten.

Überall erschienen Schmetterlinge auf mir, umflatterten mich.

So hatte ich mich selbst noch nie gesehen, und ein Lächeln begann sich auf meinem Gesicht auszudehnen.

Dann der Schock, als ich aufschlug.

Der mich bis ins Mark erschütterte. Mir den Atem aus dem Körper prügelte und etwas in mir mit hässlichem Knirschen zersplittern ließ. Mir schlecht werden ließ vor Schmerz.

Himmel und Stein. Himmel und Stein.

In rasend schneller Folge, von den roten Strähnen meiner Haare verschleiert. Ich wusste nicht mehr, welches Grau oben und welches unten war, während scharfe Hiebe überall auf mich einprasselten.

Danach rutschte ich nur noch abwärts.

Ein jäher Halt, weich und federnd, spröde und störrisch; etwas zerkratzte mir das Gesicht, es brannte.

Einige Herzschläge lang schaukelte ich auf und ab, bis ich kurz davor war, mich zu übergeben, und schließlich lag ich still.

Perlgrau war der Himmel, in den ich hinaufblinzelte, es sah aus, als hätte es aufgehört zu schneien.

Ein Schmetterling glitt über mich hinweg, zog mehr Schmetterlinge nach sich und immer mehr, die mich umkreisten, mit einem langsamen Flügelschlag, der trotzdem unruhig wirkte.

Es waren nicht meine Schmetterlinge. Sie waren größer, von blasserer Farbe und mit anderer Zeichnung. Nicht vertraut, aber auch nicht fremd.

Pa?

Ich streckte einen Arm aus, in die Schmetterlinge, den anderen konnte ich nicht bewegen.

Eine Ahnung sickerte in mich hinein. Wie eine tiefe, aufgeraute Stimme, die mich umfloss und sanft berührte, so fühlte es sich an. Die mir etwas zuflüsterte, von dem ich die Worte nicht verstand. Nur deren Bedeutung.

Ich nickte, so gut ich konnte.

Mir tut es auch leid.

Ein Schmetterling ließ sich auf meiner Wange nieder, klappte die Flügel so weit auf, dass sie auf meiner Haut lagen, wie zu einem Kuss. Bevor er sich aufschwang und in dem Schwarm aufging, der als orangerote, vibrierende Bahn ins Tal hinabströmte, bis ich ihm nicht mehr mit meinen Augen folgen konnte.

Das Grau über mir dünnte sich aus und zerfaserte; ein Stück blauen Himmels strahlte dazwischen hervor.

Blau wie Jakes Augen.

Nessa!

Jake. Das war Jake.

Ich atmete erleichtert durch.

Jake war in Sicherheit.

Erschöpft ließ ich meinen Arm fallen und schloss die Augen.

An ein paar Stellen war es gleichzeitig kühl und warm auf meiner Haut, darunter pochte es, und etwas Nasses rann herab. Vielleicht hatte ich mir im Sturz die Kleider aufgerissen und blutete; ich war zu müde, um nachzuschauen.

Aus der Ferne hörte ich noch andere Geräusche, wie Stimmen, hallend vom Fels zurückgeworfen, und Geräusche, die ich nicht einordnen konnte.

Dann war es wieder still.

Ich war so müde.

Dumpfes Wummern drang zu mir heran, ließ meinen Magen unangenehm vibrieren, bis in meinen ganzen Bauch hinein.

Ein Windstoß traf mich, nahm an Kraft zu und blies mir so stark ins Gesicht, dass ich fror.

Unwillig hob ich die Lider.

Es war so hell auf einmal. Licht bohrte sich in meine Augen, Farben ätzten sich hinein.

Gegen den aufklarenden Himmel zeichnete sich ein riesiger schwarzer Vogel ab.

Es war doch ein Vogel, oder?

Ein Schatten löste sich aus ihm hervor und näherte sich, wurde dabei größer und größer und bekam das Gesicht eines Mannes, der sich mit einem ernsten Lächeln über mich beugte.

Er sagte etwas, das ich nicht verstehen konnte, weil dieses dröhnende Wummern so laut war, also nickte ich einfach.

Etwas schnürte sich schmerzhaft um meine Taille zusammen und es gab einen Ruck; ich schrie auf, weil es so wehtat.

Ein Schrei, der unter dem Lärm, in der Weite des Tals, verklang.

Ich hatte den Schmerz auch sofort vergessen.

Ich sah nur noch dieses Blau, das über mir leuchtete.

In das ich hineingezogen wurde, höher und höher.

Im Arm des Mannes und an einem Seil, das langsam in den Helikopter zurückgeholt wurde.

Weiter und weiter hinauf in den blauen Himmel flog ich.

Ich war frei.

Sommeranfang

»Einfach nur leben ist nicht genug«,
sagte der Schmetterling.
»Man muss auch Sonnenschein haben,
Freiheit und eine kleine Blume.«

Hans Christian Andersen

Lieber Jake,

ich weiß, es gibt keine Entschuldigung dafür, dass ich damals ohne euch weggegangen bin. Euch bei Terrell gelassen habe, obwohl ich es selbst nicht mehr mit ihm aushielt, und dass ich euch nie geschrieben oder wenigstens mal angerufen habe.

Ich habe mich so geschämt, Jake.

Für die Tabletten und den vielen Alkohol, und dass ich so oft keine Kraft hatte, euch Kindern eine Mutter zu sein. Wenn ich jetzt nicht gehe, jetzt auf der Stelle, dachte ich damals, dann bin ich morgen tot. Ich wusste nicht, wie ich mich noch um Dich hätte kümmern können, das hätte ich nicht geschafft. Und Denny wäre so oder so bei Terrell geblieben, da hätte ich nichts ausrichten können.

In der Zeit danach war ich froh, dass Du nicht bei mir warst. Ich hatte einige schlechte Entscheidungen getroffen, mit meinen Jobs, mit Männern und auch sonst, und musste immer wieder von vorn anfangen.

Auch dafür habe ich mich geschämt, und ich wollte nicht, dass Du etwas davon mitbekommst. Lieber hat er keine Mutter als so eine, dachte ich damals oft.

Inzwischen geht es mir gut. Sehr gut sogar. Ich bin clean und arbeite in einem Casino hier in Vegas. Die Bezahlung ist gut, aber es macht mir auch Spaß. Seit zwei Jahren bin ich mit

Brian zusammen, den ich bei der Arbeit kennengelernt habe. Er ist ein guter Mann, ein ganz anderer Typ als Terrell. Und er war es auch, der mir Mut gemacht hat, Dir endlich zu schreiben.

Wir wollen heiraten, sobald die Scheidung von Deinem Vater durch ist. Vor einigen Monaten sind wir in ein Haus in einem Vorort von Vegas gezogen. Nichts Besonderes, aber groß genug, dass auch noch Platz für Dich wäre, zu Besuch oder für länger.

Ich erwarte nicht, dass Du mir verzeihst, Jake. Und ich weiß auch, nichts auf der Welt kann ungeschehen machen, dass ich Dich im Stich gelassen habe. Aber ich würde so gern ein kleines bisschen davon wiedergutmachen, wenn es denn geht. Wenigstens wissen, wie es Dir geht, und vielleicht wieder Kontakt zu Dir haben. Wenn Du es willst.

Es wäre schön, mal von Dir zu hören.

Kaylynn

Jake

Fast ein halbes Jahr hatte ich gebraucht, um diesen Brief zu lesen, der jetzt auf der Veranda neben mir lag. Zerknittert war er von den Umwegen, die er genommen und von den vielen Malen, die ich ihn inzwischen gelesen hatte.

Hätte Nessa ihn nicht über den Winter aufbewahrt, hätte ich es wohl nie getan, sondern ihn eher früher als später zerrissen und weggeworfen.

Ich war froh, dass ich es nicht gemacht hatte.

Aber genauso froh war ich, dass ich so viel Zeit gehabt hatte, bis ich ihn öffnete.

Und danach die Zeit, um darüber nachzudenken.

Ich blinzelte in die Abendsonne. Im angrenzenden Garten wühlte Mrs Vanhorn in ihren Blumenbeeten. Ihr großes Hobby. Was man ihrem Garten auch ansah, besonders im Vergleich zum Unkrautparadies der Beavers.

Ein schwarz-weißer Schmetterling tänzelte über Mrs Vanhorn hinweg und segelte dann elegant über die Wildwiese vor mir.

Das angeblich weltberühmte Butterfly-Festival von Mariposa, das jedes Jahr Anfang Mai auf dem Gelände hinter dem Golden Nugget stattfand, hatten wir alle komplett verpasst, sogar die Parade durch die Stadt. Erst knapp zwei Wochen später waren mir die Plakate aufgefallen, die noch überall hingen.

Die Ärzte im Krankenhaus hier in Mariposa hatten gesagt,

es grenzte an ein Wunder, dass Nessa sich bei ihrem Sturz nicht schwerer verletzt hatte, mit einer leichten Gehirnerschütterung, einem gebrochenen Arm, angeknacksten Rippen und fiesen Schürfwunden davongekommen war.

Großes Glück hatte sie gehabt und einen wachsamen Schutzengel. Die dicke Winterjacke hatte einiges abgefangen und Nessas starke und flexible Knochensubstanz. Erstaunlich bei jemandem, der zwar ziemlich fit, aber deutlich unterernährt war. Weshalb man ihr dort anfangs irgendwelches Zeug aus Plastikbeuteln in die Adern jagte und sie danach mit Gemüse in Sahnesauce, Pasta, Pizza und doppelt Nachtisch vollstopfte.

Josh war es zu verdanken, dass uns die Ranger so schnell gefunden hatten.

Spontan hatte er ein paar Tage Urlaub genommen, um Zeit für Hayden zu haben. Um in Ruhe zu besprechen, wie es denn jetzt weitergehen sollte, nachdem er abgehauen war. Als Josh Travis' Nachrichten abgehört hatte, war Hayden völlig ausgeflippt vor Angst um Nessa. Hatte nicht lockergelassen, bis Josh die beiden Stationen von Calaveras und Carson alarmiert hatte, damit sie nach uns Ausschau hielten.

Und Josh hatte sich auch darum gekümmert, dass niemand allzu viele Fragen stellte. Uns alle abkauften, dass ich angehalten hatte, weil Nessa im Auto schlecht geworden war und ich mir bei dem Versuch, sie nach ihrem unglücklichen Sturz zu bergen, das Gesicht und so einiges andere mehr zerschlug.

Wie Josh den Wunsch von Nessa und Hayden respektierte, die Butterfly People ungestört – und ungestraft – ihr Leben weiterführen zu lassen, ging mir genauso gegen den Strich, wie es mich beschämte; er schien da wesentlich großzügiger und verständnisvoller zu sein als ich.

Aber er war ja auch von keinem von denen zusammengeschlagen worden.

Obwohl ich für Nessas Mom mehr Mitleid empfand, als dass ich wütend auf sie war, wenn sie mir bedrückt auf dem Krankenhausflur entgegenkam, mir befangen zunickte.

Dass es mir mit ihr so ging, war Joshs Verdienst, der meinte, ich sollte nicht die Wut, die ich auf meine eigene Mom hatte, auf sie übertragen.

Reden half manchmal tatsächlich, hatte ich entdeckt.

Mit Mason und Travis. Sogar mit Hayden.

Vor allem aber mit Josh. Während wir joggen gingen oder in seiner Bude abhingen. Wenn wir bei Eugene hockten. Über einem Bier im Golden Nugget und wenn wir manchmal auf der Harley durch den Park kurvten und dort irgendwo eine Pause einlegten.

Keine Ahnung, warum ich ihn so lange gehasst hatte, er war nämlich wirklich schwer in Ordnung. Irgendwie half es mir auch, wenn er mir davon erzählte, wie schwer es für ihn früher gewesen war, als schwuler Junge im Mormonenkaff von Pinesdale, Montana, und nachdem er nie ein Geheimnis daraus gemacht hatte, auch später unter Rangerkollegen. Ein paar Mal hatte ich mich dabei erwischt, dass ich mir wünschte, ich hätte einen Bruder wie ihn gehabt.

Manchmal war es schon ein bisschen schräg, wenn wir im Breeze Way abends mit Pizza und einem Film rumlungerten und Hayden in Joshs Arm lag, die beiden sich immer mal tief in die Augen schauten und sich dann küssten. Aber vielleicht kam es mir nur so vor, weil ich Nessa vermisste, die noch in diesem Dorfkrankenhaus lag, aus dem mich die Schwestern schon am frühen Abend rausscheuchten, und Travis überhaupt niemanden hatte.

Das Leben lässt wohl keinen von uns unbeschädigt, das lernte ich gerade. Den einen mehr, den anderen weniger.

Das Entscheidende aber war, ob man sich davon behindern ließ. Oder ob man sich zusammenkratzte, sich notdürftig wieder flickte und trotzdem noch was aus diesem angeknacksten Leben machte.

Der Boden der Veranda erzitterte unter schweren Schritten.

»Du sitzt ja immer noch genauso da wie vorher«, kommentierte Mason, einen Sack Holzkohle geschultert.

»Yupp.«

Ich schaute zu, wie er den Grill anwarf, und folgte mit den Augen den blauen Rauchschwaden, die durch den Garten waberten und den ersten Hauch von Sommer, der in der Luft lag, beizten.

Wir warteten noch auf Travis, der Cory, einen Jungen von der Highschool, als meinen Nachfolger anlernte. Passend zur Jahreszeit trugen die beiden Plastikbären an der Tanke ein Sommeroutfit in Form von regenbogenbunten Aloha-Blumenketten.

»Es wird nicht leichter, je länger du's rausschiebst, weißt du«, rief Mason mir zu, während er in der Holzkohle rumstocherte.

»Ich weiß«, knurrte ich und spielte unruhig mit der blauen Perle an meinem Hals, ließ sie an ihrer Lederschnur hin- und hergleiten.

Manchmal trieben Josh Zweifel um, ob er Hayden wirklich guttat. Weil er doch einiges jünger war als er, so wenig Erfahrung mit unserer Welt und sonst niemanden mehr hatte außer Nessa.

Eine Verantwortung, die die Verhältnisse in einer noch frischen Beziehung merkwürdig verschob, sagte er. Hayden sollte sich nicht abhängig fühlen, sondern mit ihm zusammen sein und trotzdem frei.

Ich verstand ihn gut.

Ich war gerade mal achtzehn und hatte noch nicht einmal mein eigenes Leben auf die Reihe gekriegt.

Ich war noch nicht bereit, die Verantwortung für einen anderen Menschen zu übernehmen.

Aber es ging um Nessa.

Nicht nur, weil sie mir am Ebbetts Pass das Leben gerettet und ihr eigenes dabei aufs Spiel gesetzt hatte.

Weil sie mich davor schon gerettet hatte, auf mehr als eine Weise.

Mir gezeigt hatte, dass es mehr im Leben gab, als ich bisher kannte.

Und einfach, weil sie Nessa war.

Als ich ihren Stoffbeutel aus dem Auto holte, um ihre Sachen ins Krankenhaus zu bringen, war ihr Ausweis für die County Library herausgefallen; keine Ahnung, warum sie den unbedingt hatte mitnehmen wollen.

Seitdem wusste ich, wie sie mit vollem Namen hieß.

Vanessa Lavinia Monarch.

Sie hatte nur zwei Tage nach mir Geburtstag.

Manchmal musste man einfach weglaufen. Weil man nicht anders konnte. Auch wenn man damit anderen Menschen wehtat, das verstand ich jetzt. Aber manchmal musste man aus dem Loch, in dem man saß, hochschauen und einen Weg finden, da wieder rauszuklettern.

Ich hatte kapiert, dass es okay war, dabei Hilfe anzunehmen, es aber auch Dinge gab, die man allein schaffen musste.

Ich atmete tief durch und griff zum wiederholten Mal nach dem Mobilteil des Telefons.

Mein Daumen zitterte, als ich die Nummer eintippte, die ich von der Auskunft bekommen hatte.

Es tutete.

Sei bitte zu Hause und geh ran.

Geh ran.

Ich weiß nicht, ob ich den Mut sonst noch mal zusammenkriege.

»Hallo?«

Eine Frauenstimme, irritierend jung und vollkommen fremd.

»Hallo?«

Unsicher klang sie, fast verletzlich, und ich erinnerte mich.

An eine Handvoll schöne Momente, die mir im Gedächtnis geblieben waren, obwohl sie schon so lange zurücklagen.

Mir brach der Schweiß aus, und die Muskeln in meiner Kehle verkrampften sich.

»Hallo? Wer ist denn da?«

Eine Spur von Panik drängte sich in ihre Stimme, machte sie schriller, und ich erinnerte mich an die hässlichen Zeiten.

Und an die graue Leere, die sie hinterlassen hatte.

Daran, wie viel bei mir dadurch kaputtgegangen war.

Ich tastete nach der Perle an meinem Hals, umklammerte sie fest und räusperte mich.

»Ich bin's. Jake. Hi, Mom.«

Nessa

»Bist du sicher, das ist das Richtige für dich?«

Zweifel legte Mas Gesicht in Falten.

Erschreckend klein und schmal sah sie aus, wie sie in ihrem langen Rock und dem beigefarbenen Strickpulli mit mir im Eingangsbereich des Krankenhauses saß.

Wie geschrumpft wirkte sie auf der Kante des rosafarbenen Sessels.

»Ja, Ma. Ganz sicher.«

Nachdem ich genug Gewicht zugelegt hatte und auch meine Blutwerte ein für Menschen normales Niveau erreicht hatten, durfte ich morgen das Krankenhaus wieder verlassen, obwohl ich noch den Arm in Gips hatte.

Über vieles hatten wir gesprochen in den letzten Wochen, jedes Mal, wenn sie mich hier besuchte.

Aber nicht über alles.

»Bist du deshalb geblieben?«, fragte ich leise.

»Ich hatte gehofft …«

Ihr Blick glitt über die Topfpflanzen hinweg zum Fenster hinaus.

»Ich konnte dich doch nicht allein lassen«, flüsterte sie ausweichend. »Hier. So.«

»Pa konnte es.«

Nur ein paar Tage nach meinem Sturz waren die Ältesten zu

ihrem Treck nach Norden aufgebrochen und hatten Lantana, Lissa und Mitch mitgenommen.

Als ob nichts geschehen wäre.

In Mas Augen glänzten Tränen.

»Ma.«

Ich legte meine Hand auf ihre, die sie im Schoß hielt.

»Ich verstehe es. Wirklich. Es geht um die Monarchfalter und unser ganzes Volk. Nicht um mich.«

Die Tränen lösten sich, rannen über ihre Wangen, und sie schluchzte heftig auf, wie unter einem Krampf, der sich schlagartig löste.

»Ich kann es ihm einfach nicht verzeihen, Nessa. Dass sie euch aufgelauert haben und euch nachgefahren sind. Dass sie dich da einfach liegen lassen haben … Wenn ich gewusst hätte, was sie vorhaben … Den anderen vielleicht, aber Nelson … Du bist doch seine Tochter!«

Hastig wischte sie sich über die Wangen und schielte beschämt zur Anmeldung hinüber, wo gerade das Telefon klingelte.

»Schon gut, Ma.«

Ich war nicht sicher, ob die Schmetterlinge, die mich nach meinem Sturz umkreist hatten wie in einer Umarmung, wirklich die meines Vaters gewesen waren. Ob da überhaupt Schmetterlinge gewesen waren.

Ich hielt mich daran fest, dass es so gewesen war, weil ich diese Erinnerung brauchte.

Ich drückte Mas Hand und sie drehte ihre um, verschränkte ihre Finger mit meinen.

»Was wirst du denn jetzt machen? So allein im Haus, den ganzen Sommer?«

»Ach, das schadet mir nicht, mal für mich zu sein. Ich werde ein bisschen faul sein und viel lesen. Ein paar neue Ideen für die Windspiele ausprobieren. Stell dir vor«, ein kleines, zittriges

Lächeln erschien auf ihrem Gesicht, »auch die schwarze Katze und der graue Kater sind noch da. Vielleicht bleiben sie ja auch länger. Und Mason hat mir Hilfe angeboten, das Haus neu zu streichen und die Veranda zu richten.«

Ihre Wangen färbten sich, und ich lächelte in mich hinein.

Hastig ließ sie meine Hand los und bückte sich nach dem Stoffbeutel zu ihren Füßen.

»Ich hab dir was mitgebracht. Schau mal.«

Verblüfft betrachtete ich die bunt bedruckte Plastiktüte auf ihrem Schoß; wir benutzten nie Plastiktüten.

»Ma«, hauchte ich, als ich erkannte, was sie daraus hervorzog und entfaltete.

Eine Jean's.

Jetzt war ich diejenige, der Tränen über das Gesicht liefen.

»Ich wusste nicht, ob es dir recht ist, aber ich wollte dir etwas von uns mitgeben. Da hab ich einfach ...« Verlegen brach sie ab.

Winzige Monarchfalter, in buntem Garn aufgestickt, die über den Hosensaum flatterten und auf der Gesäßtasche ihre Flügel ausbreiteten.

»Danke, Ma. Tausend Dank.«

Ich setzte mich auf die Lehne des Sessels, schlang meinen heilen Arm um sie und drückte ihr einen Kuss auf die Wange.

Ma musterte mich in meiner Jogginghose und dem T-Shirt.

»Ich hoffe nur, sie passt. Du bist ja so ... rundlich geworden.«

Ich musste lachen.

Die Sachen in XS, die Jake mir gekauft hatte, füllte ich inzwischen aus. Heute Morgen hatte mich der Arzt nochmals ermahnt, ja nicht wieder abzunehmen, wenn ich das Krankenhaus verließ; ein Versprechen, das ich ihm gern gegeben hatte.

Zärtlichkeit stand in Mas Blick, und als sie mir über den Kopf strich, mischte sich bange Unsicherheit mit hinein.

»Ich mach mir solche Vorwürfe. Wir hatten es so gut gemeint mit dir und Hayden. Und dann war alles plötzlich so falsch.«

»Es war nicht falsch, Ma. Es war nur nicht unser Weg.«

Ich schwieg einige Herzschläge lang, kaute dabei auf der Unterlippe.

»Wie wird es denn jetzt weitergehen? Mit ...«

Uns.

Es stimmte nicht mehr, es fühlte sich auch nicht mehr richtig an.

»Mit den Butterfly People?«

»Ich weiß es nicht«, flüsterte Ma tonlos. »Wir hoffen ja, dass sich bei Flora und Sachem doch noch ein Kind ankündigt. Eines der Mädchen in Mexiko ist auch schon zwölf. Ansonsten hoffen wir eben auf Lissa und Mitch, wenn sie alt genug sind. Ob sie unseren Weg weitergehen, oder ...«

Schuldbewusst senkte ich meinen Blick.

Ma seufzte.

»Vielleicht müssen wir auch einfach akzeptieren, dass wir nach und nach aussterben. Weil das der Lauf der Welt ist und es nicht in unserer Macht steht, das zu ändern. Auch wenn dein Vater das anders sieht.«

Ihre Augen wanderten über mein Gesicht.

»Ich kenne ihn ja nur flüchtig, von den Besuchszeiten hier und von der Tankstelle ... Er ist immer höflich zu mir, aber sehr zurückhaltend. Ist er denn ein guter Junge?«

Unwillkürlich hob ich die Hand von ihren Schultern und betastete den Schmetterling an meinem Hals, der den Sturz unbeschadet überstanden hatte.

»Ja, Ma. Sehr. Aber es geht nicht nur um ihn.«

Sie streichelte meine Wange.

»Hauptsache, dir geht es gut und du wirst glücklich«, flüsterte sie erstickt.

Ich umfasste sie und drückte sie, so fest ich konnte.

»Ich hab dich lieb, Ma.«

Unter den Tränen zeigte sich ein Lächeln auf ihrem Gesicht.

Unruhig zappelte ich auf dem rosafarbenen Sessel herum und schaute immer wieder zur Glastür hin.

Ich betastete die winzige puckernde Beule auf meiner Stirn.

Ich hatte einen Pickel.

Butterfly People bekamen nie Pickel.

Hastig kämmte ich wieder die lose Strähne darüber, die ich aus meinem Pferdeschwanz gezupft hatte, um sie über den Pickel zu drapieren. Obwohl er wirklich sehr klein war und man ihn kaum sah, wenn man nicht wusste, dass er da war.

Je näher dieser Tag heute rückte, desto unsicherer war ich geworden, ob Jake mich vielleicht weniger mochte, wenn ich kein Schmetterlingsmädchen mehr war.

Sondern nur ich selbst.

Nessa.

Als ich Jake sah, wie er in langen Schritten auf den Eingang zueilte, sprang ich auf.

»Wow!«

Mitten in der Tür blieb er stehen, mit offenem Mund und einem Leuchten in den blauen Augen, das mich rot werden ließ.

Die Krankenschwester an der Anmeldung sah von ihren Papieren auf und schickte ein breites Lächeln zu uns herüber, das meine Röte vertiefte.

»Gefällt's dir?«, fragte ich trotzdem nach.

Verstohlen zupfte ich an der Jeans, in der ich einen richtigen Po hatte, und zuppelte dann gleich noch an meinem T-Shirt herum.

Ich hatte in den letzten Wochen einen Busen bekommen.

Nicht viel. Aber definitiv etwas, das man als Busen bezeichnen konnte.

»Du gefällst mir«, raunte er.

Wie er mich anschaute und mich dann küsste, ließ keinen Raum für Zweifel.

Er bückte sich nach meiner Tasche und nahm mich bei der Hand.

»Draußen wartet eine Überraschung auf dich.«

Ich musste zweimal hinschauen, um ihn zu erkennen, dabei war es erst zwei Wochen her, dass wir uns zuletzt gesehen hatten.

Er hatte sich die Haare schneiden lassen, ein bisschen wie Jake. Fransige Strähnen fielen ihm seitlich ins Gesicht, das nicht mehr so blass, nicht mehr so scharf war, sondern sich zu kräftigeren Linien ausgewachsen hatte.

Ein Männergesicht.

Immer noch schlaksig, wirkte er sportlicher als früher, schien sogar ein Stück gewachsen zu sein. Wie er am Auto lehnte, in Jeans und Sneakers und einem blauen T-Shirt, ähnelte er den jungen Männern in den Magazinen, die im Krankenhaus überall herumgelegen waren.

Es gab mir einen Stich, als ich daran dachte, dass diese Schönheit jetzt mir gehören würde.

Wenn ich nicht Jake begegnet wäre und er nicht Josh.

»Hi, Nessa«, begrüßte Josh mich fröhlich und streifte mit dem Mund flüchtig Haydens Wange. »Ich lass euch mal allein.«

Schüchtern lächelten wir uns an, um Worte verlegen.

Bis ich bemerkte, dass Joshs grüner Wagen bis zum Dach vollgepackt war.

»San Francisco also?«

Hayden folgte meinem Blick und nickte.

»Die Stadt ist so toll, Nessa!«, sprudelte er heraus. »Ich dachte, ich würde es dort vielleicht nicht aushalten, weil ich noch nie in so einer großen Stadt gewesen bin, aber ich hab mich auf Anhieb wohlgefühlt! Die Straßen und die Menschen und das Meer – es ist so schön dort! Jetzt hoffe ich, dass ich die Einstufungstests einigermaßen hinbekommen hab, dann kann ich meinen Schulabschluss machen. Vielleicht kann ich sogar aufs College!«

Jäh hielt er inne, eine unsichere Röte auf den Wangen.

»Ich hab nur so ein schlechtes Gewissen«, fuhr er leiser fort und rieb sich unruhig über den Magen. »Weil Josh sich um das Ganze kümmert und alles bezahlt. Sich nach Muir Woods versetzen lässt. Obwohl er sagt, dass er es auch deshalb macht, um dort ein ähnliches Projekt aufzuziehen wie das hier im Park. Ich will zusehen, dass ich mich schnell an das Leben dort gewöhne, und mir dann einen Job suchen. Damit ich wenigstens halbwegs auf eigene Füße zu stehen komme.«

Mein Blick wanderte zu Jake, der mit Josh am Käfer stand und gerade über etwas lachte, das Travis sagte.

»Ich weiß, was du meinst«, flüsterte ich.

Um Hayden war mir nicht bang. Er war so klug, er würde sich schnell zurechtfinden und seinen Weg machen.

Während ich mich auf nichts anderes verstand, als aus Draht und Perlen fragile Windspiele zu schaffen, und schon so lange keinen Stift und keinen Pinsel mehr in der Hand gehalten hatte.

Ich musste erst herausfinden, was ich sonst noch konnte.

Hayden stupste mich an, und ich hob den Kopf.

»Josh sagt, wir müssen uns noch um die Formalitäten kümmern. Ob du willst, dass Dana weiter alles unterschreibt oder in Zukunft Jake oder ich, bis du volljährig bist. Er meint, das hat aber noch Zeit, du sollst dich erst mal eingewöhnen.«

Ich nickte, plötzlich wackelig auf den Beinen. Ein nervöses Flattern im Bauch, weil mir mit einem Schlag klar wurde, dass das große Wagnis erst jetzt begann. Voller Hindernisse und Schwierigkeiten und der Möglichkeit, jederzeit daran zu scheitern.

»Unser Leben, Nessa«, flüsterte Hayden mit glänzenden Augen. »Unser eigenes Leben. Nur für uns.«

Das Strahlen, das auf seinem Gesicht aufbrach, sprang auch auf mich über.

Er zog mich in seine Arme und hielt mich fest.

»Bis ganz bald«, raunte er heiser. »In San Fran oder bei euch in Vegas. Pass solange auf dich auf, Schwesterchen.«

Endlich hatten wir einen Namen für das, was wir waren.

Wir waren Bruder und Schwester.

Nicht durch unser Blut.

Sondern durch das, was wir miteinander erlebt und geteilt hatten.

Seelengeschwister.

Das Fenster heruntergekurbelt und den Gipsarm aufgestützt, hielt ich das Gesicht in die Sonne und in den Fahrtwind. Wo wir hinfuhren, würde es zwar kein Meer geben, aber es würde das ganze Jahr Sommer sein, trocken und heiß.

Jake und ich redeten nicht viel, während wir auf der Tioga Road durch den Yosemite fuhren.

Wir verständigten uns mit Blicken, einem Lächeln, einer kurzen Berührung unserer Finger, bevor jeder weiter seinen eigenen Gedanken nachhing.

Er hatte das Radio nicht angemacht, und ich hatte auch kein Bedürfnis danach. Vielleicht empfand es Jake ebenso wie ich, dass diese Fahrt etwas Besonderes war, etwas Feierliches hatte.

Weil er genauso viel durchgemacht hatte wie ich, und es auch für ihn eine Fahrt in ein neues Leben war. Zu seiner Mutter, mit der es so viel zu klären gab nach all der Zeit. In eine Stadt, die ihm genauso fremd war wie mir und wo nichts auf ihn wartete als die Pläne, Hoffnungen und Träume, die er zusammen mit seiner Gitarre im Gepäck hatte.

Während ich zu den grauen, auf den Gipfeln manchmal noch verschneiten Bergen hinüberschaute, auf die Felsen und Wälder unten im Tal und zu den Wolken am blauen Himmel hinauf, wischte ich immer wieder Tränen aus meinen Augen, halb salzig, halb süß.

Ich dachte an Hayden, den ich wohl immer vermissen würde, und an Josh, den ich unheimlich gern hatte; ich fragte mich, ob Jake und ich auch eine solche Liebe, ein solches Glück ausstrahlten, wenn man uns zusammen sah. An Mason und an Travis, der Jake beschworen hatte, ihm zu schreiben, wie die Mädchen in Vegas denn so wären.

Als ich an Ma dachte, an Lantana, Lissa und Mitch, flossen meine Tränen heftiger. Ich würde Ma schreiben und sie mir, und irgendwann würde ich sie bestimmt auch einmal besuchen kommen, aber das war nicht dasselbe, wie bei ihr zu sein.

Ich bereute nicht, mein altes Leben hinter mir gelassen zu haben, und trotzdem trauerte ich darum.

Wie ich um meine Schmetterlingsnatur trauerte.

Auch ohne den Pickel auf meiner Stirn wusste ich, dass es diesen Teil von mir nicht mehr gab.

Ich konnte es nicht erklären. Es war nur ein Gefühl, weit unten in meinem Bauch, tief in meinen Knochen, das mir sagte, dass ich die Fähigkeit, mich zu verwandeln, verloren hatte. Irgendwann zwischen der ersten Nacht mit Jake und der Zeit im Krankenhaus. Vielleicht sogar in meinem Sturz auf der Straße zum Ebbetts Pass, als die letzten meiner Schmetterlinge aus mir hervorgeflattert waren.

Ich hatte meine Schmetterlingsflügel gegen meine Freiheit getauscht.

Staunend schaute ich zu den Felswänden hinauf, durch die sich die Tioga Road in engen Krümmungen und Schlaufen hinabschraubte, betrachtete die Wüstenfelder aus Stein, Staub und Geröll, an denen wir unter dem Surren des Käfermotors vorbeibrausten.

Und dann, hinter der nächsten Kurve, traf mich jäh ein warmer Luftstrom auf der Haut und pustete mir lose Strähnen aus dem Gesicht. So viel wärmer als der Fahrtwind bisher, dick und schwer, voller würziger Gerüche.

So überraschend, so herrlich, dass ich aufschrie.

»Was ist? Bist du okay?«

»Halt an!«, rief ich lachend und rüttelte ungeduldig am Türgriff. »Halt sofort an!«

Jake lachte.

»Warum suchst du dir für so was immer Stellen aus, an denen ich unmöglich halten kann? Gleich, okay? Sobald es geht.«

Geschmeidig glitt der Käfer die abfallende, kurvige Straße hinunter. Hinter der nächsten Biegung öffnete sich ein weites, grünes Tal, und Jake ließ das Auto am Straßenrand auslaufen.

Ich löste den Gurt, stieß die Tür auf und zerrte mir die Segeltuchschuhe herunter, die Jake mir gekauft hatte, weil sie ohne Schnürsenkel waren.

Beim ersten Schritt pieksten Steinchen unter meinen Fußsohlen; kieksend und kichernd huschte ich darüber hinweg und lief auf die Wiese.

Federweiche, samtige Gräser und solche, die hart und rau waren; dazwischen blühte es gelb und orange. Sträucher säumten einen sprudelnden Bach, der sich zu einem Kiefernwald hinschlängelte. Die grauen Berge dahinter waren kahl, matt gerieben und rund poliert wie vom Flusswasser geschliffene Kiesel.

Die Gräser des warmen Bodens kitzelten mich an den Füßen, und Sonne durchglühte meine Haare, meine Haut.

Sommer.

Unter meinen Füßen, zwischen meinen Fingern. Auf meiner Haut, in meinem Bauch.

Der frühe, zarte Sommer, das ahnte ich, mehr grün als staubig, noch mit der überschießenden Kraft des Frühlings darin.

Wie ein Versprechen.

Ich wollte jauchzen und singen, über die Wiese springen und tanzen.

Und konnte doch nur dastehen und schauen und riechen, schmecken und fühlen und glücklich sein.

Jake ließ mir diese Zeit allein, aber irgendwann konnte ich seine Schritte hören, raschelnd im Gras, und sein Arm legte sich von hinten um mich.

»Glaubst du«, flüsterte ich, »dass der Flügelschlag eines Schmetterlings wirklich einen Tornado am anderen Ende der Welt auslösen kann?«

»Keine Ahnung«, murmelte er. »Aber ich weiß, dass ein Schmetterling einem manchmal den richtigen Weg zeigen kann.«

Vielleicht würde ich es nicht schaffen, meinen Platz in Jakes Welt zu finden. Den ewigen Sommer von Las Vegas scheußlich finden oder irgendwann über haben.

Nie Fleisch essen und noch nicht einmal Fisch.

Eines Tages bitter bereuen, dass ich Mariposa und die Butterfly People verlassen und meine Schmetterlingsnatur verloren hatte.

Vielleicht würde sogar das zwischen Jake und mir den Herausforderungen, die vor uns lagen, nicht gewachsen sein und eines Tages zerbrechen, wir einander verlieren.

Aber ich hatte mich dafür entschieden, es wenigstens zu versuchen. In den Abgrund zu springen und darauf zu vertrauen, dass meine neuen Flügel mich tragen würden.

Das war alles, was zählte.

Nachwort

Schmetterlinge, in fast allen Kulturen und zu allen Zeiten das Sinnbild für Verwandlung und Neubeginn, haben schon immer eine besondere Faszination auf mich ausgeübt.

Auf Spanisch heißt der Schmetterling »Mariposa«, und als ich Anfang Oktober 2010 auf dem Weg von San Francisco in den Yosemite-Nationalpark auf der Karte einen Ort namens Mariposa entdeckte, war klar: Da muss ich hin, da will ich eine Nacht verbringen. Nur um des Namens willen.

Nicht einmal vier Autostunden von San Francisco entfernt, hinter Meilen und Abermeilen von Pistazien- und Mandelbäumen, Grasland und Wald und weitem Himmel, liegt Mariposa, eingebettet in die hügeligen Ausläufer der Sierra Nevada.

Mitten im Nirgendwo.

Und Mariposa ist … *schräg*. Auf eine liebenswerte Art, die mich in der knappen Stunde, die ich nach meiner Ankunft noch bis zum Einbruch der Dunkelheit hatte, vollkommen bezauberte.

Ein wirklich winziges, putziges, ein bisschen skurriles Städtchen. Wie eine Filmkulisse, dachte ich, für einen Film irgendwo zwischen *Gilmore Girls* und *Twin Peaks*.

Oder wie der Schauplatz eines Romans.

Dieser Gedanke hakte sich bei mir fest und ließ mich die ganzen restlichen dreitausend Meilen durch den Südwesten der USA nicht mehr los, genauso wenig wie danach zu Hause in Deutschland.

Und die Geschichte von Nessa und Jake nahm Gestalt an.

Weil ich mich auf dieser Reise spontan entschlossen hatte, noch einen Umweg über Sacramento zu machen, kam ich einen Tag später in den Yosemite als ursprünglich geplant. Genau dieser eine Tag, an dem das Wetter umschlug, es im Yosemite Valley aus Eimern goss und sowohl die Tioga als auch die Sonora Road seit dem frühen Morgen wegen Schneefalls geschlossen waren. Es blieb nur noch der Weg über den Ebbetts Pass. An einem grauen, lichtlosen Tag und in Schneegestöber …

Zweimal war ich seither noch in Mariposa, und vor allem aus meinem zweiten Besuch dort entstand das Mariposa im Buch, das zwar sehr eng an das tatsächliche angelehnt ist, bei dem ich mir aber trotzdem die eine oder andere Freiheit erlaubt habe.

Jakes Käfer ist in liebevoller Erinnerung an meinen eigenen tomatenroten *Mexicano* geschrieben. Baujahr 1978, hat er mich mehr als ein Jahrzehnt kreuz und quer durch Deutschland und bis über die Alpen gebracht. Bis der TÜV und vor allem der unaufhaltsame Rostfraß uns zum endgültigen Abschied zwangen.

Ich vermisse ihn immer noch.

Die Maßeinheiten im Buch sind amerikanische, wobei das Pfund 0,454 Kilogramm entspricht, die Meile 1,61 Kilometer, die Gallone 3,785 Liter und ein Inch 2,54 Zentimeter.

Die dem Roman und seinen einzelnen Teilen vorangestellten Zitate wurden von mir aus dem Original ins Deutsche übertragen, wobei mir viel daran gelegen war, möglichst dicht am ursprünglichen Wortlaut zu bleiben.

Mein Dank gilt Carina, die vom ersten Augenblick an Feuer und Flamme für die Geschichte von Nessa und Jake war und auch diesen Weg mit mir gegangen ist. Anke, die sich abenteuerlustig in das Manuskript gestürzt und es bis zur letzten Seite begleitet hat.

Jörg, der mit mir durch Mariposa und den Yosemite gewandert ist; der einzige Mensch, mit dem ich sogar noch ein zweites Mal im Schneetreiben über den Ebbetts fahren würde. AK und Sanne – ihr wisst, wofür! E.L., die mir auf verschlungenen Pfaden den Weg zu dieser Geschichte gezeigt hat. Mariam und Thomas M. Montasser für ihre Arbeit, ihren Zuspruch und ihre Zuversicht, jedes Mal aufs Neue. Meiner Lektorin Katrin Künzel, die mir unterwegs so viel Mut und das Beste aus diesem Manuskript gemacht hat; ihr ist es zu verdanken, dass dieser Roman jetzt den Namen trägt, den er für mich von Anfang an hatte.

Und dem gesamten Team von cbj, das »Mariposa« ein Zuhause gegeben und dem Buch und mir dieses zauberhafte Cover geschenkt hat, das ganz und gar meine Nessa ist.

Nicole C. Vosseler
Konstanz, im Dezember 2014

Die Autorin

Nicole C. Vosseler, geboren 1972 in Villingen-Schwenningen, studierte Literaturwissenschaft und Psychologie in Tübingen und Konstanz, bevor sie sich ganz der Schriftstellerei widmete. Mit ihren Romanen für Erwachsene »Unter dem Safranmond«, »Sterne über Sansibar« und »Der Himmel über Darjeeling« feierte sie große Erfolge. Die Autorin lebt am Bodensee – mit mehr als zweitausend Büchern unter einem Dach.